科技新闻作品选

（1991—2021）

李浩鸣　著

CTS 湖南科学技术出版社
长沙

图书在版编目（CIP）数据

科技新闻作品选：1991—2021 / 李浩鸣著. — 长沙：湖南科学技术出版社，2022.8

ISBN 978-7-5710-1648-7

Ⅰ.①科… Ⅱ.①李… Ⅲ.①科学技术－新闻－作品集－中国－当代 Ⅳ.①I253.6

中国版本图书馆 CIP 数据核字(2022)第 122799 号

科技新闻作品选（1991—2021）

著　　者：李浩鸣
出 版 人：潘晓山
责任编辑：欧阳建文
出版发行：湖南科学技术出版社
社　　址：长沙市芙蓉中路一段 416 号泊富国际金融中心
网　　址：http://www.hnstp.com
湖南科学技术出版社天猫旗舰店网址：
　　　　　http://hnkjcbs.tmall.com
邮购联系：0731-84375808
印　　刷：长沙鸿和印务有限公司
　　　　　（印装质量问题请直接与本厂联系）
厂　　址：长沙市望城区普瑞西路 858 号
版　　次：2022 年 8 月第 1 版
印　　次：2022 年 8 月第 1 次印刷
开　　本：787mm×1092mm　1/16
印　　张：20.75
字　　数：410 千字
书　　号：ISBN 978-7-5710-1648-7
定　　价：98.00 元

序

彭祝斌

舆论历来是影响社会发展的重要力量。新闻舆论工作作为党的一项重要工作，自党成立起就肩负着神圣职责与光荣使命。2016 年 2 月 19 日，习近平总书记在北京主持召开党的新闻舆论工作座谈会上强调："广大新闻舆论工作者要做党的政策主张的传播者、时代风云的记录者、社会进步的推动者、公平正义的守望者。"坚持正确导向，勇于改革创新，以正确的舆论引导人，激发全党全国各族人民团结奋斗的强大力量，已成为新闻舆论工作者的时代使命和责任担当。

媒体的新闻报道是进行舆论引导、推动社会进步的重要工具。科技新闻报道则是科技新闻传播领域进行舆论引导、推动社会进步的重要工具。新中国成立后，随着社会主义建设高潮的到来，神州大地吹响了"向科学进军"的号角。在科学技术事业的发展过程中，科技新闻事业应运而生，人们开始通过媒体的科技新闻报道，了解国家的科技发展成就，获取科技信息，增加科技知识。

党的十一届三中全会以后，我国实施改革开放、科教兴国战略，"科技是第一生产力"的理念逐渐深入人心，科学技术事业得到快速发展，科学技术在国民经济建设中发挥着越来越重要的作用。全国掀起了攀登科学高峰的热潮，科技新闻报道在各种报刊、广播、电视和互联网上屡见不鲜，一大批科技记者开始活跃在全国新闻舆论工作的大舞台上。

进入 21 世纪，全球科技发展日新月异，综合国力的竞争首先在科学技术领域展开。党的十八大以来，习近平总书记多次强调"科技兴则民族兴，科技强则国家强""科技是国家强盛之基，创新是民族进步之魂"。以科技创新驱动经济社会大发展，成为中华民族伟大复兴不可逆转的历史潮流。科技新闻工作者肩负着反映国家科学技术成就、弘扬求真务实、拼搏奉献的科学家精神、开展全民科学知识普及的重要任务；科技新闻传播成为引导舆论、推动进步的重要方式，并成为当代新闻传播学的重要组成部分。

2004 年，为顺应科技新闻传播的发展要求和社会对科技新闻人才的需求，湖南大学新闻与传播学院大胆尝试，在国内高校新闻传播院系率先为本科生开设“科技新闻”课程，并由时任中国科学报社副社长、副总编辑的李浩鸣教授担纲主讲。同年，经学校批准，学院组建了湖南大学科技新闻传播研究所，由李浩鸣教授担任所长，并在新闻传播学一级学科硕士点设置“科技新闻与科技传播”研究方向，研究所从当年的应届毕业生中招收了第一位“科技新闻”硕士研究生。之后，先后有来自全国40多所高校20多个不同专业的100多位本科生慕名考入湖南大学“科技新闻与科技传播”研究方向攻读硕士学位，毕业生均成为所在工作单位的骨干力量，取得了良好的人才培养效果。经过18年的努力，湖南大学新闻与传播学院已逐渐建设成为国内科技新闻传播人才的培养高地，并被中国科技新闻学会专家誉为“科技新闻传播重镇”。

“重镇”的掌门人李浩鸣教授是一位优秀的“双师型”教师。“兴趣→职业→事业”，可以用来描画李浩鸣从事科技新闻工作的心路历程。1976年，李浩鸣从中南矿冶学院地质系毕业，被分配到中国科学院长沙大地构造研究所工作，先后担任过课题组组长、科技处副处长、所办主任。在所长陈国达院士的指导下，在该所工作的15年里，李浩鸣连续参加了我国南方铁矿、广西—湖南铅锌矿、中原油田等国家找矿科研项目，主持2项湖南省下达的科研课题，参加中苏两国科学院金和金刚石砂矿科研课题，赴地处北极圈内的科拉半岛开展科学考察；发表地质科学研究论文、科研报告、译文近20篇（部）；《湖南日报》《光明日报》《中国科学报》《中国地质报》、湖南电视台、《湖南地质》《地球》等媒体和学术期刊先后报道了他的科研进展与成果。与此同时，他还成为多家媒体的通讯员。由此，李浩鸣对科技新闻产生了浓厚的兴趣。

1991年，中国科学报社在湖南建立记者站。在陈国达所长的支持下，李浩鸣兼任中国科学报社驻湖南记者站站长、记者，正式开始了科技新闻报道生涯。1997年香港回归后，中国科学报社于1998年派遣李浩鸣创建深圳记者站，他同时兼任两地记者站站长。2000年7月，李浩鸣调任中国科学报社副社长、副总编辑、党委委员。2004年8月，李浩鸣受邀到湖南大学执教，同时兼任湖南记者站站长、记者。1991年至2021年，李浩鸣教授先后在深圳、北京、长春、济南、大同、顺德、长沙等多地组织、主持全国性科技新闻与传播活动10余项，发表科技新闻作品近千篇，科技新闻学术论文20余篇，出版著作8部，多次获奖。

自2004年以来，李浩鸣教授先后为十多届本科生讲授“科技新闻”课程，并与栾永玉教授、陶贤都副教授等组建了“科技新闻与科技传播”研究生导师团队，先后为研究生开设了“科技新闻理论与实践”“科技传播理论与实践”“现代科学技术基础”三门课程，共指导和培养了120余名硕士研究生。与此同时，李浩鸣教授还承担了国家自然科学基金、湖南省科技厅和科技企业的十多项科技新闻与传播科研课题，探索建立“理论学习—新闻实践—课题研究”的三段式研究生培养模式。“科技新闻与科技传播”方向的研究生在读研期间，大多在媒体上发表过新闻作品，并在中国科技新闻学会主办的《科技新闻学术专刊》和《科技传播》等刊物发表学术论文，研究生发表的论文有 30 多篇获得了中国科技新闻学会、湖南省科技新闻学会的学术论文奖。

自 1991 年以来，李浩鸣教授从事科技新闻报道超过 30 年，尽管他从 2004 年开始进入高校从事科技新闻教育工作，但他始终不离本行，将学界、业界无缝对接。这部《科技新闻作品选》便是李浩鸣教授三十年来在科技新闻报道领域笔耕不辍的结晶。作者精心挑选了 160 余篇公开发表的科技新闻作品，报道内容涉及重要科技事件、各领域的优秀科技成果、功勋卓著的科学家、典型科技企业家、社会科技活动，以及与国计民生相关的新技术、新产品等，从不同层面、不同角度展现了我国改革开放以来，从实施科教兴国战略到创新驱动经济社会发展的全过程。李浩鸣教授卓有成效的科技新闻报道工作，在促进科学技术与生产实践紧密结合，营造尊重知识、尊重科学、重视人才的良好氛围，提升公民科学素养等方面，发挥了积极作用；同时，对倡导科学合理地制定有关方针政策，激励人们学科学、爱科学、用科学，按客观规律办事等，亦有极大的帮助。

《科技新闻作品选》所辑作品的报道体裁相当丰富，既有简短的科技消息，也有数千字的长篇通讯。选辑的作品按科技新闻体裁特点，分为科技消息、专家访谈、科技人物通讯、科技事件通讯、组合科技报道、科技专题报道、整版图片报道、学者专家约稿等 8 个类别。该书以科技新闻报道的实践体会为基础，书中每类体裁的采写均有要点提示，既可以作为高校新闻传播专业有特色的案例教材和教辅读本，也能为科技新闻爱好者和初入门者提供参考和帮助。

是为序。

2022 年 6 月 20 日

（作者系教育部新闻传播学类专业教学指导委员会委员、全国新闻与传播专业学位研究生教育指导委员会委员、湖南大学新闻与传播学院原院长、二级教授、博士生导师）

前　言

自改革开放以来，在实施科教兴国战略大潮中，传播媒介的科技新闻报道日益增多，科技政策与法规、科技体制改革、重大科技计划、大科学工程、各种科学技术成果、优秀的科技人物以及新技术产品，主要是通过媒体报道与社会公众见面。

进入21世纪，全球科学技术迅猛发展，我国科技创新的步伐大大加快，以新媒体传播技术为基础，各类媒介科技新闻报道的力度和数量与日俱增，参与其中的记者、编辑也不断增加。科技新闻事业迎来了“黄金时期”。

用科学的眼光看世界，从世界的角度看科学，这是科技新闻从业者的素质要求。

科技新闻是指新近发生、发现的科学技术及其与人类社会密切相关的重要事实的报道。作为科学技术发展与社会公众交流的重要渠道，科技新闻成为社会科技传播的重要形式，是当代新闻传播的重要组成部分。

科技新闻具备一般新闻的属性与特征。由于它是有关科学技术发展进程事实的专门性报道，涉及自然科学、技术科学与人文科学、社会科学的不同知识领域，因而具有文、理、工知识交融的鲜明特征。因此，科技新闻报道尤其需要具备真实性、准确性和可读性，科技新闻的特征反映了社会要求和公众的判定标准。

科技新闻的社会功能主要表现为：通过客观、真实、准确的新闻报道，在全社会弘扬严谨、求实、奉献的科学精神，彰显良好的科研道德与职业操守；倡导按科学发展规律办事，激励全社会尊重科学，尊重知识，尊重人才；激发青少年爱科学、学科学、用科学的热情；科技新闻是科技成果推广应用、促进科技与经济结合的桥梁与纽带。

新的科技成果是科技新产品的源头，科技新闻中有关科技新成果的报道是企业开发新产品的重要信息，科技新闻还是企业发现优秀科技专家的人才资源集散地；在科技新闻报道中，专家、学者对科技发展规划，重大科学技术工程的确立与相关政策制定的科学性、合理性意见和建议，是政府部门重要的决策参考；同时，科技新闻报道是开展科普教育的主阵地之一，对提高公民科学素养、杜绝封建迷信起着潜移默化的作用。

科技新闻的传播效果如何，取决于记者对其基本要素的把握，即主体（采编人员）、客体（报道对象）、载体（传播媒介）、受体（媒体受众）四个要素，这是科技事件采写、编辑、发布、接受与反馈过程中的影响因子。在这个传播链中，关注科学技术及其与社会发展的媒介载体和具备良好科学素养的记者、编辑是科技新闻传播获得良好效果的首要条件。

科技事件的发生，离不开科技人物，科技人物是科技新闻的源头。因此，对科技人物的深入了解，把握好采写环节是决定科技新闻信息数量、质量的重要保证；媒介受众是新闻报道的消费者，他们的受益程度是衡量科技新闻传播效果或影响力（价值）的标准；对科技记者、编辑来说，科技新闻要让受众看得懂，记得住，有教益。能否根据不同载体和特定层次受众群体的特点，确定合适的报道题材、精准的新闻选题和通俗的文本表达将直接影响科技新闻的传播效果。

科技新闻的选题、采写是科技记者的基本功。选题应主要围绕国家或地区经济社会的重大科技发展需求，以及受社会公众（包括科技界）关注、与科技有关的社会民生问题，其中包括新的科技政策与法规，最新的科技成果，典型科技人物，新科技产品，以及新技术、新方法的推广，新科技知识的普及，等等。

面对一些重要的科技新闻选题，科技记者常常会采用“科技新闻深度报道”形式，这是一种多角度、全方位反映有关科学事物过程、科技人物活动，并揭示科学事物发展规律，人与自然、社会关系的新闻报道体裁。科技新闻深度报道具有社会性、思辨性、深入性和整合性，常见于科技人物、科技事件的通讯报道、系列报道和组合报道等。做好科技新闻深度报道还取决于记者对科学及其发展的认知，主要包括四个方面：一是要真实、客观、全面反映客观事实；二是要有科学认识事物的理性思维；三是要有认识自然世界过程的艰巨性和复杂性的思想意识；四是对科技人物的客观评价与宽容，这都是做好科技新闻深度报道的基础。

科技新闻的采写除了有一般新闻采写要求之外，科技记者还应特别了解国家或地区的科技政策法规、科技发展规划或计划，熟悉相关领域专业的科技知识；拟定详细的采访提纲，与采访对象（科技专家、科技管理者）深入沟通。对采访对象提供的背景资料、新闻素材以及此前的新闻资料要进行分析与甄别。资料提供者或被采访者的职称、职务、承担科研项目与取得科技成果的层次、发表的论文、著作水平与所获奖励的级别等，都是资料可信度的判别依据。

报道基础科学研究成果，会出现学术上有不同见解与科学成果“真实性”问题，记者采访报道时常常很难准确把握。科学技术领域的学术争鸣和科技新闻的真实性是不相同的概念，科学技术的发展是一个认识、改造客观世界和不断探索的过程，科学家在同一学术问题上可能会有不同的见解，并常常拥有不同的依据，这是在科学技术认识过程中的必然结果。深入采访时可能会遇到反映不同观点的意见及其证据，这是一种客观存在。新闻媒介、记者和编辑不可充当裁判员，不可妄加臆断，褒此贬彼，而应当客观、公正地如实反映。在科学技术发展的过程中，新思想、新理念、新技术、新方法在初始阶段常常只有少数人的支持，“真理往往掌握在少数人手里”。记者在采写中如能以“真实性”原则作指导，抓住有价值的“少数人”的“真理”线索，就可能超前性地予以客观报道，但报道时要特别核证少数派意见论据的可靠性。

科技新闻写作是一门“翻译的艺术”。科技新闻文本要充分考虑与媒介对应的受众群体的接受度，科技知识的文本表达应深入浅出，具有可读性，通常是指文本表达通俗化、科学概念形象化、科技常识趣味化；文字表达的准确性是科技新闻的另一特征，是在真实性前提下实现的。一般来说，准确性表现在局部、微观、细节的描述上，真实性则体现在新闻事实的全面、宏观、总体层面。

与时代同步，与科技同行，这是科技新闻工作者的职责与价值所在，也应当是科技新闻从业者的基本遵循。科技记者唯有奋发踔厉、笃行不怠，为国家科技事业的发展倾情“鼓”与“呼”，在新时期、新征程中留下无悔的足迹，才能不辜负这个创新勃发的新时代。

目　录

第一部分　消息报道（90篇）

（一）科技会议消息报道

（二）科技成果消息报道

第二部分　专家访谈（19 篇）

第三部分　人物通讯（19 篇）

第四部分　事件通讯（10 篇）

第五部分　组合报道（19 篇）

（一）“千年学府——湖南大学科技纪行”组合报道（10 篇）

（二）“国家自然科学基金资助绩效调查”组合报道（4 篇）

（三）“中国高铁技术创新发展”组合报道（2 篇）

（四）怀念袁隆平组合报道（3 篇）

第六部分　专题报道（7篇）

第七部分　重要约稿题录（13篇）

第一部分

消息报道（含会议、成果、其他三类报道90篇）

提示： 在媒体新闻报道中，“短、平、快”的消息报道是最常见的一种体裁。进行科技消息报道，科技信息的获取是首要条件。

科技新闻中消息报道的科技信息来源可分为四大类：一是会议科技信息源，包括党政机关、部门、行业、集团等召开的综合性会议、科技大会、表彰大会，科技与学术领域的学术年会、交流研讨会、项目论证会等；二是科技成果信息源，包括权威学术刊物刊发的高水平研究论文、科技成果鉴定活动；三是高技术含量的新科技产品发布、新技术演示活动；四是有影响的科学学者、技术专家提出有针对性的建议、意见、观点等。

从各种会议获取科技信息，要从会议资料中抓住科技热点、要点信息。重视新闻发布会主题，主动获取新闻素材，会场提问要准确、明了，有一定深度。从综合会议中获得到的最新科技信息，要迅速披露。科技消息报道要贴近社会生活、满足受众需求，必要时增加相关知识的科普篇幅。

科技消息报道尽量不用“华而不实”的辞藻，标题应少“赞语”，多“白描”，科技成果形成过程的描述要精准，不要出现否定前人研究的描述。在事实过程、数据不清楚时，应予“回避”（即模糊处理）。

（一）科技会议消息报道

长沙科技开发区发展迅速

湖南高新技术产业开发揭开新篇章

（1991 年 10 月 4 日　第 1 版　长沙报道）

近日，湖南省政府在长沙市召开全省高新技术产业开发工作会议，动员全省上下团结一心，科技兴湘，加快高新技术产业的发展。

湖南省拥有自然科学技术人员近 40 万人、地市级科研机构 184 个、高等院校 51 所，在发展高新技术产业特别是电子信息、新材料和生物工程等领域有一定的优势。自 1988 年创建长沙科技开发试验区以来，已建有高新技术企业 66 家，开发高新技术项目 177 项。

今年 3 月，国务院正式批准长沙科技开发区为国家级高新技术产业开发区，湖南省把加快长沙科技开发区的建设作为关系湖南经济发展的一件大事，决定采取 4 条措施：一、成立开发区领导小组；二、对开发区实行“特区特办”，优惠政策叠加，择优使用；三、省、市政府从今年开始，连续 3 年共投入资金 4800 万元，并将多方筹措资金，增加科技投入；四、建立促进生产力发展的运行机制，开发区内各项管理制度要大胆改革。

会后，湖南省和长沙市的党政军及政协领导同志、国家科委高新技术产业开发区领导小组负责人参加了长沙高新技术产业开发区与麓山科技园奠基仪式。

张家界举办国际森林保护节

武陵源风景区生态保护备受赞誉

（1991 年 12 月 3 日　第 1 版　张家界报道）

11 月 8 日至 11 日，由湖南省政府举办的“中国湖南张家界国际森林保护节”在湘西北武陵源自然风景区举行。国家有关部门、部分省、市领导和来自美国、日本、奥地利等 10 多个国家和地区的外交使节、科学家、爱国侨胞、经济界人士及旅游观光者约 6000 人参加了森林保护节活动。

武陵源风景区地处湘西北武陵山脉中段，由张家界国家森林公园、索溪峪自然保护区和天子山自然保护区三部分组成，面积为 100 多平方千米。这里海拔高度平均 800 米，相对高差近千米，属亚热带山地湿润型气候，适合多种针叶林、阔叶林和珍稀动、植物生长繁衍。30 多年来，有关管理部门将森林开发与生态保护并重，完整保留了该区域自然生态环境。自 20 世纪 80 年代初这里成为旅游热点以来，特别加强了卫生环境和森林防火措施，注重生态效益、经济效益和社会效益的统一，形成了较好的生态经济型林业体系，既保护了丰富的动、植物资源，又促进了该区旅游业的兴旺与经济发展。

目前，景区内森林覆盖率达 97％以上，保留了大片原始次生林，各类植物达千种以上，动物种类数百种，并保存有一批国家级保护动物和珍稀树木。中外科学家纷纷赞誉这里是“绿色宝库”“动物乐园”“植物标本园和基因库”。景区管理部门在旅游区开发建设过程中还认真采纳科学家建议，对区内奇峰异洞、古生物化石等地质资源加以重点保护，效果明显。目前，武陵源已申报联合国“世界自然文化遗产”。

森林保护节期间，举行了有中、日、德、泰、法等国 70 多名林业领域专家、学者参加的国际生态林业学术报告会，我国长江中下游 9 省防护林体系建设领导小组工作会议也在此召开。同时还举办了湖南省林业建设成就展览、森林节专题邮展、森林画展、花卉盆景展和民俗风情旅游风光展等一系列“绿色文化”活动。

立足高起点　制定新政策

深圳加快科技促进经济步伐

（1992 年 5 月 26 日　第 1 版　深圳报道）

最近，深圳市召开科技工作会议，在总结经验的基础上，推出了一系列鼓励发展高新科学技术、实现科技产业化的新政策。

近 10 年来，深圳市依靠科技进步推动经济发展，生产总值平均每年递增 47％以上，人均生产总值平均年增长 23％以上。经济和科技体制的改革，加速了科技成果商品化、科工贸一体化，形成科技—经济关联发展的良性循环。去年市科技局组织实施科技项目 92 项，已鉴定的 71 项研发成果中，达到国内先进水平的有 57 项。有 47 项成果转化为商品，创产值 2.7 亿元。全市 19 家高新技术企业创产值 15.3 亿元，实现利税

1.5亿元，平均全员劳动生产率为38.2万元。

为了力争在高起点上保持经济持续发展的高速度和高效益，使深圳在第二个十年发展中成为科学技术先进的外向型、综合性经济特区和多功能国际性城市，中共深圳市委、市政府抓住时机，确定把发展科学技术放在经济与社会发展的首要位置，制定了依靠科技进步、促进经济发展的新政策。

新政策主要包括：建立企业的科技指挥系统，在全市大中型企业中实行总工程师负责制；强化企业技术开发投入，增强企业开发新技术新产品的能力；设立最优惠利率的科技贷款，从今年起每年5000万元，连续5年，支持科技成果商品化产业化，市科技局还拨出200万元作为科技贷款的风险基金；以内地科技实力较强的大专院校、科研院所为依托，发展深圳的科学技术；让有贡献的科技人员先富起来，奖励经费从项目实施后获得的税后利润中按比例提取，并可连续提取三年，所得奖金免收个人所得税；鼓励海外留学生来深圳工作，由市领导带队去国外招聘留学人员。对已在深圳内联、内驻企业工作的优秀科技人员，希望留在深圳而未能解决户口的，今年市政府拟拿出专门指标予以解决；鼓励特区内外的科技人员在深圳创办或受聘于已开发与生产高新技术产品为主、科工贸一体的民办科技企业，并享受优惠待遇。

湖南省委省政府授予袁隆平“功勋科学家”荣誉称号

（1993年1月27日　第4版　长沙报道）

最近，中共湖南省委、湖南省政府在一次专门会议上，授予我国著名杂交水稻育种专家袁隆平“功勋科学家”荣誉称号，中共湖南省委书记熊清泉称赞袁隆平是“湖南的钱学森”。

袁隆平潜心耕耘30余年，在世界上首次突破“水稻杂交优势利用”这道难关，实现了三系法杂交水稻大规模应用于生产，并取得巨大成功，被国际同行誉为“杂交水稻之父”。袁隆平先后获得全国科学大会奖、全国第一个特等发明奖、三次国际科学奖和联合国知识产权组织颁发的“发明与创造”金奖。

按照袁隆平的设想，杂交水稻由三系法品种间杂交，经二系法亚种间杂交，再到一系法远缘杂交，需要几代人坚韧不拔地进行科学研究与实验探索。

他说：“当前正在研究方法较简单、效率更高的两系法杂交水稻。其中，两系法品种间杂交水稻已基本成功，这种新的杂交水稻不仅产量要比现有杂交水稻高5%～10%，而且米质有很大改进。在今后2～3年内，将大力推广这些杂交水稻新组合，尽快转化为生产力。”

两系法品种间杂交水稻虽获成功，但他梦寐以求的目标是两系法亚种间杂交水稻，因为它具有更大的增产潜力，理论上可比现有杂交水稻产量高30%以上。袁隆平笑着说：“实现了这个目标，我此生也就心满意足了。”

今年初，联合国粮农组织做出决策，要借助中国的力量在几个主要水稻生产国优先发展杂交水稻。最近，袁隆平领导的湖南杂交水稻研究中心受该组织和我国农业部的委托，正在培训印度的水稻育种专家和农艺师，还将派出两名专家去越南进行技术指导。

加快开发步伐　带动经济腾飞

“五区一廊”将成为湖南高科技产业基地

（1993年7月23日　第1版　长沙报道）

在最近召开的湖南省第二次高新技术产业开发工作会议上，郑培民副省长代表中共湖南省委、省政府提出：把发展高新技术产业、加强科技进步作为重大战略措施来抓，要加快高新技术产业开发步伐，带动全省经济腾飞。

一年多来，湖南省逐步形成了以长沙、株洲两个国家级科技开发区和岳阳、湘潭、衡阳三个省级科技开发区相连的“高科技走廊”。五个开发区共筹措资金15亿元，开工面积达100多万平方米，完成工程36万平方米。273家高新技术企业共开发项目462个，利用外资4140万美元。高新技术产业完成产值4.6亿元，实现利税9600万元。1992年全省共安排火炬计划、巨龙计划、重大开发计划80多项。项目全部完成后，可年新增产值15亿元，年新增利税4.2亿元。到目前为止，已有四分之一的项目初步形成了规模经济效益。

今后两年湖南省加快高新技术开发的主要措施是：一是在“五区一廊”大胆进行产权、分配、劳动人事、社会保障等方面制度综合改革试点，积极引进人才、技术、资金和经营管理经验，将高新技术推向国际市场；

二是由省科委与长沙高新技术开发区合作建立火炬创业中心，在开发区实现人才、智力、资金三大资源的优化配置，最大限度地解放科技第一生产力。充分运用国家的优惠政策，每年对10家以上高新技术企业进行孵化和全方位服务；

三是加强高新技术辐射，改造传统产业。在机械、电子、轻纺、化工、冶金、食品等传统行业中，选择10家有代表性的大中型企业作试点，采用最新科技成果、先进工艺和科学管理，使其成为全省科技先导型企业的样板，带动全省传统产业的科技进步；

四是加快引进一批高科技人才，同时重视对现有科技企业人员的培训。“请进来，走出去”，培养、造就一大批具有科技意识、竞争意识、法律意识的科技企业家；

五是通过大张旗鼓、实事求是地宣传，提高全社会特别是各级、各地区部门、各单位领导干部的科技意识，增强时代感和紧迫感，在全省上下真正形成共识。

长沙市委市政府尊重科学有新举措

聘请周光召等学部委员为高级顾问

（1993年10月18日　第1版　长沙报道）

10月4日下午，长沙市第三次科技大会在麓山宾馆会议大厅隆重开幕。会场上洋溢着尊重科学、尊重知识、尊重人才的热烈气氛，当中共长沙市委副书记郭俊秀同志宣读了长沙市的决定，聘任我国著名科学家周光召、梁栋林、陈国达、王大珩、师昌绪、杨嘉墀、陈能宽、梁晓天、周毓麟、姚开泰、丁国瑜、孙曼霁、方守贤、杨芙清、王越、蒋民华、俞汝勤等17位中国科学院学部委员为长沙市高级科技顾问时，全场响起欢乐的鼓乐声和热烈掌声。中共长沙市委、市政府主要负责同志向科学家颁发了聘书，天真活泼的少先队员向科学家献花献词。

长沙市市长在开幕词上说，科技优势是长沙经济发展中最突出、最明显的优势。全市有20多所高等院校和130家科研机构，拥有近20万各类专业技术人才，在系统工程、信息工程、生物工程、材料工程等多个领域有一批高水平的人才和一大批优秀科技成果，经济社会发展水平在全国地级以上城市中位居第九名，经济综合实力进入中国城市50强的第20位。长沙的发展，并不是有很多的基建投入，而主要是依靠科技力量，把依靠科学技术当作振兴长沙的希望和经济发展的关键。中国科学院院长周光召等17位学部委员参加了大会，不仅是对长沙科技工作的巨大关怀，也是对长沙各项工作的巨大支持。

长沙市聘任中国科学院学部委员为高级科技顾问，目的是加强同国内著名科学家的联系，充分发挥专家在长沙市经济和科技工作重大问题中的指导、咨询作用，推动全市经济发展和科技进步。

湖南省召开省长办公会议
研究国家杂交水稻工程技术研究中心建设问题

（1995 年 7 月 7 日　第 1 版报眼　长沙报道）

今年的全国科学技术大会刚结束，中共湖南省委常委会议就提出“大力加强农业科技的研究、开发、推广工作。要切实抓好国家杂交水稻工程技术研究中心的建设”，为此，省政府成立了由常务副省长王克英牵头的协调领导小组。

6 月 14 日下午，省政府召开省长办公会议，专题研究该中心的建设问题。省政府领导和有关委、厅主要负责人听取了筹备工作进展汇报，并就下一步的工作任务进行了深入讨论。

常务副省长王克英说，建设好“国家杂交水稻工程技术研究中心”是全省的一件大事，也是党中央、国务院很关心的一件大事。从总书记到普通老百姓，都很关注农业和粮食问题，湖南杂交水稻研究与推广为国家作出了贡献，也为湖南争得了荣誉。建设国家级工程中心的目标是“多出成果、快出成果、出好成果”。建设这个中心，湖南要挑起重担，各方面都要支持，把工作做好。

潘贵玉副省长对筹建工作提出了具体要求：一是特事要特办，重点保证科研，3 年见成效；二是多方支持，省属各委、厅要打破常规予以支持与服务。庞道沐副省长还强调工程中心筹建工作要尽快做到四个“到位”，即领导班子到位，筹建资金到位、制种基地到位和工作任务到位。

我国著名杂交水稻专家、湖南杂交水稻研究中心主任、中国工程院院士袁隆平在会上介绍了目前正抓紧进行的两个攻关项目的进展，表示要借建设国家杂交水稻工程技术研究中心的“东风”，加倍努力，做好各方面工作，出成果，出人才，为我国水稻生产的新发展做出更多的贡献。

内地与香港工程科技界专家共谋高科技产业发展大计

（1998 年 4 月 20 日　第 1 版头条　北京报道　王亚芬参与采写）

4 月 16 日至 17 日，由中国工程院和香港工程科学院联合召开的高技术产业化研讨会在北京举行。来自我国内地及香港特别行政区的科技界、工程技术界、经济技术界、企业界的 200 余名专家、学者（其中两院院士 70 余人）汇聚一堂，就香港和内地如何发挥各自优势，互补协作，促进我国高技术产业化发展等问题进行研讨。

17 日下午，中共中央政治局常委、国务院副总理李岚清接见了参加会议的香港工程科学院代表团主要成员。

中国工程院院长朱光亚在大会开幕式上讲话，他希望内地和香港的专家、学者相互交流实践经验，通过深入研讨，集思广益，为加快我国高技术产业发展、推进工程科技队伍建设与合作、促进内地与香港的繁荣稳定做出贡献。

世纪之交，如何发展高技术产业，进一步提高我国在国际市场的竞争能力，是内地和香港在经济社会发展方面共同面临的挑战。

1986 年我国制定的“863”高技术研究发展计划，积极推进了高技术研究及其产业化，至今已研发出一批高新技术和产品，但在高技术产业化方面取得的成果还很有限。中国工程院和香港工程科学院认为有必要对香港和内地的高技术产业化等问题进行研讨，以促进两院及两地工程技术界的交流与合作，推动我国工程技术和高技术产业化的发展。

会议期间，国务院发展研究中心王慧炯研究员，香港贸易发展局主席冯国经博士，香港工程科学院院长、中科院外籍院士、美国工程院院士高锟教授等 18 位专家学者就内地与香港如何发挥各自优势，互补协作，进一步促进我国高新技术产业化发展作了专题报告，并就信息电子、生物工程、材料工程技术等领域的新动向、发展战略与对策，包括研究与开发、生产与管理、产业化与产品化、融资与创业风险基金等问题进行了交流和探讨。

中国工程院和香港工程科学院的专家们达成了共识并提出建议。他们认为，内地已经建立了一个比较完整的科技体系，有着一支人数可观的科技队伍，许多高技术领域在世界上占有一席之地。同时，也建立了相当规模的工业基础，在高科技领域产业化进程中也取得了一定的成功经验，内地还有广阔的国内市场，并且已经开始进入世界市场，这些为我国经济和高技术产业化的发展提供了良好的空间。香港是世界三大金融中心之一，有广阔的融资潜能，拥有世界上最完善的商业体系，信息网络连接世界各地，有着开拓国际市场的丰富经验，也拥有良好的工商业管理经验与人才。各自优势明显，合作空间很大。

专家们认为，高技术产业化有可能成为今后双方加强合作，共同推动经济稳步增长，提高综合国力的重要领域之一。香港和内地进行高技术产业化的合作，内容广泛，形式多样。可以从本次研讨会上提出的建议中选择项目，在会后进一步探讨，逐步深入推进实施。

专家们表示今后将更好地发挥桥梁作用。两院准备建立一种常设联络机制，努力推进两地在高技术产业化的合作。

用法律为科学家护航
在湘两院院士获无偿法律服务

（1999 年 4 月 26 日　第 1 版　长沙报道）

4 月 2 日，湖南省院士联谊会和湖南省科委、司法厅、教委的负责人向为在湘两院院士提供无偿法律服务的湖南湘华律师事务所授牌，并向 4 位律师颁发法律顾问聘书。

湖南省副省长潘贵玉在授牌仪式上说，在知识经济时代，知识产权更需要法律保护。院士们的工作很忙，遇到法律纠纷，既费时又费力，湘华律师事务所无偿为在湘工作的中国科学院和中国工程院院士提供法律事务服务，这是依靠法律保护知识产权的一个创举。

湖南省院士联谊会会长、中国工程院院士何继善对湖南省政府和有关部门及律师事务所的关心、支持表示衷心感谢。他说，现在院士们的工作量很大，在科研合作、成果转让等方面难免会遇到各种法律问题，需要得到很好的法律服务。曾有在湖南工作的一位院士，被一场官司纠缠了 10 年，虽然打赢了，但在精神和工作上都受到很大影响。现在有了法律顾问，对院士们潜心科研将有很大的帮助。

为有效发挥法律顾问的作用，湖南省院士联谊会与长沙市司法局共同确定，由湖南湘华律师事务所负责为院士提供法律咨询，免费代理院士处理各类法律事务。提供法律服务的范围包括：担任院士个人的法律顾问和代理，参与民事案件、行政案件的诉讼；受院士委托，代理各类诉讼案件的申诉，参加调解或仲裁活动，提供非诉讼法律服务，解答有关法律问题，代写法律诉讼文书和有关法律事务的其他文书。

湖南湘华律师事务所主任陈金桂律师表示，受聘担任两院院士的法律顾问是历史赋予的重任。当前，科技人员的合法权益被侵犯，甚至科技成果被剽窃的违法现象时有发生，这就需要运用法律武器为科学家们保驾护航。

在湘工作的两院院士除因病和因公外出者外全部出席了授牌仪式。

首届高交会取得巨大成功

网上交易将成为不落幕的交易会

（1999 年 10 月 12 日　第 1 版头条　深圳报道　张怀忠参与采写）

10 日首届中国国际高新技术成果交易会落下帷幕。闭幕式由高交会组委会副主任、科技部副部长邓楠主持。高交会组委会主任、深圳市市长李子彬在闭幕式上讲话。

李子彬说，本届高交会有一大批代表中国和国际先进水平的最新科技成果参加展示和交易，虽然现场交易会闭幕了，但是“高交会”是不落幕的交易会，网上交易将继续为促进国际间高新技术成果交流，推动国际技术贸易发展，加快中国高新技术产业发展提供服务。

李子彬强调，本届高交会进行了大胆的探索和尝试，积极推动风险投资机制与高新技术成果交易相结合，创造性地发挥了政府和中介组织在促进科技成果交易中的作用，把风险投资和证券商引入高交会，促进了高新技术成果产业化。

这次高交会在改变资金流向、投资高科技产业方面，起到了良好的投资导向作用，不少从事房地产业的资金转向投资高科技产业。在国内公司购买外国技术和促进国际间技术交易方面，高交会也取得了显著成效。留学生科技项目在这次高交会上取得了较好的成交业绩。

据组委会统计，本届高交会成交项目 1459 项，成交总额为 64.94 亿美元。其中，高新技术项目成交 1030 项，成交金额为 42.78 亿美元（合同成交金额 30.44 亿美元，协议金额为 12.34 亿美元），占总成交额的 65.9%；其他项目成交 429 项，成交金额 2.16 亿美元。

在成交项目总数中，外商投资成交项目数 198 个，投资总额 18.29 亿美元，分别占总成交项目数和总成交额的 19.2%和 28.16%。其中，外商投资高科技项目成交 146

个，投资金额14.45亿美元，分别占外商投资成交项目数和投资总额的73%和79.1%。

交易会出口成交总额为18.34亿美元。其中，出口成交7.79亿美元，进口成交10.5亿美元。高新技术及产品进出口成交总额17.32亿美元，其中，出口6.92亿美元，进口10.4亿美元，分别占出口成交总额和进口成交总额的88.83%和98.58%。

湖南省副省长庞道沐说：
“要以‘高交会’为契机，加快湖南高科技产业化”

（1999年10月17日　第1版　深圳报道）

日前，记者在深圳举行的“湖南省高科技项目签约信息发布会”上，采访了带队湖南省参展组团的副省长庞道沐，请他就参加“高交会”和该省高科技产业发展等问题谈谈自己的看法。

庞道沐副省长说，首届“高交会”在深圳成功举行，为我们提供了一个很好的课堂，一次很好的学习机会，促进了观念的更新，知识的更新。通过广交朋友，寻求合作，签约成交情况令人满意。通过参展，与国内外发达地区比较，也看到了自身的差距。

谈到湖南省科技产业化发展，庞道沐说，自改革开放以来，湖南的高科技产业发展较为迅速，巨型计算机、粉末冶金、超硬材料、中央空调、两系法杂交水稻、信息新材料、机电一体化及生物工程领域，都形成了一批具有前景的新兴科技产业。1998年，全省科技进步对经济增长的贡献率已达到41%，科技综合实力居全国第14位。面对以知识经济为特征的新世纪和以高科技产业为主体的新经济形势，湖南省制定了一系列新的改革措施，把发展高新技术产业放在首要位置，要依靠科技的力量，使全省经济建设跃上新的台阶。

根据本省社会经济发展的实际，湖南省正在实施科技产业化计划，其主要内容包括：依靠新的知识、新的技术改造传统工业，面向市场，促使产品升级换代；依靠科学技术促进由农业大省向农业强省的转变，实施农业结构调整，调大规模、调优品质、提高效益，打好4张“杂交牌”（杂交水稻、杂交玉米、杂交油菜、杂交辣椒）；大力发展民营高科技企业，给好政策，给足政策，使高科技企业向更高层次发展。

基层科技进步是科教兴国基础

全国科教兴市（县）工作会议在株洲召开

（1999 年 12 月 23 日 第 1 版 株洲报道 张怀忠参与采访）

全国科教兴市（县）工作会议日前在湖南株洲闭幕。此次大会是深入实施科教兴国和可持续发展战略，全面落实全国技术创新大会精神，进一步推动基层科技进步的一次重要会议。全国人大、科技部、中组部、人事部、教育部和湖南省、株洲市领导，全国各省、自治区、直辖市近 400 位代表出席了大会，科技部副部长韩德乾在会上作了工作报告。

韩德乾在报告中说，科技兴市（县）活动探索出社会主义市场经济条件下基层科技工作的宝贵经验。具体表现在一把手抓第一生产力，各部门配合协作、联动形成合力以及加强科技管理体系建设、保证政府的投入等方面。他同时指出，在科技兴市（县）工作中还存在重点不突出、措施不得力、发展不平衡、个别地方存在形式主义等问题。韩德乾提出了今后工作的基本思路和指导思想：以邓小平理论和党的十五大精神为指导，开展科教兴市（县）工作；要将推动可持续发展摆在重要战略位置；加大西部地区工作力度；按社会主义市场经济规律办事，不断总结经验，把科教兴市（县）工作纳入法制轨道；突出重点，因地制宜开展工作，加强技术创新，促进经济增长方式转变。

在分组讨论会场上，来自全国各地的代表本着学习、交流的态度畅所欲言，会场气氛十分热烈。山东省东营市副市长陈胜说，该市成立了由市长任组长的科教领导小组，专门组织了“实施科教兴市战略座谈会”，求计问策于科技人员，倾听不同战线科技人员的呼声，真心实意为科技办实事、办好事。人大、政协把科技工作列入各自年度工作重点，加大科技执法检查，共同推动科教兴市战略的贯彻实施。

深圳科技局副局长侯文涛则认为，知识经济说到底是人才经济。深圳市从实际出发，制订了相关政策，采取引进与培养相结合的人才政策，有效地解决了发展高新技术产业的人才需求问题。深圳每年从国内外吸纳一万多名本科以上学历毕业生，先后推出了科技人员持股、技术成果入股等制度，鼓励、支持内地和海外人才携科技成果到深圳创办企业，用法律、规章保护其合法权益。据悉，迄今为止，全国已有 26 个省、自治区、直辖市参与了科教兴市（县）工作，并已经评选表彰了科技先进县 888 个、先进市 66 个和先进城区 70 个。

中南大学开展向金展鹏院士学习活动

（2004 年 11 月 12 日　第 1 版　长沙报道）

日前，中南大学作出“关于向金展鹏同志学习的决定”，号召全校师生学习他信念坚定、潜心耕耘的敬业精神；学习他身残志坚、呕心沥血的不懈追求；学习他教书育人、严谨治学的高尚师德；学习他谦逊平易、淡泊名利的宽广胸襟。

记者从采访中得知，中国科学院院士、中南大学教授金展鹏自 1998 年初突发疾病导致高位瘫痪以来，以惊人的毅力，先后主持材料科学领域重要的科学研究和国际合作课题 5 项，指导培养了 20 多位高质量的博士、硕士研究生，受到国内外同行的钦佩和赞叹，成为全校师生学习的楷模。

金展鹏院士是中南大学材料科学与工程学教授，1960 年大学毕业以来，一直从事金属材料相图与相变动力学研究。他于 20 世纪 80 年代初首创的“三元扩散偶-电子探针微区成分法”，实现了国际相图实验测量方法的重大突破，被国际上称为“金氏相图测定法”；他建立的“热化磁矩法”及相图数据库，被国际上广为应用；他发表了 170 多篇论文，被国外 50 多种学术刊物采用。金展鹏先后担任了国际金属相图委员会委员、中国材料学会理事、《国际相图计算》杂志副主编等多个国内外学术职务。他培养的博士、硕士研究生中，有多人成为国内外相图学领域的骨干。

1998 年 2 月春节期间，金展鹏颈椎病突发，造成高位瘫痪，生活完全不能自理。然而，他怀着对科学无限热爱和不懈追求的信念，以超出常人想象的毅力，在“轮椅”上继续着他的科研、教育事业。近 5 年中，他先后主持承担了国家“863”课题“人工晶体氧化物相图研究”和 3 项国家自然科学基金课题“镍基合金与热障涂层界面反应的研究”“金刚石与基材界反应的热力与动力学研究”“锡基无铅焊材与基材间界面反应的热力学与动力学研究”以及与美国通用电气公司合作开展的国际合作项目“镍基高温合金相图研究”，均取得良好的科研成果。

5 年多来，他的研究生有 17 人参加了国际学术会议，有 1 人成了美国《相图平衡》杂志副主编，4 人任美国相图委员会委员（占委员总数的五分之一），6 人受邀到欧洲和美、日等国家从事博士后研究。目前，他领导的相图计算与材料设计研究所已成为国际相图和材料设计的研究中心之一。金展鹏在身体特殊条件下做出的科研、教育成就实现自己的心愿：“使中国在国际相图领域有一席之地。”

中美著名生物学家相聚“国际生命科学院士论坛”

（2004 年 11 月 18 日 第 1 版 长沙报道）

11 月 13 日至 15 日，以“模式生物与人类健康”为主题的“第一届国际生命科学院士论坛”在湖南师范大学举行。来自中、美两国的 27 位生物学家应邀在会上作学术报告。其中包括诺贝尔生理学或医学奖获得者、美国西雅图华盛顿大学 E. H. Fischer 教授与美国国家科学院院士 E. Davie 和 A. Garen，中国科学院院士朱作言、贺福初、姚守拙，中国工程院院士袁隆平、刘筠等中外著名科学家。

模式生物是指人们在开展生命现象研究中反复作为研究材料的物种，如小鼠、果蝇、线虫、斑马鱼等，现代生物学领域 60%的相关研究都是利用模式生物进行的。通过模式生物研究，可建立人类重大疾病的动物模型，对分析疾病的发病机制，解释特定人群对某种疾病的易感性，以及开发新型药物有重要的推动作用。

围绕论坛主题，两国科学家就“模式生物与信号调节”“模式生物与生物医学”“模式生物与人类健康”“动物模型及发育调节”和“眼睛发育与疾病”五个议题分别作了学术报告。美国科学家 E. H. Fischer 教授在报告中指出，由于每名患者的基因构成不同，只要通过对模式生物的研究，开发出适应不同患者基因的特有药物，攻克癌症就指日可待。

湖南师范大学生命科学学院在模式生物研究方面取得了令人瞩目的成就。由中国工程院院士刘筠主持的“四倍体鱼的培育方法”已获国家科技进步二等奖和国家知识产权局授予的第八届“中国专利优秀奖”；梁宋平教授在蜘蛛毒素和蛋白质组学研究领域连续获得 6 项国家自然科学基金项目和两项“863”项目资助，先后在 Proteins 等刊物发表论文 50 余篇；特聘教授吴秀山博士通过研究果蝇、鸡等模式生物来研究人类的心脏病和心血管病以及心脏发展机制，初步揭示了果蝇心脏早期发育的基因控制机理，先后在国内外权威杂志发表论文 130 余篇，SCI 论文引用次数达到 448 次；该学院“长江学者”张健教授在基因克隆与转基因动物的研究、邓红文教授在复杂性状与疾病研究方面均取得突出的研究成果。

湖南省科协主席何继善院士强调：充分发挥科普力量，提高全民科学素养

（2006 年 4 月 4 日　第 1 版　长沙报道）

近日，在湖南省科协七届五次全委会议上，湖南省科协主席何继善院士总结 2005 年全省科协工作时强调，今后要围绕社会主义新农村建设与和谐社会建设，充分发挥科普力量，提高全民科学素养。

2005 年，湖南省各级科协调动科普力量，切实加强农村科普工作，精心组织开展了大型社会化科普活动，并深入开展青少年科技教育活动，取得明显成效。其中，“科教进社区”活动和全国科普日活动，受到中央文明办、中国科协的表彰。

何继善指出，2006 年是实施“十一五”规划、落实全国科技大会精神的第一年。今年 2 月，国务院发出《国务院关于印发全民科学素质行动计划纲要（2006—2010—2020 年）的通知》，正式颁布实施《全民科学素质行动计划纲要》。大力推动全民科学素养建设，科普尤为重要。为此，他提出四点建议：

一是围绕社会主义新农村建设，进一步抓好农村科普工作。从 2006 年开始，在全省科普示范县试点，建立乡镇科普活动站；鼓励社会参与、多方集资，建设一处或一组 12 平方米以上的标准较高的乡镇科普宣传栏（画廊、橱窗）；建立一支 50 人以上的乡镇科普志愿者队伍；以村民小组为单位，设立一名科普信息员。切实构建新的农村科普服务平台，引导广大农村干部树立科学发展理念，着力培养有文化、懂技术、会经营的新型农民。

二是围绕和谐社会、节约型社会和文明城镇建设，切实抓好城镇科普工作。要以社区科普教育为重点，在城镇居民中宣传科学发展观，重点倡导和普及节约资源、保护环境、节能降耗、安全生产、科学生活、和谐共处等观念和知识，提高市民素质和城镇文明程度。从 2006 年开始，继续深入开展“讲科学生活、建和谐社区”为主要内容的“科教进社区”活动。

三是围绕提高自主创新能力，着力加强企业科协工作。深入开展以自主创新为核心的竞赛活动和各种形式的科技、科普活动，提高企业干部职工的科技素质和自主创新能力。

四是围绕提高创新意识和实践能力，深入开展青少年科普工作。要结合素质教育，培养青少年创新意识和实践能力；组织动员广大科技工作者参与和指导面向未成年人

的科普活动；继续抓好科学家与青少年“大手拉小手”活动，启动农村青少年群英计划，开展未来科学人才培养计划等。

中外专家在湘探讨冰雪灾害成因与对策

（2008 年 3 月 25 日　第 2 版　长沙报道）

日前，湖南大学“建筑安全与节能”教育部重点实验室协同《自然灾害学报》举办 2008 年特大冰雪灾害学术研讨会，来自湖南省和美国、英国及中国台湾地区的气象、交通、城市建设等相关领域的专家参加了研讨会。专家们围绕雨雪冰冻灾害对建筑、交通和社会基础设施的现有荷载设置、设计方案以及应急措施进行了系统评估，并探讨了加热混凝土路面、机场跑道、屋面等新技术的应用前景。

研讨会上，湖南省气象局局长祝燕德分析了 2008 年初南方持续雨雪冰冻灾害的成因，并对气象部门如何预报此类极端气候作了详细介绍；郴州市建设局局长卢少林介绍了该市的灾情成因以及在应对机制方面存在的问题；美国内布拉斯加大学林肯分校教授段永弼介绍了加热混凝土路面在公路桥梁建设方面的应用；针对极端气候条件下交通管理方面的问题，英国 Hyde 公司的 Neil Harvey 介绍了有关经验。

第三届生物医学工程、生物分析与纳米技术国际会议召开

（2008 年 6 月 17 日　第 1 版　长沙报道）

日前，由国家自然科学基金委、湖南省科技厅和湖南大学共同主办的“2008 年第三届生物医学工程、生物分析与纳米技术国际会议”（ISBBN 2008）在湖南大学举行。

美国科学院院士理查德 · N. 杰尔、穆斯塔法 · 艾尔 · 赛义德，中国科学院院士汪尔康、张玉奎、俞汝勤、姚守拙，第三世界科学院院士董绍俊，以及杨士成、聂书明、杨沛东、戴宏杰等国内外著名专家、学者相聚一堂，共同探讨和展望生物医学工程、生物分析和纳米技术的最新进展和学科前沿。

近年来，随着化学生物学、生物医学工程学等新学科的诞生，生物分析技术已向

生物学、工程学、医学紧密结合的方向发展，并在生命分析化学、生物医学工程等领域创造出一批引人瞩目的新技术、新成果，成为21世纪科技发展的热点和重点。

理查德·N. 杰尔教授在会议上作了题为《用于生物分析的微流控平台》的学术报告。他认为，生物医学和生物分析研究的发展前景广阔，需要科学家、工程师在基础研究上不断作出努力，这将是长期的过程。他指出，现在中国很多高校都建设有重点实验室，这对基础研究非常有利。重点实验室的建设不仅仅要在研究领域内部自成体系，同时还要让学校里更多青年学生和老师参与，共享资源，这样的研究才更有活力。

科技部基础司司长张先恩接受采访时指出，我国目前在纳米科学研究领域势头不错，生物医学领域的研究需要进一步加强国际合作，提高研发能力。纳米技术、生物分析技术在生物医学上有着广泛的应用，如生物工程分析检测仪器应用于临床疾病诊断，纳米技术帮助生物组织修复，纳米材料作为药物的输送载体等。在人体功能的修复方面，今后的技术研发有可能为患者创造新的治疗方法。他强调要加强基础研究，提高科技创新能力。

湖南大学校长、中国工程院院士钟志华表示，湖南大学在纳米材料、生物安全性、荧光纳米探针与分子信标、生物传感与计量学领域的研究取得了一定进展。湖南大学的化学生物传感与计量学国家重点实验室和生物医学工程中心，将继续保持、发挥生物与纳米科学等方面的基础研究优势，加强国内外的交流与合作，进一步提升科学研究能力，并加快科研成果的应用转化，全方位为社会服务。希望通过此次会议加强交流与互动，碰撞出更多思想的火花，产生更多的新成果。

当代大学生凸显创新能力

首届芙蓉杯国际工业设计创新大赛揭晓

（2009年1月15日　第2版　长沙报道）

由湖南省政府主办的“首届芙蓉杯国际工业设计创新大赛”近日在长沙举行。经过来自世界工业设计领域的8位权威专家和重要国际赛事评委的初评和终评，在9个国家和地区的近3000件作品中，湖南大学、中国台湾实践大学、广州美术学院的参赛作品脱颖而出，分别夺得3个类别金奖，中南大学等5所高校获得6个银奖，华中科技大学等6所高校获得铜奖。中国当代大学生在工业设计领域的创新意识、创新思维和创新能力得到充分的展示。

“首届芙蓉杯国际工业创新大赛”于2008年9月正式启动，至12月10日截稿，共收到海内外100多所高等院校参赛作品近3000件。此次大赛设公开组和企业组两大类别。参赛作品评选标准要求具有创新性、实用性、经济性和环保性。此次大赛评出18件作品入围角逐金、银、铜奖，其中湖南大学马超民的作品“轴心概念起重机”，中国台湾实践大学林士涵、郑育书的作品“敬护带”，广州美术学院刘畅的作品“子母式消防车”，分别夺得公开组装备产品设计类、生存设计类、交通工具设计类金奖。

本次大赛评委之一、国际工业设计联合会主席 Carlos Hinrichsen 认为，这些作品将工业和创意结合得很好，不久的将来，这些作品有希望成为很好的产品。国际著名工业设计师 Gordon Bruce 告诉记者，这次芙蓉杯国际工业创新大赛是一次高规格的赛事，它说明工业设计向前迈进了一大步。此次获奖的作品，都是能解决实际问题的作品，体现了年轻设计师们的社会责任感。国际红点设计奖评委、清华大学美术学院教授鲁晓波在接受采访时说：“这些年轻设计师的水平出乎我的意料，作品充分展现了他们在工业设计领域的创新能力。”

本次大赛承办单位负责人、湖南省科技厅厅长王柯敏说，工业设计是对产品、服务及其系统进行优化的创造性活动，是振兴产业、发展经济、增强竞争力的重要手段，被称为“21世纪最具增长性的生产力代表”。中共湖南省委、省政府主要领导对此次大赛予以高度重视和支持，并希望通过举办这样的大赛推动工业设计的发展，增强全省工业企业的核心竞争力，加快湖南新型工业化进程。湖南省把芙蓉杯国际工业设计创新大赛作为国际间、校际间交流的重要平台，将每两年举办一次，力争把该项赛事打造成一个开放度高、参与范围广、影响力强的国际品牌大赛，培养更多的优秀青年工业设计人才。

首届中美工程前沿研讨会在湖南举行

(2009年10月20日　第1版　长沙报道)

由中国工程院和美国工程院共同举办的“首届中美工程前沿研讨会”于10月19日至20日在湖南大学举行。来自不同工程科学领域的34名美国专家和40名中国专家参加会议。中国工程院院长徐匡迪，中共湖南省委书记张春贤，美国工程院院长查尔斯·维斯特（Charles M. Vest），会议中方主席、中国工程院院士、湖南大学校长钟志华和美方主席、美国工程院院士、哈佛大学 Allen and Marilyn Puckett 出席开幕式。

2008年6月，查尔斯·维斯特来京出席中国工程院第9次院士大会。会议期间，徐匡迪与他就两院双边合作事宜举行工作会谈。两院合作项目之一是2009年在中国共同举办第一次中美工程前沿研讨会。

徐匡迪在开幕式上致辞。他说，本次会议能够使两国的院士、专家共聚一堂，进行高水平的学术交流，这是互惠互利的好事，希望中美双方科技界的合作和友谊长存。

查尔斯·维斯特在开幕式上说，美中工程科技界的合作有很长的历史和很好的发展基础，期待这一次美中工程前沿研讨会使这种交流合作上升到一个新阶段。

张春贤在致辞时说，工程科技水平是衡量一个国家地区科技实力和综合竞争力的要素之一。湖南处于加速发展阶段，为工程技术的发展提供了空间，希望中外工程科技界为湖南的发展提供建议和意见。

中美专家围绕工程与公共卫生、食品安全、新节能技术、基础设施的可持续发展和防灾减灾、智能交通系统等主题开展研讨。

可食用的包装材料亮相长沙

（2009年10月23日　B1版　长沙报道）

在10月18日至19日举行的“2009中国（长沙）科技成果转化交易会”上，一种可食用的天然环保包装材料精彩亮相。

食品安全是关系到国计民生的头等大事，保护环境也是关系到国计民生的头等大事。同时满足这两个要求的材料——天然可食环保包装材料，在长沙“科交会”科技成果转化展区，人们看到了以天然可食环保材料制成的盘子、碟子、碗等餐具。

据介绍，该材料对环境无任何污染，在生产全程中没有“三废”产生，自然条件下几天内100%降解，也可以直接回收进行二次综合开发加工成饲料、肥料等，实现重复利用。由于它是以天然农作物作为原材料，大大降低了产品的成本。以展品中的碗为例，其成本仅为6分钱，它具有耐水、耐油、耐压、耐高温等特性。产品耐热性能在−16℃到130℃之间，热变形温度超过100℃，90小时内不变形，性能稳定。

湖南蜀宝高科环保有限责任公司的发明人宋交愚向兴致勃勃的参观者详细地讲解着该材料的各种用途和特性。这种材料不仅能做餐具，利用该技术还可以将项目产品制成各种食品、饮料、保健品等的包装盒、容器、托盘以及手提袋、包装箱，各类物品包装材料、建筑材料等。其应用领域非常广泛，是取代泡沫、塑料、纸制、竹制等包装材料的首选。据悉，该项技术已于2009年7月获得国家发明专利授权。各项技术指标均处于国内领先水平。

轨道交通电力牵引工程论坛在株洲举办

（2010 年 7 月 26 日　第 2 版　株洲报道）

为了促进我国轨道交通电力牵引技术发展，交流前沿技术与最新成果、探讨发展思路，由中国工程院产业工程科技委员会、湖南省科技厅、中国南车股份有限公司共同主办的“轨道交通电力牵引工程论坛”近日在湖南株洲举行。中国工程院王淀佐、邬贺铨、谭建荣、唐任远、李鸿志、黄崇祺、卢秉恒、赵旭、段正澄、刘友梅等 10 位院士和株洲电力机车研究所的专家，以及来自全国的专家、学者一道，就如何满足我国轨道交通快速发展的需求与电力牵引关键技术的自主创新问题进行了深入探讨。

近年来，作为国家重点扶持的战略性行业之一的轨道交通装备制造业，以电力牵引为代表的轨道交通装备系列集成技术得到了迅速提高，电力牵引技术的突破与创新，迅速提高了我国轨道交通装备技术水平。我国轨道交通市场发展前景巨大，根据我国《中长期铁路网规划》，到 2020 年，全国铁路运营里程规划达到 12 万公里以上，其中包括 200 公里以上的高速铁路达到 1.6 万公里，电气化率提高到 60%以上，总投资超过 2 万亿元。在城市轨道交通领域，到 2009 年，国务院批复了 22 个城市的地铁建设规划，总投资预计超过 8820 亿元，为国内轨道交通装备制造企业带来巨大的市场。

电力牵引系统是轨道交通牵引动力的主流，被誉为现代轨道交通车辆的“心脏”。电力牵引系统由牵引电机、网络控制装置和变流器等关键部件构成，涉及电力电子、计算机网络、电气自动化等多个学科技术领域，与其他牵引技术相比，电力牵引技术具有功率大、速度快、节能环保等优点，能够实现准时、快捷、安全、舒适和大运量、灵活编组运行，广泛应用于铁路机车车辆、城际高速轨道交通、区域重载轨道交通、城市快捷轨道交通等产业领域。

与会专家结合国家低碳、节能、环保产业政策要求，围绕“现代轨道交通牵引传动控制技术的研究与发展”“城市轨道交通的低碳技术应用研究”“高速列车中的动力学问题”“高速动车组牵引变压器的创新研究及应用”“轨道交通永磁同步牵引系统研究”“信息化在装备制造业中的地位”“数字化设计与制造”以及“永磁同步电机的技术前沿”等多个议题，交流了当今我国在轨道交通电力牵引技术领域的科研成果和技术问题，并对未来轨道交通电力牵引技术如何实现高效率、低能耗、低污染、低排放的发展模式进行探讨。

株洲电力机车研究所所长丁荣军在主题报告中指出，牵引传动及控制技术是现代轨道交通机车车辆的必备技术装置，是高速铁路客运和重载货运发展的基础。而成熟的牵引传动及控制技术，已成为国家铁路高技术水平的重要标志之一。近年来，在铁道部的支持和中国南车集团的领导下，该所投入20多亿元进行了大规模技术攻关，成功开发出4500V/4000A IGBT器件，成为全球第二家掌握该器件技术的企业。当前已研发成功“四象限脉冲整流技术”以及软开关技术，有效提高了轨道牵引系统的资源效能与环境保护。

关于电力牵引系统未来技术的发展走向，丁荣军认为，永磁驱动及控制技术将大有潜力，进一步推动轨道交通的新发展。他强调，永磁同步电机体积小、重量轻、转速平稳、过载能力强等突出优点，使得它将在未来取代异步电机，成为轨道牵引传动的主流牵引电机。目前的技术研究使得小功率的永磁驱动技术在电动汽车上实现批量应用，而大功率永磁驱动及控制技术的研究成果可应用于更高速的高速动车组。

2010年科技论坛院士行活动在湖南举行

（2010年10月28日　第1版　长沙报道）

为深入贯彻落实科学发展观，提升湖南省自主创新能力，转变经济发展方式，推进“两型社会”建设，10月24日至27日，由湖南省人民政府与中国工程院举办的“2010年科技论坛院士行”活动在湖南省长沙市、湘潭市、岳阳市和湖南大学、中南大学、国防科技大学、湘潭大学、长沙理工大学、长沙学院同时举行。中国工程院主席团名誉主席徐匡迪、中国工程院院长周济、中国工程院常务副院长潘云鹤和40余位中国工程院院士参加了这次活动，为湖南省的发展建言献策。

在10月25日举行的主题报告会上，徐匡迪在题为《加快转变经济发展方式中的关键工程科技问题》的演讲中指出，转变我国经济发展方式，当务之急是要加快能源结构调整，深入能源转型研究，发展循环经济，改造现有流程工业；加快发展风能、太阳能、核电等新能源技术，加快进行智能电网改造；加大飞机、汽车电子、纳米齿轮等高端设备制造的应用，推广新一代的信息技术，如物联网技术等在物流、智能医疗、建筑物节能减排等方面的应用；要关注人民健康，实行全人全程健康服务，对个体从出生到死亡实行全过程的保健和关怀，鼓励个人和社会积极参与到医学检测中来；实施生物种业工程、粮食生产系统提升工程、农产品健康生产工程等重大农业工程，着力解决基因工程、农产品健康生产、动物疫病防治、农产品加工等关键技术，以抵御中国农业所面临的耕地面积减少、水资源短缺、生态环境恶化、全球气候变化影响等挑战，确保农业在我国经济发展中的基础性地位。

中共湖南省委书记、省人大常委会主任周强表示，“十二五”是加快经济发展方式转变的攻坚时期，湖南将立足省情实际，坚持把加快经济发展方式转变与推进“两型社会”建设紧密结合起来，把建设“两型社会”作为推进新型工业化、新型城镇化、农业现代化和信息化的主线，加快建立新型湖南、数字湖南、绿色湖南、法治湖南，力争率先建成资源节约型、环境友好型社会。他充分肯定了中国工程院为“十二五”湖南经济发展带来的新理念、新思路、新举措，并表示要充分利用好这次活动的成果，加速湖南社会经济的发展。

中国工程院院长周济表示，湖南在我国经济社会发展，特别是实现中部崛起，促进区域协调发展的大局中具有至关重要的作用。中国工程院和湖南省将共同组织院士和专家联合开展重大决策咨询，着力推动湖南发展战略性新兴产业，提升企业的技术创新能力，为“十二五”期间湖南的新发展贡献力量。

院士行活动期间，湖南省省长徐守盛与中国工程院院长周济共同签署了省院科技合作协议。同时，湘潭高新区举行了“院士专家工作站”授牌仪式和主题座谈会，中国工程院王淀佐、金涌、管德、徐德龙等4位院士成为首批驻站院士。

电涡流阻尼新技术应用前景广阔

“科技+产业+金融”共推成果转化

（2010年10月28日　第3版　长沙报道　向鹏参加采写）

4月15日上午，湖南大学“科技成果转化系列活动·院士专场活动”之一、“电涡流阻尼新技术产业化研讨会”在长沙市岳麓科创港举行。在疫情防控期间，90余位现场来宾和近40位网络参会代表通过线上、线下同步的形式深入交流，共同探讨电涡流阻尼新技术的产业化进程，有110多人观看了活动直播。

电涡流阻尼原创性新技术由中国工程院院士、湖南大学振动与冲击技术研究中心学术带头人陈政清率先提出，现已广泛应用于大型桥梁工程、建筑结构、电力工程等领域。陈政清在会上介绍，振动与冲击是多个工程领域面临的共性问题，减振与缓冲设备是保证工程安全的必备品，传统的黏滞阻尼器易漏油、寿命短、维护成本高，现有的TMD调频质量阻尼器还存在连接复杂、灵敏度低、启动阻力大等问题。基于电涡流阻尼新技术开发的电涡流阻尼器具有无摩擦、无流体、全金属、长寿命、可控性强等优点，在结构振动控制与冲击缓冲设备领域具有独特优势。

迄今为止，由陈政清院士领衔开发的电涡流阻尼新技术成果已获得中国、日本、美国、欧盟等13个主要发达国家和地区的发明专利授权，并获国家科学技术进步奖二等奖2项、省部级一等奖8项，现已广泛应用于张家界大峡谷玻璃桥、厦深铁路榕江特大桥、江阴长江大桥、杭瑞高速洞庭湖大桥、拉萨—林芝铁路藏木特大桥等铁路、公路桥梁，摩洛哥太阳能集热塔、上海中心大厦、深圳世界之窗仿埃菲尔铁塔等高耸结构和北京大兴国际机场、北京冬奥会国家体育馆速滑馆等大跨结构减振工程。目前，该研究团队正积极推进该项新技术在大型机械、武器装备、轨道列车、涡流制动等领域的应用和开发，与相关企业合作开发的列车减振缓冲器、车辆悬架减振系统等都已进入产品中试阶段，应用前景十分广阔。

该校科技成果转化中心主任李飞龙介绍，科技成果转化采用“湖大+”模式，是为了构建“政产学研金服”的一体化、高效率的生态运营体系。通过科技界、产业界和金融界共同参与的“科技成果转化系列·院士专场活动”，向投融资机构和企业重点推介具有良好产业化前景的科技成果，旨在推动更高层次的交流和合作，促进市场资本深度融入高价值科技成果的转化，面向国家的战略需求，加快实现产业化。

此次“院士专场活动”吸引了中车集团、中建集团、中铁大桥、中国兵器集团、湖南建工集团、三一重工等31家大型企业所属单位和清科集团、盛世景集团、湖南高新创投、湖南省产业技术协同创新公司、阳光城集团等12家知名投融资机构的代表参会。

（二）科技成果消息报道

应用地洼学说获重大成果
亚洲陆海大地构造图问世

（1992 年 2 月 4 日　第 1 版　长沙报道）

最近，由中国科学院长沙大地构造研究所等 5 家单位在“七五”期间联合承担的国家自然科学基金项目《1∶800 万亚洲陆海大地构造图》在长沙通过专家评审。专家们认为，该项成果是一项在国际大地构造学科领域具有重大理论意义，并能指导实践、富有创造性的研究成果，达到国际领先水平。

五年来，长沙大地构造研究所与南海海洋所、地矿部第一海洋地质调查大队 40 余位地质科学工作者组成联合研究组，以陈国达教授创建的地洼学说为编图指导思想，广泛吸收国内外各大地构造学说的优点和地球科学的最新研究成果，对在全球大地构造格局中处于关键地位的亚洲陆海地区进行研究，采用多层次信息叠示和科学注记结合的表现手段，绘制出一张包括 41 个国家和地区、含有大陆、大陆边缘海域及大洋等各种构造地质环境的大地构造图，以及能反映壳体运动与增生演化史和发展规律的九幅古大地构造图，总结出现阶段大地构造格局、演化规律与其动力机因，因而发展和创新了地洼学说。

《1∶800 万亚洲陆海大地构造图》解决了把大陆、大洋及其中间地带区域构造演化与运动统一研究的重大问题，因而对于各种矿产形成的时空规律、地质灾害和人类生存环境的研究均具有重要的指导意义。

王子立等创立水稻高产新技术

（1992 年 5 月 12 日　第 1 版　湖南慈利报道）

湖南省大庸市慈利县农业局高级农艺师王子立等人，创立“水稻控蘖增粒高产栽培”新技术。经技术鉴定和现场测产，比一般栽培法增产稻谷一成多，每亩节约成本 10 元以上。

当前水稻栽培中，由于后期植株过于繁茂，常采用晒田断根控蘖，造成再生稻新根损耗养分，导致结实率下降。另一方面，在本田前期用增氮促蘖方法追求群体发育，削弱了个体优势，既增加了成本，又降低了产量。

为了解决高产量与高成本的矛盾，王子立带领科技人员，摸索出以秧田培育多蘖壮秧、本田前期控氮控蘖、中后期增氮增粒的新路子，采取插足基本苗、间隙灌溉不晒田等方法，获得成功。1990 年，慈利县在 5 个乡镇不同山区示范 209 亩，粮食增产 10%；1991 年全县 12 个乡镇推广 10080 亩，早中晚三季亩产量比常规栽培法分别增产 61.5 公斤至 77.6 公斤，每亩节约化肥、农药成本 15 元。

“银河”10 亿次计算机研制成功

面向国民经济主战场　向世界科技高峰挺进

（1992 年 12 月 1 日　第 1 版　长沙报道）

11 月 19 日，国防科技大学传出令人振奋的喜讯：我国第一台面向大型科学研究、工程计算和大规模数据处理的通用 10 亿次并行巨型计算机“银河—Ⅱ”研制成功。江泽民、李鹏、朱镕基、刘华清等中央领导同志分别题词、写信致贺。国务院、中央军委向全体研制人员发了贺电。国务委员、国家科委主任、中国科学院学部委员宋健出席成果鉴定会并作了重要的讲话。

高性能计算技术是国际高科技重要领域之一，在经济发展、科技进步和国家安全方面有着特殊重要性。目前，世界上只有少数几个发达国家拥有研制巨型计算机技术。“银河—Ⅱ”巨型计算机为共享主存紧耦合四处理机系统结构，主频 50 兆，基本字长 64 位，主存容量 256MB，拥有 2 个独立的输入输出子系统，能进行每秒 10 亿次以上的运算操作。该机既适合作为超级计算中心的主机，又可作为大规模数据处理的中心处理机。

国防科技大学注重把研制与开发应用结合，为国民经济建设做出了重要贡献。他们与国家气象中心合作开发的中期数值天气预报软件系统，经过在“银河—Ⅱ”巨型计算试算，获得了令人满意的效果。试算结果表明，“银河—Ⅱ”巨型计算机在气象、石油、地震、核能、航天航空等领域有广阔的应用前景。

湖南师范大学周广洽教授独辟蹊径
用化学调控剂诱导不育系水稻抽穗结实

（1993 年 7 月 26 日　第 2 版　长沙报道）

日前，记者在湖南师范大学生物研究所采访时得知，多年从事作物育种理论研究和杂交水稻培育试验的周广洽教授，带领助手利用化学调控剂诱导普通核不育系水稻抽穗结实，这标志着我国杂交水稻理论研究和实验技术跃上新台阶。

20 世纪 70 年代初，我国袁隆平等农业科学家首次突破“水稻杂交优势利用”难关，实现了“三系法”杂交水稻大面积应用于生产，并获得巨大成功。随后，袁隆平又提出培育“两系法”杂交水稻的设想。1988 年，湖南杂交水稻研究中心培育出为“两系法”杂交水稻提供新型优良种子资源的“安弄 S－1 光敏不育系”。同“三系法”相比，“两系法”不再需要保持系，而使不育系产生种子的自身繁殖，直接与恢复系杂交制种，实现水稻更大幅度增产。因此，“两系法”能简化制种程序，提高种子产量，降低生产成本。我国首创的光、温敏不育系选育虽然取得了较大成绩，但由于受光照、气温等自然条件的制约，育性不够稳定，至今不能大面积推广应用。

与上述生物方法培育“两系法”杂交水稻不同的途径是采用化学方法，即利用某些化学物质来诱导或恢复雄性不育系，不但能解决普通核不育系材料的纯合繁殖问题，而且育性稳定，生产应用方便，推广无风险。以这种核不育系为基础的“两系法”，被专家们誉为最高水平的“两系法”。

湖南师范大学生物研究所周广洽教授和助手从基础理论到实验方法，潜心研究，反复试验，终于筛选出一批具有独特功效的化学配方和药剂。在袁隆平教授的支持、帮助下，于今年 3 月首次在海南育种基地应用获得成功，一批普通核不育系水稻材料施药后奇迹般地抽穗结实，最多的一枝稻穗结实 27 粒。

记者在湖南师范大学生物研究所看到，周广洽教授使用化学调控剂后的第二批不育系水稻，那些挂满各种标签的稻穗已结实勾头，长势喜人。其中有在海南已获成功的再生稻，还有采用化学诱导成功结实后第一代种子繁殖的不育系。

人为什么会衰老　科学家提出整体衰老假说

（1994 年 3 月 30 日　第 2 版　湖南常德报道）

人为什么会发生衰老？这是一个古老而又令人关注的生命科学重大问题，当前尚未完成阐明。

湖南省常德市生命科学开发研究所所长蒋松柏二十余年孜孜不倦地追求和探索，在广泛收集研究中外科研成果和实验基础上，提出了“整体衰老假说”，并从某些动物活组织中提取因子，配制出具有抗衰老作用的口服液。引起有关部门的重视和科学家的关注。

蒋松柏认为，衰老对动物来说，是在整体水平上发生的。人体衰老实际上是人体生理代谢随年龄增大所出现的衰减现象，这种衰减现象的直接原因是整体组织中再生细胞比例减少。因此，尽管整体衰老的原因十分微妙和复杂，但追踪到生物化学水平时就归结到一点上，即蛋白质合成速率高于细胞核物质合成速率，是细胞代谢不平衡造成的。这样，人类可采取调节细胞和物质核蛋白质合成速率的方法来阻止衰老的进程。

根据这一研究结果，蒋松柏致力于寻找一种既能促进细胞核合成，又能抑制蛋白质合成速率的双向调节性物质，把这种调节物质配以生命代谢必需的营养成分，就能使机体的代谢逐渐恢复到旺盛状态。他们以某些鱼、龟等持续生长的动物为基本原料，从其活组织中提取生命因子，加入代谢调节物质以及微量元素、多种维生素、氨基酸等，配制出的口服液，经上海复旦大学遗传研究所动物实验和上海市第六人民医院临床观测，抗衰老效果明显，荣获 1993 年“全国星火计划成果展览会”金奖。

中国科学院院士、著名生物学家谈家桢教授等专家们认为，衰老的机理问题引起各国科学家的广泛兴趣和重视，现有许多有关衰老的学说都是从单一角度出发，如认为“衰老是遗传程序”“代谢产物积累到有害程度”“降解超过合成”等，但这仅仅是现象而非本质的变化。蒋松柏提出的“整体衰老假说”观点新颖，科学思路可贵，应予充分肯定、鼓励和支持，作为研究衰老问题的一家之言，值得深入探讨。

我国杂交水稻研究推广30年　累计增产粮食2.4亿吨

（1994年7月4日　第1版头条　长沙报道　杨芝参与采访）

我国杂交水稻自1964年开始研究至今已有30年，其研究成果产生了巨大的社会效益和经济效益。1976年至1993年，全国累计推广杂交水稻24亿亩，共增产稻谷2.4亿吨，为解决我国人民的吃饭问题做出了巨大贡献。

目前全国杂交水稻面积超过2.3亿亩，约占全国水稻种植面积的50%，杂交水稻产量占水稻总产量的60%以上。在杂交水稻育种成果的发源地湖南省，18年种植杂交水稻共增产稻谷300亿公斤，全省水稻平均亩产由推广前的241公斤上升到400公斤。1976年至1993年，种植面积减少1000多万亩，水稻年产量先后突破200亿公斤和250亿公斤大关，最高年产量达到273亿公斤。

湖南杂交水稻研究中心成立十年来，袁隆平研究员带领科研团队承担了全国和省内研究课题19个，取得34项研究成果，还派遣一批专家赴美国、菲律宾、日本、印度和越南等国，使我国的杂交水稻育种技术走向世界。目前，该所已成为杂交水稻研究的国际中心之一。袁隆平先后获得世界知识产权组织颁发的杰出发明奖（1985）、联合国教科文组织授予的科学家奖（1987）、英国得朗克奖（1988）和美国的菲因斯特拯救饥饿奖（1993）。

目前，我国杂交水稻专家正在进行两系法杂种优势利用研究和一系法无融合生殖研究，杂交水稻研究又进入了新一轮攻关阶段。

科学家揭示“傻子村”之谜
“精神发育迟滞”多因缺碘

（1995年3月3日　第2版　长沙报道）

在中国残疾人联合会和湖南省卫生厅支持下，以湖南医科大学生殖工程研究室主任卢光琇教授为首的“‘傻子村’综合治理”课题组经过近3年的综合调查和深入研究，对湘西北大庸市天门山乡有名的“傻子村”汪家山村“精神发育迟滞”高发病因作出了令人信服的结论：占全村四分之一人口的痴呆傻等智力低下是缺碘造成的。

“精神发育迟滞”是以智力低下为其主要特征的临床症候群，病因复杂。在我国一些边远山区或某些相对封闭的群体中存在着聚集性高发现象，其发病率高达10%以上。湖南医科大学6个专业组对汪家山村477人进行普查，发现精神发育迟滞患者（IQ<70）129人，患病率高达27%。除因脑外伤、脑膜炎等明确致患者13人外，原因不明者116人。这些患者表现出不同程度的智力低下，三分之一左右的患者伴有甲状腺肿大，一些患者还伴有语言及听力障碍、瘫痪、身材矮小，或腭高尖、招风耳、短颈、肘外翻等异常体征。

医学专家从环境、生化、遗传等方面进行重点检查后发现，汪家山村高发智力低下与环境辐射无关，水土中铀等18种微量元素含量均属正常，但碘量低于正常水平。汪家山村精神发育迟滞高发人群除13个病因明确外，其余符合地方性克汀病神经型或地方性亚克汀病，两病均系缺碘引发的主要疾病。

卢光琇等专家们呼吁，应对缺碘地区进行长期的补碘工作，如果补碘工作稍有松懈，发病率会很快升高。应加强对新生儿、婴幼儿地方性克汀病的早期论断与补碘治疗，对已婚未孕妇女的补碘普及、孕妇尿碘检测与缺碘防治，均是实现我国在2000年消除碘缺乏病目标的重要措施。通过碘盐、碘油、碘茶等多种补碘途径，完全可实现缺碘的防治目标。

马尔可夫过程研究获新进展

（1995年5月1日　第1版　长沙报道）

最近，长沙铁道学院博士生导师侯振挺教授及其助手公开发表了他们的新成果《马尔可夫过程的Q−矩阵问题》，立即得到国内数学概率论领域学者们的广泛关注，并被迅速地介绍到国外。

中国科学院院士李国平评价这项研究成果解决了历史上长期未解决的著名问题，因而使一系列相关问题也得以解决。王梓坤院士称这项成果的有关专著是迄今世界上唯一关于Q−矩阵问题的专著。丁夏畦院士则认为《马尔可夫过程的Q−矩阵问题》是中国概率论一部难得的专著，将对我国马尔可夫过程的研究起进一步的推动作用。

马尔可夫过程，是俄国数学家马尔可夫于1905年提出的一种数学模型，它概括了一系列随机现象，在自然科学、技术科学中的许多领域有着广泛的应用价值。“马尔可夫过程”现已成为概率论中一个主要理论分支，“Q−矩阵问题”是马尔可夫过程论中具有重要理论价值的中心研究课题之一，有广泛的应用意义。

侯振挺带领学生陈安岳博士开展了一系列研究，使一般情况下的Q—矩阵问题的研究有了突破性进展。同时，对Q—矩阵相关问题的研究，如P—函数、更新序列、Kendall猜想、嵌入问题等都做了有意义的研究，取得了许多成果。

侯振挺认为，已经取得的结果，使他们有理由相信在不久的将来，能最后完成Q—矩阵问题的主要研究“Q—过程的存在性和唯一性”。目前，在国家自然科学基金资助下，他和助手一方面继续坚持Q—矩阵问题的研究，同时也在半马氏过程、随机分析、分形理论、迪里赫勒型等前沿课题以及数理经济及其应用等方面开展研究，力争创造新的成果。

湘北洞庭湖区兴林灭螺送“瘟神”

（1995年8月11日　第1版　湖南岳阳报道）

最近，记者从湖南省第四次“兴林灭螺”造林工程和科研协作会上获悉，4年来湘北洞庭湖区6县1场共完成试验面积1.06万亩，工程造林59万亩，造林地区形成了不利于血吸虫寄生源钉螺的生存环境，使易感染地区钉螺的成活率和钉螺阳性率大幅度下降，同时，林区间种创产值278万元，“兴林灭螺”取得了双重效果。

湖南省北部洞庭湖区是我国血吸虫分布的疫区之一。根据中央领导关于“不仅要消灭血吸虫，而且要繁荣经济”的指示精神，自1991年以来，湖南省林业厅在血防部门支持下，组织科技人员和协作单位，选择湘北湖区“三滩”面积较大的岳阳、益阳、沅江、华容、安乡、澧县和君山农场，开展造林灭螺科研协作工程。他们采取了抬垄造林、翻耕间种等措施，使钉螺密度显著下降，试验区平均活螺出现率由59.3%降为4.4%，活螺密度由每0.11米^2 1.63只降为0.05只。同时，通过平整翻耕地面、植树造林、林下间种、开沟设防等措施，控制了污染源。

据血防部门现场抽样检测，造林前与造林后比较，活螺出现率降至2.60%，活螺密度由每0.11米^{2}的5.05只减少到0.129只，居民感染率减少了10%左右。

我国科学家发现酶性DNA

（1996年3月15日　第1版头条　长沙报道）

近日，湖南师范大学王身立教授公开了一项最新的研究成果：发现从绿豆幼苗中提取的DNA具有分解萘酯的酯酶活性，该DNA脱氧核糖核酸酶消化后，酯酶活性即消失，这表明绿豆幼苗中存在酶性DNA。

DNA（脱氧核糖核酸）是生物的遗传物质，它是生命活动中最重要的分子之一。酶是一种高效催化剂，生物体内的各种生物化学反应都由酶作用而发生的。1936年，美国科学家Sumner纯化出结晶尿酶，证明酶是一种化学分子，其化学本质是蛋白质，这是人类对酶的化学本质认识的第一次飞跃，给“生命不可知论”以重大打击，Snmner因此荣获1946年诺贝尔化学奖。1981年和1983年，Cecn、Altman两位科学家分别发现RNA（核糖核酸）具有酶活性，在“酶是蛋白质”的认识基础上进了一大步，被人们认为是人类对酶化学本质认识的第二次飞跃，这两位科学家因此荣获1989年诺贝尔化学奖。

根据遗传信息流的“中心法则”，DNA需要通过转录或转译才能表达为酶的活性。1989年，王身立发现辣椒幼苗中的酯酶活性不受转译抑制剂的控制。1990年和1994年，他又分别在水稻、绿豆中观察到同样的现象。从1995年2月开始，王身立教授等对绿豆中提取的DNA和RNA进行酯酶活性研究，获得重大发现。随后，他们又观察到蜘蛛、小牛胸腺、鲑鱼精子、人和鸡的DNA均具有酯酶活性，同时还发现人一噬菌体的DNA也具有脂酶活性，这些结果表明，DNA的酶性在生物界有普遍性。

我国研制成功新型电力机车

（1996年5月22日　第1版　湖南株洲报道）

近日，株洲电力机车厂传出喜讯：双机重联可牵引万吨列车的韶山4B型重载电力机车和首次采用900kW电机、轮对空心轴时速170公里的韶山8型快速电力机车同时竣工，这是该厂重视人才、引进技术、大规模技改，坚持科技兴厂创出的精品。这两种新型电力机车的诞生，代表着目前国产重载货运和快速客运电力机车的最高水平，机车主要技术性能跻身国际同类车型先进行列。

株洲电力机车厂作为我国电力机车研制生产的骨干企业，已制造了9种型号的电力机车2000余台，承担着我国铁路运输总运量的五分之一。

进入20世纪90年代，国民经济持续快速发展，对铁路运输提出了“货运重载、客运高速”的新要求。该厂为适应铁路高速重载的发展趋势，制定了引进、消化、吸收、创新的跳跃式发展战略，在“九五”期间实现国产机车技术与国际先进水平接轨。

中国工程院院士袁隆平指出：新一代杂交水稻可望发挥巨大增产作用

（1996年7月31日　第1版报眼　长沙报道）

我国著名杂交水稻专家、中国工程院院士袁隆平最近指出：“现在生产上利用的杂交水稻属于品种间杂种优势利用的范畴，在生产上还起着主力军作用，但亚种间杂交水稻优势更强，库大源足。预计在两年内可培育出比现有杂交水稻增产15%至20%的新一代亚种间杂交水稻，并将在下世纪初发挥巨大的增产作用。”

杂交水稻能增产，主要得益于杂交水稻种的遗传优势。杂交水稻的育种，从方法上可分为三系法、二系法和一系法三个战略发展阶段；其发展水平的程序上是由繁到简，效率上由低到高；从优势发挥的程度上，可分为品种间、亚种间和远缘杂种优势利用三个发展阶段，并依次朝着优势增强的方向发展。

我国自1976年以来，采用三系法品种间杂交，共推广杂交水稻25亿亩，增产粮食2400多亿公斤。但品种间杂交优势有一定的局限性，特别是育种和生产环节较为复杂，种子生产成本偏高，在扩大种植面积和继续提高产量上都受到一定限制。

近些年来，以袁隆平为首的杂交水稻研究科技人员瞄准二系法亚种间杂交优势开展了科研攻关，取得突破性进展，培育出多种类型的籼粳广亲和品系，两系法杂交水稻研究已基本成功。1994年全国种植面积超过100万亩，1995年达300万亩，一般比同熟期的对照三系杂交水稻增产。根据其良好的发展势头，在“九五”末期到下世纪初，新一代亚种间杂交水稻可望成为我国稻谷增产的主力。

据袁隆平院士介绍，国家杂交水稻工程技术研究中心的科技人员还在野生稻中发现了具有很大增产潜力的两个重要基因，正采用分子育种技术与常规育种手段结合，抓紧这方面研究。预计到下世纪初，我国在利用水稻的远缘杂种优势方面将取得更重要的突破。

韶山8型客运电力机车通过专家评审
为我国铁路提速运行做准备

（1997年4月4日 第2版 湖南株洲报道）

国家“八五”重点科技攻关计划“韶山8型准高速干线客运电力机车研制”项目，经株洲电力机车厂和株洲电力机车研究所联合攻关，用5年时间完成了设计、研制和试验过程。最近，铁道部组织专家对其进行了评审鉴定。专家组认为，我国研制这种电力机车的制造技术达到国际同类产品的先进水平。

多年来，我国铁路客运的运能与运量矛盾突出，旅客列车时速仅为60～80公里，不能适应国民经济迅速发展的需要。另一方面，由于高速铁路具有速度快、运量大、能耗小、占地少、安全可靠、回收资金快等优点，世界各国竞相开通高速铁路。因此，提高列车运行速度，增加行车密度成为我国铁路主要技术政策的重要内容。韶山8型客运电力机车的研制成功，为我国繁忙干线上客运列车时速提高到100公里，为广深线、沪宁线等干线开通时速为160～170公里的准高速客运和2000年开通时速为200公里以上的高速客运打下了坚实基础。

韶山8型电力机车研制成功后，先后进行了在韶关—郴州区间时速为100公里共8个月行程20万公里的运行试验、在环行段时速为187公里的试行试验、在郑州—漯河区间时速达185公里的提速试验及在西安—郑州间的牵引试验。1996年11月3日，韶山8型电力机车在郑州—武昌区间提速试验中，使运行时间从原来的8小时缩短到5.5小时；1997年1月5日，由韶山8型客运电力机车牵引的高速试验车最高时速达到212.6公里，达到我国铁路试验速度的最高纪录。

湘潭大学凝聚态物理研究成果斐然

（1997年6月20日 第2版 湖南湘潭报道）

经过20年的建设和发展，湘潭大学物理系凝聚态物理学科已成为我国该领域基础理论与应用基础研究的重要基地之一，先后被评为湖南省重点学科、国家硕士学位授予点。近年来，该学科紧紧跟踪国际前沿开展学术研究，承担了近40项重要科研任务，在国内外学术刊物上发表研究论文280余篇，18项成果获奖，取得3项国家专利，科研成果令人瞩目。

湘潭大学是湖南省属的综合性重点大学，凝聚态物理学科是该校重点建设学科之一，现已形成一支以中青年学术骨干为主的高水平科研队伍，其中40岁以下的正、副教授有7人，获博士、硕士学位者有14人。他们先后承担国家自然科学基金重大与重点项目、“863”计划项目、国家“攀登”计划重大项目、“顶层计划”等科研任务，并取得了一系列的研究成果，在晶体结构与缺陷、准晶物理、非线性物理、材料生长与性能、计算凝聚态物理等7个领域形成了具有自身特色和优势的研究方向。在准晶研究方面，其研究成果获得了国家教委科技进步奖和中国科学院自然科学奖，课题组的论文成果被国际同行引用达140篇次，在国际上有重要影响，被认为是一个国际准晶研究中心。

国家自然科学基金委曾以简报形式介绍该校凝聚态物理学研究成果：在非线性物理方面，在国际上首次建立了氢键系统的非谐近似模型，研制成功了非传播孤立波实验仪，有2项成果通过省级鉴定；成功地攻克了“二维”上的难关，使国外同行专家想做而未能办到的研究成为现实；在铝合金材料方面有重要进展，被国家列入“863”计划，并由该校主持这项研究。他们研制的激光针剂自检系统，被列入国家科委公布的重大成果，并成功地转化工业生产。

我国铁路选线勘测设计研究获新进展

（1997年7月18日　第1版　长沙报道）

我国铁道工程专家、长沙铁道学院博士生导师詹振炎教授经过近20年的探索，在铁道选线中采用计算机辅助设计的“铁路选线勘测设计一体化、智能化”研究取得重要进展。运用该成果可降低铁路工程费用5%，工效提高5倍以上。铁道部已正式将该研成果列入铁路工程建设科技进步“九五”重点推广计划，要求在全路广泛推广应用。

多年来，我国传统的铁路选线设计常要通过野外实地测量和手工绘图来完成，工作量大精度差、选线周期长。早在20世纪70年代初，多年从事铁道工程教学、科研的詹振炎教授根据国际铁路科技的发展，开始研究计算机在铁路选线中的应用。

1979年，他在国内率先提出铁路选线采用计算机辅助设计技术，创立了“数值微分方法”，用以求解无法用函数表达的实际工程问题的梯度，该成果已成为铁路线路优化设计的理论基础和关键技术，被纳入高校有关专业研究生教材。

十多年来，由他主持，先后完成了“数字地面模型—铁路线路纵断面优化设计”“铁路线路平、纵面整体优化设计”“微机数模及地形图成图系统”“铁路选线的智能辅助设计”“新建单、双线铁路线路辅助设计系统”“铁道线路三维可视化设计系统”等多项部级重点科研任务，多次获国家和铁道部科技成果奖励。

由詹振炎教授主持的国家自然科学基金项目“铁道干线的智能辅助设计”已通过评审鉴定，专家们认为该成果“具有跨学科综合性难度，在教学模型建立方面具有独创性，整个系统达到国际同类软件的先进水平”。该科技成果在西安至南京、达县至万县、玉林至梧州等多条国家干线的勘测设计中应用，取得了显著的经济效益和社会效益。

湖南培育出三倍体鲫鱼和三倍体鲤鱼

（1998 年 1 月 26 日　第 2 版　长沙报道）

近日，湖南省科委、湖南师范大学联合宣布，中国工程院院士刘筠教授经十余年研究，培育出的三倍体鲫鱼、三倍体鲤鱼（原称工程鲫、工程鲤）正式命名为“湘云鲫”“湘云鲤”，并进行了商标注册登记，这标志着一个新的高新技术产品的诞生。

自 20 世纪 70 年代以来，国内鱼类育种研究多采用品种间有性杂交方法，获得具有杂种优势的新品种鱼。这种杂交鱼在生殖上是可育的，但优势不易保持多代利用，如果亲本不纯或第一代又发生自交，就会出现性状分离和衰退现象。

1986 年以来，由刘筠院士主持、湖南师范大学生物系与湖南省湘阴县东湖渔场合作，承担了湖南省科委下达的科研任务，采用细胞工程和有性杂交相结合的综合技术，获得了遗传性状稳定并能自然繁殖的四倍体鱼。并应用这种国内外首创的四倍体鱼新种群，成功培育出三倍体鲫鱼、三倍体鲤（即湘云鲫、湘云鲤）。

由于湘云鲫、湘云鲤生长快、耐低温，不易感染疾病、肉质好、营养丰富，经济效益十分明显，深受养殖部门和专业户欢迎，已在全国 10 多个省、市推广。

我国研制成功新一代磁共振成像系统

（1998年8月10日　第1版　深圳报道）

最近，国家重点火炬计划项目、国产新一代开放式永磁型磁共振成像系统“Open Mark—2000”在深圳安科高技术有限公司研制成功。这标志着我国在大型医疗电子设备领域的研制、生产水平又上了一个新台阶。

磁共振成像系统（简称“核磁共振”）是一种集多种技术为一体的高技术医疗影像设备，1983年正式进入市场，被誉为继X—CT设备之后医疗影像设备发展史上的又一次革命，当时外国公司对我国的单台售价高达150万～200万美元。

深圳安科公司是由中国科学院控股的中国科健股份有限公司与美国公司合资经营的一家高技术企业，以中科院的科技专家为主体，主要研制、生产高档医疗电子仪器和设备。自1989年以来，该公司先后成功研制我国第一台磁共振成像系统、第一台彩色多普勒B超和第一台医学图像存储管理系统等具有国际先进水平的大型医疗电子设备，并获得中科院科技进步一等奖，国家科技进步二等奖等多次奖励，取得了较大的市场份额和可观的经济效益。

为了适应我国国情，克服原有磁共振成像系统因体积笨、重量大、扫描时间长、磁体结构封闭而使病人易产生压抑感、恐怖感和医生无法进行介入治疗等方面的不足，安科公司的专家们从1996年开始，瞄准世界先进水平，结合我国实际需要，充分利用我国稀土材料的资源优势，在磁体设计、硬件构成、成像技术和床体结构诸多方面进行了一系列技术创新，使“Open Mark－2000”成为当前世界同类产品中具有技术优势和市场优势的最新产品。

该公司总经理、中科院声学所的陶笃纯研究员介绍，这种新一代磁共振成像产品采用了最新的去涡流技术，系统稳定性好，能实现快速扫描，显著缩短病人受检时间，图像分辨率也大大提高；通过优化设计和开放式结构，与上一代产品相比，磁体重量减少一半，并有利于医生介入手术器械的使用。同时，由于该产品设计采用了自恒温技术，使扫描室在普通空调条件下即可正常工作。

水稻大面积高产配套技术攻关获显著成效

（1998年12月9日 第1版头条 长沙报道）

经过湖南省13个单位和3个基地县（市）通力合作，国家“九五”重中之重科技攻关项目“水稻大面积高产配套技术研究开发与示范”，课题实施3年来，在科学研究、产业开发、技术推广和综合管理等方面取得重要进展，1996年至1998年累计增产稻谷24.97亿公斤，新增产值32.42亿元。

该项目是科技部根据国家“九五”期间粮食增产目标和21世纪中国水稻科技与生产发展需要，针对制约我国南方水稻高产优质高效和产前、产中、产后一系列重大关键性、全局性、战略性的技术难题所制定的攻关任务，主要研究内容包括优质食用稻、高蛋白饲料稻、双季稻超高产栽培、水稻抗灾减灾和水稻技术经济产业化等。三年来，10多个单位20多个学科近千名农业专家进行了数百次试验研究，取得了160万个科学数据，获得21项阶段性技术成果。

与此同时，项目组重点抓好多方优势的高度集成，将研究攻关的技术成果综合组装，进行了大面积样板示范，强化技术培训与推广普及，提高了技术到位率和产业化开发水平，成功地建立了双季稻超高产百亩方、千亩畈、万亩片，促进了成建制的10万亩试验区、100万亩示范区以及全省水稻高产高效的同步发展。1998年在遭受严重自然灾害情况下，试验区和示范区水稻单产和总产量均超过历史最高水平。

湖南省科委主任曾庆炎介绍，中共湖南省委、省政府高度重视这项庞大的农业科技系统工程，将其摆在了“科技兴湘”的战略地位。该课题研究取得了很大的成绩。按照专家们建议，在理论上深化，在推广技术上简化，抓住实施攻关任务的良好机遇，为全省在下一世纪水稻持续增产提供强有力的技术支撑。

湖南农业大学将基因工程技术应用于油菜育种取得进展

（1999年5月12日 第2版 长沙报道）

记者从湖南农业大学科技处获悉，由该校承担的湖南省重点攻关项目“转基因油菜新品种选育”和国家863项目“转基因抗虫油菜安全性研究”取得重要进展，现已获得抗虫性明显、遗传性稳定的抗虫油菜新品系，并将于今年下半年开始进行田间小面积试验。

油菜是主要的食用油料作物。我国种植油菜有着悠久的历史，因受传统的育种和栽培方式的影响，长期以来产量低、品质差，经济效益不高，制约了油菜生产的发展，影响了农民的种植积极性，也限制了油菜产区产业结构的优化。为了改变这一状况，湖南农业大学作物栽培与育种学科领头人、博士生导师官春云教授科研团队，先后在油菜高产栽培理论、油菜性状遗传、油菜化学杀雄利用杂种优势、新种质资源诸多方面进行了一系列探索性研究，取得一批丰硕成果，并迅速推广应用于生产，获得巨大经济效益。仅湖南省推广该科研组的油菜“冬发”栽培技术，从1984年至1995年，获经济效益达19亿元。他们育成的优质高产抗病油菜新品种系列，到1998年已推广种植5800余万亩，获经济效益16.7亿元，近10年来，科研组曾2次获国家科技进步奖、5次获部省科技进步奖。在此基础上，他们以建立在该校的作物基因工程湖南省重点实验室为基地，进行生物工程领域的开发性研究。

目前，该科研组在转基因抗虫油菜、油菜抗菌核病基因定位和基因工程杂交油菜等三个方面取得阶段性成果。他们运用根癌农杆菌介导法和子房注射法等，成功地将Bt毒蛋白导入甘蓝型油菜“湘油13号”，获得第三代种子，表现遗传性稳定、抗虫性明显。选用抗病品种与普通油菜品种杂交，已获得三代核DNA，并筛选出一批具多态性引物和DNA随机扩增的多态性扩增的最佳条件，进入作图阶段，为抗病育种打下了基础，已构建雄性不育基因和恢复基因，并筛选出强优势杂种组合，将利用授体进行遗传转化。目前，科研组还根据生产实际需要，开展抗除草剂转基因新品种的选育研究。

曾庆元教授首创一项铁道技术新成果

（1999年6月3日　第1版　长沙报道）

记者日前获悉，一项国外研究80多年、国内30多年均未能取得进展的“列车－桥梁时变系统横向振动”科研难关在长沙铁道学院取得突破。由该院桥隧工程学科带头人、博士生导师曾庆元教授率领的科研组，在近20年实践中，创立了一套“列车-桥梁时变系统横向振动分析”理论，解决了40多座大型、特大型铁路桥梁（包括桥梁设计方案）的横向刚度及列车走行性的分析问题，为国家创造了巨大的经济效益和社会效益。最近，曾庆元教授再次入围国家科技进步奖。

“列车-桥梁时变系统横向振动分析”是一个复杂的轮轨关系理论问题，主要存在三大科学难题：车-桥时变系统横向振动方程的建立，横向振动激振源的确定和横向振动的随机分析，这是解决铁路、桥梁、列车运行安全性和舒适性的关键技术问题，国外在这方面的文献资料极少。

曾庆元教授长期从事桥梁结构振动与稳定领域的教学与科研工作，经过探索和实践，针对车-桥时变系统横向振动分析存在的三大难题，分别提出了相应的解决方案：弹性系统动力学势能驻值原理及形成矩阵的“对号入座”法则，以车辆构架实测蛇行波为激振源的车-桥系统横向振动确定性分析理论，以及铁路桥梁横向刚度分析理论。

在实践中，曾庆元把科研与生产紧密结合，解决了九江长江大桥、芜湖长江公路铁路两用特大跨度斜拉桥等桥梁的横向刚度及列车走行性的分析问题，列车—轨道系统空间振动分析问题和无缝轨道横向动力稳定性分析问题，以及多座大跨度桥梁极限承载力的分析问题。

曾庆元曾承担并圆满完成了国家和铁道部的17项重要科研任务。“九五”以来，他带领科研团队两次获得国家科技进步奖、获得铁道部2项科技进步奖和第三届詹天佑成就奖。

“火眼金睛”探险情
何继善院士等研制成功堤坝隐患探测仪

（1999年8月4日　第1版　长沙报道）

由中国工程院院士、中南工业大学教授何继善率领的科研组，采用集中电流场原理和技术，研制出可探测江河堤防、水库大坝渗漏、管涌等隐患的系列探测仪器。自今年7月上旬汛期以来，先后在湖南、湖北多处防洪干堤查险堵漏中发挥显著作用，受到湖南省政府领导同志和防汛第一线指挥部的赞扬。近日，科技部专门派员到洞庭湖区防汛重点地段汉寿县阁金口闸对该项技术和仪器进行实测考查，予以充分肯定。

十余年来，由于气候条件和生态环境的变化，我国防汛压力不断加大。全国现有各类堤坝26.5万公里，水库9万余座，由于堤坝质量问题和基础结构复杂，50%的土石堤坝存在各种隐患，30%的水库为病险水库。据统计，90%的堤坝决口是在高危水位时发生管涌引起的。因此，在防汛期间，迅速查明堤坝水下可能产生管涌等各种隐患，及时采取堵漏措施，成为安全度汛的关键。

今年3月中下旬，国家防总在洞庭湖区益阳市组织了隐患探测技术测评，国内外19个单位（公司）分别采用的高密度电阻率法、探地雷达、面波勘探、瞬变电磁法等技术方法，探测效果按满分100分计算，无一家技术能达到50分，效果令人失望。因此，在汛情紧急情况下，汛区堤坝查险多采用“人海战术”，在堤坝身后数百米区间内日夜24小时不间断进行排查，工作十分被动。

1989年长江中下游发生特大洪涝灾害以后，湖南省为解决防汛难题，确立了由何继善院士为首席科学家的“洞庭湖区防洪减灾综合治理工程技术研究”科研课题，其中，堤防检测子课题由何继善院士亲自承担。从去年下半年开始，何院士率领中南工业大学科研团队，运用地球物理学原理，采用集中电流场法，研制成功堤坝隐患检测仪、堤坝渗漏检测仪、二分量高灵敏度流速仪、无线电波透视仪等系列综合探测仪器，并于今年初在湖南省浏阳县株树桥水库进行查漏实测，获得成功。探测器可放置水底直接接触或靠近可疑部位，探测精度高，定位准确。仪器探头在水中能以每秒0.5～1米的速度连续扫描，可实现抢险时快速定位。

今年7月份以来，长江、湘江和洞庭湖区提前进入主汛期。何继善院士率领30多位课题组成员，分成若干小组，携带自制的6套12台仪器，主动到防汛第一线请战。到记者发稿日止，他们已在20多个堤段查出管涌近百处，无一错漏。

我国培育出水稻双低两用核不育系

（1999年8月17日　第1版头条　长沙报道）

为解决我国长江以南水稻产区两系法杂交水稻制种时受低温影响而产生不育系育性反复、种子纯度降低的难题，湖南师范大学生命科学院经过5年不懈努力，培育成功我国第一个水稻双低两用核不育系。近日，湖南省科委、省农业厅组织国家杂交水稻工程技术研究中心、湖南农业大学、湖南农科院和亚华种业公司科研院的水稻育种专家现场评议，认为该两用核不育水稻的育成对推动我国两系法杂交水稻的快速发展有重要意义。

我国杂交水稻育种技术具世界领先水平，大面积推广两系法杂交水稻，是继三系法技术之后实现我国水稻持续优质高产的战略性决策。然而，自“八五”以来，两系杂交水稻推广种植速度比三系法要慢得多，其主要原因在于现有两系杂交水稻制种采用的不育系的不育临界温度都在23.5℃以上，在长江以南产稻区制种时，可能遇到日均温度2℃至24℃的“盛夏低温”，将导致育性反复，造成杂交种子不纯，甚至制种失败。这一潜在风险，制约了两系法杂交水稻的迅速发展。

针对这一国内外尚未攻克的难题，湖南师范大学生命科学院的专家提出了选育育性转换的不育临界温度和低温生理不育临界温度双低两用核不育水稻的观点，并探索出选育的理论依据和选育途径。在周广治教授、陈良碧教授和徐孟亮副研究员共同努力下，采用人工气候与自然条件相结合，进行严格的不同梯度低温胁迫筛选。从“培矮645—05”株系中选育出第一个双低两用核不育株系“96—5—2S”。该株系在22℃条件下稳定不育，在育性敏感期用低于20℃的冷水灌溉自繁产量达每公顷4000公斤，在17℃条件下仍能结实高产。

在我国杂交水稻育种史上，光敏、温敏两用核不育水稻的发现，使得“三系法”发展为“两系法”成为可能。在袁隆平院士支持下，经全国众多专家奋力攻关，一批两系法杂交优势组合和优质组合已开始大面积应用于生产，其杂种优势和改良稻米品质的潜力已得到初步体现。湖南师范大学双低两用不育水稻的选育成功，是两系法杂交水稻理论研究和应用性研究的又一次突破，确保了两系法杂交种子纯度和制种安全，必将受到广大水稻种植户的热烈欢迎。

我国鼻咽癌研究步入国际前沿

（1999年10月28日 第2版 长沙报道 张朝晖参与采访）

经过多年的潜心探索，由中国科学院院士姚开泰领导的湖南医科大学肿瘤研究所以人类鼻咽癌发病学机制为研究方向，在鼻咽癌相关基因克隆、鼻咽癌发病的分子机理和基因工程抗体三个方面，取得了一批国内领先的研究成果，形成了学科优势和学术特色，使我国鼻咽癌研究立足于国际生物医学领域的前沿。

鼻咽癌是华人群体中一种常见肿瘤。早在1972年，湖南医科大学实验肿瘤研究室根据我国肿瘤分布特点，确定了鼻咽癌发病机制为研究方向。1978年成功建立了亚硝胺类化合物诱发大鼠鼻咽癌的动物模型，获全国科学大会奖。

以此为基础，他们继续开展了发病机制研究，并进行了人胚鼻咽上皮细胞的体外培养。由于鼻咽癌与EB病毒有密切关系，因此用人体材料培养有EB病毒潜伏感染的鼻咽癌细胞株，一直是该领域内科学家的一个梦想。1984年，湖南医科大学的肿瘤专家们开始了这方面探索，成功建成了传递80多代的鼻咽癌细胞株。之后，他们与美国俄亥俄州立大学医学院合作，建立了一株新鼻咽癌上皮细胞株，被命名为 HONE（即湖南－俄亥俄州鼻咽癌上皮细胞株），引起国内外同行的广泛关注。

1989 年，该校肿瘤研究所成立后，建立了国家病理生理重点学科、卫生部癌变原理重点实验室，并被批准为博士后流动站，组建了细胞生物学、分子遗传学、分子生物学和细胞免疫学 4 个研究室。他们应用分子生物学手段，研究鼻咽癌病因发病学。通过争取国家和省部级科研任务，开展了在人胚及鼠鼻咽部组织特异性基因调控区分析、人鼻咽部及鼻咽部基因表达阵列谱研究、确定人鼻咽部 EB 病毒感染的敏感细胞、裸鼠体内的人 NPC 模型的建立、细胞周期调控与鼻咽癌病变关系、鼻咽癌细胞免疫球蛋白机理及生物学意义、鼻咽癌易感基因的进一步研究、人源化的抗鼻癌独特型疫苗和基因工程抗体等一系列课题研究，通过深入探讨，获得重大进展。10 年来，先后承担国家“八五”“九五”攻关、国家自然科学基金重点与杰出青年基金项目、国家“863”“973”计划和美国中华医学会基金项目在内的 60 多个课题，获得国家发明奖、国家科技进步奖和卫生部、湖南省科技成果奖多项荣誉。

该所所长姚开泰院士说，我国鼻咽癌研究是在继承和发扬的基础上，不断创新、不断前进的。今天，站在世纪之交的门槛，面临着现代科技的最新发展，要继续发扬老一辈的科学精神，一丝不苟的严谨作风和艰苦奋斗、勤俭办科技的优良传统，使我们的科学研究迅速赶上和超过世界先进水平。

我国培育出转 Bt 基因抗虫油菜新品系

（2000 年 4 月 25 日　第 1 版　长沙报道）

为解决我国主要油料作物油菜的虫害问题，提高油菜产量，同时减少农药使用量，保护生态环境，由湖南农业大学官春云教授领导的科研组经过 4 年攻关，采用基因工程技术将 Bt 毒蛋白基因转入油菜细胞中，使油菜获得抗虫性，并在油菜中稳定遗传和表达，成功培育出了我国第一个转 Bt 基因抗虫油菜品系。

中国工程院院士范云六、傅廷栋、袁隆平和来自中国农科院、湖南农科院、华中农业大学、湖南师范大学、湖南省农业厅的专家们认为该项研究选题正确，实验结果可靠，该油菜品系是我国第一个转 Bt 基因抗虫油菜品系，也是湖南省第一个转基因作物。

油菜是我国主要油料作物，种植面积和总产量均居世界首位。但我国油菜单产量不高，究其原因，病虫害是重要因素之一。菜青虫是危害油菜的主要害虫，在长江中游地区一年发生 8~9 代，且世代重叠危害，严重时使油菜仅留下叶脉和叶柄，严重影响产量，一些地区在秋雨多的年份常导致成灾。以往防治菜青虫主要用敌百虫、亚胺硫磷等农药防治，由于菜青虫抗虫性强，利用药物防治一般对 3 龄前幼虫较有效，而对 3 龄后幼虫效果较差，特别是化学农药既污染环境，又增加成本。至于抗虫育种，由于没有找到抗原，基本上没有开展。1988 年，国外学者采用基因工程手段获得了第一代 Bt 抗虫植物，而真正的 Bt 转基因植物是第二代 Bt 抗虫植物，如比利时专家获得的抗虫基因烟草。

10 多年来，国内外的科学家已分别获得水稻、玉米、棉花、番茄等转 Bt 基因抗虫植物，我国一些学者还获得了芥菜型油菜和甘蓝型油菜转基因抗虫植株，但尚无获得稳定材料的报道。

1996 年以来，官春云教授等承担湖南省“农业高新技术培育农作物新品种及其配套技术研究”“利用基因工程技术培育油菜新品种研究”两项课题，以他们自己培育成功，并被国家列为“九五”重点推广的双低油菜优良品种“湘油 13 号”为遗传转化受体，运用子房注射法和农杆菌介导法将 Bt 毒蛋白基因导入而获得转基因植株。其中以子房注射法获得了转基因抗虫油菜品系。

实践表明，该品系对菜青虫有明显的抗虫性，菜青虫存活率明显降低至 20%以下，而对照品种的存活率高达 70%。此外，菜青虫取食速度降低、成蛹体重减轻，中高龄幼虫历期延长，品系抗虫优势十分显著。官春云教授表示，该项研究的下一阶段将侧重于该品系的安全性，对其植物授粉环境的影响、抗虫性的稳定性和该品系对授粉媒体蜜蜂的影响等方面。经农业生物基因工程安全委员会批准后，进行多点实验，参加区试和商品释放。

我国生猪氮磷营养代谢规律研究获重要进展

（2005 年 12 月 8 日　第 1 版　长沙报道）

12 月 6 日，以李德发教授、刘筠院士、陈焕春院士为首的专家鉴定委员会在中国科学院长沙亚热带农业生态研究所对“猪氮、磷营养代谢调控及环境安全技术研究与应用”科研成果进行了鉴定。鉴定委员会认为，该项目将营养物质的代谢调控研究从消化道层次提升到组织器官层次，从机体水平提高到分子水平。学术理论与技术成果处于该领域的国际前沿，已产生巨大的经济和社会效益、生态环境效应，其中氮、磷营养代谢的评定方法体系及其规律研究达到国际领先水平。

“猪氮、磷营养代谢调控及环境安全技术研究与应用”研究项目由中国科学院长沙亚热带农业生态所主持。该项目主要针对畜禽肉食品安全问题突出、饲料品质低、饲料配方技术不高、氮磷利用率低，以及集约化饲养过度导致环境污染日益严重等我国畜禽养殖业存在的突出问题，以研究测定方法为切入点，对生长猪内源性氨基酸的消化、排泄规律、猪饲料中氨基酸和磷真消化率、饲料表观可消化磷相应的评估方法和预测模型，进行了全面系统的研究。在研期间，公开发表论文156篇，申请国家专利4项（获授权1项），并向国际数据库提交了5个猪磷和氨基酸以及有关的重要基因序列。

鉴定委员会认为，该项目创建了猪改进型静脉插管氨基酸定量评价体系、测定饲料氮（氨基酸）和磷消化率的体外透析管新方法等5个研究猪营养代谢的关键评定方法体系；阐明了造成饲料蛋白质转化率低和环境污染的主要原因，影响氨基酸吸收与代谢的关键因素、造成肠道内源性氮分泌的主要因素等；掌握了猪氮（氨基酸）、磷的代谢规律和半乳甘露聚糖等生物活性物质调控氮、磷代谢和改善肉质的作用机理及调控技术，在国际上率先克隆了5个磷、氨基酸转运蛋白载体基因；构建了环境安全营养技术体系；研制出新型饲料添加剂——半乳甘露寡糖等绿色环保饲料和饲料添加剂产品5个系列。

专家们高度评价该项目所形成的猪营养与生理机理研究方法体系等研究成果，发表的学术论文具有创新性，不仅引起了国际上的极大关注，而且也为氮、磷代谢调控技术与环境安全研究提供了理论依据。

据项目负责人印遇龙博士介绍，该项目的成果技术和产品已广泛推广应用到全国20多个省、市和东南亚各国的饲料厂和养猪场，应用于1092万吨全价猪饲料生产（间接用于4200万头猪的饲养）。此外，直接使用本项目技术饲养生猪量达1524万头。通过该研究成果的应用，已形成省（部）认定高新技术产品、中国饲料行业信得过产品等名优产品15个，培育出3家高新技术企业、无公害场地认证企业，培育无公害认证产品3个（无公害猪肉和饲料）。

采用该项目研制的新技术配合猪日粮可降低蛋白质水平10%以上，20～40公斤生长猪减少磷酸氢钙用量10%～20%，40～70公斤育肥猪减少用量30%～40%，70～100公斤育肥猪减少用量40%～50%，降低生产成本近200元/吨，每头猪饲养期可节约近70元。自项目实施以来，推广应用该项目技术成果累计新增产值97.55亿元，新增利润11.47亿元，产生社会效益33.84亿元。同时，减少排放15万吨氮、8600吨磷，产生了明显的生态环境效益。

袁隆平提出“种三产四丰产工程”构想

（2006 年 11 月 9 日　第 1 版头条　长沙报道）

1996 年 7 月 31 日，本报以《中国工程院院士袁隆平指出：新一代杂交水稻可望发挥巨大增产作用》为题，在头版报眼位置刊登了记者李浩鸣采写的消息。文中引用了袁隆平所说的“现在生产上利用的杂交水稻属于品种间杂种优势利用的范畴，在生产上还起着主力军作用，但亚种间杂交水稻优势更强，库大源足。预计在两年内可培养出比现有杂交水稻增产 15%至 20%的新一代亚种间杂交水稻，并将在下世纪初发挥巨大的增产作用”。第二年，袁隆平发表了“杂交水稻超高产育种”的指导性论文，提出了杂交水稻超高产育种的技术路线与超高产稻株形态模式的构想。1998 年，中国超级杂交水稻攻关项目正式启动。

10 年过去后的今天，袁隆平关于新一代杂交水 4 稻在 21 世纪初发挥巨大增产作用的科学预测已得到实践的证实。他设计出了以高冠层、矮穗层和高度抗倒为特征的超高产株型模式和培育超级杂交水稻的技术路线。1998 年，超级杂交水稻研究受到时任国务院总理朱镕基的高度重视，总理基金资助正式立项。

在袁隆平的指导下，全国超级杂交水稻研究和实验不断取得重大进展。现已育成的超级杂交水稻先锋组合，于 2000 年实现了第一期大面积示范每公顷 10.5 吨（亩产 700 公斤）的目标，近几年已在生产上大面积推广，年种植面积 120 万公顷左右，比现有高产杂交水稻每公顷增产 1 吨以上；自 2001 年以来，他继续指导选育成大面积示范每公顷 12 吨（亩产 800 公斤）、米质优良的第二期超级杂交水稻。通过协作组科研人员的努力攻关，超级杂交水稻的研究于 2003 年、2004 年连续达标。表明袁隆平主持的第二期超级杂交水稻提前一年实现了目标。

现在，袁隆平团队正在开展第三期超级杂交水稻每公顷 13.5 吨（亩产 900 公斤）的指标攻关，并希望通过先进的分子育种技术和常规育种技术相结合的技术路线，计划到 2010 年实现目标。

袁隆平提出的株型和技术路线在国际上反响很大，国际水稻研究所参照袁隆平的株型模式对其原先设计的模式作了 5 处修改，国际权威杂志专门对此作了报道。在菲律宾试种的超级杂交水稻，比当地同等条件下的常规良种增产 50%以上，比国际水稻研究所新育成的杂交水稻增产 25%以上。为此，菲律宾总统鼓励农民种植这种新型的杂交水稻。

今年是中国超级稻攻关战略构想提出的10周年。11月6日，记者专程赴国家杂交水稻工程技术研究中心采访了袁隆平。他兴奋地向记者透露了关于未来5年超级杂交水稻科研攻关的宏伟战略构想，他将其命名为“种三产四丰产工程”。这是一个解决中国和世界粮食安全问题的宏伟构想与重大科技战略举措，令人振奋。

这项宏伟工程的具体内容是：力争今后5年内，在全国推广超级杂交水稻6000万亩，按预测增产率计算，这6000万亩超级杂交水稻将达到现有8000万亩的产量，这意味着将节约2000万亩的耕地资源。

袁隆平给我们算了一笔账：以晚稻为例，目前湖南省晚稻的平均产量是每亩420公斤，现在超级稻百亩片、千亩片试验田已经连续3年实现了亩产600公斤，即3亩产粮1800公斤，超出目前4亩晚稻的产量。

湖南是“种三产四丰产工程”的重点省份，5年内将推广超级杂交水稻2000万亩，这将为湖南节约耕地资源600万至700万亩。

袁隆平强调，“种三产四丰产工程”意义重大，将为进一步解决我国的粮食安全问题、节约土地资源提供有力保障，可以说这是农业科技领域的一项伟大工程。他认为要使这一宏伟工程的目标得以实现，需要政府部门的重视和大力支持，需要农业科研机构、农业科技企业积极参与。他同时表示，国家杂交水稻工程技术研究中心的水稻育种专家和科技人员将会更加努力，为力争早日实现这一目标作出更大贡献。

我国科学家为老挝探查铝土资源

（2006年11月30日　第1版）

最近，记者从中南大学地学与环境工程学院获悉，由该院高光明领衔承担的重大项目“老挝占巴色省帕克松地区铝土矿资源潜力评价”获重大进展。该项目在帕克松地区查明优质铝土矿资源达1.6亿吨，潜在储量4亿吨，并预测老挝南部铝土矿资源远景储量高达51亿吨。澳大利亚ORD资源公司总裁约汉汤内兴奋地称该地区的铝土矿“可与澳大利亚达岭山脉的铝土矿资源媲美”。帕克松地区优质铝土矿的发现，将促进老挝南部区域经济的发展，为我国与老挝的资源经济合作作出贡献。

铝土矿是炼铝的主要矿石，全球铝土矿储量大约为270亿吨，主要集中在澳大利亚以及非洲、南美、东南亚的少数国家和地区。我国铝土矿储量偏低，并且品质较差，处理成本高，经济效益低。铝是中国近10年来消费增长最快的金属之一，从2003年起，每年消耗铝土矿储量5000万吨，2005年我国进口的氧化铝已接近国内总需求量的一半。为矿产资源丰富但技术落后的地区提供先进技术，合作开采矿产资源，是发展我国与周边邻国友好关系的需要，也是我国目前解决资源短缺的重要手段。

受中国有色国际矿业股份有限公司委托，中南大学地学与环境工程学院承担了位于“老挝占巴色省帕克松地区铝土矿资源潜力评价”海外科研项目。从2005年12月开始，项目组克服了地理环境恶劣、生活条件艰苦的困难，冒着战后留下的炸弹、地雷和野兽出没的危险，历时4个月，进行野外资源探测。同时他们利用卫星遥感、矿化信息提取等一系列先进技术手段，对整个波罗芬高原7000多平方公里的区域进行了遥感图像基础处理，对帕克松地区110平方公里的区域利用遥感技术提取铝土矿矿化信息，并对该地区铝土矿矿化信息进行了解译与验证，基本查明了调查区的成矿背景、成矿条件和成矿类型，经野外查证表明与实地情况吻合度较高；并利用遥感信息提取与解释确定矿化范围，通过适量相对均匀的浅井工程控制矿体质量、厚度及品位变化，确定了该矿床为一个超大型三水铝土矿。中国有色国际矿业股份有限公司组织的项目验收组认为“该项目野外工作圆满结束，工作质量达到优秀级”。

中南大学地学与环境工程学院矿产普查与勘探专家胡祥昭教授认为，该项目快速勘查评价任务明确，达到了预期效果；确定的铝土资源量是可靠的，为同类型矿产快速评价提供了一个成功的示范。项目组顾问、中南大学地学与环境工程学院院长戴塔根教授强调：该项目组采用我国的矿产普查与勘探先进理论与技术方法，为友好邻邦老挝的铝土矿资源评价作出了贡献，对解决铝土矿资源的国际需求和我国与周边国家区域经济的合作都有着重要意义。

我国半离体自体肝移植取得重大进展

（2007年4月17日　第3版　长沙报道）

4月12日，在中南大学湘雅三医院举行的肝脏移植成果新闻发布会上，该院副院长叶启发教授介绍了4例半离体自体肝移植手术获得成功的研究成果。专家们认为，我国半离体自体肝移植方法的疗效达世界先进水平，为治疗各类良性、恶性肝肿瘤患者开辟了一条新的技术途径。自体肝移植手术的成功，使肝肿瘤患者进行肝移植不必再苦苦等待肝供体，花费昂贵的医疗费了。

统计资料表明，我国慢性肝病患者达800万人，每年死亡数达30万人，不少患者需要肝移植。活体肝移植是一个解决问题的好办法，但目前仍有8%的自体活体肝提供者因出现并发症要承受生命危险及健康损害。

自1995年以来，全国共开展了100多例活体肝移植手术。同时，由于医疗技术等各方面原因，9％至30％的患者术后需要再次进行肝移植。

自体肝移植术，是一项难度极高的手术，是对患者因外科常规技术不能切除的病变部分进行切除，将剩余肝脏进行“修整”之后，再植入原来肝部位的医疗方法。这项手术分为全离体和半离体切除和移植。采用离体还是半离体手术要根据患者自身情况来决定，腹腔较宽的患者，其肝脏移动较为方便，多采用半离体手术；而腹腔较小的患者，在腹腔内切除病灶不方便，则多采用全离体。

国际上自体肝移植研究始于1988年，德国汉诺威医学院率先开展并先后进行了20余例手术。此后，美、意、法、日等国也有零星相关报道。但据统计，术后患者的存活率整体不高。

在国内，叶启发和他的研究小组近年来致力于半离体自体肝移植研究，发现国外相关病例存活率不高，主要是由于灌注技术不过关。他领导的研究小组对灌注药物进行了研究和改进，摸索出了稳定的灌注方法，首创灌注肝脏质量的测试评价体系，在对患者肝脏进行病灶切除和剩余肝脏修整的过程中，对灌注的高度、压力及速度均有相应控制指数，极大减小了对肝的伤害，使剩余肝脏能保持最佳质量和活力。

叶启发教授成功开展的半离体自体肝移植手术，打破了传统肝切除术中的某些禁区，通过切断一些血管，将整个肝脏移出体外进行低温灌注，并在灌注过程中完成病灶切除，再将修整后的余肝重新移回体内，最后关闭或吻合各“管道”，开放血流。目前，叶教授等进行的4例手术，成功率及近期手术成活率均达到100％。其中2位患者成活期已达到两年，术后均不需要药物维持。一位来自河南南阳农村30多岁的患者，2005年在该院接受了叶启发的自体肝移植手术治疗，她说：“我出院后就脱离了药物，现在都可以到田里劳动了，手术费用只有异种肝移植的五分之一。”

叶启发介绍，我国开展的主要是同种异体肝移植，虽然能达到较好的治疗效果，但肝供体匮乏，严重影响了该技术的开展。据统计，在世界范围内，每1000名需要移植的患者中，能得到供体的只有1人。此外，同种异体肝移植还衍生出其他一些难以解决的问题，例如“一次移植，终生服药”；移植价额高昂（每例至少20万元），药物维持费用也很高；有的患者术后排异反应严重等。

叶启发认为，今后自体肝移植手术费用将大大降低，平均每例可减少到5万元至7万元，术后也不需要药物维持。自体肝移植手术肯定会成为一种常规手术，目前湘雅三医院拟申请举办一个全国性学习班，以便使更多的医师能了解这项手术，为更多患者提供医疗服务。

一套国际领先的涂料清洁生产工艺和方法问世

（2007 年 10 月 12 日　1 版头条　长沙报道）

为了解决涂料生产过程中“三废”排放和涂料使用过程中有毒物质的危害问题，自 1992 年以来，湖南大学环境科学与工程学院教授曾光明、单文伟等开展了“涂料工业清洁生产工艺和方法”系列科学研究，先后得到国家自然科学基金、国家“863”计划项目、中德国际合作项目、湖南省科技攻关项目等十多项资助。该研究历时 16 年，在新型涂料的研制、生产工艺的改进、涂料溶剂的选配、检测设备的研发等方面实现了一系列关键技术创新，取得了一批重要的科研成果，并广泛应用于涂料生产实践。

日前，由我国著名环境工程专家、中国工程院院士刘鸿亮，清华大学教授马倩如，湖南省环境保护局蒋益民教授等 11 位环境科学与工程领域专家组成的鉴定委员会认为，该项目对涂料工业先进生产工艺和方法的关键技术进行了系统深入的创新研究，并在国内多个城市应用，节约了原材料和能源，替代了有毒有害的原材料，并在全部排放物和废物离开生产过程以前尽最大可能减少了排放量和毒性，提高了我国涂料工业清洁生产水平，居国际领先水平。

随着现代工业的快速发展和人民生活水平的不断提高，涂料的应用越来越广泛。与此同时，涂料生产过程中产生的大量工业有机废水、废气、固体废物对环境的污染引起社会的广泛关注，涂料使用时对人体健康的影响也越来越受到重视。绿色、环保、清洁已成为涂料工业产品在市场竞争中的重要砝码，无毒、无害成为涂料国际贸易中绿色壁垒的重要内容。目前，我国涂料市场上国外品牌成了高端涂料产品的主角。

实现涂料生产过程中“三废”的零排放是曾光明等科研追求的目标。甲醛污染、耐候性差、刺激人体皮肤和眼睛、生产过程中产生大量工业有机废水等，一直是传统涂料生产过程中无法避免和难以解决的问题。科研组针对传统涂料工业污染环境、影响人体健康等问题，研发出数十种酯类单体材料，这些新型材料的诞生弥补了国内外现有相关产品的技术缺陷。他们设计出一套新型清洁生产工艺，提高了我国涂料的清洁生产水平和相关成分产品的技术含量，解决了国内外涂料工业长期以来存在的众多技术难题，尽最大可能地减少了工业“三废”的排放量和毒性，为传统涂料工业污染的治理提供了有效途径。

科研组从涂料源头入手，优化原材料组分，减少资源消耗。传统涂料生产程通常采用硫酸或对甲苯磺酸作为催化剂，但酸类催化剂对生产机器设备腐蚀相当大，同时原料价格昂贵、合成工艺复杂等问题都是生产成本难以降低的重要原因。科研组通过原料组分的优化设计，采用先进的制备工艺和新型纳米技术，研究发明了具有抗菌自洁功能的复合纳米组分、多功能环保型纳米内墙涂料及其制备方法。研发出的新型材料具有稳定性强、原料易得且价格低廉、用途广泛等特点。实际应用表明，项目研究成果大大降低了资源消耗和生产成本，提高了生产效率和经济效益。

科研组特别注重研发成果与生产实际需要的结合，取得了良好的效果。目前，国内外一般建筑外墙涂料普遍存在抗老化能力差、附着力弱、易变色、易粉化、耐洗性和耐脏性差等缺陷；有些原材料热稳定性低，缺少实际工业应用价值，这些都成了传统涂料工业发展的桎梏。而采用曾光明等研究出的“涂料清洁生产工艺和方法”，其产品性能大大优于目前国家建筑外墙涂料中的优等品。近 5 年来，该项研究的系列成果已在湖南、上海、江苏、无锡、广州等省市的大中型涂料企业应用于生产。实际应用表明，新材料和新工艺效果良好，不仅改善和提高了涂料工业的生产效率，还提高了相关产品的质量，并达到了行业清洁生产目的。近 5 年来，相关企业已累计创造产值 14 亿元，累计新增利润 2 亿多元，节约开支 2 亿多元。相关产品已出口到俄罗斯、缅甸、新加坡、伊朗等国家和地区，与国内外其他涂料生产技术和方法相比，显示出很强的市场竞争力。

随着涂料市场的国际化程度不断加大，我国涂料工业产品结构势必要进行调整，重视环保、发展“绿色涂料”是涂料工业发展的必然趋势，曾光明等的这项研究成果极大地提高了我国涂料工业技术和产品的科技含量与国际竞争力，与当前国内外同类产品的主要技术参数、效益相比，减少污染物排放、降低资源消耗量、能耗下降、综合生产成本降低、提高经济效益、耐候性、产品质量标准、产品价格 8 大指标均达到了国际领先水平。项目中 14 项关键技术创新研究已申请国家发明专利 19 项，获授权 13 项，项目组成员出版相关著作 8 本，发表相关刊物论文 190 篇，其中 SCI 论文 86 篇，先后有美国、德国等国外 100 多位同行专家来这里考察、交流和学习。

全国政协主席贾庆林、全国人大常委会原副委员长周光召、国家环保总局原局长解振华等领导先后来这里视察，充分肯定了他们在环保科研方面所取得的成绩。

新型竹结构建筑优势引起国内外专家关注

（2007年11月5日 第3版 长沙报道）

10月28日至30日，由湖南大学、美国南加州大学、日本大分大学和国际竹藤组织联合主办的首届现代竹结构国际研讨会在湖南长沙召开。来自中国、美国、日本、澳大利亚、挪威、印度、巴西、尼泊尔、厄瓜多尔、埃塞俄比亚等10多个国家的50多位专家齐聚一堂，以多场专题报告会和现场参观的形式，就竹材的生产和加工、现代竹结构技术以及竹产业的政策和发展方向等议题进行了广泛交流和研讨。

建筑结构专家、中国工程院院士容柏生，长江学者特聘教授、湖南大学土木工程学院院长肖岩以及国际竹藤组织的Shyam K. 教授等土木工程建筑领域的国内外知名专家应邀在研讨会上作了学术报告。国家林业局党组成员、中国林科院院长江泽惠作为会议顾问组成员为大会发来了贺电。

据了解，竹结构活动房与普通砖石结构房屋在外表上没有明显区别，但内部材质、结构完全不同。竹结构活动房的柱、梁均为竹构件或竹木组合构件，竹木结构的墙体还具有保温功能。整个活动房采用模块化设计和制作，房屋可快速拆、建，组建速度快、施工效率高，既适用于建筑工地的临时用房，也可作为农村永久住宅使用。据研制出世界上首座竹结构桥梁的肖岩教授介绍，由于竹结构样板房的建筑形式和使用功能与欧洲、北美等非竹产区的木结构别墅一致，向这些国家和地区成套出口竹结构别墅，实现我国竹产业出口创汇的新经济增长点值得期待。

与会的建筑结构专家学者还参观了位于湖南大学竹结构建筑和土木工程学院结构实验室的竹结构活动房，均表现出了浓厚的兴趣，并对湖南大学土木工程学院创新团队给予了高度评价。

近年来，以肖岩教授为学术带头人的湖南大学土木工程学院创新团队一直致力于现代竹结构技术的系统研究，该团队已经成功建成了世界上首座竹材人行天桥、首座通车的竹结构桥梁以及首座现代竹结构活动房。随着社会的进步和经济的持续发展，“绿色建筑”是必然的选择。发展新型材料、创新结构体系，在建筑领域的一定范围内取代钢和混凝土作为主要建筑材料和结构形式使用，这成为21世纪土木工程领域创新与变革的方向，也是土木工程这一较为传统的学科所面临的挑战。

竹材是我国南方各省重要的自然资源之一，该课题研究成果对于提高竹材利用率和竹产品经济附加值、提升竹产业整体水平、增加竹农收益、在全社会推广使用节约型建材等均具有重要意义。

绿色仔猪饲料推广效益显著

（2008年1月23日　第1版　长沙报道）

针对我国仔猪断奶期发生不良反应、死亡率偏高的现状，中国科学院亚热带农业生态研究所联合有关单位开展产学研合作，研制成功一种无抗生素、无激素残留的绿色高效营养仔猪饲料。经湖南、广东、福建、上海等省市多家养猪场推广应用，断奶仔猪的腹泻率下降了九成，成活率可提高到97%，平均日增重提高5%～8%。由于仔猪应激反应不明显，肠道疾病和呼吸道疾病明显减少，临床抗生素的用量明显下降。同时降低了仔猪养殖成本。日前，该研究成果通过了专家组的鉴定。

猪肉是我国居民的主要肉食品种。养猪业中最难养的是仔猪。因为仔猪断奶会引起一系列的应激反应。据调查，我国断奶仔猪腹泻率高达50%～60%，死亡率为15%～20%，严重阻碍了养猪业的健康发展。同时，人们普遍在饲料中添加抗生素来防治仔猪腹泻，长期使用抗生素会造成动物免疫力下降和食品安全问题，严重威胁着人的健康。

该所“功能性氨基酸和植物提取物对仔猪的营养生理功能及其应用研究”项目，历经4年攻关，取得了重要进展。项目组从分子水平上揭示了功能性氨基酸促进仔猪生长的机制，从组织和分子层面上揭示了饲喂低蛋白饲料、补充氨基酸条件下仔猪的蛋白质周转规律；突破性地发现了甘草次酸与糖皮质醇激素在结构上的相似性，并研制了具有抗生素和激素功能的药用植物营养调控剂。先后发表相关学术论文90余篇。

该研究项目负责人印遇龙博士介绍，该项目研制的仔猪饲料添加剂“健乳宝”系列产品、防治仔猪断奶应激的药用植物复方、药用植物超微粉和从刺五加提取的3种营养调控剂能有效替代抗生素和激素。在仔猪低蛋白日粮中添加功能性氨基酸或药用植物提取物饲料产品，蛋白质水平可降低2%左右，每吨饲料可降低成本15～20元，且仔猪生长性能不受影响，腹泻率明显下降。

参加成果鉴定会的中国工程院院士刘筠等专家认为，该成果将断奶仔猪营养生理研究从机体水平提升到分子水平、从定性化提升到定量化，并高度评价该成果整体居同类研究的国际先进水平，部分达国际领先水平。目前，该种绿色高效营养的仔猪饲料已在一些地区推广达到38万吨，新增产值16亿元，经济社会和生态效益显著。

电力机车研究成果助力北京奥运

（2008年7月17日 1版 湖南株洲报道 刘亚鹏参与采访）

近期，在北京奥体中心内占地面积达5000平方米、国际上规模最大的电动汽车充电站正式投入使用，奥运会期间50辆纯电动奥运示范车将24小时不间断地在奥运村内环线、北部赛区内环线和媒体村内环线正式运行，标志着我国电力机车研究的最新科技成果将服务北京奥运会。各国运动员、教练员和媒体记者，将亲身体验这批无污染零排放汽车。

据了解，北京奥体中心电动汽车充电站240台地面充电机和50辆纯电动奥运示范车的电传动系统是以株洲电力机车研究所的科研成果为基础，由中国南车集团下属的南车时代公司研制。科技奥运、绿色奥运的理念再一次由我国科技工作者的自主创新成果予以诠释。

中国南车集团株洲电力机车研究所副所长丁荣军总工程师介绍，北京奥体中心电动汽车充电站的240台智能地面充电机采用该所研制的TGX2智能电源和最先进的IGBT作为主功率开关器件。整机工作稳定、体积小、重量轻、电磁辐射小，工作效率超过91%。同时，该充电机具有预置充电电压、充电电流和自动报警的功能，可根据客户需要实行不同控制模式和充电模式。电传动系统作为电动汽车的关键部件之一，主要由控制器、电机、变速箱三个部分构成，通过电传动系统，将电池所释放的电能转化为动能，从而驱动车辆前进。这批奥运会专用的纯电动汽车最高时速可达80公里/时。

作为中国最大的电动汽车交流传动系统供应商，南车时代公司服务北京奥运始于2006年。在短短的两年时间内，依托株洲电力机车研究所强大的技术研发和制造队伍，先后向北京奥运电动客车市场提供了超过300套交流传动系统、180套电池管理系统、240台地面充电机和谐波治理装置以及5辆整车，全部产品总产值超过7000万元。这些产品除了在奥运会中心区运营外，还将服务奥运周边线路及部分体育场馆。

为更好地服务2008年北京奥运会，南车时代公司还成立了一支30人的“北京奥运电动汽车专项服务队”，在北京的4大驻点、7个服务区24小时值班，确保奥运会无轨电车、纯电动客车、电动小车和传统客车的安全稳定运行。

湖南攻克一批工程勘察设计世界性难题

（2008 年 7 月 18 日　第 1 版　长沙报道）

记者近日从湖南省交通规划勘察设计院获悉，改革开放 30 年来，该院累计获得国家级、省部级科技进步奖和优秀工程勘察设计、咨询奖励达 160 余项。在公路勘察设计、桥梁、隧道、港口码头、船闸、航电枢纽工程等方面的设计任务遍及国内 14 个省（区）和 11 个亚非国家。该院在地震活动带、季节性积雪冰冻地区高速公路设计、大跨径独塔自锚式悬索桥、多塔斜拉桥、三跨连续自锚中承式系杆拱桥设计和特长型公路隧道、双螺旋隧道设计等方面，攻克了一批具有我国地质、地理环境特色的世界级难题。

湖南省规划勘察设计院创建于 1960 年，是具有对外经济合作经营资格的国家甲级综合大型勘察设计企业，公路专业一直是该院的主导专业，公路设计始终处于国内先进水平。

四川雅安至泸沽高速公路项目位于安宁河地震带与鲜水河地震带的交汇地区，公路沿大渡河支流逆流而上，为典型的两山夹一沟地形，地形复杂，地质灾害频发，季节性积雪冰冻对公路行车安全构成重大影响。同时，高速公路的建设还要绕避沿线 58 座水电站和大熊猫、红豆杉等珍稀动植物保护区，其建设难度号称世界之最。以年轻高级工程师彭立为首的设计组，在世界高速公路勘察设计史上首次采用了双螺旋形隧道展线技术。同时攻克了超长连续纵坡路段行车安全关键技术、公路隧道穿越高原湿地技术、高地震烈度地区公路选线与桥隧建设等世界性设计难题。在短短 46 公里的直线距离内，地面高程从红军强渡大渡河处的海拔 850 米直接爬升到 2880 米，诞生了高速公路连续升坡 51 公里的世界纪录。

常德至张家界高速公路是国家重点公路泉州至毕节线的前段，该项目地形地质复杂。为了不对沿线的生态造成破坏，该院设计处理灵活多变，建成后与沿线优美风景协调一致、浑然天成，被誉为“扩大了盆景，缩小了仙境”，为世界自然遗产、世界地质公园张家界又增添了一道靓丽风景。

2000 年建成通车的岳阳洞庭湖大桥是当时国内最长的内河公路桥，针对洞庭湖区复杂的水文、地质条件，该项目的总设计负责人胡建华和团队提出了“多塔斜拉桥”这一全新方案，形成了多塔斜拉桥设计与施工成套技术，填补了国内空白，并开辟了新型大跨度桥梁结构的新领域。依托此项目进行的“多塔斜拉桥新技术研究”成果达到国际先进水平，获得2003年度国家科技进步奖二等奖。

2004年建成通车的广东佛山平胜大桥为国内首座大跨径独塔钢混结合梁自锚式悬索桥，是世界第一座混合梁悬索桥、世界第一大跨径自锚式悬索桥、世界第一座四索面悬索桥、国内首座采用顶推法施工的钢加劲桥梁。该院依托广东佛山平胜大桥进行的“自锚式悬索桥设计与施工关键技术研究”成果获湖南省科技进步奖一等奖。

由该院承担的湘耒高速公路“红砂岩地带路基修筑技术研究”项目，攻克了泥质砂岩、沙质砂岩、泥质页岩路基开挖与路基填筑的稳定性这一世界难题。该成果为湘耒高速公路建设节约资金4.7亿元，少占农田12638亩，少伐森林2518亩。其成果已在新疆、云南等省份红砂岩地带的公路建设中推广应用，为沿线的植被保护和生态系统的平衡作出了巨大的贡献。

目前在建的湘西矮寨特大型桥跨越高山峡谷，桥面与谷底垂直高差达330米，主桥跨径1146米。该桥设计中采用了隧道式锚碇和钢架式加劲梁，采用大跨径悬索桥方案，建成后将是世界上峡谷最大跨度的桥梁。

谈起湖南省交通规划勘察设计院在公路、桥梁、隧道勘察设计领域一系列的创新成果，该院总工程师彭立说，每一项成果的获得，“服务的是社会，承载的是历史，流淌的是文化，形成的是景观，体现的是智慧，留下的是记忆”。

肝癌不能以肿瘤大小判定早晚期
孤立性大肝癌可手术治疗

（2009年12月10日　第1版头条　长沙报道　伍西明参与采访）

在“973”计划、“863”计划和国家自然科学基金的连续支持下，中南大学湘雅医院教授杨连粤领衔的课题组在肝癌外科研究领域获得重大进展，十余年来，他们对500多位“孤立性大肝癌”晚期患者成功实施手术，均取得良好疗效。最近，国际医学权威杂志《外科学年鉴》《肝病学》先后发表其研究成果。

肝细胞癌（HCC）是世界第五大常见恶性肿瘤，我国肝细胞癌发病率居全球之首，其死亡率居恶性肿瘤第二位。肝癌治疗已成为各国医学家竞相攀登的医学制高点之一。湘雅医院肝脏肿瘤外科中心从临床入手，对肝癌的外科手术治疗与复发转移的机理进行了系统研究。

此前的观点认为，肝癌的分期和预后取决于肝癌的大小。因此，大肝癌通常被认为是中晚期，多属于不可切除的。杨连粤带领肝癌研究课题组，先后进行了“新的肝癌早期诊断血清标志物和重要干预靶点筛选鉴定关键技术”等多项研究，并与长江学者、美国哈佛大学肿瘤细胞生物学教授袁志民开展了“肝癌、乳腺癌复发转移标志物”研究。

通过对大量临床肝癌手术患者的病理资料、手术结果及长期生存情况进行回顾性对比研究，在中晚期大肝癌病例中发现了一种独特类型的大肝癌，虽其肿瘤巨大，但具有较好的临床病理特征与分子生物学特征，手术后效果好。为此，他们在国际上率先将这一特殊类型的大肝癌，称之为“孤立性大肝癌”（以区别于结节性和弥漫性肝癌类型），并且建立了孤立性大肝癌研究理论框架。

研究结果表明，孤立性大肝癌与小肝癌临床病理特征相似，两组病人手术后生存时间显著高于结节性肝癌。孤立性大肝癌一般呈单个膨胀性生长，体积直径可达10～20厘米，甚至更大。这类肝癌患者，其实肝功能仍然较好，余肝较大，如无血管侵犯，临床病理上仍属早期肝癌（T2期），完全具备手术治疗的条件。

据此，杨连粤提出肝癌不能以其肿瘤大小来判定早晚期的新观点，推翻了医学界一直认为大肝癌均为晚期，不可进行手术切除治疗的结论。

该项研究成果为被认为是晚期肝癌而禁忌手术的孤立性大肝癌患者找到了手术治疗的理论依据，杨连粤总结出了多种复杂性肝癌手术治疗的关键性技术与方法，推进了攻克肝细胞癌手术医疗世界性难题的进程，使目前被诊断为中晚期肝癌患者中50%左右的孤立性大肝癌患者获得了手术治疗延长生命的机会。

他们先后为500多例孤立性大肝癌患者成功地实施了手术切除，均取得良好疗效。来自湖南望城的18岁女性患者张某，右肝脏患有直径达27厘米、重量达3000克的巨型孤立性大肝癌，杨连粤带领助手为其施行扩大的右半肝癌症手术治疗，既彻底切除了肝癌病灶，又最大限度地保留了正常肝脏组织，手术圆满成功，已健康存活8年，目前其肝功能指标正常。

我国神经系统遗传病致病基因研究获重要进展

（2011年1月7日　第1版　长沙报道　成舸、伍西明参与采访）

2010年12月，国际学术期刊《大脑》（Brain）发表了中南大学湘雅医院唐北沙教授研究小组关于神经系统遗传病致病基因的研究论文，该成果在国际上首次发现并提出TGM6是一种神经系统遗传病“脊髓小脑性共济失调（SCA）”的一个新致病基因。

现该致病基因已被人类基因命名委员会正式收录，其对应的新疾病亚型被编号为SCA35。

脊髓小脑性共济失调是一种致残、致死率较高的神经系统遗传病，占神经系统遗传病的10%～15%，临床上常表现为运动失调，大多数患者多在发病10～20年便完全丧失了行走能力。国际上已确认该病的30余种亚型，并发现了19个致病基因。

湘雅医院神经内科专家在对SCA病例的长期研究基础上发现：有一种在人的小脑神经组织中高表达的转谷氨酰胺酶6型（TGM6）酶，其基因突变后，可导致脊髓小脑性共济失调的发生。唐北沙等采用基因芯片对一个呈四代遗传的SCA家系进行了连锁定位分析，将其定位在第20号染色体短臂上约为18.45cm的区域。随后，他们与深圳华大基因研究院合作，采用“全基因组外显子捕获重测序”技术进行测序分析，最终成功克隆了一个TGM6基因。该基因属于转谷氨酰胺酶家族，该家族蛋白某些成员TG2、TG3、TG6在脑组织中广泛表达，其代谢紊乱也与亨廷顿病（HD）、阿尔茨海默病（AD）及帕金森综合征（PD）等神经退行性疾病的发病机制相关。

记者获悉，TGM6基因的发现，不仅对阐明SCA病的发病机制、遗传诊断和新药研发具有重要的研究和应用价值，同时也为神经退行性疾病的发病机理及药物筛选提供了新的思路和基因靶点。该研究小组将对TGM6基因展开功能学研究，以揭示该基因与疾病发病之间的作用机制，并继续寻找神经退行性疾病与遗传病家系新的致病基因。

唐北沙从事神经病学和医学遗传学的临床实践和基础研究近30年，是中南大学湘雅医院神经病学国家重点学科学术带头人。唐北沙的神经病学和医学遗传学研究得到了国家“973”“863”“十一五”科技支撑计划和国家自然科学基金等课题的资助。

我国攻破木基复合材料易燃发烟难题

（2011年3月23日　第1版　长沙报道　刘金环参与采访）

近日，记者从中南林业科技大学了解到，由该校木材科学与技术国家重点学科带头人吴义强教授领衔完成的“无烟不燃木基复合材料制造关键技术与应用”项目成果，在广东、江苏、云南等地15家木材加工企业推广应用获得成功，已建成生产线20多条，实现大规模生产，产品销售遍及国内30多个省市，并出口伊朗、美国、欧盟、日本等国家和地区，显示出极强的国际市场竞争优势。

传统的木材复合加工产品，由于木基易燃冒烟、甲醛污染、室外耐候性差、易开裂、木材资源综合利用程度不高，还存在安全隐患、健康环保和产品附加值不高等方面的问题。在科技部、国家自然科学基金委和广东省、湖南省等有关部门的支持下，吴义强联合广州市木易木制品有限公司、华南农业大学开展技术攻关，通过近10年的努力，从根本上解决了木基复合材料易燃发烟、甲醛污染等危害人居环境安全的国际性难题，实现了木材加工领域的科技创新与突破。

吴义强等以NCIADH不燃胶黏剂制备技术、NSCFR阻燃剂制备技术、无烟不燃木基复合材料增强阻燃层制备等3项技术成果为基础，根据适用于不同场所和用途，分别成功研发出具有不同功能的无烟不燃家具装饰、地板、墙体和结构工程等使用的木基复合材。

其中NSCFR高效阻燃剂是以在国内外首次发现和利用的一种具有高效阻燃抑烟性能的无机矿物质为主要成分，经超细化后，与钼酸锌等微纳米级具有催化抑烟杀菌减毒功能的组分进行复配，产生高效协同效应。NCIADH不燃胶黏剂制备技术，实现了木基复合材料具有阻燃、无甲醛释放、耐水、抗潮湿和高胶合强度等特性。木基复合材料增强阻燃层制备技术，是以木竹材料、农作物剩余物与无机矿石为主要原料，加入不燃胶黏剂，并辅以适量阻燃剂。

他们根据原料的结构形态特性和产品应用特点，进行结构设计，优化形成粉末、刨花、纤维、网状四种坯体结构，采用模压冷固化技术，制备出在1000℃明火下5小时内高阻燃抑烟性能的结构单元，实现后续生产的规格化、标准化和模块化。

中国工程院院士张齐生认为，该项目成功解决了长期困扰木材工业的木材—无机材料界面不相融合的技术难题，首次研发出木基复合材料增强阻燃层制备技术，具有重大技术创新，产业化程度高，整体达到国际先进水平，无机不燃胶黏剂和阻燃剂及其应用技术居国际领先水平。

果木类植物自交不亲和性研究获突破

（2011年3月28日　第1版　长沙报道　刘金环参与采访）

记者近日从中南林业科技大学获悉，由我国森林培育国家重点学科负责人、国家林业局经济林育种与栽培重点实验室主任、该校谭晓风博士领衔的“中国梨自交不亲和性研究”课题组，在国内率先开展中国梨自交不亲和基因分离克隆及品种S基因型的系统研究，采用分子生物学技术，在梨自交不亲和基因研究方面取得了一系列新成果，并揭示了这类基因的系统进化关系，荣获2010年度湖南省自然科学奖一等奖。

谭晓风是我国第一位经济林学博士，从事森林培育（经济林学）的教学科研工作已经30余年。从2001年开始，谭晓风团队与中国农科院郑州果树所、中国农科院果树所的专家合作，分离鉴定了28个新的雌蕊自交不亲和S等位基因，查清了我国栽培梨S基因的数量和分布状况，为中国梨自交不亲和性研究奠定了重要的基础；克隆了梨雌蕊S-RNase基因和花粉SFBB的全长序列，为揭示梨自交不亲和性形成的分子基础提供了科学依据；研制了梨S基因芯片，建立了梨自交不亲和基因及品种S基因型的系统鉴定技术体系，为梨品种S基因型的快速、准确鉴定提供了技术支撑；确定了116个中国梨品种的S基因型，为梨丰产栽培的品种配置及杂交育种的亲本选择提供了科学依据。

谭晓风介绍，研究梨自交不亲和性的分子学问题，为梨栽培品种配置和杂交育种工作提供了科学依据，为全国各地梨栽培的授粉品种配置提供了直接、简便的科学指导，为梨育种专家从事杂交亲本选择并顺利获得杂交后代提供了极大的方便和保障。同时，该研究成果也为其他木本植物特别是蔷薇科植物的自交不亲和性的研究和应用提供技术支撑。湖南、湖北、河南及辽宁等省区的梨栽培基地已经采取该项研究成果，取得了很好的社会经济收益。

中国工程院院士、湖南农业大学教授官春云认为，该项研究不仅为梨的栽培育种提供了重要的科学依据，而且在梨栽培育种中具有重要的应用价值。该项研究手段先进，发表论文50多篇，分离克隆基因达70多个，全部登录到GenBank中，在国内处于领先地位，在国际上有较大影响。

我国光纤激光相干合成获重大成果

首次实现光纤激光千瓦级相干合成输出

（2011年6月17日 第1版头条 长沙报道 成舸参与采访）

近日，来自中国科学院、国内有关高校和研究机构从事光电子、激光、信息、计算机应用等技术领域的多位院士、专家在长沙鉴定了国防科技大学光电科学与工程学院研制的“千瓦级光纤激光相干合成试验系统”。

专家组鉴定意见指出：“该项目在国际上首次实现光纤激光千瓦级相干合成输出，系统输出功率达到1.5千瓦。该系统复杂、技术难度大，在光纤激光相干合成理论和技术上有重大创新，是高功率激光相干合成领域的重大突破。该系统综合水平达到国际先进，相干合成输出功率、宽谱和多波长激光相干合成等技术处于国际领先。”这标志着我国科学家在光纤激光相干合成理论和技术领域获得重大自主创新成果。

在自然界，光的相干性（即“一致性”）是一种客观存在。物理学研究发现，只有传输振动方向一致、频率相同、相位差恒定的光束才能称之为“步调一致”的相干光，其光源可称为相干光源。具有相干性的光波叠加时会出现“干涉现象”，这种干涉可能是建设性的，也可能是破坏性的。在普通光源中，原子发光过程都是自发辐射过程，各个原子发出的光子在频率、振动方向和初位相上都不相同，所以，光的亮度、方向性、单色性等方面特征各不相同，因此普通光源不具备空间和时间上的相干性。

由于激光是受激辐射产生的，因而其光波具有相同的频率、方向、振态和严格的位相关系。激光需要有激光器才能产生。激光器产生的激光具有亮度高、方向性好、相干性好3个重要特性。不同波段（1～14微米）的激光，有不同的用途，如波长2.0微米的激光在气象监测、激光测距、激光雷达等方面具有广泛应用，2.8微米波长激光则可应用在生物、医疗等领域，而3.0～5.0微米波段激光具有很强的大气穿透能力，具有应用于激光制导、激光遥感等领域的巨大潜能。由于高亮度激光在国民经济和国防等多个领域有着广泛的应用需求，激光技术被列为《国家中长期科学技术发展规划纲要（2006—2020）》前沿技术之一。

记者在采访中得知，光纤激光器是指采用掺有稀土元素的玻璃光纤作为激光介质的激光器。光纤激光器具有转换效率高、光束质量好、结构紧凑等优点，能够获得高光束质量激光输出，已成为继化学激光器后的新一代高能激光器的重要方向。

但由于激光与材料之间客观存在的“非线性”效应、热效应、激光元件损伤等因素，单根光纤激光器输出功率有限。

因此，为实现高功率和高光束质量，构建模块化的光纤激光“组合”，并对其进行相干合成是最理想的解决方案，已成为当前全球激光技术领域的研究热点。国际上有40多家机构在探索如何用中小功率的激光器来合成大功率激光器。2009年，美国空军实验室（AFRL）实现了5路百瓦级光纤激光放大器相干合成，输出功率为725瓦。

面对激光技术前沿领域的这一世界性难题，国防科技大学新体系结构固态激光实验室学术带头人、教育部创新团队带头人、国家“973”计划项目首席专家刘泽金带领高能激光技术科研团队，发明了基于随机并行梯度下降和单频抖动的光纤激光相干合成相位控制方法（简称“优化算法”），实验中发现了宽谱（约30千兆赫兹的谱线宽度）激光也能实现部分相干合成的物理现象，提出了用非单频激光进行相干合成的技术路线，阐明了宽谱、多波长激光相干合成的物理机制。

他们自行研制出9路百瓦级光纤激光放大器，当总输入功率为1.9千瓦时，相干合成功率可达1.56千瓦，这一输出功率为目前已知的该领域国际最高水平。

用优化算法能够实现宽谱和多波长激光部分相干合成的这一科学新发现，打破了此前只有窄谱激光才能实现相干的认识。他们进一步深入研究了该发现的物理机制，为新一代大功率光纤激光系统的研制奠定了理论基础。其研究成果于2009年在美国出版的国际光学领域著名学术期刊Optics Letters上以封面图示文章发表，在国际激光学界引起广泛关注。

他们和美国学者各自独立提出将基于随机并行梯度下降优化算法用于光纤激光相干合成的技术方案，并单独提出了用于光纤激光相干合成的单频抖动相位控制方法，这两种方法都成功实现了“不同波长激光束的同步自动对齐”，解决了相干合成时相位控制的技术难题，获得了高质量的稳定激光输出，使目前光纤激光相干合成主动相位控制方法达到4种，得到国际激光领域同行的赞许。

与此同时，刘泽金等还提出了相干合成光束质量评价方法，解决了过去常用的光束质量评价标准不能对相干合成光束进行很好描述的问题，被学术界认可和采用。美国定向能协会出版的《高功率光纤激光器导论》一书采用了该方法，称其是“孔径填充相干阵列光束质量的最佳测试方法”，总装备部光电子技术专业组推荐其为我国相干合成激光光束质量评价准则。

近年来，该课题组在光学领域多个国内外权威学术期刊上发表论文121篇，其中SCI收录82篇。其阶段性成果“光纤激光相干合成技术”入选了“2009年中国光学重要成果”。

湘雅医学院辅助生殖技术国际领先

（2012年3月7日　第5版　长沙报道　刘笑春参与采访）

记者近日获悉，中南大学湘雅医学院卢光琇教授科研团队在“人类辅助生殖和精子库的关键技术”领域取得一系列研究成果，并应用于临床。该团队仅2011年接诊病人数达19万多人次，难治性不孕症的临床妊娠率稳定到60%，远高于当前国际最高水平。

据世界卫生组织统计，全世界育龄夫妇中，平均10%的人面临不孕难题，包括试管婴儿在内的辅助生殖技术已成为很大的社会需求。卢光琇从1981年开始开展人类体外受精研究，提出了“供胚移植”技术路线，并在1988年成功诞生了我国首例供胚移植试管婴儿。同时，她提出并建立了人类胚胎冷冻技术及冷冻胚胎库，解决多余胚胎保存问题，提高了移植概率。

随后，卢光琇等探索出一套畸形精子分离技术，可为畸精症患者优选健康精子，在世界上首次完成了经畸形精子分离后的人工授精正常婴儿，后又进一步成功培育出生了囊胚培养的显微受精试管婴儿。此外，他们还改进胚胎冻存方法，建立了超快速胚胎冷冻技术。

遗传病是导致出生人口缺陷的主要原因，其中严重致畸致残的遗传病发生率为3%～6%。几十年来，该团队坚持遗传咨询和产前诊断，建成了细胞和分子遗传学诊断中心，每年为5000余名患者提供遗传咨询服务，诊断准确率达100%。

据悉，由该团队建立的我国第一个人类精子库，目前库存量达10万份以上，是世界上最大的人类精子库。供精人工授精的临床妊娠率为23%，供精试管婴儿临床妊娠率已提高至61%，稳居国际领先水平。

（三）其他科技消息报道

湖南农机事业发展迅速

从“止了步”到“迈大步”

（1992 年 7 月 14 日　第 1 版　长沙报道　陈万清参与采访）

农村经济体制改革、家庭联产承包责任制实施初期，曾一度出现低潮的湖南农机事业在科教兴农大潮中发展势头渐好，农民从“包产到户、农机止步、责任到人、农机关门”的模糊认识中清醒过来，认识到“要想富得快，赶快买机械”。13 年来，农民购买农机资金近 35 亿元，占全省 85%的农业机械属农民所有，总数达到 124 万台以上。

湖南省是我国粮食集中产区之一。农机部门始终围绕粮食增产这一主要目标，根据山区、丘陵区和湖区不同的自然、经济和技术条件，因地制宜，抓住农业机械研制生产、人才培训和综合服务三个主要环节，发展了具有湖南特色的农业机械化。

首先是抓紧研制和生产以种植业为主的小型农业机械，除有选择地发展小型内燃机、电动机、手扶拖拉机外，还先后研制出稻种破胸催芽机、化肥深施器、水田耕种机、水稻撩脱选联合收割机，并推广农机研发的新技术机械 40 多项 160 万台（件），这些小型配套、价廉耐用的农机具适合于农村现行的小规模生产经营方式，满足了农村千家万户的需要。

二是同步进行农业机械化培训。全省 104 所县级农机学校共培训各类农机操作手 104 万人，适应了农村经济发展的需要，推动了农业机械化的发展，农业部及时在全国推广了“湖南经验”。

三是建立以县为主体的四级农机服务体系，开展维修、培训、供应零配件、油料以及信息咨询等多种服务项目，免除了农民使用农业机械的后顾之忧。

从“产量效益”转向“科技效益”

株洲冶炼厂利税年增13.4%

（1992年12月11日　第1版　株洲报道）

位居我国500家大型骨干企业前列的株洲冶炼厂以科技进步为突破口，加大技术改造的力度和深度，不断开发出技术含量高、附加值高的新产品，以成本低、质量好、品种新的优势，迅速占领国内外有色金属材料市场，取得了巨大的经济效益。

改革开放以来，该厂抓住机遇，不重复扩大老产品、老工艺的生产方式，而是坚定不移地依靠科技人员，把科技进步的目标放在提高经济效益和市场应变能力上。围绕调整产品结构、降低能耗、减少环境污染、提高资源综合利用率等关键环节，开展了新工艺、新技术、新产品的开发研究，先后取得1800多项科技成果，并广泛应用于生产，实现了工厂经济发展由高投入、低效益的粗放型经济转变为少投入、高产出、高效益的技术型经济。

目前，全厂已从单一的铜、铅、锌原料产品开发出23种系列新产品。其中15种获国家和省、部优称号，优质产品产值率占94%。该厂1990年荣获国家质量管理奖。资源综合回收率大大提高，铅冶炼回收率达到97%，锌冶炼回收率达到96%，伴生金属综合回收率连续5年保持在70%以上，居全国同行业之首。

该厂还全面、科学地治理环境，基本上控制了“三废”的危害。工艺烟气净化率达到87%，硫的利用率高于64%，废水经过处理后达到国家允许排放标准，获国家有色总公司“环境优美工厂”称号。

科技进步给株洲冶炼厂带来了巨大经济效益，上缴利税以年均13.4%的幅度稳步递增。1988年以来，销售收入递增22.5%，出口创汇递增40%，1992年比上年增加3倍多，预计创汇可达4000万美元。厂长曾维伦告诉记者，株洲冶炼厂科技效益在新增效益中所占比重达到70%以上，接近国际先进水平。

眼镜市场混乱令人担忧　青少年应科学地选配眼镜

（1994 年 5 月 2 日　第 1 版　长沙报道）

近年来，我国城市中、小学生和大、中专学生的近视率不断上升。导致眼镜市场十分红火，各种眼镜店应运而生，街头巷尾还常有兜售各类眼镜的游贩。长沙市有关部门曾抽检 200 余位学生佩戴的眼镜，合格率只有 14.2％。长沙市标准计量局连续两年对市区眼镜经销单位进行抽查，1992 年检验 64 家商店 106 组眼镜样品，合格率只有 56.5％。眼镜市场的这种混乱状况，直接影响了青少年身体健康，令人担忧。

究竟如何科学地选配眼镜，记者走访了长沙市有名的验光技师周捷三。这位年过 5 旬，从事眼光检测、配镜 30 多年的老技师介绍说，视力下降，首先要查明原因。一般来说，属于器质性改变、眼球球径变异而形成的视力不正常，就需配戴眼镜来加以矫正，常见有真性近视眼、远视眼和散光眼。

另一类为假性近视眼，是由眼睛的调节功能发生痉挛所致，属功能性障碍，多为如走路看书、躺着看书看电视、长时间不间断看近物（如电视、书籍等）所引起的，可通过纠正这些不良的用眼习惯加以解决，不需要配眼镜。此外，由内科疾病导致眼疾引起视力减退，则应通过治本予以解决，不是配眼镜能解决的问题。

区分真、假近视的方法是药物扩瞳验光，这对视力下降的中小学生来说是十分重要的。谈到验光，周技师认为，目前常用的几种验光方法，如传统的“插片法”、流行的电脑法和药物扩瞳检影法中，后一种方法最科学。前两种方法是凭患者的主观、自我感觉来确定配镜的光屈度，未排除眼体的自然调节功能因素，不能真实反映被检测者的视力，所以不科学，也不可靠。扩瞳检影法则通过药物扩瞳后，测出眼底视网膜上成像焦距的差异，然后确定所需眼镜的光屈度，所以较客观，配制的眼镜光屈度准确。

他说配戴眼镜也有学问，近视 300 度以内者，看近时不必戴眼镜；有散光的深度近视眼和远视眼（不包括老花眼）一定要戴眼镜，否则会使视觉功能衰退。此外，深度散光眼不宜戴“隐形眼镜”，因镜片离眼球太近，调节效果不好。至于近来市场上出现的“增孔眼镜”，对青少年有害无益。他希望通过《中国科学报》，呼吁广大青少年和知识分子科学地使用自己的眼睛，科学地选配眼镜。

湖南实施“省长项目”成效显著

（1995 年 1 月 4 日 第 1 版 长沙报道 荣诚参与采访）

为了发展高新技术产业，湖南省从 1992 年开始实施“省长项目”，先后三次选定 25 个开发项目，投入资金 1.38 亿元。前期启动的 17 个项目绝大多数进展顺利，效果显著，1993 年实现产值 1.6 亿元，利税 2900 万元，1994 年实现产值 2 亿元以上，为全省高新技术产业发展真正起到示范作用。

湖南“省长项目”有几个显著特点，一是技术含量高，已下达的 25 个项目均属湖南优先发展领域的高、精、尖技术项目，其中，达到国际先进水平和填补国内空白的有 9 项，属国内领先和先进水平的有 16 项；二是参与项目人员素质高，80％以上的项目是由高等院校和科研院所独立开发或企业依托院校、科研所开发的；三是开发周期短，经济效益好，显示出“省长项目”的优势。

湖南大学承担的“高效数控机床系列产品”项目，仅用一年多时间，就研制出了 3 种新产品，1993 年实现产值 1545 万元，利税 370 万元，今年产值可望突破 2500 万元。省轻工专科学校承担的“奥林王学生营养液开发”项目，今年上半年实现产值 1200 万元，利税 600 万元，年产值可达 2000 万元；长沙九芝堂制药厂承担的“乙肝宁冲剂开发”项目，今年新增产值已近 3000 万元。

中共长沙市委副书记易希文：领导干部要努力学习现代科技知识

（1995 年 4 月 5 日 第 1 版 长沙报道）

中共长沙市委副书记易希文在最近召开的“领导干部学习现代高科技知识”座谈会上，提出“掌握现代科技知识是学习、理解、掌握马克思主义基本原理和建设有中国特色社会主义理论的基础”这一观点，引起与会同志的重视。

他说，对领导干部最起码、最根本的要求是必须懂得马克思主义的基本原理和建设有中国特色的社会主义理论，并用以指导自己的工作实践。马克思主义的本质特征之一就是它的科学性。

他认为，作为科学世界观、方法论的马克思主义哲学，之所以产生于20世纪40年代，恰恰是自然科学的发展为这一新世界观的创立提供了必要条件。同样，马克思主义的发展也离不开科学技术的发展。马克思主义的创始人及其继承者、发展者，都十分重视并善于跟踪科学技术的发展，总结运用科技成果，从中吸取知识和力量，以丰富自己的思想，发展自己的理论。为了写作《资本论》，马克思对欧洲工业技术史进行了系统的研究。为了阐明辩证唯物主义学说，恩格斯在《自然辩证法》手稿中运用了当时的星云假说、氧化理论、原子论、细胞学说、能量守恒定律以及生物进化论等科学成就。邓小平同志正是基于对现代科学技术，特别是高新技术发展态势的密切关注，基于对现代科学技术在经济增长与社会进步中巨大作用的全面了解，基于对马克思关于科学技术是生产力论述的深邃思考，创造性地提出了“科学技术是第一生产力”的著名论断，并以此指导建设有中国特色的社会主义实践。

他还强调，马克思主义的发展史告诉我们，每个领导干部都应该十分重视和努力学习日新月异的现代科学技术，善于从最新科技成果中吸取思想养料，从而加深对马克思主义的理解，加深对邓小平同志建设有中国特色社会主义理论这一科学体系的理解，以便在错综复杂的国际环境和改革开放的创造性实践中把建设有中国特色社会主义的全新事业推向前进。

湖南省开展大规模科技调查

（1995年8月2日　第1版　长沙报道）

6月22日至7月20日，湖南省开展了大规模科技调查，旨在掌握第一手材料，认真总结成绩和经验，分析存在的问题，为全省科技大会制定实施方案作准备。

这次调查研究由湖南省副省长潘贵玉主持，省委研究室、省政府研究室和省科委共同参与，分为工业、农业、高新技术产业、科技体制改革、民营科技企业和科技人才6个专题组，分赴全省高等院校、科研院所、大中型国有企业、高新技术产业开发区和长沙、岳阳、益阳、株洲等市科委进行调查研究。

调查内容有14个方面，主要包括：“九五”期间科技兴省应达到的目标和2010年的战略目标，经济发展的重大课题和科技发展的任务和重点，工农业生产依靠科技进步的主要做法、成绩和典型经验，科技成果推广的成绩、推广服务体系建设及存在的问题，高新技术产业和民营科技企业的发展状况及存在的问题，农科教、产学研结合的途径和难点，以及科技投入、人才队伍建设等问题。

据悉，各调查组还将结合湖南科技与经济的14个重点问题与科研人员、科技管理工作者进行讨论和研究。

湖南设立周光召科学技术基金

"周光召科技奖"为湖南省最高综合性科技奖

（1995年11月6日　第1版报眼　长沙报道）

近期，湖南省以著名湘籍科学家、中国科学院院长周光召院士的名义，设立"湖南周光召科学技术基金"。10月29日上午，基金会第一届委员会在湖南科技大会上成立。

该项科学技术基金是由中共湖南省委书记王茂林等共同创立的，并得到海内外有识之士的热心支持。为了使这项基金发挥促进科技事业的发展，中共湖南省委、湖南省政府已决定将正在实施的"科技兴湘奖"并入，作为全省最高综合性科技奖。该基金会由周光召院长担任名誉会长，李阳先生任名誉副会长。第一届委员会成员由13位高级科技专家和管理专家组成，并将聘请20～30位专家组成"湖南周光召科技奖"评审委员会，负责该奖的评审工作。首届奖励从1996年开始评定，2年评选一次。

中共湖南省委常委、常务副省长王克英在基金会成立会上指出，中国科学院与湖南省开展科技合作十几年来，为促进湖南经济、科技与社会发展作出了很大贡献，在这次科技大会期间建立"湖南周光召科学技术基金"是全省科技界的一件大事，将对湖南省科技与经济的发展产生深远影响。

中国科学院副院长陈宜瑜院士代表中国科学院向"湖南周光召科学技术基金"的建立表示祝贺，并转达了周光召院长的谢意。他说，该项基金的建立，是调动社会力量，支持科技的发展，符合全国科技大会精神，也符合湖南科技工作的需要。相信该基金将对湖南科技事业的发展和经济建设起到重要的推动与促进作用。基金会名誉副会长、香港茂隆有限公司董事长李阳先生代表基金赞助者表示，以湘籍杰出科学家周光召名义设立科学基金，奖励有贡献的科技人员，将在国内外产生重大影响，湘籍海外赤子要向海内外有识之士多作宣传和发动，为湖南科技事业的发展贡献更多力量。

湖南迅速查处假稻种案

湖南省省长杨正午：种子必须专营

（1995 年 11 月 13 日　第 1 版　长沙报道）

湖南省省长杨正午在 10 月 28 日开幕的湖南省科技大会上谈到加强农业科技工作时明确指出："要以对假稻种问题的严肃处理为突破口，整顿种子市场，严格实行种子专营。"

作为农业大省，湖南省多年来非常重视良种的培育、推广工作，以袁隆平院士为首的杂交水稻育种科研集体和遍布全省的农业科技工作者不但为湖南省的粮食增产作出了重大贡献，而且对全国农业的发展起了表率和引领作用。

但是近年来，个别种子经营单位负责人缺乏科技意识，一些不法分子见利忘义，倒卖假稻种，给农民造成了巨大损失。汝城县大坪乡上祝村、祝和孝等十几个农民办的三江口农林牧种源公司，从江西买进 5.27 万公斤稻种，改名后卖给邻近 3 省（区）5 个县的种子公司，造成了 5 万亩稻田减产，甚至绝收的恶果。湖南省领导同志得知这一"假种案"后，极为重视，立即组织力量，迅速调查事实真相，汝城县已于 9 月初收审了与此案有关的 4 名人犯。在日前召开的湖南省人大常委会上，委员们强烈呼吁从快查处这一坑农事件。

杨正午省长强调：种子经营事关农业发展的大局，关系到农民的切身利益。要在全省范围内认真清理整顿种子市场。一定要依照《农业法》的规定，严格执行种子专营制度。种子工作技术性很强，直接关系着农业的发展，必须下大力气把好关。

长沙矿冶研究院创业40年
高新技术产业形成规模

（1995年12月29日　第1版　长沙报道）

在我国已故老一辈冶金学专家周行健先生100周年诞辰之际，由他创建的长沙矿冶研究院迎来了创业、发展的第40个年头。

如今的长沙矿冶研究院拥有采矿、选矿、冶金和材料多学科研究与开发的综合性优势，成为我国矿产资源开发与综合利用的重要科研、开发与生产基地，在国家科委组织的全国科研院所考核评价中，该院综合实力名列第11位，运行绩效为第17位。国务委员、国家科委主任宋健专为该院创建40周年题词："大力发展矿冶科学技术，向世界先进水平迈进。"

到目前为止，长沙矿冶研究院设有8个专业研究所，自动化与工程设计专业等4个研究（部）室和合金材料、超硬材料、机械修造等5个生产厂，在厦门、珠海、深圳等沿海经济特区设有5个分院或技术开发公司。金属矿产资源综合利用国家工程技术研究中心已在这里建成。国家钎具检测中心、民爆器材检测中心和冶金辅料质量检测中心也在该院设立。

40年来，该院共取得重大科研成果697项，其中获国家、省部奖励的320项，直接应用于生产、设计的占76%。"白云鄂博大型多金属共生矿弱磁-强磁浮选矿新技术"被列为1992年全国十大科技成就之一。《专利法》实施10年来，该院获专利权39项，先后6次被冶金部、湖南省评为专利工作先进单位，今年又获"全国科研院所专利十佳单位"称号。

随着科技体制改革的不断深化，长沙矿冶研究院的高新技术产业已形成一定规模，并成为全院的重要经济支柱。能向社会批量提供触媒合金、人造金刚石及制品、不锈钢纤维及制品、高密度球形亚银等高科技产品，年销售收入超过1.5亿元。

长沙开办“注册商标侵权保险”

（1996 年 1 月 19 日　第 1 版　长沙报道）

近日，在中央新闻单位驻湘记者站分会和湖南省知识产权法人权益保护中心联合举行的企业家与记者联席会上，举行了注册商标侵权保险签单仪式，长沙正圆动力配件厂、长沙酒厂、长沙市第二制药厂等企业分别与中国平安保险公司长沙分公司签订了产品商标侵权保险单。同时，合作开发了“法人代表权益综合保险”“版权（著作权）侵权保险”“防不正当竞争保险”“专利权侵权保险”等知识产权险种也在逐步实施。据悉，此举在全国尚属首次。

端正学风　从严治校
湖南师大严肃查处剽窃论文事件

（1996 年 2 月 16 日　第 1 版头条　长沙报道）

最近，湖南师范大学严肃查处该校物理系教师与外校教师合伙抄袭、剽窃四川联合大学马东平教授的科研成果，以自己的名义在国内外学术刊物上发表的事件（详见本版），在该校引起强烈反响。本报记者李浩鸣调查结果与马东平教授反映的情况基本符合。1 月 18 日，由校纪检会立案，1 月 25 日，校长办公会作出决定，对本校参与此事的教师进行处分：（1）由副教授降职为讲师；（2）原有工资降一级；（3）取消其相关成果在档案中的记载。

学校对这一事件的处理在教职工中引起强烈反响。中国工程院院士、生物系教授刘筠说：“剽窃科研成果是非常错误的，学校及时严肃查处，我非常支持、赞成。当前社会上不正之风已侵蚀到科教界，学术成果上也应打假，学校对这件事不护短，可以教育许多人。”物理系博士生导师颜家壬教授认为，学术上出现抄袭、剽窃现象，这是很不正常的，学校为端正学风、从严治校，对这件事进行严肃处理，是可以理解的，我们支持、拥护。

记者从采访中还获悉，湖南师范大学曾于 1987 年 8 月和 1990 年 11 月两次处分过犯有论文抄袭错误的教师。

湖南师范大学校长张楚廷教授对这一事件谈了他的看法。他说，学校育人的第一项内容就是科学道德。一所严肃的大学，不能容忍存在任何抄袭、剽窃行为，要把师大办成一流的大学，要以德服人，必须保持学术上的纯洁性。学校对这类事件的处理历来很严肃，这是维护科学事业、维护所有科学工作者权益的需要，这也是把尊重知识、尊重人才落到实处。

附评论员文章：为湖南师大维护科学尊严叫好

去年年底，本报收到四川联合大学马东平教授的来信，反映湖南师范大学某教师等二人，自 1994 年 4 月以来，在其所谓的“研究”工作中，不顾职业道德，将马东平及其科研小组长期研究的，并以论文形式早已公开发表的科研成果剽窃、抄袭、篡改后在国内外 6 种期刊上公开发表。本报收到信后，速转至有关单位，并派本报记者到湖南师大调查、了解情况。今天本报发表记者李浩鸣采写的报道，公布了调查结果及处理意见，马东平教授反映的情况完全属实。为了维护科学尊严，该校作出决定，对抄表、剽窃论文的该校当事人给予严肃处理，撤销了靠假科研成果获得的高级职称和相应的待遇。我们为湖南师范大学不护短、维护科学尊严的行动叫好。

从这一严重剽窃抄袭、违法侵权事件中，我们不能不再次严正提出，近年来社会上的不正之风已经侵入了科技教育界，维护科学尊严应首先从科技教育界做起，科技教育界也要打假，也要加强职业道德和行为规范的教育。这个事件的当事者，为了晋升职称而采用全文抄表、改头换面、伪造数据等拙劣的手段，丧失职业道德、无视科学与法律的尊严，明目张胆地大干违法侵权、损害科学事业的事。危害之严重是罕见的。如果不坚决杜绝这种歪风、消除其恶劣影响，就势必给我国的科技教育事业与社会风气造成更大的危害。所以，每一个单位，每一位有正义感、有科学良知和责任心的科技教育工作者绝不能让这些现象继续存在下去，应该对这些不良风气和行为展开坚决的斗争。

应当指出，在科研领域的打假中，也同样存在地方保护主义，对一些弄虚作假、违反科学尊严的人和事，揭露和处理往往都比较困难，一些单位领导遇到这件情况，不是绕道走，就是避重就轻，唯恐揭露出来影响自己单位的形象和声誉。湖南师范大学这次带了一个好头，他们不护短，从调查核实到处理仅用了不到一个月的时间。他们以对国家、对人民高度负责的精神维护了科学尊严，他们这样做不仅没有影响声誉，反而增加了社会对学校严谨治学、纯洁学术空气和维护科学尊严等严肃校风的了解。正像该校校长张楚廷教授所说的，“一所严肃的大学，不能容忍存在任何违反科研道德的事件，必须保持学校学术上的纯洁性”。此外，还必须坚决打击揭露这种歪风，消除其恶劣影响，这样纯洁科研环境，既可以教育本人，还可以教育他人。我们都应向湖南师大学习。

科学尊严和道德规范是科技工作者长时间历经千辛万苦的诚实劳动而建立起来的，每位科技教育工作者都应努力维护，以身作则，维护科学尊严，才能保持科学真理的永恒。

弘扬为科技事业顽强拼搏的精神
株洲市掀起向王于化同志学习的热潮

（1996 年 10 月 30 日　第 1 版报眼　湖南株洲报道　谭高华参与采访）

本报 5 月 6 日在头版头条报道了株洲电力机车研究所高级工程师王于化同志在我国铁路科技战线无私奉献、顽强拼搏的优秀事迹后，在株洲市产生强烈反响，引起湖南省和铁道部主要领导的高度重视。中共湖南省委、中国铁路机车车辆工业总公司党委和中共株洲市委分别发出了向王于化同志学习的决定，目前，由株洲市委宣传部组织的“王于化先进事迹报告团”已在全市巡回报告，株洲市兴起了一个学习优秀知识分子王于化同志的热潮。

王于化同志生前系湖南省劳动模范、全国铁路系统优秀知识分子、株洲电力机车研究所教授级高级工程师。在 30 余年的科研生涯中，他为我国铁路科技事业呕心沥血、拼搏奉献、求实创新、贡献巨大，直到身患癌症，仍坚持对科技事业的执著追求。在他逝世前后，本报记者曾三次到该所采访并予以报道。

中共湖南省委书记王茂林同志得知王于化同志的优秀事迹后，于 5 月 7 日来到该所，号召全所向他学习，并题词：“学习王于化同志无私奉献的革命精神”。

铁道部部长韩杼滨、副部长傅志寰在该所看望了王于化同志的亲属，不少新闻单位也报道了王于化同志的优秀事迹，株洲歌舞剧团还把王于化的形象搬上了舞台。

最近，本报记者再次来到株洲，耳闻目睹了人们学习王于化同志的动人情景。中共株洲市委书记程兴汉深情地说：“一个榜样就是一面旗帜，王于化同志是株洲的蒋筑英，是株洲人民的骄傲。感谢《中国科学报》率先向全国科技界推出了他的先进事迹。通过学习王于化同志，对我们贯彻党的六中全会精神，加强全市社会主义精神文明建设有很大的促进作用，并将成为全市人民‘科教兴市’的巨大精神力量。”

长沙取消一批“高新技术企业”资格

（1996年12月2日　第2版　长沙报道　刘铁兵参与采访）

最近，湖南省科委和长沙高新技术开发区管委会决定取消“长沙九九科技研究所”等41家企业的“高新技术企业”资格，停止其享受有关的优惠政策和待遇。同时，对“长沙四星光机电技术研究所”等9家因开发新产品不力导致综合水平滑坡的企业予以“黄牌”警告令其限期整顿。

长沙高新技术产业开发区现已有高新技术企业近400家，形成了电子信息、精细化工、机电一体化、食品深加工等新兴产业群体。目前，有一些企业缺乏发展意识、管理混乱、经营不善，其产品水平滞后，综合实力甚差，与“高新技术企业”称号名不副实。

据悉，湖南省科委与全省各高新技术开发区管委会决定，今后将每年开展评议活动，使高新技术企业的管理进入规范化、制度化轨道。

高校人文素质教育出现可喜局面

（1996年12月9日　第1版报眼　长沙报道　龚明金参与采访）

为适应21世纪对高素质、综合型专门人才的需求，近年来，全国高等院校普遍加强了大学生人文素质教育，使我国高等教育出现了可喜的新局面。

近日，来自全国52所试点院校和湖南省20余所本科院校的负责人聚会岳麓山下的湖南大学，在国家教委召开的“全国高校大学生文化素质教育试点院校工作会议”上交流经验。

国家教委副主任周远清说，大学生应当是精神文明建设的骨干和接班人，应该具有更高的思想道德素质和文化素质，加强文化素质教育势在必行。一年多来，试点院校开展大学生文化素质教育，取得了一些经验，产生了很好的影响。

华中理工大学校长杨叔子院士、湖南大学校长俞汝勤院士分别介绍了开展素质教育的情况。他们认为，大学生不但应当掌握现代科学知识和专业技能，更应该懂得如何做人，如何思维，在高校开展素质教育，符合中国国情和时代特征。青年知识分子只有具备了爱国主义情操，具备了良好的职业道德和社会公德，才能真正成为我国社会主义现代化建设的跨世纪高层次人才。

北京大学在总结该校长期坚持文化素质教育经验的基础上，提出了进一步加强文化素质教育的构想，该校党委把加强素质教育作为重点工作内容之一。湖南大学通过学术研究、专题讲座等活动，引导学生争做社会主义建设的栋梁之才。北京航空航天大学、华中理工大学、大连理工大学除了在组织机构、经费上落实外，还调整了教学计划和有关课程，把德育教育与素质教育紧密结合起来，把素质教育贯穿于学校教育的全过程中。

北京交通大学、长沙铁道学院还把素质教育与校园文化、大学生科技活动相结合，寓教于乐、寓教于行，全面提高学生的文学艺术水平和科学实践的能力，均取得了良好的效果。

湖南省科协评选“科技之星”80位优秀科技专家榜上有名

（1996年12月16日　第1版　长沙报道　胡为平参与采访）

近日，由湖南省科协组织评选，经全省63个专业学会、高校科协半年多的酝酿与推荐，湖南省首届“科技之星”评选结果揭晓，80位理工农医专业的优秀科技专家获此殊荣。

首届湖南“科技之星”称号获得者中，有杂交水稻育种专家袁隆平，地洼学说理论创立者陈国达，生物与医学遗传学家卢惠霖，化学家俞汝勤，数学家侯振挺，地球物理学家何继善，计算机专家周兴铭、陈火旺，选矿专家王淀佐、余永富，肿瘤专家姚开泰，油菜育种专家官春云和已故的金属加工专家周行健，中医学专家李聪甫，精神病学专家凌敏猷，冶金专家陈新民，土木建筑专家柳士英，电力机车专家王于化，茶叶专家刘先和等。

他们中有的是学术造诣深并有重大科学成就的老一辈科学家、相关学科开创者或学术领头人，有的是在科技与经济的结合中为国民经济建设做出卓越贡献的科技工作者，有的则是在推进农业科技进步和企业技术进步中创造了巨大社会、经济效益的科技专家，他们是湖南100多万名科技工作者的杰出代表。

湖南省委副书记郑培民：“星火计划”要为实现农业强省做好“三个服务”

（1997 年 4 月 21 日　第 1 版报眼　长沙报道）

在近日召开的湖南省“星火计划”工作会议上，中共湖南省委副书记郑培民在会上提出：各地各部门必须把实施“星火计划”，依靠科技振兴农村经济作为实现农业强省的战略任务，坚持不懈地抓下去，“星火计划”要为实现农业强省的战略任务，扎扎实实地做好“三个服务”。

湖南“星火计划”实施 10 年来，实现了年新增产值超百亿元，吸收和安排农村劳动力近 50 万人，形成了一大批区域性支柱产业。“星火计划”为乡镇企业引进新技术、新产品，引进人才，帮助他们与科研单位建立技术协作关系，提高了乡镇企业的创新能力。“星火计划”还为农村培训了大量知识青年和技术、管理人员，提高了农民的科技文化素质。

郑培民说，建设农业强省，必须依靠科技进步。“星火计划”实施覆盖了全省 60% 左右的乡镇，就是要引导广大农民掌握先进的科学技术，学会按照市场经济规律进行社会化大生产，这是加速农村现代化进程的最有效途径。“星火计划”要为农村产业结构调整服务，为乡镇企业的发展服务，为提高农民的科技文化素质服务。

“九五”时期，湖南省“星火计划”的实施将与农业综合开发、科技扶贫相结合，星火技术密集区建设与小城镇建设相结合，使“星火计划”在依靠科技振兴农村经济中发挥更大的作用。

张家界神奇山水纤尘不染

（1997 年 9 月 29 日　第 2 版报眼　湖南张家界报道　王亚芬参与采访）

近日，湖南张家界市举办了“第五届张家界国际森林保护节”，记者在采访时亲身感受到该市在科学开发利用和加强环境保护方面取得的巨大成就，这片神奇的山水焕发出更加美丽、迷人的风采，成为名符其实的“国内外知名的旅游胜地”。

1995 年 3 月，江泽民总书记来到张家界视察，向市委、市政府提出了“把张家界建设成为国内外知名的旅游地”的希望。为了实现这一目标，中共张家界市委、张家界市政府把抓好环境保护作为全市重要任务，提出了“科学保护第一，开发建设第二”原则和“大力保护、合理开发、加快发展”方针。市委书记肖征龙亲自抓环境保护和文明卫生工作。所有乡镇、街道办事处设立了“环保办”或“环保小组”，在重点企业设立了“环保科”，在武陵源景区内增设了 4 个保护所，配备了 60 多名工作人员。

另一方面，严格控制风景区内的开发项目，控制接待容量，控制污染负荷。几年来，全市先后否决了对环境有较大破坏或污染的投资建设项目 50 多个。几年来，全市通过封山育林，植树造林，实施“消灭荒山工程”“长防林工程”和“绿色长廊工程”的建设，全市森林覆盖率已上升到 63.66%，景区森林覆盖率达到 97%。全部自然保护区面积占全市国土面积的 1/10 以上，列入被保护的动、植物达 4000 余种。

“京港”搭台　内地考研
港澳台学生平均录取率达 40%

（1998 年 3 月 4 日　第 1 版　香港报道）

近日，记者在香港京港学术交流中心采访时，该中心董事总经理李乃尧介绍，1988 年至 1997 年，港澳台学生通过该中心报考内地高等院校和科研院所的硕士、博士研究生人数已达到 1028 人，被录取 403 人，录取率为 39%。1997 年达到高峰，有 219 人报名，92 人被录取，录取率达到 42%。

据该中心提供的资料，10 年中，通过该中心报考内地博士生人数为 325 人，其中香港地区报考者 199 人，录取率为 41%；台湾地区报考者 125 人，录取率为 46%，澳门地区 1 人报考被录取。报考内地硕士研究生者有 686 人，其中香港地区报考者 463 人，录取率为 42%；台湾地区报考者 223 人，录取率为 32%，澳门地区有 7 人报考，2 人被录取，香港考生人数和被录取人数均居首位。

港、澳、台地区学生报考内地研究生规模可分为三个阶段：1988 年至 1990 年三年中，报名总人数只有 130 人，被录取 37 人，录取率仅为 28%；1991 年至 1994 年，平均每年有数十人报考，录取率上升到 33%；1995 年至 1997 年期间，报名人数达到 636 人，被录取人数有 279 人，录取率超过 40%。在 1997 年港、澳、台学生报考的 35 所内地高校中，报名人数最多的前6位高校依次为：北京大学、上海财经大学、中山大学、中国人民大学、厦门大学和同济大学。

两院院士为科教兴湘献计献策

（1998年5月4日　第1版　长沙报道　姜郁文参与采访）

湖南省近期召开“科学研究与技术创新工作座谈会”，在湘工作的中国科学院院士俞汝勤、周兴铭、姚开泰，中国工程院院士何继善、袁隆平、刘筠、钟掘、古德生、余永富、刘业翔、高伯龙、陈火旺、谭靖夷、刘宝琛应邀参加会议，他们和来自全省高等院校、科研单位的代表就迎接知识经济挑战、推进科教兴湘多个方面，提出了各自的看法和建议。

院士和专家提出了十个方面的意见和建议。

一、采取有力措施，在全省范围内强化“知识经济”意识，要进一步提高各级领导“科学技术是第一生产力”意识，并落实到工作中；二、充分发挥专家在宏观决策方面的参谋作用，研究省情，制定出适合湖南的发展战略；三、加强科技立法步伐和执法检查，依法兴科，加大科技投入力度，使科技投入依法到位；四、各级、各部门要在省委、省政府的统一领导下，互相配合，在科技与经济的结合上形成合力；五、解决好“环境”问题，要为科学研究、技术创新和高科技产业化创造各种有利条件，从政策上保证；六、有所为有所不为，选择重点，择优支持，确保湖南的优势与特色领域；七、在发展新型高科技产业的同时，注重运用高新技术改造传统产业，通过新知识、新技术、新工艺的注入，使传统产业升级；八、创造条件，加快人才培养，特别是让中青年科技人才有用武之地；九、重视相关基础研究，形成一个取之不尽的科技“源头”；十、以经常性联席会议形式，使科技工作者与产业部门、企业家共同研讨，实现科技与经济的快速、有效地结合。

出席座谈会的中共湖南省委、省政府、省人大、省政协的负责同志对院士们的意见十分重视，并对他们的真知灼见表示衷心感谢和敬意。省委、省政府领导认为，在经济知识时代，知识就是财富。专家们的宝贵意见和建议，对科教兴湘战略的实施，具有指导性、权威性和极强的针对性。科技工作职能部门将根据专家们的意见，制定相应政策或措施。

依靠科技进步　深圳华为实现高速持续发展

（1998 年 10 月 26 日　第 4 版　深圳报道）

深圳华为技术公司是我国通信制造业中的龙头企业，创建 10 年来，该公司充分利用特区优势，追踪世界电信发展的尖端技术，不断开发出具有完全自主知识产权的电信新产品，保证了企业高速度持续发展。

经过十年的快速发展，华为技术公司现已成为中国电信产品最大的生产厂商，形成了交换、接入、传输三大门类 20 多种新产品，并被广泛运行在邮电公网和其他多种专用网上。

为迎接世界电信技术强国的挑战，该公司在不断扩大企业规模和市场占有份额的同时，始终坚持以新技术的开发，培养新的业务增长点，并以持续的规模发展聚集了国内一流的科研人才，在不断追加科研开发投入的基础上，努力保持产品在国内市场的领先地位并积极拓展海外市场。

1998 年，华为公司在继续完善原有产品性能的基础上，不断加大新产品的科研开发投入，使其产品在深度和广度上都有了质的飞跃。一方面提高现有网络的运行质量，着眼电信运营需求推出新市话解决方案。另一方面，大力促进 10G、20G、40GSDH 等新产品的开发及进入高端网络，华为可持续发展战略已为企业大规模高速度发展奠定了广泛而坚实的基础。

深圳中国工程院院士咨询活动中心成立

（1998 年 11 月 18 日　第 1 版　深圳报道）

11 月 13 日至 14 日，深圳市人民政府和中国工程院举行合作委员会工作会议，中国工程院院长宋健、副院长王淀佐、侯云德，院士师昌绪、陈清泉、李国杰、肖培根、陈俊亮和深圳市市长李子彬、副市长郭荣俊及市高新办、科技局、经发局、深圳大学的负责人出席，双方签署了合作协议书，将开展高层次、多方位的科技合作。同时，“深圳中国工程院院士咨询活动中心”在深圳市高新区挂牌成立。

进入 20 世纪 90 年代以来，深圳市不断强化“科教兴市”战略，高新技术产业已成为深圳经济的第一增长点，以市场为导向，以产业化为重点，已使其成为我国南方高新技术成果产业化的重要基地。在不断完善和发展过程中，突现出政策环境、产业配套能力、城市服务功能多方面优势。但由于深圳缺乏基础雄厚的高等院校和科研机构，发展高新技术产业的人才、成果、技术储备明显不足，利用特区优势，吸引许多有实力的研究发展机构落户深圳，势在必行。

中国工程院和深圳市政府的合作主要包括：一、组织院士和专家，为深圳市及其大中型企业（集团）经济和科技发展规划、重大工程建设、投资方向等进行决策咨询，为深圳市产业发展、技术更新与企业管理等提出诊断意见或建议；二、在深圳市组织有中国工程院院士参加的国际或国内学术会议，营建经济和技术交流的窗口与活动平台；三、举行院士学术报告会，传播普及科技知识；四、组织有院士参加的青年科技论坛，为深圳市发现和培养青年人才服务；五、为促进深圳经济增长与产业发展，鼓励院士将本专业领域中所取得的成果到深圳实现产业化；六、充分发挥中国工程院的优势，联系中国香港、台湾及海外工程科技界，开放交流与合作，为深圳市引进高新技术服务。

深港产学研基地启动运作

（1999 年 8 月 22 日　第 3 版　深圳报道）

近日，由深圳市人民政府、北京大学、香港科技大学合作建立的深港产学研基地正式签署协议，两所著名高等学府一批科技项目随之落户深圳，这标志该基地正式启动并开始运作。

今年 5 月，“一市两校”议定建立深港产学研基地，目的是充分发挥三方发展高科技产业的优势，集产业发展、教学培训和科研开发于一体，共同推进科技成果产业化、商品化，促进科技与经济紧密结合，合作三方共同注资人民币 8000 万元。

深圳市市长、深港产学研基地理事会理事长李子彬表示，基地将发挥好三个功能。一是要成为科技创业，科技管理和科技开发等高层次人才的培养基地，以北大、香港科大为基础，培训高素质的管理人才；二是要成为我国重要的科研开发基地之一，建立双边或多边研究机构，并积极组建国家实验室和工程技术研究中心；三是要成为科技成果的产业化基地，推动高新技术产业发展。

首批进入深港产学研基地的科技项目有 8 个，包括北大的生物产业基地，方正指纹采集器研发生产基地，青岛嵌入式产品研发生产基地和香港科技大学的网上翻译服务系统、自动化控制项目，中国南部海岸地区生物多样性管理、道路交通系统的智能化管理和安全设施项目，以及北大光华管理学院的培训项目。

我国加强微生物冶金基础研究

（2004 年 10 月 29 日　第 1 版　长沙报道）

最近，“973”计划 2004 年度批准项目已经发布，以教育部为依托，由中南大学为第一承担单位，北京有色金属研究总院、山东大学、中国科学院过程工程研究所、北京矿冶研究总院和长春环境研究院等单位协作承担的“微生物冶金的基础研究”列入其中。目前，以中南大学邱冠周教授为首席科学家的科研组已正式启动该项研究。这标志着我国有色金属矿产选冶领域的基础研究进入了与国际一流水平同步的发展阶段。

我国是一个有色金属矿产资源储量大国，同时也是有色金属的生产和消费大国。新中国成立以来，为满足战后重建和巨大人口消费的需要，我国有色金属矿产勘探开采和选矿冶炼规模均位居世界前列。经过半个多世纪的生产消耗，有色金属矿产易采富矿和成分、结构简单的易选冶矿已为数不多。另一方面，现有的常规物理、化学选冶方法由于回收率低、资源损耗大、生产成本高和对环境污染严重等问题，已不适应经济社会可持续发展的要求。

微生物冶金技术的优势是成本低、污染少，资源利用率大大高出现有常规技术方法。因此，根据我国有色金属矿产资源的特点，有针对性地加强对低品位、复杂硫化矿开展微生物冶金的基础研究，对解决我国有色金属矿产资源的加工难题，扩大可开发利用的矿产资源量，提高建设现代化矿产资源保障程度，促进西部大开发均具有重要意义。

国家重点项目“微生物冶金的基础研究”将围绕硫化矿浸矿微生物生态规律、遗传及代谢、调控机制，微生物—矿物—溶液复杂界面作用与电子传递规律，微生物冶金过程多因素强关联这三个关键科学问题，开展一系列基础性研究，以达到建立原生硫化矿专属菌种选育及遗传改造方法和微生物浸出过程复杂界面强化作用理论，揭示浸矿微生物重要功能基因的作用机制和微生物冶金过程多因素强关联规律。同时建立具有 80～100 个不同特性的浸矿微生物菌种资源库，形成高效浸矿菌种选育和原生硫化矿微生物浸出新技术原型，提高铜年浸出率 25%～30%，降低生产成本 20%～30%。

邱冠周介绍，微生物冶金基础研究项目的创新点将包括：第一，应用以基因芯片技术为基础的基因组学方法进行微生物功能基因组学研究，首次对铁和硫氧化相关基因进行系统全面的研究，实现从单基因功能研究向多基因功能同步研究的跨越；第二，开展的冶金微生物蛋白组学和代谢组学研究，探明整个金属还原代谢网络及其调控机理，将其应用于冶金微生物的研究；第三，揭示微生物冶金体系浸矿微生物种群相互作用及演替规律，建立适应于我国不同矿产特点的中国硫化矿生物冶金微生物资源库，揭示浸矿微生物—矿物—溶液界面间的电子传递与传质作用规律；第四，揭示微生物冶金多因素强关联的规律，形成针对我国低品位、复杂硫化矿微生物强化浸出和高效生物浸矿反应器技术原型，提高我国铜镍钴金等有色金属矿产资源的利用率。

"千年学府"向新型研究型大学迈进

科技成果转化率大幅度提升

（2006 年 5 月 12 日　第 1 版　长沙报道）

在我国，提高科研成果转化率一直是高等院校和科研院所追求的目标和需要解决的难题。"十五"期间，湖南大学注重科技成果与国家经济建设的结合，取得明显效果。该校科技成果转化率已由 3 年前的 26％提高到目前的 57％。通过充分发挥学科综合性强的优势，打造出车辆工程、桥梁与隧道工程、化学生物医药、环境科学与工程等一批优秀的科研团队，成为服务地方经济的强大助力器。

由"岳麓书院"传承办学的湖南大学有着悠久的办学历史和深厚的文化底蕴。进入新世纪以来，湖南大学通过重点学科建设、人才培养、管理队伍建设等措施，建成了集教学、科研、服务一体化的系列综合性科研公共平台，不断提升了该校基础科学研究水平和科技创新能力。同时，积极探索高校科研管理体制、机制的改革与创新，努力向综合性、研究型大学转型，获得了教育部"十五""211 工程"建设项目验收专家组的高度评价。

近五年来，该校先后建成了风工程实验研究中心、生命科学研究中心、高性能计算中心、高性能电镜中心等。目前，风工程实验研究中心建成的大型边界层风洞，配备了国内最先进的测试与控制设备，其试验长度为国内土木工程风洞之最。在该风洞进行试验均可自动实现，人为干预减少到了最低程度，试验效率达到国内一流水平。该校生命科学研究中心建立了中心无菌实验室、精密仪器实验室与中心学术交流室等，申请到国家多项重点课题与自然科学基金项目。2005 年还成功承办了由国家自然科学基金委员会和科技部主办的"2006 年植物分子生物学前沿"国际会议。

以钟志华院士为核心的车辆工程团队，创建了一套具有自主知识产权的系统技术与装备，形成了基于CAD/CAE/CAM一体化的、与实际工程应用相配套的、拥有自主知识产权的关键技术与装备，此项成果目前已应用到10多家汽车和模具企业。先后解决了多年困扰湖南企业的关键性技术问题，近三年累计新增产值1.3亿多元，利税近1900多万元；上汽通用五菱汽车股份有限公司三种车型碰撞安全性的开发和应用，使其车辆产值新增30多亿元、利润新增1.2亿多元、税收新增2.3亿多元；柳州金鸿汽车装配件厂改造后的新产品模具设计制造周期缩短了近50%。

京珠高速公路湘潭至耒阳段在路基修筑时，由于该路段属红砂岩地带，不宜作为高速公路路基进行修建，以赵明华教授领衔的桥梁与隧道工程团队与湖南省交通规划勘测设计院、省高速公路管理局科研人员共同攻关，找到了红砂岩路基病害发生的主要原因并实施根治措施，使工程节约投资4.7亿元，少占农田近13000亩，少砍伐森林2518亩。

徐匡迪考察湖南大学时指出：评价大学成功与否应该看人才培养

（2006年9月21日　第1版　长沙报道）

“在我国高校规模不断扩大，大学校园基础建设尘土飞扬，大学校长变成校园规划办主任、成天忙于各种会议的时候，我们必须静下心来思考一下大学究竟该如何办学。”全国政协副主席、中国工程院院长徐匡迪院士近日考察湖南大学时，对于大学应如何办提出了自己的看法。

在湖南省政协副主席王汀明，湖南大学党委书记刘克利，湖南大学校长、中国工程院院士钟志华的陪同下，徐匡迪考察了湖南大学汽车车身先进设计制造国家重点实验室，听取了钟志华院士对实验室研究情况的介绍，并参观了岳麓书院。徐匡迪在考察时说：“评价一所学校成功与否，应该看到深层次的人才培养问题。”他认为，近年来，我国高等教育事业有了极大的发展，高校办学规模不断扩大，必须静下心来思考一下大学究竟该如何办学。大学之所以成为大学，其关键是为了培养人才。

他还强调：“评价一所学校成功与否，应该透过评估成绩看到更深层次的人才培养问题。一个学校的光荣和成就，不是在现在，而是需要若干年、通过对一代人的实践进行检验之后，再来看这所学校为国家、为社会究竟作出了多少贡献。千百年来，岳麓书院培养了一大批爱国奋发、经邦济国的栋梁之材。湖南大学应该传承岳麓书院这种优良的教育传统，不断为国家、为民族培育出优质的人才。”

袁隆平提出特别建议：“种三产四”项目应纳入国家粮食丰产工程

（2007 年 8 月 30 日　1 版头条　北京报道）

今天，在北京召开的“无党派人士向袁隆平同志学习座谈会”上，著名杂交水稻育种专家、中国工程院院士袁隆平提出，“应把‘种三产四’丰产工程作为重点项目纳入‘国家粮食丰产科技工程’，加大实施力度，以期 5 年内实现在全国种植 6000 万亩第二期超级杂交水稻，产出 8000 万亩的粮食，多养活 3000 万人的奋斗目标”。

有数据显示，我国的粮食产量自 1998 年达到顶峰后，开始持续下降，到 2003 年全国粮食供需缺口达 4000 万吨，引起粮价普遍上扬。我国人多地少，加之城市化与工业化进程加快，耕地面积总体呈下降趋势，因此，如何在有限的耕地上产出更多的粮食，保证我国粮食安全、满足人民需求，成为现阶段亟待解决的问题。

“种三产四丰产工程”由袁隆平于 2006 年 11 月提出，其主要内容是运用超级杂交水稻的技术成果，力争用 3 亩地产出现有 4 亩地的粮食，将节余的 1/4 粮食耕地用于其他农作物的种植，以更好地调整我国农业产业结构。该工程的实施将大幅提高水稻的单产和总产，提高农民种粮的经济效益，确保国家粮食安全。本报于 2006 年 11 月 9 日头版头条刊发了“袁隆平提出‘种三产四’丰产工程构想”的报道。

据悉，近年我国的水稻亩产为 420 公斤左右，杂交水稻亩产 470 公斤；日本为 440 公斤，印度只有 200 公斤。近几年，在大面积（约 2000 万亩）生产上应用第一期超级杂交水稻的平均亩产为 550 公斤左右，2006 年第二期超级杂交水稻开始在生产上推广，其产量又上了一个新台阶。在浙江省金华市的千亩示范片平均亩产达到 657 公斤，湖南省溆浦县 12000 亩示范片亩产超过 700 公斤，自然条件较差的贵州省黔东南自治州 10 万亩稻田平均亩产在 600 公斤以上。从这些高产实例可看出，“种三产四”在技术上已经成熟。因此，2006 年袁隆平院士向湖南省建议实施该项目，得到高度重视和支持。其后，湖南省有关部门采纳了他的建议，于今年率先在全省 20 个县启动实施。

今年 7 月 9 日、10 日，湖南省农业厅组织专家验收了湘阴县（中产区）和醴陵市（高产区）千亩片的双季超级早稻，前者亩产 506 公斤，后者达到 561 公斤，均比示范基地前 3 年的平均单产高 1/3，达到了“种三产四”指标。

袁隆平在提到这些成果的时候，喜悦之情溢于言表。他还再次表达了自己一直以来的两个心愿：一是争取在 2010 年实现第三期超级杂交水稻大面积示范亩产 900 公斤的目标；二是在国外进一步发展杂交水稻，造福世界人民。袁隆平说：“实现第三期的杂交水稻后，水稻的单产和总产又会更上一层楼，这将为我国持续保证粮食安全发挥重大作用。”

据了解，2006 年在印度、越南、菲律宾和美国等国家，杂交水稻的种植面积已超过 3000 万亩，平均每亩增产 150 公斤左右。全世界有 22 亿亩水稻田，如果其中一半是杂交水稻，所增加的粮食可多养活 4 亿至 5 亿人。我国的杂交水稻将会为世界上其他国家尤其是发展中国家解决粮食短缺问题作出重大贡献。

青少年机器人竞赛彰显“科技奥运”理念

（2008 年 7 月 22 日　第 1 版　长沙报道）

7 月 16 日至 18 日，由中国科学技术协会和湖南省政府共同主办，以“2008 快乐奥运”为主题的第八届中国青少年机器人竞赛在长沙举行。来自全国 31 个省、自治区、直辖市和港澳地区的 468 支代表队近 2000 名选手，参与了包括智能机器人单项竞技赛、2VS2 青少年机器人足球赛、即兴机器人擂台赛、FLL 机器人工程挑战赛、VEX 机器人工程挑战赛和机器人设计成果展示共 6 个项目的赛事。

这次大赛以彰显“科技奥运”精神的竞赛项目和众多科技含量高、设计新颖、对抗性强的机器人为最大亮点。中国科协副主席、书记处书记齐让，湖南省副省长郭开朗，青海省副省长高云龙，中国工程院院士黄伯云、何继善，中国科学院院士姚守拙等领导、专家也兴致勃勃亲临赛场，并为获奖青少年颁发奖牌和证书。

为了表达全国青少年喜迎北京奥运的心情，大赛组委会在智能机器人竞赛中设置了小学组机器人“奥运火炬传递”和高中组机器人“福娃登长城”比赛。机器人火炬传递赛是由两个智能机器人在 3 米^2 的地图赛场上，通过半程接力传递圣火，直到把火炬送到奥运“鸟巢”。获得机器人火炬传递赛金牌的长沙市砂子塘第二小学的唐任远和张济海说，机器人比赛途中要经过多个拐点和一个坡度不小的拱桥，难度很大。不久前，他们亲眼见过长沙火炬传递，现在控制机器人进行火炬传递，感觉就像自己在当火炬手。

来自澳门培华中学的林筑天和陈嘉诚参加的是机器人“福娃登长城”比赛。这个参赛项目的构思设计非常巧妙。在长2400毫米、宽1200毫米“白底黑格”地图上，将5个福娃放入奥运五环内，“运送福娃机器人”接到命令负责把福娃运送到交接区内，然后“托举机器人”沿赛道把福娃放到“长城”的5个指定“福娃基座”中，“感觉这像是机器人在办奥运会”。

机器人设计成果展示项目为选手的创新思路提供了很大的空间，设计制作“科技奥运”概念的机器人成为很多青少年选手的梦想。辽宁省铁岭市第三中学王业元等同学设计了一个会画奥运五环的“写字机器人”。这种机器人的妙处就在于它的手臂，通过程序控制，机器人能决定伺服马达转动的角度，握着画笔的机器人手臂就能实现上下左右移动的功能，能画出标准的奥运五环以及各种图案和文字；来自香港宣基小学的张恺恩等3名小学生报名参展的是“奥运选手好帮手”，为奥运选手服务，非常人性化。此外，云南选手制作的“奥运舞龙机器人”、天津组设计的“龙腾奥运”，湖北3名初中生展示的“奥运火炬手”都充分体现了科技奥运的主题。开幕式上的“智能机器人剪彩”更让人耳目一新。

湖南省副省长郭开朗认为，全国青少年机器人竞赛已成为我国培养青少年科技创新能力的优秀平台。此次大赛以迎接北京奥运为契机，彰显科技奥运的理念，弘扬奥林匹克精神，必将有利于全面提高青少年的科学素养和综合素质。

曾光明捐“长江学者成就奖”百万奖金助学

（2010年11月11日　第1版　长沙报道　成舸参与采访）

记者从湖南大学获悉，该校环境科学与工程学院教授曾光明将近期到账的“长江学者成就奖”100万元奖金全部捐出，设立“湖南大学长江环境奖”，资助贫困优秀学子，在此间引起强烈反响。

“长江学者成就奖”由国家教育部于1998年设立，旨在对在自然科学领域取得国际公认领先水平的重大科研成果或突破性进展的杰出华人学者进行奖励，分设数理化科学、生命科学、信息科学、工程科学、地球科学与环境科学5个单项学科奖。每个学科限获奖者一名，每年评选一次，以学术民主投票方式进行评选。十余年来，“长江学者成就奖”对激励华人学者取得重大成果、促进国家自主创新能力的提升起到了重大作用。该奖项自创立至今，仅有26名杰出的华人科学家获此殊荣。这是目前国内极具影响力的自然科学学者奖项之一。湖南大学教授曾光明因其在环境科学领域的杰出成就，获得了2009年度“长江学者成就奖”。

曾光明1988年从武汉大学博士毕业后进入湖南大学工作，主要从事环境系统工程、城市生活垃圾的综合利用、清洁生产工艺和方法等方面的教学和研究。2004年被聘为教育部长江学者特聘教授，并获得国家自然科学基金委杰出人才基金资助。

20多年来，曾光明在教学科研第一线潜心探索，取得了一系列具有国际国内领先水平的成果。在环境生物与控制研究方面，发明了新型高效的堆肥复合微生物接种剂、生物表面活性剂、城市垃圾两步厌氧消化处理工艺等技术和方法；在清洁生产研究方面，发明了10种新型环保型涂料用树脂和稀释剂等产品及其污染物零排放的清洁生产方法、邻苯二甲酸双（二甘醇丙烯酸酯）污染物接近“零排放”的清洁生产工艺等工艺和方法；发明了可以实现高效、高降解和低成本目标的系列新型的污染治理生物制剂；发明了利用废塑料裂解制取燃料油的方法并建立了每年处理3万吨废塑料生产2万吨燃料油的示范工程。与此同时，曾光明研究并提出了一整套环境科学与工程领域的不确定性多目标最优化方法和理论体系。

近6年中，曾光明领衔的科研团队完成的科研成果先后获得国家科技进步奖二等奖（2006年度）、国家技术发明奖二等奖（2009年度）和省部级科技奖一等奖共7项；还先后获得国家发明专利授权50项，发表国际SCI论文298篇，工程EI论文380篇；成果已被国内外几百个（家）工程和企业采纳和应用，产品和技术出口到28个国家和地区，已累计创造产值约42亿元、新增利税约9亿元，极大地提高了我国堆肥环境生物与控制关键技术、涂料工业清洁生产技术、污染治理生物制剂技术、城市生活垃圾废塑料裂解制取液体燃料技术。

与此同时，曾光明还致力于创新型人才培养。他说自己是一名高校教师，对于所从事的教育事业充满感情，始终以培养人才，尤其是培养创新人才当作自己义不容辞的任务。2005年他还荣获国家教学成果奖二等奖。

当记者问及全部捐出“长江学者成就奖”奖金助学一事，曾光明教授说，人才的作用可以用一个不等式表达，即人才＞资本＞资源，国家的教育事业和杰出人才的培养是民族复兴和国家崛起的关键。将这100万元人民币奖金全部捐出，就是为了给予在家庭贫困条件下坚持求学并取得优异成绩的学子以一定的鼓励，资助他们继续努力求索与创新，更重要的是要弘扬一种不畏贫苦和艰难的精神，激励更多学子以国家环保科学发展为己任，毫不懈怠，作出更多富有创造性的成绩，回报祖国和人民。

第二部分

专家访谈（19篇）

提示： 对科技专家的访谈，首先要掌握必要的相关科技专业基础知识，对采访对象所从事的专业领域有初步的了解。

二是要明确访谈主题，访谈前提供采访提纲，使专家知晓采访目的与内容。

三是采访时议题不宜分散，提出的问题要清晰、准确；与采访主题关系不密切且受访者不熟悉的科学问题宜“浅问辄止”。

四是要与采访对象核实已有资料的真实性、准确性，如：此前的新闻报道材料，涉及相关专业的科学名词、术语、数字、符号等。此外，报道文稿完成后，有必要请被采访专家审阅，避免错漏。

抓好计划调整　改变运行机制　发展技术市场

——专访湖南省科委主任陶敏

（1992 年 12 月 18 日　第 1 版）

在科技体制改革不断深化过程中，科技工作如何适应社会主义市场经济体制，带着这个问题，记者走访了湖南省科学技术委员会主任、高级工程师陶敏。

陶敏首先谈到，建立社会主义市场经济体制，也是科技界长期以来的愿望。过去计划经济一统天下，科研计划的制定、急需的资金投入、成果推广等受条款限制太多，而科技进入市场经济，人才、成果和信息三大资源有了畅流的渠道，科技人员也有了真正的用武之地，为最大限度地解放科技“第一生产力”铺平了道路。

要使科技工作尽快适应市场经济体制，陶敏主任认为，当前应认真抓好三方面工作：一是科研计划调整。科技管理部门应根据长远的社会发展和近期的经济建设需要实行宏观调控，作好规划；科研计划应根据社会需求进行调整，向市场倾斜。除基础研究之外，绝大多数科研项目要体现市场要求，突出重点，选准目标；管理部门要实现观念、机制、职能和作风四个转变，以利于出成果，缩短科技成果向市场转化周期；计划与成果管理要走出机关，自觉进入市场。目前，湖南省科委系统有关部门已通过多种途径，获得的成果推广科技贷款达 3.5 亿元，使科研成果应用走入市场经济领域。

二是科研院所要尽快改变原有运行机制。特别是应用基础和应用开发研究要依靠自身的技术优势，把一批实用性强、技术含量高的研发成果推向市场。有条件的科研单位可通过兴办以科技为先导的科工贸实体和以智力服务为主的第三产业，促使科技成果产业化、商品化。在科技成果的开发、推广、应用过程中实现人才分流，在科技进入市场经济的竞争中择优汰劣，造就一大批科技企业家。

三是认真培育和发展技术市场。技术市场是市场经济的重要组成部分，是科技成果转化为商品的重要通道，也是科技人员进行科技经济活动的广阔天地。科研单位和广大专业技术人员要充分掌握它，利用它。湖南省从 1986 年开始陆续颁发了有关技术市场管理、专利管理、成果管理等文件，最近又制定了《湖南省技术市场管理条例》，这些举措，就是为了发展和繁荣技术市场，保护科技人员的正当权益，促进科技成果推广和应用，使科技显示本身的经济价值。现在，湖南省技术市场网已由省、地（市）、县三级组成，有力推动了科技成果在不同层次的开发应用。

最后，陶敏还寄厚望于从事科技管理工作的科技人员：优秀的科技管理人才对社会的贡献比个人取得科研成果更大。当好“伯乐”，当好科技后勤，这些同志要充分认识自身的价值，应因此而感到自豪。

建立科学的成果评价体系

——中国科学院学部委员陈国达、姚开泰一席谈

（1993 年 11 月 24 日　第 1 版）

《中国科学报》11 月 12 日发表了学部委员何祚庥的《这样的成果评审能帮助科学技术的进步吗》一文后，引起了许多科技人员和成果管理工作人员的共鸣。近日记者走访了一些科学家和有关管理部门，大家认为，搞好成果评审、鉴定是科技工作的重要环节，必须强调成果评审的严肃性、客观性和科学性。当前，社会上不正之风开始浸染评审工作，《中国科学报》开展“成果评审和鉴定”的讨论，正是时候。探索并建立符合我国国情、符合科学规律的成果评价体系，势在必行。

中国科学院学部委员、大地构造学家陈国达认为：很有必要在科技界讨论成果评审问题，问题的提出就是一个好的开端。

他说，科学研究的最终产物，就是科研成果。要确定成果的学术水平、社会价值及其效益以及对研究者个人贡献的肯定，就要评审其成果。成果的评审鉴定，实质上是科研工作的一个重要而特别的组成部分，研究者和评审者都应以认真负责和严肃的态度来对待。成果评审有两种方式：一是通讯评审，二是召开成果鉴定会。一般来说，基础理论研究成果，特别是以科研著作、论文为主要形式的成果，应采用通讯评审，既起到鉴定会的作用，又可免除评审人员的往返辛劳，节约时间和经费；应用研究成果，特别是新产品、新设备、新方法、新技术的研制、设计等，由于需要观看实物和操作表演等，以开现场鉴定会的形式为好。

近年来在成果评审中出现了一些不正之风，不同程度地影响了这项工作的严肃性、客观性，甚至发生了提不同意见的评审者遭冷遇的事。他认为搞好成果评审，要抓两方面工作，一是研究者和评审者要建立共识，二是要有制度约束，二者缺一不可。

建立共识对评审者和研究者同等重要。对研究者来说，作为一个科学工作者，首先应虚心听取别人的意见，用一分为二的观点看待自己的科研成果，正确的部分要坚持，论据不足的应继续研究，错误的应予改正。要本着对国家、对人民负责的态度，而不是从本单位和个人暂时的名利出发，更不要期望通过拉关系的方法得到一个虚假的好评价，这实际上是对自己的科学研究不负责任。对评审者来说，更应该采取公正、

客观的态度，不要看情面，不要看个人好处，不要看学派，要对被评审的成果做出实事求是的评价。不实事求是地评定他人的科研成果，这是科研道德品质问题，有损于国家和人民的根本利益，也有害于被评审者。此外，对那些需要较长时期后才能被认识或显示出价值的基础理论成果，不要匆忙下结论，否则，定出了所谓“××水平”也是空话。

建立科学的成果评价体系很有必要，要制定出相应的制度。例如，成果评审、鉴定不应该由本单位组织，采取何种评审方式、规模、时间、参加评审人员均应由上一级业务主管部门提出和决定。做出最后评审结论时，研究单位的代表和研究者都不应在场，采取背靠背的方法，评审者发表的个人意见应该是保密的，这样才能不受干扰，像中国科学院学部委员选举方法，就做得很成功。

中国科学院学部委员、病理学家姚开泰说：何祚庥先生的文章中谈到成果评审中一些不正之风是存在的，有的甚至更严重，现在提出这个问题进行讨论，很及时。他认为，新中国成立以来，特别是1978年全国科学大会以后，国家和各级政府部门评定、奖励了一大批科技成果，提高了国民对科学技术的重视，调动了广大科技人员的积极性，对科学技术推动国民经济发展有很大的促进作用。但尚未建立一套科学的评审体系。现在开鉴定会的方式很不好，请来的人多有些关系，或者比较熟悉，有的人根本不是同行专家，当着面评，即使有不同看法，出于多方面考虑，也不好表达。

另一方面，鉴定会这种形势既花时间又花钱太多。这样评审的客观效果无疑是不太好的。最好尽可能搞通讯评审，而且评审人名单应当是保密的。成果评审中的不正之风与整个社会风气有关，要使成果评审具有严肃性、科学性，准确评定科研成果的质量，应建立科学的评审体系，最好要立法，像会计法那样。基础理论研究和应用科学研究的成果评审，不同级别、不同专业的成果评审的形式、评价标准可不尽相同，应由上级主管部门审查、批准，有了立法或制度规定，就好把握和控制。

“帅才”“将才”从何来？学科建设是关键

——专访湖南医科大学校长胡冬煦

（1994 年 4 月 15 日　第 1 版　刘笑春参与采访）

素以“严谨治学”著称的湖南医科大学在面临着世界科学技术迅速发展、市场经济挑战的新形势下，抓住为我国培养高层次医学人才这个根本任务，把握机遇，瞄准国际水准进行学科、专业建设，现已形成了一个医学学科门类齐全、本科－硕士－博士－博士后教育合理的学科结构体系，为国家培养出大批新一代高级医学工作者。最近，记者就学科建设与高级人才培养问题采访了湖南医科大学校党委书记兼校长胡冬煦教授。

胡冬煦说，作为一个重点医科大学，要为国家培养合格的跨世纪高级医学人才，学科建设是关键，也是国家“211 工程”建设的核心。一个学校的水平实际上是各学科水平的总和。这些年来，该校按国内领先或国际先进水平，狠抓学科建设，以此为龙头，带动了教学、科研水平的提高。

他认为，学科建设的核心是培养和选拔学术带头人。湖南医科大学为培养医学领域的“帅才”“英才”“奇才”，制定了一系列倾斜性政策，在动态培养过程中，不拘一格选人才，并且引进竞争机制，防止拔苗助长。在培养方式上，改单纯教学型为教学科研型，实现了理论与实际的有机结合，使一大批中青年学科带头人迅速成长，人才断层的矛盾迅速缓和。如年仅 29 岁就被破格晋升为教授的邓汉湘博士，现在是全国最年轻的国家级重点实验室主任；普外新技术研究中心的教授、41 岁的李桂源博士，被卫生部评为有突出贡献的中青年专家，现担任博士生导师。

湖南医科大学学科建设的优势和良好的人才培养环境，成为稳定科技人才队伍的重要因素。15 年来，该校先后派出近千名人员出国学习或合作研究，70％以上的人已学成回国，成为学校教学、科研的骨干。

基础研究的学科与学派

——陈国达院士谈基础理论研究

（1995 年 7 月 21 日　第 2 版头条）

最近召开的全国科学技术大会提出了“科教兴国”战略目标，切实加强基础性研究是加速科技进步、保持科技与经济发展后劲的重要举措。著名大地构造学家陈国达院士就基础理论中的学科与学派问题，提出了独特看法。

他说：“学科是按学问性质划分的门类，学派则是同一学科中，由于学说、观点不同而形成的派别，它们在探索性较强的基础科学中最常出现。”学派依其形式可分为三类：一类是由于某种有吸引力和凝聚力的学术思想或研究方法，把彼此没有组织上和研究条件上联系的一些科学工作者维系、自发地形成的群体，可称之为松散型学派；另一类是以一个研究机构为基地，具有组织上和研究条件上的密切联系、有共同的学术思想或研究方法维系，可称为研究型学派；第三类是集上述二类学派优势、基地与外围研究结合的综合型学派。

学派的演化趋向是：一、随着科学的发展不断完善、不断变革，继续向前发展；二、内部分化，各自引申发扬或分异，形成新的学派体系；三、由于对客观认识的统一或因自身生命力不强而走向消亡。

谈到学科与学派的关系，陈国达认为，科学的发展，主要体现于学科的发展。科学发展史表明，学科发展是由于生产的需要和科学工作者的创造，后者除了个人的创造性思维活动是最基本的方式之外，还常汇集为某个学派的群体活动以及不同学派之间的竞争。如在地质学发展史上，由于历史论和因果论两个学派科学活动的深入及其长期论战，促进了大地构造学、地史学、岩石学等学科的发展；在物理学领域，18 世纪以牛顿为首的“微粒说”同惠更斯为首的“波动说”的论争，使人类对光的本性获得了更深的认识；在化学领域，1772 年拉瓦锡发表了“氧化学说”，向长期占统治地位的“燃素说”挑战，引起了一次新的革命，为近代化学的发展奠定了基础。显然，在人类对自然界的认识过程中，不同的认识形成了不同的观点，新观点逐步成熟时，便可形成新概念。

由于新学科常是由新观点、新概念逐步发展而成的，因此，生命力强的新学派的形成和发展，往往是学科分异、重建或新学科产生的先兆。例如，玻尔学派的形成及其研究成果成了量子力学诞生的基础。分子生物学就是在 20 世纪 40 年代经过结构学派、生化学派和信息学派之间的激烈争论后建立起来的。地质学领域的活化（地洼构造）学派于1956年我国学者发表地洼学说第一篇论文时萌芽，经过近40年实践检验，现已形成包括5个组成部分和4个衍生新学科的全球构造理论体系。

如何发展具有我国优势和特色的自然科学基础理论，陈国达认为，应当充分利用我们自身的条件，发挥我国科技工作者之所长。特别像地球科学这一类地域差异性强的学科，我国有得天独厚的地质条件，既具有典型性，又有广泛的可对比性，从全球观点出发，结合国际前沿性课题，紧密联系中国的实际，创造和发展自己的新理论，解决我国生产实际问题，促进有关学科的发展，这比追随模仿已有的理论，似更为上策。

克隆技术将为人类健康带来福音

——专访湖南医科大学卢光琇等专家

（1997年4月25日　科普周刊第2版头条　张朝辉参与采访）

今年2月，英国“克隆羊”成功的消息公诸于世，引起国际上的广泛关注。专家们充分肯定这是“国际科技界的一件大事”“生物科学上的一大进步”“生物工程技术发展史上的一个里程碑”。另一方面，有不少人认为克隆技术将对生物多样化提出挑战，如果用于人类本身，是对社会伦理的巨大威胁。究竟克隆技术对人类健康有何意义，最近，我们来到湖南医科大学采访了有关专家。

在该校生殖工程研究室，我们见到了研究室主任卢光琇教授，她多年从事生殖工程与遗传优生基础理论与临床研究，是我国人类生殖工程、医学遗传学领域一位成果卓著的专家。她曾为建成我国第一个人类冷冻精子库、首例冷冻精液人工授精婴儿的诞生、首例供胚移植试管婴儿的诞生做出了重大贡献。

卢光琇说，哺乳动物体内存在的各种基因是控制遗传性状的物质基础，不同基因就会有不同的遗传性状，而基因均存在于细胞核内。因此，改变细胞核，便能改变遗传性状。哺乳动物个体最初是由胚胎细胞发育而来的，由一个胚胎细胞成倍数（2、4、8、16……）分裂为卵裂球，最后分化发育成各组织及器官的所有细胞。在胚胎细胞分裂为8个细胞以前，每个卵裂球均能表达动物个体的全部基因。从理论上讲，这时的每个卵裂球经过核移植均能发育成遗传性状完全一样的个体。

卢光琇认为，无论是采用胚胎细胞进行核移植，还是体细胞克隆技术，用于人类健康事业都有重要的意义。从优生学上讲，对母体遗传架构中的病态染色体，便可通过核移植方法，有效遏制疾病向下一代遗传。对于“克隆人”的问题，她认为，体细胞核“克隆羊”的成功，是生物学的一个重大突破，但并不可能用此技术复制出一个完全相同的人，因为复制出同一个人，一是需要有相同母体（卵、子宫）的孕育；二是遗传信息受环境影响，后期生存环境和成长条件对“社会人”是至关重要的。早已出现了涉及社会伦理的问题，如无子宫者的代孕现象。

该校医学遗传学国家重点实验室学术委员会主任夏家辉教授，因在早期产前遗传性疾病诊断技术、人类高分辨染色体技术及其应用和人类高分辨染色体显微切割、探针池技术等研究领域取得重要成果，三次获得国家科技进步二等奖。他认为，人体从胚胎时期到死亡的整个过程中，随着不断发育、分化，细胞中所含的一些基因会不断关闭，另一些基因会不断打开，一个已高度分化的体细胞是不能恢复到胚胎期全能细胞所具有的性状的。英国科学家维尔穆特的体细胞克隆羊的成功，关键是采用了一个特殊而又简单的、用低浓度血清培养的“饥饿状态”方法，激发了所有基因，使之可能恢复到全能细胞性状。这一成果的科学价值巨大，不但可应用于良种培育，稀有特种、突变种群的保存，甚至一些已经灭绝的动物，只要它们的细胞核完整、基因未遭破坏、蛋白质未变性，就可能被复制出来，并可全部保留由核基因决定的生物学特征。因此，将此技术用于人类疾病的治疗势必可行。

中科院院士、该校肿瘤研究所所长肿瘤学家姚开泰认为，以前的一些实验都证明；在适当的环境条件下，恶性肿瘤细胞，即使有明显的非整倍体，也能被强迫逆转为正常表型，失去恶性转化的全部特征。克隆羊技术在肿瘤治疗研究中尚无相同的尝试，但借助该技术有助于了解肿瘤的发病机理，有重要的理论意义和巨大的应用前景。另一方面，用体细胞作基因打靶，再将核植入卵母细胞就可能纠正种系细胞的缺陷，可以用来治疗遗传性肿瘤或遗传性肿瘤综合征病人的遗传缺陷。此外，在实施肿瘤手术、放疗和化疗时可能需要器官或组织移植、自体骨髓移植，而器官移植的主要障碍是组织相容性问题，如果应用克隆羊的技术能成功地突破种属间的障碍，那么用动物的器官、骨髓、血液来进行代替治疗将不再是幻想。因此，从科学研究、疾病治疗的角度上来看，我国科学家应加紧这方面的研究工作。

湖南医科大学校长、外科学专家胡冬煦教授说，自 20 世纪 80 年代以来，我国科学家在胚胎细胞克隆技术领域获得引人注目的成就。湖南医科大学在遗传病基因克隆、肿瘤遗传机理、遗传优生和生殖工程等方面，取得了一系列重要的研究成果。英国克隆羊的成功，是生物科学技术的一大进步。趋利避害，体细胞克隆技术无疑将有力促进人体遗传性疾病的机理研究与防治应用。可以预料，克隆技术这一现代高科技成果必将为人类健康带来福音。

基础研究要持之以恒

——专访长沙铁道学院院长谷士文

（1997 年 9 月 26 日　第 1 版　王亚芬参与采访）

最近，江泽民总书记在《国家科技领导小组第三次会议纪要》上“加强基础科学研究”的批示发表后，在科技、教育界引起强烈反响。记者在长沙铁道学院采访时，该院院长、博士生导师谷士文教授畅谈了他的体会。

谷士文说，党的十一届三中全会以来，由于在改革开放、狠抓经济建设中依靠了科技进步，使我国的生产力有了很大发展，“科学技术是第一生产力”已逐步被人们所认识，“科教兴国”战略在社会主义初级阶段强国富民进程中起着举足轻重的作用。科学技术的推动力作用，使经济体制和经济增长方式发生根本性转变，这都是需要重新认识和解决的重要问题。江总书记高瞻远瞩，提出“必须从社会和经济的长远发展需要出发，统观全局，突出重点，实行有所为有所不为的方针，继续加强基础科学研究”，这是抓住了关键，从国家经济和社会可持续发展、科技本身的发展战略和科技工作具体部署三个层次上解决了认识问题。可以认为，突出基础科学研究的重点，持之以恒，形成和发展自身的科学技术优势，以期实现重大突破，是开展基础科学研究的目标和方向。

理工科高校如何开展基础研究，谷士文结合本校科技工作实践，谈了他的看法。他认为，一所高等院校，为社会培养高素质人才是主要任务，开展科学研究也是义不容辞的责任，二者并不矛盾。特别是开展基础科学研究，能促进学科建设，提高教师队伍素质，为培养人才奠定了基础，因此，高校基础科学研究，更应当长期坚持，并要形成自身的特色。经济建设对科研成果的迫切需求，使一些“短、平、快”项目产生了经济效益，这当然是对社会的贡献，但不能因此就重应用轻基础，重技术轻科学，忽视扎扎实实的科学研究。实际上，即使是一些开发应用项目，也是以学科理论作基础的。

据谷士文介绍，该院詹振炎教授负责完成的“铁路选线计算机辅助设计系统”科研成果，就是建立在数学理论和计算机语言基础之上；由卢执中教授负责的高速列车车型设计方案，是他多年进行空气动力学、撞击动力学研究的结果；曾韬教授由于从理论上最先推导出螺旋锥齿轮副、中小轮方程组的解，提出了“等距共轭曲面”原理，在简化、使用和推广格里森技术方面做出重大贡献。另一方面，在一些基础理论有优势的学科，可以充分运用理论研究成果，为经济建设服务。如由侯振挺教授任所长的数学科研所，在近几年中，把数理经济理论应用于湖南能源模型、专家支持决策软件系统、铁路运输调度等方面，取得了良好的社会、经济效益；在铁路桥梁建设方面，要建设新型的高水准桥梁，就要有深厚的力学理论研究作基础，否则就不可能创新。因此，高校的基础科学研究要有“十年磨一剑”的精神。

谈到该校今后的基础研究，谷士文认为，要给自己“定好位”，防止盲目“求全”，而没有实质性突破。找准了位置，才可能充分发挥自己的优势，才能发展。谷院长表示学院将继续坚持“教学和科研为中心”，抓基础理论研究和学科建设的结合，抓基础科学研究成果的推广应用，通过长期不懈的基础研究，逐步形成分层次、分类型的研究方向，实现学科和队伍的结构重组，造就一支基础理论扎实的教师队伍。

坚持走“两个依靠与两个服务”科研之路

——专访中南工业大学校长黄伯云

（1997 年 12 月 31 日　第 4 版）

中南工业大学是我国有色金属行业唯一的全国重点大学，建校 45 年来，已经形成以有色金属地质、采矿、选矿、冶金、材料等专业为主体的完整学科体系。现设有 32 个硕士点、15 个博士点，3 个博士后流动站和 4 个国家重点学科，有中国科学院院士 2 人，中国工程院院士 7 人，博士生导师 73 人，学校承担着全行业 80％的博士研究生、70％的硕士研究生和 25％的本科生培养任务。取得了一大批优秀的科研成果，并开发生产出许多极具市场竞争力的高新技术产品。最近，记者采访了该校校长、博士生导师黄伯云教授，请他结合学校几十年的发展，谈谈高校的科研工作问题。

黄伯云说，党的十五大再次强调实施科教兴国的战略，并明确指出“有条件的科研机构和大专院校要以不同形式进入企业或同企业合作，走产学研结合的道路”。中南工业大学作为一所有专业特色的重点高校，是一个培养本行业高层次专业技术人才和开展科学研究的重要基地。因此，学校既是教学中心，又是科研中心。

多年来，学校始终坚持科研“依靠和服务于有色金属工业、依靠和服务于区域经济与地方经济”，基本实现了教学－科研的有序结合与同步发展。从规模和质量上看，科研工作已经从“游击战”上升到“大战役”。在一大批骨干教师的带领下，全校每年有 500 多名博士、硕士研究生和上千名本科生参与科研第一线工作。学校每年开展的 500 多个科研课题中，有 2/3 以上的项目是直接为我国有色金属工业服务的。

同时，学校适应社会主义市场经济，加大为区域经济和地方经济服务的力度，“八五”以来，完成地方厂矿企业委托的科研项目达 470 项。实践已表明，企业的发展已离不开高校，高校的发展也离不开企业。从形式上看，从过去单一的教学科研实习、做论文发展到现在的委托科研、合作科研、联合开发生产、组建股份制生产企业等多种方式。市场经济的杠杆作用，使学校的一批批科研成果得以直接为经济建设、工业生产服务，反过来促进了学校的全面发展。

他认为，在以教学—科研为中心，坚持两个依靠与服务的实践中，把学校的重点学科建设与科技成果的转化结合起来，是该校科研工作的一个特色。学校拥有金属矿产资源勘查、矿物加工及资源综合利用、有色金属冶金和有色稀有金属材料与工程 4 个国家级重点学科，覆盖了数十个科研方向，并建有国家重点实验室和国家工程研究中心。早在 20 世纪 60 年代，为适应国防工业的需要，学校在国内率先成立了粉末冶金等材料科学专业，组建新材料研究室，后建成了全国规模最大的粉末冶金研究所，在这一发展过程中，先后共完成国防军工科研与新产品试制任务 1000 多项，并且形成了一个涉及 10 多个学科和专业的材料学科群。在矿产资源勘探领域，中科院院士陈国达教授的地洼学说成矿理论和中国工程院院士何继善教授的“地电场理论与观测系统”被广泛应用于金属、石油、煤炭的找矿以及工程地质、水文地质工作实践中，取得了良好的经济和社会效益。

与此同时，12 年来，全校申报国家专利 225 项，获得国家授予专利权 165 项，全国 160 多个企业应用了这些专利成果，授权专利实施率达到 70%。科教成果不断转化，广泛应用于生产实践，有力地促进了学科领域的互相交叉、渗透和扩大，加快了学科建设步伐。

谈到基础研究问题，黄伯云强调基础研究的重要性。他认为学校多年来注重重点领域的基础研究与重大科研项目相结合是一条正确的路子。基础理论为解决重大科研项目中的基础性问题提供了条件和保证，重大项目的开展为基础研究提供了依靠和研究对象。该校在国内外有较大影响的地洼学理论、地电场理论、浮选剂结构理论、振动出矿机理、相图计算与材料设计基础研究，功能电极材料研究等重点基础与应用基础研究都是在持续完成国家重点科研项目的实践中不断验证、完善、总结和发展起来的。因此可以说，基础研究的最终目的是适应于经济建设，而只有与重大的科研任务相结合，许多重点基础研究才能有生命力，才能得以迅速开展，才有可能在理论上有重大进展和突破。

应慎用褪黑色激素“美乐托宁”

——专访香港大学医学院生理学系主任彭树勋

（1998 年 1 月 14 日　第 3 版）

“美乐托宁”是褪黑素的英文 Melatonin 的音译名，它是人体松果体中分泌出的一种激素类物质。研究表明，这种物质对人体的生殖系统、免疫系统和心血管系统等都有一定作用，另外还会影响人的睡眠、脂肪代谢和毛发替换以及具有细胞抗氧化功能等。现在，国内外不少厂商将以“美乐托宁”为主要成分的制品，作为具有“改善睡眠、防止衰老”功效的保健产品推向了市场，部分消费者还将这类制品作为美容食品服用。

据 1998 年 1 月 4 日《北京晚报》报道，由中国预防医学科学院监制、浙江飞索生化制品有限公司研制生产的“国产第三代保健食品——美乐托宁”已在北京全面上市，并在各大药店开始销售。这一报道称，人工合成的“美乐托宁”成分单一，纯度高，对人体十分安全，是补充“美乐托宁”的好选择。飞索公司的这一产品已获国家卫生部颁发的首批保健食品批准证书。

“美乐托宁”到底有什么作用？“美乐托宁”制品是否能作为保健食品服用？带着这些问题，记者专程前往香港，采访了长期从事褪黑素研究的香港大学医学院生理学系主任彭树勋教授。

彭树勋说，“美乐托宁”具有中度镇静安神作用，可调节人体生物节律。因此，受失眠困扰的中老年人在入睡前适量服用“美乐托宁”是可以的。但是，他强调，“美乐托宁”能否作为安眠药、抗衰老药、抗癌药或免疫增强剂使用，仍需大量研究来证实，目前有关“美乐托宁”疗效的研究尚处于动物试验阶段，长期服用美乐托宁的副作用目前还不清楚。

据彭树勋介绍，一般情况下，人和其他哺乳动物以及鸟类的血液中的“美乐托宁”主要来源于松果体，视网膜和副泪腺等，其他组织中也有少量合成。同许多其他激素一样，松果体中“美乐托宁”的分泌也呈现出节律性的变化，即：白天分泌量低，夜间分泌量高。研究结果还表明，人的松果体中“美乐托宁”分泌量的高低还与年龄有关。人出生后几个月松果体就开始分泌“美乐托宁”，3～5 岁时分泌量达到最高峰，6～8岁时分泌量下降到只有高峰期的 70%，12 岁时降至成人水平，进入老年（60 岁左右）后，分泌量进一步降低。

彭树勋教授建议，一般人在没有必要的时候就不要服用“美乐托宁”。在“美乐托宁”的治疗作用和毒副作用尚未彻底搞清之前，不宜将其作为保健食品服用。

高校如何适应科教兴国事业的发展

——专访湖南大学常务副校长王柯敏

（1998年7月27日　第5版）

在建设社会主义市场经济体制、改革不断深化的新形势下，高等院校如何加快发展，以适应科教兴国事业的需要，为经济建设做出应有的贡献，带着这个问题，记者采访了湖南大学常务副校长王柯敏教授。

王柯敏认为，科教兴国是党中央根据世界经济、科学发展的经验和我国的实际情况所制定的战略性决策。高等院校应充分抓住机遇，结合校情，找准方向定好位，改革创新，挖掘潜力，发挥优势，培养出优秀人才，创造出优异成果。

他说，高校首先要准确地估计学校自身及外部的综合因素，准确定位。湖南大学源于公元976年创建的岳麓书院，是一所拥有千年办学历史的高等学府。现已成为一所以工为主、理工结合、综合性较强的重点大学。20世纪90年代以来，学校确立了“结合机械工业和地方经济建设需要，以工为主，以较强的理科为支撑，多学科协调发展”的格局，并在办学实践中“立足行业、面向地方、联合各界”，实践说明这个定位是较为准确的。谈及高校如何发挥科教兴国事业的作用，王柯敏说，要提倡教学、科研工作上的创新精神，强调在培养新时期复合型高素质的各类专业人才和创造优异科研成果这两方面下功夫。

湖南大学在近年来，除不断改进教学手段和方法外，还加强专业内涵改造和课程建设，在学生中实行主辅修制、试行学分制，不仅鼓励理科生学文科内容，而且要求文科生学习理科内容，并改革奖学金制度，按学生综合学习成绩，实施“滚动竞争制”，提倡优胜劣汰。还特别注重培养学生不仅能回答，更能善于提出问题的能力。与此同时，学校想方设法为学生提供计算机技术、驾驶技术、律师等考证的机会。这些方法和手段均收到较好的效果。学校还成立了教学督导机构，开展教学监督、指导和研究，形成了有效的监控机制，保持了“重质量、严管理”的传统。

他还认为，高校的科技工作必须使基础研究与应用研究、技术开发并进，全方位服务于社会。必须贯彻“稳住一头，放开一片”、科学技术为经济建设服务的方针。基础研究强调创新，应用研究和技术开发与科研成果强调产业化、发展第一生产力。高校应通过结构调整，使一部分科研力量成为攀登科学技术高峰的“国家队”，大部分成为面向国民经济建设主战场的主力军，并通过转变机制，在基础研究、应用研究、技术开发与产业化三个层次上采用不同的管理模式，组成专兼结合、素质较高的科技队伍。通过面向经济建设主战场，多方位联合，形成国家投入、企业投入、学校投入和科技贷款为主体的科技投入基本格局。

王柯敏强调，要实现科教兴国的各项任务，就要建立相应的机制。必须通过深化内部管理体制的改革，为教学、科研、学科建设的主体改革奠定基础。随着社会主义市场经济的发展，学校办学规模和办学内涵的扩展，学校原有的内部管理体制及运行机制已不适应改革和发展的需要。这种不适应，也影响和制约着主体改革的进程。从表象来说，体现于制度不完善，管理不到位，职责不清，人浮于事，考核办法、分配制度不能准确衡量工作的质和量，不能很好地发挥调动职工积极性、提高工作效益的作用。

党的十五大召开之后，湖南大学进行了以人事制度改革为突破口、全面深化内部管理体制的改革。目标是通过改革，建立起适应学校生存和发展需要的科学管理体制以及约束与激励相结合的有效运行机制。通过内部管理体制的改革，即人事制度改革、后勤体制改革、财务体制改革、产业体制改革，奠定主体改革的基础。通过内部管理体制改革，带动和促进学校诸方面的建设，即本科建设、基础与公共服务设施建设，党建和精神文明建设。

人事制度的改革，是整个内部管理体制改革的重点和难点，也是改革的突破口。实施这一改革，具体步骤是调整、精简机构，压缩编制，定编、定岗、定责；在管理干部、实验管理人员和工人中实行全员聘任。改革工资分配办法，职工收入与岗位职责、工作量及年度考核结果挂钩。

谈到发挥高等教育发展的外部力量时，王柯敏认为，高校的联合办学是一条非常有效的途径。几年来，湖南大学突破旧的办学模式，立足行业发展和地方经济建设，争取社会各界支持，实施多方位、多元化合作，通过部、省共建，联合办学，有效地拓展了学校发展空间。学校与地方政府、企业集团等联合建立了国际商学院、化学化工学院、机械与汽车工程学院、城管学院、多媒体信息教育学院等 8 个二级学院，使学科的发展突破体制的局限，实现了人才培养与社会发展、经济建设的紧密结合。在办学经费上初步形成了国家、地方、学校、企业集团等多渠道投入的体系。实践证明，联合办学对扩大学校自主权、改变条块分割局面、建立与社会主义市场经济体制以及科技进步和社会发展相适应的教育管理体制，是一种有效的探索。

王柯敏说，邓小平理论中始终体现着一个宗旨，即“发展是硬道理”。学校的定位、定向及深化改革，都是贯彻发展教育事业这个“硬道理”，发展就需要在过去已有基础上不断有所创新。从外部来说，应找准与社会发展、经济建设之需的结合点。从内部来说，应该通过内部管理体制的改革，通过教学、科研的改革，建立有效的运行机制，使高校充分发挥培养人才和科学研究的职能，为实现“科教兴国”做出贡献。

地方高校要为社会科技进步担重任

——专访湘潭大学校长潘长良

（1999 年 5 月 30 日　第 1 版）

在实施“科教兴国”战略的热潮中，高校科技工作的重要作用日益显现，1997 年全国 757 所普通高校参与科技活动人数达 60 万人，国家重点实验室占全国总数的 2/3，“八五”期间高校获国家自然科学基金项目比例达到 63%。江泽民总书记指出：“我们的大学应该成为科教兴国的强大生力军。”

面临新世纪知识经济发展的迫切需求，地方高校能为推动科技进步发挥什么样的作用呢？为此，记者采访了湘潭大学校长潘长良教授。

记　者：请您谈谈地方高校在推动社会科技进步方面的地位和作用。

潘长良：地方高等院校在实施“科教兴国”和“社会可持续发展”两个战略的过程中，有着不可替代的地位。其作用主要有三个方面：一是为地区经济建设培养急需的高素质的各类专业技术人才；二是发挥不同学校各自的优势，承担国家和地方提出的科研任务；三是以高校为成果、技术辐射中心，通过学产研结合方式，加速科技成果推广应用，或创办高新技术企业，或参与提升传统产业、乡镇企业技术水平，逐步形成区域性高新技术产业群。

记　者：湘潭大学在这方面有哪些做法？

潘长良：湘潭大学是湖南省属的一所综合性重点大学，江泽民总书记曾亲笔题词“办好湘潭大学，为培养和造就高素质人才作出新贡献。”20 世纪 90 年代以来，学校着力实施了以“三高”（抓高级别项目，出高水平成果，获高层次奖励）为核心的科技振兴战略。现在学校建有 8 个研究所、15 个省级重点学科和 1 个省级重点实验室，承担了一批包括国家“863”计划项目在内的国家重点课题，与 10 多个国家的 20 多所高校建立了校级合作交流关系，先后培养了 6 万余名各类专业人才。由我校一批教授领头承担的流变学、数学与计算数学、凝聚态物理学等领域的科研课题均取得重要进展，一大批应用型科研成果走向市场。

记　者：您认为地区高校科技工作面向经济建设主战场的关键问题是什么？

潘长良：从湘潭大学的实践来看，重要的是观念更新和市场意识。在高校，一般比较注重研究，而忽视推广应用。现在看来，出高质量的研究成果、高水平的科研论文与将科研成果推广应用于经济建设，产生大的经济效益和社会效益是同等重要的。

市场意识表现在竞争的紧迫感和成本效益观念等方面。科研需要投入，而“等、靠、要”的时代已经过去，只有面向市场，使我们的科研成果和技术最大限度地满足经济建设的需要，才能受到市场的欢迎。近年来，我校的“甲胺磷转位新技术”“高效热能设备系列技术”“高效脱硫除尘新设备与新工艺”等新技术获得成功，就是在激烈的市场竞争中，把自身的科技优势与企业的需要紧密结合起来，针对生产中的难题开展攻关，以科技创新和技术突破来实现高校科技成果向市场转移的结果，学校也从科技开发走向市场中获得较大的经济效益。

1998年，全校科技开发合同经费比1997年增长了110%，今年头5个月比去年同期又增长了110%。因此，地方高校只要充分发挥自身的优势，找准科技与区域经济发展的结合点，就能为推动社会科技进步作出应有的贡献。

保护生物多样性：人类社会发展的永恒主题

——专访中国科学院外籍院士彼得·雷文

（2000年1月28日　第1版　王雨宁参与采访）

1992年6月，在联合国环境与发展大会上，全球100多个国家的元首和政府首脑共同签署了《国际生物多样性公约》，自此以来，人们对生物多样性是人类生存的重要物质基础有了进一步的认识，保护生物多样性和可持续发展已成为全球科学界关注的热点和各国政府部门的共识。

当前国际上开展生物多样性研究的进展如何，中国生物多样性研究在国际上的地位怎样，我国科学家应发挥什么样的作用，记者带着这些问题在云南西双版纳采访了正在中国科学院热带植物园进行科学考察和探讨科技合作的中国科学院外籍院士、美国科学院院士、世界植物学会主席、美国密苏里植物园园长彼得·雷文教授。

彼得·雷文说，人类生存、发展与生物多样性密不可分，食物、药物、生活环境和生存空间都是以丰富多样的生物为基础，因此，保护生物多样性是人类社会持续发展的一个永久性课题。根据古代化石的资料，可得知每个生物物种的生存期为200万年左右。

自有人类以来，生物物种灭绝的速度远远大于人类出现前450万年期间的速度。人口增长是一个重要的原因，但并不是这些生物资源衰绝的唯一原因。除此之外，还有过度消费和对生物资源的破坏性利用等重要因素，发达国家人均耗费的自然资源远远多于非发达国家，热带雨林的消失、生态系统的破坏，加速了生物物种的消失。虽然这些问题已经引起全球性的密切关注，但对其研究与保护的进展比起它们的灭绝速率来说是很缓慢的。

究其原因，主要有三个方面：一是世界上生物多样性的丰富程度超过原有的预计，20 年前估测为 30 万种，此后估测为 600 万种，而现在估计的生物种类总数可能达到 1 亿种，其中只有 160 万种被描述，其余的了解更少；二是由于新的科学理论和技术方法的发展，如分子生物学、生物工程方法等，使生物多样性研究途径增多，研究深度加大，研究工作量激增；三是生物种类灭绝速度加快。按目前的速度，到 21 世纪末，陆地上 2/3 的物种将会消失。因此，需要用很大力量进行抢救性保护，才能实现可持续利用。当前，较热门的研究领域之一是开展染色体基因组的比较研究。生物基因序列决定染色体的性能，只有从分子生物学层次上对生物进行比较研究，才能掌握生物的进化、变异过程，然后将研究成果应用于农业生产。中国科学家在水稻基因组领域的研究已取得了重要进展，对世界做出了重要贡献。

对于中国开展保护生物多样件研究，彼得·雷文认为，中国是世界上生物多样性最丰富的国家之一，已知的生物物种有 12.5 万种，但估测可达到 100 万种。所以中国具有十分重要的地位，能发挥很大的作用。以植物物种为例，中国的数量等于美国与欧洲的总和，中国有 3 万种，美国有 2 万种，欧洲有 1 万种，而且中国的植物大部分集中在云南。从全球地理条件来看，美国由于南部的墨西哥湾、欧洲由于南部的古地中海和非洲北部的大沙漠，阻碍了物种的南北迁移。而中国，由于有西南部地区与东南亚热带地域的连接，不仅拥有从热带到寒带的不同气候，而且有利于物种的南北迁移，仅热带就增加了八九千种植物，形成了丰富的生物多样性。

他强调，中国应当充分利用自己的生物多样性资源，实现社会、经济的持续发展。从中国现有的研究来看，中国科学院具有高素质的科技人才、拥有丰富的生物标本和丰富的资料积累，在生物多样性的研究上已起着领头的作用，承担了主要的研究工作。由于生物多样性研究是一项重大的基础性工作，很难得到社会的商业性支持，不能产生直接的经济效益，因此，其研究应得到政府的更大支持。

中国科学院在改革机构的情况下，应加大对生物多样性研究的支持，利用好自己的生物多样性资源，大力开展保护研究。这些研究对世界的意义重大。如中国科学院昆明植物所、昆明动物所和西双版纳植物园，他们具有很好的条件，在生物多样性研究中所发挥的作用是无可替代的。从一个国家来说，可以在基因、物种和生态系统等不同层次上确定生物学的研究，但都必须以生物多样性作为基础。中国科学院已对标本馆的建设给予了较大的支持，他认为还应当提高植物园对植物保护的能力，而且要联合起来组成一个保护网络。中国的一些大学，在生物多样性的研究上也起了重要的作用，所以，院校的合作研究也是很有必要的，尤其在生物多样性受到如此大的挑战的时候。他还认为，中国应建立一个由中国科学院、科技部、林业部、国家环保总局等组成的跨部门的生物多样性协调机构，从国家到地方加强对生物资源的保护和合理利用。

谈到他这次到西双版纳热带植物园探讨生物多样性保护与研究的科技合作时，彼得·雷文很高兴地说，他一直怀着浓厚的兴趣关注着中国科学院西双版纳热带植物园所开展的保护生物多样性的研究工作，认为该园具有很好的研究基础，已做出了一些世界一流的研究工作，他们与该园的一些合作项目达成了共识。热带生物极其丰富，但也非常脆弱，最容易遭到破坏。中国台湾、海南和西双版纳都属于热带区，但只有西双版纳属内陆热带区，地处东南亚热带植物区的北部边缘，不仅物种极为丰富，而且具有特殊的基因类型，对其研究具有世界意义。西双版纳热带植物园应加强地区性的合作，为东南亚生物多样性研究做出贡献。

千年学府弦歌不绝　新型大学崛起湖湘

——专访湖南大学党委书记刘克利

（2006 年 9 月 21 日　第 4 版　黄红立参与采访）

素有“千年学府”之称的湖南大学以其悠久的办学历史、厚重的文化底蕴以及开放的教学模式、创新的科研管理，为湖湘文化作出了新的诠释。在传统与现代之间，在秉承优秀传统文化和建设现代高水平大学的双重理念中，如何传承并同时创造一种新的平衡与和谐。在迎来岳麓书院创建 1030 周年暨湖南大学定名 80 周年之际，记者带着这些问题，专程走访了湖南大学党委书记刘克利教授。

记　者：很多人认为，中国的现代大学起源于古代的书院办学。湖南大学办学历史悠久，可以说是中国高等教育发展史的一个典范和缩影。请您谈谈学校的历史和特色。

刘克利：湖南大学源于北宋开宝九年，即公元 976 年创办的岳麓书院，距今已有 1030 年，其办学历史之久在居世界第二。从岳麓书院到湖南大学，经过了数十次战火和多次办学调整，一直兴学不辍。岳麓书院与嵩阳书院、应天府书院、白鹿洞书院并称为中国古代“四大书院”。1926 年正式定名为湖南大学，成为湖南历史上第一所“官办”综合性大学，为湖南现代高等教育奠定了基础，到 1937 年，成为当时全国十余所国立大学之一，2000 年与湖南财经学院合并成为新的湖南大学。时至今日，岳麓书院依然延续着办学功能，是湖南大学的二级办学机构，拥有 3 个博士点和 4 个硕士点。

从古代的著名书院到今天的重点大学，学校始终处于中国高等教育的第一方阵，得益于求索创新、教书育人之成效。还有一个十分重要的原因就是优秀湖湘文化的深厚积淀，或者说是大学的精神力量。作为湖湘文化的策源地，学校在不断传播和创新湖湘文化的同时，其本身也得到了得天独厚的滋养。可以说，我们学校人才培养、科学研究和社会服务等功能的充分发挥，都可以追溯于此。

记　者：您刚才提到了湖湘文化和大学精神在千年学府办学过程中的重要作用，请您具体谈谈岳麓书院在湖湘文化的形成、发展与传承等方面起到的作用。

刘克利：湖湘文化是中华文化体系中独具特色、具有重要地位的地域文化，它既是湖南人也是这座千年学府的文化与精神命脉。其精髓在于传道济民、经世致用，在于“重践履、务实行”，在于“心忧天下、敢为人先”。

岳麓书院是湖湘文化的策源地，湖湘文化的发展总是借助于岳麓书院的学术创新、人才培养和文化传播。主要表现在：一是岳麓书院在中国文化重心南移和湖湘地域学术文化崛起的过程中发挥了关键作用。自两宋时期开始，中国的政治、文化中心由北方开始南移。在此过程中，湖南形成了以综合儒、佛、道为特色的理学思潮，出现了以“湖湘”为名的理学学派，产生了以传播理学为主的学术与学派的大本营岳麓书院；二是岳麓书院以理学为正宗，由此延伸、发展的学术思想、学术传统与湖湘学者的培养，几乎都与岳麓书院息息相关；三是岳麓书院与湖湘文化培育了共同的杰出人才群体，引起了国内外的广泛关注。他们大多直接或间接地接受过岳麓书院的教育培养和文化熏陶。如以陶澍、魏源、贺长龄等人为代表的经世改革派，以曾国藩、左宗棠、胡林翼、郭嵩涛、刘蓉、曾国荃、刘长佑为首的湘军集团和洋务运动首领，以谭嗣同、唐才常、熊希龄为代表的维新变法人才集团，以黄兴、蔡锷、陈天华、程潜等人为代表的民主改革派以及毛泽东、蔡和森、邓中夏等早期共产主义者。

岳麓书院千年办学的历史过程，也是湖湘文化形成、发展并独具特色、创造辉煌的过程。岳麓书院千年积淀的优良学风塑造了湖湘文化的精神特质，从岳麓书院走出了一批又一批优秀人才，这是湖湘文化对中华民族的历史贡献。

记　者：如果说岳麓书院是湖湘文化的策源地，那么在新的历史条件下，湖南大学如何加强湖湘文化的传承和创新，使其更具新的活力？

刘克利：湖南大学对湖湘文化的传承和创新主要表现在文化教育传统方面。这可以举几个例子。

第一是校训。1917 年，时任校长的宾步程确定“实事求是”为校训，其匾额如今仍挂在岳麓书院讲堂之前。新校训“实事求是，敢为人先”，则由湖南大学师生于 2001 年选定。“实事求是，敢为人先”凸显千余年来湖湘文化的精髓，是“心忧天下，敢为人先”境界的延伸与升华。

第二是学规。学规是学校在德育、智育方面对学子们作出的规范，包括道德修养、学习态度与学习方法。岳麓书院 108 字的学规还把尊敬老人、师长，崇尚节俭、友爱等传统美德融合在学规之中，至今仍被湖南大学沿用。

第三是校歌。湖南大学校歌的词作者是曾经三次出任湖南大学校长、任期长达12年的胡庶华先生。曲作者则是我国现代音乐史上的奠基人、著名音乐家萧友梅先生，冼星海、贺绿汀等一批近代知名音乐家都是他的弟子。校歌大气的旋律、激昂的歌词，充分表达了开放办学、爱国务实的办学主张。

第四是学术开放。开放式办学、不同学派的学术观点兼容并包，是岳麓书院优秀教育传统之一。历史上不同理学学派的张栻、朱熹因同坛对讲，留下了“朱张会讲”的美谈。继承这一开放的讲学形式，湖南大学主办的“千年论坛”，已有著名人文学者杜维明、余光中、黄永玉、余秋雨，著名科学家许智宏、何祚庥、杨福家等多位两院院士到岳麓书院讲堂讲学。由“千年论坛”外延的“中国文化论坛”影响最为深远，该论坛开设以来十年如一日，每周一讲，从未间断。

科技竞争力新要素：工业设计创新

——专访我国著名工业设计专家何人可

（2008年12月22日　第2版头条）

著名科学家杨振宁曾说：“21世纪是工业设计的世纪，一个不重视工业设计的国家将成为明日的落伍者”。当前，我国正处在从“中国制造”向“中国创造”的产业转型与品牌创造过程中，工业设计也将在此发挥重要的作用。

首届芙蓉杯国际工业设计创新大赛即将在湖南长沙举行之际，记者就工业设计创新的相关问题走访了这次大赛的主要组织者和评委之一、著名工业设计专家、我国首位国际性工业设计大赛Red. dot Prize评委、湖南省设计艺术家协会主席、湖南大学设计艺术学院院长何人可教授，他重点谈了三个方面的问题。

工业设计创新及其价值

何人可说，工业设计不仅是一个新兴的、综合性的应用型学科，同时也是一种产业。工业设计的过程是对产品、服务及其系统进行优化的一项创造性活动，其理念从产品性能研发、外观设计一直延伸到市场推广的阶段，包括平面设计、形象设计等众多相关行业的内容。

一方面，工业设计水平的提高，会直接提升外观设计专利水平；另一方面，工业设计创新的发展，又将为外观设计专利事业乃至知识产权事业的发展提供巨大动力。

所以工业设计创新同时也是提升企业产品市场竞争力的战略工具。在此基础上，工业设计还具有社会文化的属性。它体现了科学与艺术的结合，是知识经济的典型形式。因此，在全球现代经济体系中，工业设计产业已成为展现一个国家现代文明程度、创新能力和科技水平的标志。

谈及工业设计创新的价值，何人可认为，工业设计创新是推动经济可持续发展的重要手段，创新的工业设计首先创造的是经济价值。在新的重大技术突破之前，工业设计创新以创新思维将技术、艺术与文化等相结合，赋予产品、服务以独特、优化的差异性，打破产品同质化的局面。通过满足人们的使用、心理和审美需求来赢得消费者，使产品、品牌、企业乃至整个区域、国家的经济竞争力得到提升。

其次，创造的是可持续发展价值。工业设计创新的核心是以人为本。工业设计的两项重要目标就是提高全球可持续性发展的水平和在全球化背景下支持世界文化的多样性。

较之传统产业，工业设计产业的显著特征是低能耗、低污染。所以，发展工业设计创新，不仅与我们建立资源节约型和环境友好型社会的目标相符，同时也是构建和谐社会的题中之义。设计要解决的并不单是销售的问题，而是要在完全了解人的需求的基础上，设计出完整的商业模式，从而将技术转化为利润。此时，工业设计创新又成为科技竞争力中的一个新的要素。

企业竞争力的差距

提起企业竞争力，很多人会想到品牌、技术、产品质量、价格以及服务等，但是往往会忽视设计对企业竞争力的影响。

何人可认为，工业设计的主体是产品设计，而产品设计是企业技术创新的载体，是创造品牌的必由之路。企业靠打数量战、质量战和价格战来赢取市场，常会拖得企业筋疲力尽，还可能会引发不良的后果。而到了产品同质化的今天，企业开始打“设计战”，工业设计已成为企业建立差异化竞争优势的关键。

近 30 年来，我国工业设计事业有了很大的发展，涌现出海尔、联想、华为等一批重视工业设计并取得成效的企业。北京、上海等城市也举办了较多的工业设计活动并把工业设计列为“十一五”发展的重要产业。

但是，需要认清的是，目前我国的工业设计产业还处于起步阶段，与发达国家相比，在很多方面还有很大差距。一是在工业设计理念上的差距。我国的工业设计理念多停留在初级阶段，类似于传统工艺产品的民间创造。而与工业化伴生的现代工业设计则要求批量生产的产品能融合自然科学、艺术和市场营销等各方面因素，使工业产品的性能、结构和外观相协调，确保产品的技术功能；二是我国的设计范畴往往止步于产品外观设计的层面，不够深入。如今先进的工业设计，已从产品综合设计扩展到形象设计、展示设计、商业设计等，甚至会包括城市设计的内容；三是偏重技术开发，对设计创新不够重视。事实上，在当前信息、物流全球化的背景下，技术的差异性已经越来越小，而技术开发的代价却越来越大。工业设计是集成创新，采用现有成熟的技术，相对来说投资少、周期短、风险小。所以，设计创新是差异化的基础，也是重要的竞争力要素。

工业设计创新与品牌

关于工业设计创新与品牌战略的关系，何人可认为，要创好的品牌，不能没有创新的设计；而有了创新的设计，即使采用外来的技术，也可以创出自己的品牌。所以说，工业设计是企业经营的一个核心因素。

他说，虽然目前工业设计在我国的发展尚处于初级阶段，但正逢其时。一方面，30 年的改革开放使我国经济全面繁荣，文化教育事业空前发展。工业设计在现代社会中已是无所不在，未来大有可为。另一方面，我国的工业设计已经得到了国家有关部门的高度重视。国民经济“十一五”发展规划纲要中明确提出了“鼓励发展专业化的工业设计”战略决策；我国一些经济较发达的地区如北京、上海等地都大力推动工业设计发展，以产、学、研相结合的方式创造了许多以工业设计带动经济增长的成功范例。所以说，工业设计在全国快速发展的时机已经到来。

谈到即将揭晓的首届芙蓉杯国际工业设计创新大赛，何人可指出，该次大赛是湖南省建设长株潭城市群两型社会综合配套改革实验区、聚集改革创新资源和加快推进新型工业化的一个很好的平台。首届芙蓉杯国际工业设计创新大赛评委几乎囊括世界工业设计顶尖赛事的评审专家，到 12 月 10 日征稿截止期，已收到来自美国、瑞典、意大利、芬兰、韩国、马来西亚等多个国家以及中国香港、台湾地区共计 2000 余件参赛作品。

曾担任多次国内外工业设计赛事评委的何人可说，在如此顶尖的赛事中，国际一流专家、创新人才、企业、政府、公众之间形成多方互动，对我国的工业设计水平、创新人才培养、企业发展和地方经济建设，乃至公众设计理念的形成都是一种促进。相信在各方努力下，中国的工业设计必将崛起于世界舞台，为“中国创造”作出更大的贡献。

中美科技合作对双方都有益

——专访美国工程院院长查尔斯·威斯特

（2009 年 10 月 26 日　第 1 版）

10 月 19 日至 21 日，由中美两国工程院共同组织的首届中美工程前沿研讨会在湖南长沙召开。研讨会期间，美国工程院院长查尔斯·威斯特教授应约接受了我们的专访。

记　者： 20 多年来，有一批著名的中国科学家和工程技术专家陆续当选美国科学院和美国工程院外籍院士。美国科学院与美国工程院有什么不同？

查尔斯·威斯特： 美国科学院是美国科学界荣誉性的政府咨询机构，于 19 世纪中叶（1863 年）根据林肯总统签署的国会法令建立。它是非政府的、非营利的科学家的自治组织，主要为联邦政府在科学和技术发展和运作过程中提供相关建议和咨询。这与中国科学院不同，其下没有研究机构。

百年之后，由于科学技术的迅猛发展，美国工程院从美国科学院独立出来，有两方面的原因，一是人们开始重视工程科学，要向公众传播工程科技方面的知识。在这一点上，美国工程院与美国科学院向公众传播科学知识的目标是相似的。另一个原因是要为政府在工程、技术方面提供建议。我们的目标是工业界的院士要达到 50%的比例，现在实际上大约是 42%。将工业界的精英选进工程院，因此美国工程院中有近一半人是来自企业的。有 51%的工程院院士来自于大学，其他的来自国家实验室。不管来自哪方面，都要通过投票选举。

美国工程院成立于 1964 年 12 月，是美国工程科技界最高水平的学术机构，与美国科学院一起担当联邦政府的科技顾问。美国工程院汇聚了工程行业的杰出成员和企业精英，用他们的知识和见解促进国家的技术进步。美国工程院院士是美国工程科学领域的最高学术荣誉，当选的院士都是在工程科学研究、工程技术实践和工程教育领域内作出杰出贡献的科学家。

美国工程院每年新增选一批院士及外籍院士。2009 年新增院士 65 人，外籍院士共 9 人。美国工程院现在已有院士 2246 人（其中退休 241 人），外籍院士 197 人。

美国有一个名为“国家研究委员会”（NRC）的执行机构，有一千多位工作人员，其工作程序通常是由美国国会专门委员会授权或由联邦政府部门提出，由国家研究委员会工作人员和院士一起确定研究项目、工作计划和提出报告，并组织国家科学院及国家工程院、医学研究院和全国的专家组成专门委员会或小组进行研究并作出答复。而医学研究院是20世纪70年代从美国科学院分离出来。考虑到科学院、工程院和医学研究院在科学技术领域的学科交叉，所以我们之间的合作关系是很紧密的。

记　者：美国工程院和中国工程院有哪些学术上的交流？您认为这些交流对中美双方有什么意义？

查尔斯·威斯特：2008年6月，我与徐匡迪院长代表两国工程院签署了科技合作协议备忘录，希望在促进工程科技领域和相应的工程科技产业方面进一步沟通与合作。通过互访、联合举办研讨会、开展共同研究等形式，为美中工程科技界的科学家、工程师、技术人员、官员和企业家等搭建交流合作的平台。双方将重点选择举办双边工程前沿系列研讨会，在能源与环境领域，特别是可再生能源方面开展共同研究。此外，双方还将通过举办战略科技政策论坛，以及在具有国际和区域重要性的领域优先开展合作。

美国在公众理解科学方面也面临着许多挑战，尤其是在如何向美国公众普及工程学知识方面。工程和技术的发展是社会繁荣的核心，当公众意识到科学和工程学对于社会发展的重要性时，会有更多的年轻人重返科学研究和工程技术领域。

对美国来说，与国外合作是很重要的。21世纪的挑战都是全球性的，与中国的合作交流很重要。因为交流合作对双方都有益，我们可以开展很多与中国或国际间的合作项目，而且这些合作都是涉及全球性问题的。

记　者：当前，世界科学技术迅速发展，工程科技在社会经济建设中发挥着越来越重要的作用，您认为，在工程科技方面，当前最重要的前沿领域有哪些？

查尔斯·威斯特：主要分为两大领域，一是微观的、具体的技术和系统，如纳米材料技术、信息技术、生物技术、机械工程技术等，这些领域对于很多年轻科学家来说是很有吸引力的。二是宏观的科学工程系统，如能源、气候、保障粮食和水资源安全、公共卫生和保健、生活消费品的生产和分配等。在美国，特别是一些大学，重点放在第二个方面。我觉得在第二个方面我们可以向中国学习很多东西。

记　者：您对中美两国工程科技界的交流与合作有何评价？对进一步开展合作和交流有哪些建议或期望？

查尔斯·威斯特：我们两国的工程院可以密切合作，这次在湖南长沙举行的首届中美工程前沿研讨会就是一次很好的合作。我们在工程技术与公共卫生，确保食品安全，新节能技术、基础设施的可持续发展和防灾减灾、智能交通系统四个方面开展前沿研讨，能促进相关学科交叉，寻找重大工程科技问题的解决方案。这次研讨会谈论的是我们双方打算在未来几年内合作的四个大的领域。

徐匡迪在开幕式上说，双方的院士和专家共聚一堂进行高水平交流是互惠互利的，希望双方的合作和友谊长存。我很赞成。通过类似的研讨会，我们可以互相学习交流，最主要的是双方可以在会后继续进行科研合作。除这些前沿领域之外，我希望继续在能源、防止气候变暖、城市反恐等方面进行合作。这些合作都刚开始，期待以后可以继续拓展。

医学教育不能硬套综合性大学管理体制

——专访中南大学周宏灏院士

（2010 年 3 月 3 日　第 1 版）

自 1992 年我国高校开始战略性合并以来，多所医学院校并入理工科及综合性高校，形成了规模较大的多学科性或综合性大学，这在克服医学院校单科教学的不足，促进医学与理、工、文、经、管的交叉融合等方面起到了一定的推动作用，但在融合过程中，也暴露出了对医学教育的规律和特殊性认识不足的问题，对医学教育健康发展带来了一定的影响。

为探讨我国教育事业的科学发展与适应新时期社会需求的医学教育问题，2 月 26 日，记者采访了中国工程院院士、中南大学药理学国家重点学科首席教授、临床药理研究所所长周宏灏。他就我国医学教育现状、当前医学教育亟待关注与重视的问题提出了自己的见解，并针对如何提高我国医学教育水平和教育质量提出了建议。

周宏灏认为，医学科学是研究人类自身生命发展变化规律和个体疾病诊疗的科学。广义上说，这既是重要的基础生命科学，又包括了很“精细”的临床技术学科。其对社会成员的影响力与关切度远远高于其他学科。因此，现代医学教育的重要性不言而喻。作为培养医学专业人才的医学教育，必须使学生具备牢固的医学理论功底和扎实的临床实践基础，因此医学教学具有其特殊性，那就是既要有严谨的思维，又要有开放的思路，对学生谨慎、细致学术风格的培养有更高的要求。

如果教学管理部门不能充分重视和尊重医学教育自身的特点，必将导致医学教育丧失个性。特别是将医学专业某些理学、计算机等基础和技能课程的教学完全等同于其他理科、工科甚至文科等学科相关课程的教学，忽视临床、基础和专业课程的理论和实践教学，必然减少医学生医学知识的储备，最终难以达到国家对执业医师的基本要求和满足服务人类健康的需要，更谈不上与世界接轨。

医学院校的培养目标，不是一篇论文，不是一个学位，而是一个德才兼备的有服务精神和独立工作能力的人。医学教育管理的经验，不应按照理工科的模式进行管理。因此，在一些发达国家的医学教育机构，如康奈尔医学院（Cornell）、杜克大学

(Duke)、哈佛医学院（Harvard)、范德比尔特大学（Vanderbilt）等大学，医学院实行的是典型的“精英教育”，其地位相对高于大学里的其他学院，最优秀的学生才可能进入医学院学习，医学教育的终极目标就是把学生培养成能有效服务于社会的优秀医生。

针对当前我国的高等教育改革和医学教育问题，周宏灏说，20 世纪后半叶中国高等教育有过三次大的“折腾”，一是 20 世纪 50 年代初的高校院系调整、分解、搬迁；二是 60 年代开始的“文化大革命”；三就是 90 年代的高等院校合并。形成了一种按行政命令“一刀切”式的院校合并潮。院校合并扩大了办学规模，一些原来非“211 工程”或“985 工程”类医学院校合并后进入了重点类院校行列，扩大了知名度，可能就因此获得更多的国家与社会资源，办学条件得以改善等。

由于历史原因，也是早期国家经济建设发展的需要，理工科教育受到了极大重视。院校合并后，理工科在学科中依然占据主体地位，医学教育在合并后的大学中没有得到应有的重视。同时，综合性大学统一的管理体制机制与管理模式，不可避免地打乱了医学教育的整体性、特殊性与管理规律。医学部分也不再享有相对独立的地位，不能科学自主地决定教学、科研、医疗、招生、人事等事宜。原属独立医学院或医科大学的管理体系大多在并校后被打破或架空，不能有效实施管理，医学院不具有相对独立运转的教学、科研、医疗的管理机构，更无人、财、物的权限，难以积极、主动、有效地开展工作。与此同时，原医学院所辖的基础医学、公共卫生、护理、药学、临床等学院的组成部分的内部教育体系被打乱。原有的医学院附属医院归属校本部直接领导，而新任校管理层则又相对缺乏管理医学教育的经验，这就造成了管与不管、如何管的尴尬局面，从而对高等医学教育带来不利影响。

对比国际上康奈尔、耶鲁、霍普金斯等大学的医学部管理体制，其医学部在管理上具有相对独立性和较大自主性，所属医学院同大学的联系主要是制度上和学术上的联系，而不是以理工科教育的管理模式硬套医学教育。

周宏灏还强调：“医学教育在世界各国教育领域中是放在重要位置的，但在我国的院校合并后反而退居次要位置了。”

关于当前高等教育的改革问题，周宏灏期望新的教育改革别再“折腾”。医学教育不要搞行政命令式的“一刀切”，而应尊重事物发展的客观规律，明确医学教育的终极目标，立足长远，实事求是，科学确定医学教育的体制机制与管理模式，少一些形而上学、因循守旧，多一些自主、创新、活力与竞争，从根本上克服应试教育体制“分本位”的考核评价机制弊端。

他认为，以科研经费来评定教授，以论文来评定学生培养质量，都是不尊重医学教育特殊性的表现。总体来说，现行医学教育的学制比较混乱，研究生培养模式和培养目标不明。在学制方面，有三年制、五年制、七年制、八年制，它又和两年或三年硕士以及三年博士学制并行。它们到底在培养方式和培养目标上有何不同，甚至不同学制存在的必要性都是需要认真研究的。例如，七年制毕业学生可获得硕士学位，结果很多既不能胜任相应的临床工作，也不能独立从事科学研究，有些“不伦不类”。在研究生培养方面，一是导师队伍水平有待提高；二是医学研究生的最终培养目标与培养重点有待清晰。研究生教育是医学教育体系中的一个重要部分，其根本目的是为我国社会主义现代化建设事业培养有理想、有道德、有能力的高级医药卫生人才。在实现培养一支综合素质高的研究生队伍的目标时，应特别重视研究生的人文素质和人品医德的培养，强调树立正确的世界观、人生观、价值观。一开始就要有对事业、对科学孜孜不倦的追求，要瞄准一个目标，始终不渝地去探索医学科学奥秘。要懂得对学问的追求不能急功近利，尤其是不要因为日后的评比、鉴定、提级、晋升，强迫自己搞一些所谓“短、平、快”的研究，而要实实在在、尽心尽力地去为自己的科学目标奋斗。

针对近些年备受争议的“高校扩招”导致的所谓“就业难”的现象，周宏灏认为，扩招现象必须要辩证地看待。医学教育扩招不是坏事，但要明确扩招目的。中国是一个人口大国，需要大量合格医生。问题是中国绝大数人口居住在农村，农村对医疗资源的需求远大于城镇，但是农村医疗软硬件设施的相对落后、医生待遇相对低下导致了优秀的医疗从业者与医校毕业生不愿流向农村基层，而城市中医疗从业者的需求总归是有限的，这就出现了“农村缺人才，城市纳不下”的矛盾局面。因此，国家相关部门应当实施合理的激励政策，鼓励引导医学类毕业生深入基层，同时加大力度，改善农村医疗条件，吸引毕业生流向农村，实现人才资源的合理配置。

周宏灏还对中国医学教育改革与发展提出了自己的建议：要充分重视并提高医学教育的地位，理清医学教育思路，按医学教育自身的特点与规律来办学，认真探索、科学整合医学教育的管理体制与机制，确立医学教育的终极目标，使我国医学教育跻身国际先进行列。

系统生物学将揭开后基因组时代新篇章

——专访美国系统生物学家 Leroy Hood

（2010 年 7 月 19 日　第 1 版头条）

Leroy Hood 教授系美国系统生物学研究所所长，美国科学院、美国工程院和美国医学院院士，美国总统科学顾问，加利福尼亚理工学院教授。Leroy Hood 教授是国际系统生物学创始人，也是国际人类基因组计划倡导者之一。他多年从事分子免疫学、生物技术以及基因组学的研究，先后发表文章600多篇，获得专利14项。他与同事发明了DNA测序仪、DNA合成仪、蛋白质合成仪和蛋白质测序仪，并成功实现产业化，对全球生命科学研究和生物产业发展产生了深远影响。

近日，应邀来湖南大学出席“第四届生物分析、生物医学工程和纳米技术国际研讨会”的Leroy Hood教授就现代生物学发展前沿问题接受了本报记者的专访。

记　者：您多年从事分子免疫学、生物技术及基因组学研究，同时作为人类基因组计划的最早倡导者之一，请您谈谈国际人类基因组计划成功的重要意义。

Leroy Hood：人类基因组计划是21世纪揭示人类本身问题的一个科学工程，其意义在于：一是能把人类基因揭示出来；二是从基因水平和蛋白质水平开展生物学研究；三是可以从基因角度对任何一种疾病进行研究，为医学领域找到强有力的诊断方法和手段，从而转化为医学领域的应用研究；四是有利于生物学和其他学科的融合。

新观念、新战略和新技术的出现使科学家能够逐步解决生物学问题。人类基因组计划取得成功使工程科学技术引入了生物学领域，逐步实现了在实验室开展蛋白质测序与合成、DNA测序与合成的技术发展。还有一些技术方法，如：自动化技术方法、化学手段的借用，DNA测序和嵌入式合成、平行式合成，以及在基因组学、蛋白质组学、单细胞分析等新兴技术基础上的模式生物研究，等等。

科学家有责任帮助公众理解科学技术，帮助人类为未来作出更明智的决定。人类基因组计划扮演了重要角色，它是一种多样化的分子层面的研究方法，也是一种高产的研究方法，能提供任何有关基因的信息，为人们理解生物进化提供了新的路径；同时也是模式生物学、系统生物学研究的基础。

人类基因组计划最重要的启示之一就是改变了我们对“进化论”的理解。同时，使科学家在世界范围内建立战略伙伴关系和实现科学全球化。因此，各国研究机构间应形成互动互补的网络。

记　者：作为系统生物学的创始人，您认为当前国际上系统生物学研究取得了哪些主要成就？

Leroy Hood：系统生物学是研究一个生物系统中所有最基本的组分（基因、核糖核酸、蛋白质等）的构成，以及在特定条件下这些组分间的相互关系的学科。它用新的方法来解释生物学。关于人体的各种信息中，最主要的有两种信息：一是基因，二是环境。环境因素有时候能改变基因，而基因和环境的这种关系能够通过信息网络系统沟通，最后将这些信息传递到有关生物学仪器中进行处理、分析。系统生物学是21世纪的新兴学科，是现代生命科学领域的一部分，具有综合性特征。系统生物学把前沿研究和研究过程结合起来，同以往生物学研究不同，它具有在知识、认识、方法和技术上的不同，表现出理解生命现象的不同角度的思考，并创造新的技术方法，取得不同的认识。

系统生物学研究是以一种新角度从生物动力学系统出发进行的，其具有信息学科特点。在医药方面，它从生物网络角度来分析疾病的原因。系统生物学使我们获得了以前未知的信息。事实上，系统生物学和人类基因组计划有着密切的关系。在基因组学、蛋白质组学等新型学科发展的基础上孕育了系统生物学。系统生物学的诞生又进一步提升了人类在后基因组时代生命科学研究的能力。从 20 世纪 70 年代至今，工程学等逐渐被引入生物学和人类基因组计划，进行跨学科的生物学、系统生物学等多领域研究。当然，这也是生物医学发展的前提条件，并使以预测性（predictive）、预防性（preventive）、个性化（personalized）以及参与性（participatory）为核心的“4P 医学”初露端倪。这从根本上改变了以往思考生物学和医学发展的方法。“4P 医学”作为一种治疗疾病的系统方法，依靠新型的可测量、可视化技术以及强大的计算工具，将会于未来 10 年至 20 年引领 21 世纪生物医学研究领域的发展。

记　者：系统生物学未来的发展方向是什么？

Leroy Hood：21 世纪最大的挑战就是科学和技术的复杂性问题，而新的理念、战略和技术使得生物学家可以成功应对这一挑战。我们需要建立一种跨学科的文化，合理融合生物学、化学、计算机学、工程学、数学、物理学等相关学科，形成新型学科或研究领域，系统生物学正是在这种跨学科的思维范式下应运而生的，系统生物学在推动基因组计划、提高生物测序效率等方面发挥了重要作用。同时它还为广大科研工作者提供了一种全新的系统研究方法，能大大降低科研成本，加速科研成果转化。微软公司比尔·盖茨先生眼光很独特，发现我们有很好的思路就给予支持。由于他的赞助，我们在华盛顿大学建立系统生物学院和系统生物研究所，增加了必需的基础设施和设备，研究速度大大加快，开始了 DNA 测序，自动化技术方法的引入也大大提高了 DNA 测序的效率。事实证明，比尔·盖茨的这个决定具有超前的科学意识。

人类基因组计划是将人类基因组的蛋白彻底揭示出来，系统生物学是利用现代的网络，发现导致人类疾病的原因，一是开展血液早期检测，二是采取更加简便的治疗。因此，系统生物学研究，整合各个学科的研究成果非常重要。比如从基因、分子、细胞等不同角度的研究，都是在不同层面上对于一个事物的研究，把这些研究结成网络，并且用一定的范式表现出来，就能找到疾病的致病原因。未来，这些都可能以数学的模式表现，但现在还不能做到这一点。

系统生物学的发展方向将是系统地进行生物学和医学研究，例如疾病的预测、预防，开发个性化和参与性的药品；努力开发先进的计算工具以推动系统生物技术的发展；联合科研院所和企业，并建立战略合作关系，将知识转移到社会需求中。在 21 世纪初，系统生物学研究在健康、能源、环境、农业和营养等方面已经有了一些突破性进展。

记　者：最近，美国生物学家克雷格·文特尔（J. Craig Venter）在实验室中重塑"丝状支原体丝状亚种"的DNA，创造出历史上首例"人造单细胞生物"。如同当年英国科学家克隆成功"多利羊"一样，在国际上引起强烈反响，您怎么看待这种科学探索和研究成果？

Leroy Hood：克雷格·文特尔的文章中提到通过DNA合成技术把基因镶嵌到细胞里，使细胞表现新特性。体外DNA合成，把基因组勾连在一起，是技术上大的突破。这是一种科学探索与技术方面的新进展；当然政府是很支持科学研究为人类服务的。但是这种方法的实际应用还有很长的路要走，因为我们还没有能力重新设计一种新的生物。

社会公众对"克隆"有担忧。我们应该尊重和考虑社会民众的这种担忧，并且想办法沟通，使他们理解科学工作，科学探索还是应该进行的。美国政府禁止任何克隆人研究，任何一个改变人类基因的实验都是禁止的，否则后果严重。不允许"克隆"人，是因为我们现在对于生物界未来的许多方面还一无所知，可能希望向好的方面改变，但如果做得不妥，却可能导致相反的后果，甚至带来灾难。实际上克隆人是很困难的，在技术上是不容易实现的，目前还不具备可能性。

记　者：21世纪将迎来生命科学技术领域的新一轮突破性发展，为了使社会公众了解科学，科学家和科技媒体应当做些什么？

Leroy Hood：疾病问题是世界性的，需要各国的战略性合作。一些疾病不是来自遗传，而是由贫穷、缺乏教育造成的，而解决世界问题都是从本土行动开始的。我就经常通过演讲或讲座普及生物学知识，让人们更多地了解科学，科学知识和技术应该为社会和人类服务。

科学家应该尽力帮助人们理解科学，教育的作用不仅仅是让人获得学历，更重要的是向社会传递知识，成立于2000年的华盛顿大学系统生物研究所（ISB）就是这样做的。ISB除了专攻生物分析和生物医学外，还设立了科学咨询中心，目的是创立科学教师培训机构或为此类机构提供支持，从而使这些讲授自然科学的老师能够培养出具有科学素养的学生。科学咨询中心还为中小学生提供科学咨询服务，仅2009年，科学咨询中心就为华盛顿44所学校的科学课教师提供了99场专业培训，这些学校的学生人数占华盛顿全部学校学生的45%。

媒体是一个宣传和教育大众的重要平台，媒体在报道一些科学探索成果和一些重大问题（如进化、气候变化等）的宣传中有很重要的作用。而且，从媒体的报道中，伪科学可以被舆论剔除，留下真正的科学。媒体的重要责任在于教育民众，让公众理解科学，跟上时代科学发展的步伐。

竞争“逼出”创新　科技成就“三一”

——专访三一重工执行总裁易小刚

（2010年12月14日　第1版　成舸参与采写）

2010年“十佳全国优秀科技工作者”评选结果日前在京揭晓，三一重工技术领军人易小刚博士榜上有名，成为全国工程机械行业、全国民营企业和湖南省唯一获此殊荣的科技工作者。

湖南是一个传统意义上的农业大省。自改革开放以来，湖南充分发挥自身的科技教育优势，大力发展高新技术产业，一大批科技企业脱颖而出，走向全国，冲向世界。以三一重工、中联重科、山河智能“三巨头”为代表的工程机械湘军更是异军突起，它们以雄厚的技术创新实力、优质的科技产品和娴熟的市场运作能力，使长沙逐步成为全国重要的工程机械制造业中心。

三一集团是一家近20年发展起来的全球最大的混凝土机械制造商，在美国、德国等全球200多个国家和地区设有分公司，其混凝土输送泵车、混凝土输送泵和混凝土搅拌站等多款产品连续多年市场占有率居国内首位，泵车产销量居世界首位，成为一家名副其实的世界知名工程机械企业。2009年，三一集团以营业收入306亿元，第四次入榜中国企业500强，排名第205位；连续4次跻身亚洲品牌前100强，排名位列中国工程机械第一。

究竟是依靠一种什么力量，使得这家民营企业能在激烈的国际竞争中陡然崛起？带着这个问题，记者近日专访了获得“十佳全国优秀科技工作者”的三一重工执行总裁、总工程师易小刚博士。

企业的技术创新是逼出来的

“一台泵车要300多万元，根本买不起；想技术合作，别人又瞧不上我们。没有自主创新，企业就没法生存，更谈不上发展。我们的技术创新就是这样被逼出来的。”谈及起步时的三一重工，易小刚实事求是地说。

1995年，在北京机械工业自动化研究所从事液压研究并初露头角的易小刚被三一重工董事长梁稳根的求才若渴所感动，辞去公职来到长沙。当时中国的混凝土机械产品95%靠进口。作为民企的三一重工更是举步维艰，因质量不过关，产品大量积压，形势极为严峻。

在高层建筑施工中，通常使用专业泵将混凝土通过管道传送。建筑高度越高，意味着混凝土泵送所产生的压力越大，“就像用指甲盖那么大的面积将一头牛顶至楼顶”。混凝土通常一小时后就开始凝固，如果不能在预定时间内将混凝土输送到浇注平台，管道就有堵塞甚至爆裂的危险，很容易酿成事故。

易小刚一到长沙，就开始全心琢磨混凝土输送泵（又称拖泵），为避开技术壁垒，易小刚只好改变思路，另辟蹊径。“别人用专用零件我们就用通用零件，在此基础上再进行技术改进和集成。”

混凝土拖泵在进行高低压切换时，需要换接不同的管子。易小刚大胆设计了一个可以旋转 90 度的阀门，不料遭到从工人到车间主任的一致反对，国外都是用管子，客户也没意见，为啥要换呢？最后，还是董事长梁稳根理解其中缘由，拍板支持易小刚。终于，一个工作原理与原有产品完全不同的液压集流阀组设计出来了。三一集团的第一个专利也从此诞生。

易小刚直言“这不是很难的突破，只是思路的改变。”抛开常规模仿国外产品设计路径，依据通用的机械原理来做研发，这种非常规的技术创新路线，正是他们出奇制胜的秘密武器。

10 年间，三一集团的超高压混凝土输送泵频频发力。1997 年，在国际现场比赛中夺得第二，奠定了在国际同行间的地位；1998 年，在深圳赛格广场大厦创造了 300.8 米的国产泵施工最大高度；2002 年，在香港国际金融中心创下单泵垂直泵送 406 米的世界纪录；2007 年，在上海环球金融中心将这一纪录再次刷新至 492 米。多次重大技术攻关的成功，使三一重工赢得了“中国泵王”的美誉。

15 年来，易小刚主持和参与了包括国家“863”项目、国家重点新产品项目及火炬计划项目在内的 100 余项国家和省部级科技项目；获得国家和省部级科技进步奖 14 项，个人获得专利授权 126 项，其中发明专利 22 项；发表学术论文 20 篇，出版著作 3 部；先后指导博士后 7 名、硕士生 10 名，还培养了一批行业技术带头人。

在易小刚的直接带领下，三一集团研究院从无到有、蓬勃发展，研发人员从 1995 年的 10 余人发展到目前的 5000 人，成为中国工程机械最大的研发团队。

一定要打破对国外的恐惧症

拖泵获得成功后，易小刚又瞄准了混凝土泵车。和拖泵相比，自带轮子和管道的泵车制造难度更大，核心技术之一就是臂架。臂架的长度每增加一米，就意味着材料、控制、制造、工艺等技术的全面调整与优化。由于没有掌握关键技术，直到 1996 年，国内还只能生产长度为 32 米以下的臂架。经过 3 年攻关，1999 年 4 月，易小刚率领团队一次性研制成功我国第一台自主开发的 37 米混凝土泵车，震惊国内外。之后，40 米、42 米、46 米长臂架泵车也相继研制成功。

“我的特点是胆大”，易小刚毫不讳言。46 米长臂架研制出来后，他又提出一个大胆的设想：能不能把泵车的底盘从 4 车桥减少到 3 车桥？很多人都觉得不可能，因为国外依旧没有先例。当时业界普遍认为：46 米长的臂架必须要 4 车桥才足以支撑。

然而，对于客户来说，在相同长度的泵车上底盘桥数的减少，不仅意味着总成本的降低，还意味着设备对施工场地的通过性和适应性的提升。把握了这一市场需求，易小刚立即组织攻关。他相信“一旦有了目标，总是能找到方法去解决”。2009 年，三一重工推出了当时全球最小桥长比的 3 车桥 46 米泵车，又一次震动业界。但易小刚却认为：“这才是我们企业科研人员应该做的事情。”

就这样，三一集团的科研人员硬是把泵车臂架这根“难啃的骨头”，一米一米地“啃”了下来。2007 年 12 月，拥有 15 项核心技术的 66 米长臂泵车被载入吉尼斯世界纪录。而就在国外某品牌将这一高度刷新至 70 米后没过几天，2008 年 12 月，三一集团的 72 米长臂架泵车正式下线，并将这一新的世界纪录保持至今。

其实人人都可以创新

易小刚说：“谈到创新，有人会畏畏缩缩，好像创新离我们很远。其实不是这样。”在他看来，认为创新很难实际上是源于对创新本身缺乏正确认识。

“创新，就是一种精神，是一种文化，是一种变革。也就是说，人人都可以创新。”这就是易小刚理解的“创新”，现已成为全体三一科研团队的信条。正是依靠这种持续不懈的技术创新，三一不仅为中国赢得了尊严，还带动整个行业的发展。15 年过去了，中国的混凝土机械市场乾坤反转，95％以上依靠进口的局面变成了 95％的国产。而从三峡工程、青藏铁路到世界第一高楼迪拜塔，也都出现了三一混凝土泵车的身影。

在三一集团研究院，讨论技术问题时，易小刚不愿听到技术人员说的有两句话：一句是“国外是这么做的，我们也这么做”，另一句是“国外没有这么做过，我们也不能这么做”。易小刚还会反问：“国外是错的，难道你也跟着错吗？”

“如果说我对这个团队有什么贡献的话，就是把我的这种创新思维不断地灌输到我们 5000 多人的研发团队里面，然后跟着研发团队一起，不断地去突破一个个技术，解决一个个问题。”易小刚说。

2010 年 8 月智利矿难发生后，三一 SCC4000 型履带起重机被智利政府选定为救援设备首选，用于起吊救生舱。得知这一消息，集团董事会紧急部署，对人员、技术与备件诸多方面作了全面的应急安排，要求海外工程师 24 小时待命，为救援方提供现场技术服务。他们凭借过硬的实力和专业的服务，在这场国际性大营救中赢得了世界的尊敬，也赢得了更大的自信。易小刚说：“三一的工程机械在突发的智利矿难救援中发挥了作用，这是偶然中的必然。”

中国工程院院士谭建荣高度评价三一集团的技术创新能力，“它不仅仅引领了泵车技术的发展，也引领了我国整个装备制造业自主创新的发展。”10 月 25 日，中国工程院副院长潘云鹤在长沙将自己的书法作品“科技造就三一，品质改变世界”赠予易小刚。这既是对三一集团科技创新品质的肯定，也是对易小刚这位科技企业技术领军人的不懈创新的由衷赞赏。

工业设计创新的本质是满足社会需求

——专访“芙蓉杯”国际工业设计创新大赛评委、美国工业设计师协会主席艾瑞克·安德森

（2010年12月28日　第1版　成舸参与采写）

“芙蓉杯”国际工业设计创新大赛，是湖南省人民政府为促进工业设计的创新发展、提高企业的自主创新能力、以工业设计助推新型工业化而发起的赛事活动，每两年举办一次。首届大赛于2008年12月在长沙举行，该项赛事获得了国际工业设计协会、国际设计艺术院校联盟和中国工业设计协会的认证，已经成为继德国红点、美国IDEA大奖之后的全球顶级工业设计赛事之一。

第二届“芙蓉杯”国际工业设计创新大赛从今年9月21日正式启动，并邀请了美、日、意等国的世界顶级工业设计大师担任评委。共有来自中国、意大利、美国、法国、英国、韩国、日本、阿根廷、荷兰等11个国家和地区的高校、企业、设计机构提交的3501件作品参赛。颁奖典礼已于12月19日在长沙举行。

记者就工业设计的理念、设计创新及其应用等问题专访了2010年“芙蓉杯”国际工业设计创新大赛评委、美国工业设计师协会主席、美国卡耐基梅隆大学设计学院教授艾瑞克·安德森（Eric Anderson）。

记　者：怎样才能称得上是一个“好”的工业设计？

艾瑞克·安德森：一个好的设计一定是能满足某种需要的。“芙蓉杯”国际工业设计创新大赛中出现了很多解决问题的产品，既有学生设计的，也有公司设计的。学生组的作品“好”在他们展示了某种概念的形成及其在生活中的应用；公司组的作品“好”在他们已经做出实体产品，可以亲眼见识并亲自操作。这些设计不仅为问题找到了一个概念化的解决方案，更在细节上综合了触觉、控制、视觉上的整体系统，这种体验式的设计比其他的都要成功。

记　者：10年的企业工作经历和卡耐基梅隆大学执教经历，在这两段时期，您所接触的美国工业设计界发生了哪些重要变化？

艾瑞克·安德森：工业设计界发生了全面、深刻的变化，这种变化不仅发生在美国。工业设计在不断扩张与进步，从专注于产品之类的静态事物，转变为注重多感官的体验，强调设计中的人文因素。注重人的因素的变化，对所有设计师来说都是个挑战。

如现代产品的电子化，你不能只考虑静态的东西，还要考虑到机器与机器、机器与人、人与人之间的交流问题，这就是正在发生的变化。当然这个变化是与信息有关的，信息传播是其中的一部分。至于人与智能机器之间的交流，机器是其中的一部分，我们可以生产智能产品，比如一些智能设备和技术，所以技术是很关键的。

谈到设计工作与教学之间的关系，两者之间有相似之处。区别在于工作是在客户需求的指引下进行的，顾客的需求与经济、市场有关，顾客需要立即能投入生产并有产品的东西，并且这些产品要能够赚钱。教学中，你不但要教授这方面的东西，还要给学生提供经验性、概念化的知识，特别是研究生阶段，这些知识要能够指导实践，保证他们有足够的时间和资金全面地探索这一领域。

记　者：你在教学中特别强调“集成化工业设计”理念，但这意味着需要打破设计与工程学、计算机等学科之间的界限，在这方面你有什么成功经验吗？

艾瑞克·安德森：我从事过不同阶段的跨学科教学。在本科生阶段，主要关注产品与人机之间的交流，并从成本、市场和社会等更广阔的视角来理解设计，帮助学生理解设计是一个系统中的一部分，而不是独立的，以及理解他们所做的会对整个社会产生影响。到了研究生阶段，我代表学校设计院与公司合作，设计相应的课程，组成一个小组来共同管理，目的是让学生得到更多不同来源的知识，接受多元的思想。我们还组织相关活动，让同学们理解课程的价值，让他们学会预测设计的产品会解决怎样的问题，又是如何解决的。

现在企业与教育的合作面临着绝佳的机会。企业与市场、顾客联系密切，教学则与学生密切相连，特别是研究生。在美国的研究机构，教授的作用主要在于研究、发展新知识，扩展现有的知识。企业与教育的联合可以通过项目展开，企业为学校的研究提供赞助，学生参与到这些项目中，实践自己所学。

记　者：中国是一个传统的制造大国，工业设计才刚刚起步，这意味着要参与众多一流跨国企业的竞争与合作，在这方面你有什么看法？

艾瑞克·安德森：据我所知，多年来跨国企业和中国的合作已经有了广泛的基础。中国是世界的“制造工厂”，可以在消费者和设计者之间完成制造。比如，你可以有一个很好、很强有力的设计，中国则是一个很强的制造商。当然中国也可以通过提供生产技术来交换研发和设计环节，我认为这种事情已经实现了。实际上，中国制造也并不是照本宣科的，不是你拿来设计，我就完全照着样本做。现在中国制造中也有很多自己独特的想法，比如加入了很多具有中国文化的特征，在实践中形成了这种新的模式。而且这种模式也开始生根发芽，并在这几年的实践中得以显现。

一个作品的设计是针对一个目标市场解决针对性问题的。比如对于苹果而言，我认为它并不是在刻意做一些事情，并不是专门针对美国或针对中国受众做研发。而是它的产品注重质量，能够解决人们普遍遇到的问题，所以人人都喜欢它，中国人喜欢，印度人喜欢，北美人也喜欢。无论如何，只要是有个性的设计肯定会受人欢迎。现在产品制造确实是一个国际化的过程，现在一个国家制造一个产品已不太现实，我们现在追求的是多国合作。如果想做全球的设计，了解全球信息对于公司的目标市场来说就变得非常重要。

记　者：当今世界，各种新材料、新技术、新工具、新观念不断涌现，这对国际工业设计界带来了哪些挑战？

艾瑞克·安德森：这个问题回到了核心理念问题：我们在做什么，为什么要做，问题在哪里。不管技术的概念是什么，如果技术不能满足人们的需要，那么技术就没有做好它的本职工作。所以，技术公司要做的就是让技术更加流行，应用更加广泛。还有价格能被接受。你开发了技术，而人们有能力利用，这才是有价值的发明。我们的产品并不是单纯的技术运用，而是提高机器的普适性。一个真正的智能产品，是要能真正满足人的需求，这可以通过数字技术和材料做到这一点。所以，我们所追求的就是运用更加精细的技术，针对更加细分的市场，使用更加便捷的方法，这样才能解决具体的甚至是每个人的需要。如果你成功了，就是因为你满足了社会的需要。

“为”与“不为”：大学校长的选择

——专访湖南大学新任校长赵跃宇

（2011 年 12 月 8 日　大学周刊第 1 版头条　成舸参与采访）

“任期内不申请新的科研项目，不招收新的研究生。”上任才两个多月的湖南大学校长赵跃宇此言一出，引来社会关注，因为“两不”承诺成为当下热点人物。众多网友对此给予积极评价，称此为高校管理专业化之举，有利于校长集中精力做好学校管理工作。但也有人质疑这只是一时之言，难有示范推广的意义。

面对我国重点高校校长大多“双肩挑”的现实，赵跃宇为何作出如此承诺？他对校长角色又有着怎样的认识？带着这些问题，记者对他进行了专访。

再也不会犹豫了

赵跃宇从 1997 年开始担任一些管理工作，“当时在教学、科研和管理之间还能兼顾。但后来做了副校长，特别是前年开始分管人事工作以后，就开始觉得时间不够，有点力不从心”。

2010 年，赵跃宇主导了湖南大学重要的机构改革和人事制度改革。据他介绍，教职员工改“身份管理”为“岗位管理”，聘任方案已经开始实施，今年年底前将基本实现全体教师和非教学岗位竞聘上岗。全校正处级机构从50多个精简为42个。这两项深化改革举措，触及了学校管理深层次问题，耗去了他大量精力。

在这个过程中，一个观念开始在赵跃宇心里形成。“做学术要求越来越深，越来越专，做校务管理则要求面越来越宽、考虑的问题越来越复杂，更多考虑群体的、面上的问题，而不是点的问题。尤其随着管理工作的不断深入，就很难保持在教学、科研与管理之间的来回摆动。”这是两种截然不同的要求和工作模式。

就任湖南大学校长伊始，他就开始思考“有所为有所不为”的问题。上任后，随着人事和机构改革步伐加快，加上本科教学改革等一系列动作的相继出台，这个想法也越来越强烈。他坦言：“我感觉时间根本不够用。如果还要继续认真从事项目研究、指导学生的话，在学校的管理和发展上就根本无暇顾及。作为校长，就目前学校对我的要求和我的能力来看，我必须作一个选择。”

赵跃宇认为，大学校长应该是个以管理为主的岗位。虽然必需的学术基础是做好这个岗位的前提，但一旦承担了这个岗位责任，其主要精力就应放在其根本职责上。确定学校发展战略、设计发展目标、制订发展措施，以及在这个过程中带领全校师生员工克服一系列困难。经过反复权衡，赵跃宇在“为”与“不为”间作出了选择：放弃在任期内从事新的科研和指导新研究生，并向教育部汇报了想法，得到了充分支持。

他说：“如果不说出这个话，可能还会给自己留一条后路。只有公开说出来，自己再也不会犹豫了。”

既然已经选择 就会尽力做好

对于在专业与学术上的发展问题，他表示，从开始担任校领导职务后，他的专业视野更宽了，学到的不同专业知识更多了。如果今后不再从事管理工作，他自信能继续做好教学与科研。

在湖南大学10月份召开的全校中层干部例会上，赵跃宇表示，希望干部将更多精力投入到学校管理工作上来，并率先作出表态，愿意先从自己开始，实行“两不”。此后不久，在全校3000多名学生参加的全校学生大会上，他再次将这一承诺公开。

此言一出，引来社会如此关注，赵跃宇并没有足够的思想准备。他说这一选择主要是结合自己和湖南大学的实际情况作出的。“对于国内其他高校来说，每所大学的情况不同，每个学者的情况也不同，不可同一而论，每位校长只能根据各自的实际情况作出自己的选择。”

赵跃宇很欣赏岳麓书院讲堂的一副对联：“是非审之于己，毁誉听之于人，得失安之于数。”他也用这句话自勉：“既然已经选择了，我就会按照这样的选择，认真地做下去、尽力做好。”

第三部分

人物通讯（19篇）

提示： 科技人物通讯是新闻深度报道的一种形式。旨在通过对科学家、技术专家、科技管理专家、科技企业家等科技人物的拼搏奉献、工作成就的报道，弘扬良好的科学精神、科研道德与职业操守，彰显科技工作者的精神风貌、专业特色与科技贡献；描写科技人物重在以事写人、重在细节，突显平凡工作中的“不平凡”。

科技人物通讯的标题制作宜注重“新颖”“别致”“大雅”，切题准确。写好人物通讯，需要全面收集报道对象的有关工作、生活的各种文字、图像资料；除采访报道对象外，还应采访其助手、家属、同事、朋友以及科技活动的参与者和合作者，以期获得有关报道对象的较为全面、生动的鲜活素材。

在人物形象塑造方面，坚持实事求是，不可过度“拔高”，以免带来负面影响，使人“高处不胜寒”。

岳麓山上霜叶红

——记化学家俞汝勤教授

（1992 年 3 月 31 日　第 1 版　“中华科技英才”专栏　杨芝参与采访）

他名字的最后一个字是“勤”，他的确是勤奋的。湖南大学化学家俞汝勤教授，勤于思索，勤于实践，他的教学、科研成绩是“勤”最好的诠释。

勤奋是智慧之母。1953 年他以优异的学习成绩被派往苏联深造。在 20 世纪 60 年代，他致力于铌、钽、金、铼等元素的分析化学工作，研究发现的新试剂、新反应在国内外学术界产生了一定的影响。到了 70 年代，他开始以离子电极为主的电化学传感器的研究，取得氟离子电极国产化及其离子电极的研制成功，研发成果在化工、冶金、环保等部门被广泛采用。80 年代初，在国内较早将化学计量学引入化学教育，并致力于化学计量学基础的研究，把数学、计算机科学的新成果应用到分析化学的基础研究领域。在多元分析校正、滤波方法、分析反应及膜电化学的数字模拟与化学模式识别等方面完成了一批具有开拓意义的研究，让国际化学计量学界瞩目。

俞汝勤密切跟踪学科前沿发展方向，先后研制出了 20 多种新型的离子电极及电化学传感器，使湖南大学在该研究领域步入了全国先进行列。他所主持的“有机试剂用于电化学、催化动力学及光度分析的研究”项目获国家自然科学奖。

学校是教书育人的地方。俞汝勤作为一名教师，始终把培育人才放在重要位置，对学生以身作则，勤于指导。至今，他培养出博士生 7 名，硕士生 23 名，在读博士 6 名。他常忆起“所得者求之于他的必多”的古训，以此与学生们共勉。他常说，人生的目标不在于获取而在于勤奋，在于奉献。

目前，俞汝勤正带领科研组致力于化学传感器与化学计量学相结合的研究，试图将多种传感器组成阵列并与化学计量学结合构成新型的分析仪器，为分析化学这门基础学科的发展做出新的贡献，使之更好地为国民经济建设服务。57 岁的俞汝勤已步入人生之秋，然而，秋天正是收获的季节。

矿物世界主沉浮

——记选矿学专家王淀佐教授

（1992年5月12日　第1版　“中华科技英才”专栏）

新中国成立后，20世纪50年代初，一本由著名科学家华罗庚教授作序、介绍全国优秀青年事迹的文集里介绍了一位自学成才的青年：只有初中学历、经过半年培训便投身化学分析工作的小伙子，刻苦钻研，干有实绩，受到毛泽东主席等中央领导的亲切接见。这位当年的年轻小伙就是去年新当选的中国科学院学部委员、曾任中南工业大学校长、现任中国有色金属研究总院院长的王淀佐教授。

30多年来，他在矿物浮选领域取得一系列重大科研成果，其研究工作处于该学科世界领先地位，是我国著名选矿学专家。1990年2月，美国国家工程科学院宣布，因他在“矿物加工浮选理论方面做出开创性贡献”而当选为该国外籍院士，这是我国继已故著名桥梁专家茅以升先生之后，终身受此殊荣的第二位学者。

矿物浮选方法，是20世纪矿冶科技的重大成就之一。王淀佐深知我国金属矿石特征的家底，紧紧抓住浮选理论和开发新型浮选药剂两个重点，综合运用物理、化学各分支学科的最新成果，另辟蹊径，把探索目标瞄向微观化和定量化。根据他所建立的浮选药剂分子设计，已开发出9个系列的高效药剂，成功地应用于有色金属硫化矿、钨、锡、磷矿浮选实践，获国家自然科学奖，同时设计合成14个系列、44种有机磷浮选剂，其《浮选剂作用原理与应用》专著成为这一领域权威性著作，获国家级优秀教材奖；他设计的硫化矿物无捕收剂浮选新技术在湖北铜绿山铜矿获得成功，是该项技术在世界上首次进行的工业试验；他的《浮选剂溶液化学》一书作为与哥伦比亚大学的合作成果，即将在美国出版；在细粒矿物浮选研究方面已获两项专利。

王淀佐解决我国矿石浮选理论和应用难题取得的成果惊动了国外同行，美国、日本、德国、瑞典、加拿大等国纷纷邀请他去讲学和参加学术会议，美国选矿界权威人士认为王淀佐在上述四个方面的研究代表了未来浮选科学技术的发展方向。

大地的女儿

——记中科院长沙大地构造所副研究员隋静霞

（1992 年 8 月 18 日　第 4 版）

中科院长沙大地构造所副研究员隋静霞，在地质战线奋斗 30 多年，她为祖国地质事业顽强拼搏的精神，是常人难以想象的……我们全党全社会应当为有这样一支思想素质好、技术水平高的知识分子队伍而感到骄傲。

——中共湖南省委副书记孙文盛在湖南省优秀专业技术工作者表彰大会上的讲话（1992 年 5 月）

今年 5 月，年过半百、有着三个女儿的女地质科学工作者隋静霞应邀在湖南省优秀专业技术工作者表彰大会上作报告，当她平淡地诉说着自己的工作、生活以及她与疾病作斗争的事迹时，人们的心灵被震撼了，被净化了。此后，她又应邀在北京全国总工会、广播电影电视部和多家科研院所、学校、机关、企业作报告，报告会出现了少有的动人场面，听众席上鸦雀无声，许多人眼眶湿润了，一些人忍不住流下泪水。人们脑海里浮现的是一座铸塑着千千万万普通科技工作者形象的丰碑……

做完手头上的工作，才能上医院

新疆，是我国大西北一片美丽富饶的宝地。但由于气候恶劣、交通不便，这里的地质研究程度落后于内地，矿产资源全貌不清。

1985 年，国家为加快新疆经济建设步伐，设立“七五”重点科技攻关课题“加速查明新疆矿产资源的地质、地球物理、地球化学综合研究”，简称“305 项目”。项目实行分解，限期定量，在全国公开招标领题。

1986 年 1 月，在多家地质科研队伍的激烈竞争中，长沙大地构造所夺得了代号为 I9B 的二级子课题。全所上下欣喜之余，也不能不为“啃硬骨头者”担心：该课题要求对北起中－苏－蒙边界，南至准噶尔盆地北缘，面积为 6 万平方公里的额尔齐斯构造带内构造演化与成矿规律系统开展研究，并指出和圈定新的矿化区带。1987 年 5 月，刚刚结束原有课题的隋静霞却被这个“硬任务”吸引，积极请战，承担“变质成矿作用”部分的研究工作。6 月，她便打点行装，同大家一道，经过 6 天火车、汽车的长途跋涉，抵达北疆边陲重镇阿尔泰市，开始野外科考工作。

此后整整三年，全组年岁最大，又是唯一女性的隋静霞和同事们一道，风餐露宿，克服了比男同胞更多的困难。他们的科考车曾穿过气温高达 40 摄氏度的戈壁滩，车外如同火烫，车内闷热得令人喘不过来气。在海拔 3600 米的红山咀，空气稀薄。平常人爬山，一步三喘，他们却要背上仪器和工具，在气候变化无常的山上测剖面、采样品。1988 年 8 月，身为副组长的隋静霞，带领课题组一行 5 人，来到耸立在三国交界处的友谊峰下的库木村，在这人迹罕至、连不少地质队员都望而却步的地区，科研组获得了珍贵的花岗岩样品。上山不是野外工作的全部，下山后，还要在驻地将样品分类、编号、包装，分析整理野外纪录，编制图件表格。谁也没有想到，就在野外考察有重大发现、找矿不断取得进展的时候，癌细胞已在侵袭着隋静霞的身体。

1988 年国庆节前夕，在野外科考的老隋晚上休息时无意中发现右乳有一小肿块，她的思绪一时乱了……“一个萝卜一个坑”，如果这时离开岗位回长沙，将会影响全组科研的进行，她也不愿如此。于是，她抓紧工作，同病魔抢时间。

在以后的十个月里，隋静霞夜以继日，在室内，对成百上千块岩石矿样品筛选分类，完成数百板块光、薄片显微镜下鉴定并逐一写出鉴定报告书。计算了上千个数据，查阅上百份国内外参考文献，并以极大的毅力，完成了 12 万余字的科研报告初稿。1990 年 6 月下旬，她还拖着疲惫的身体，参加了在北京举行的“中苏第四次亚洲大陆—环太平洋过渡带地球物理、地球化学和成矿作用学术讨论会”，并在大会上作了题为“北疆额尔齐斯构造带变质作用与构造环境分析”的学术报告。会后，她在中国科学院的招待所里躺了两天。回长沙时，她连自己的行李也提不起了。

7 月初，丈夫老蔡陪同隋静霞来到湖南医科大学第一附属医院教授门诊室，出现在老教授面前的隋静霞，其右乳已经变形，皮肤粘连，肿块若鸡蛋大小。经验丰富的老教授吃惊了，他几乎难以相信求诊者是一位有头脑的副研究员。

老教授责备地问：“为什么不早来?”

“做完手头的工作，才能进医院。”隋静霞却异常平静地说。“虽然苦一点，但值得!”

在湖南肿瘤医院，从进院复查到动手术，时隔仅十余天。

诊断书上记载：隋静霞，女，57 岁，中国科学院长沙大地构造研究所副研究员，患乳腺癌，晚期。右胸整个切除……输液，输血，放疗，化疗。医院尽力抢救。隋静霞脸色苍白，头发开始脱落，她以惊人的意志忍受着手术后的剧烈疼痛。

研究所党委、工会的领导来了，正在住院的所长也来了，同事们和亲友们闻讯赶来了。当德高望重的名誉所长、学部委员陈国达教授来到病房探望时，她有些激动。看到隋静霞病容中显现出的豁达乐观，这位年近八旬、一辈子吃苦耐劳的老地质学家感动地说：“面临大难，没有消沉，难得！这种刻苦钻研和顽强奋斗的精神要大力提倡，尤其值得年轻一代学习。”

知道内情的医生护士，甚至病友也被感动了。有人说，你们搞地质的太苦了！

一位来我国考察的外国地质学者曾对中国同行说过这样的话：“野外地球科学研究是体力和脑力的高度结合，如果地质学者还要顾虑衣食住行，那就不要干这一行了。”言外之意，不言自明。

然而，在中国大地上，在我们这样一个经济不很发达，工作生活条件尚不尽如人意的环境里，为了国家的繁荣昌盛和子孙后代的利益，千千万万地质工作者不但在干，而且干得很出色。

干我们这一行，就要吃得苦

1956 年夏，不满 22 岁的隋静霞从长春地质学院毕业，被分配到武汉地质专科学校任教。在这里，她的专业知识在工作中得到充实和提高，但她向往的是能直接为国家找矿。1961 年，她申请调往吉林省地质局通化地质大队，开始了野外地质生涯。

20 世纪 60 年代初，正是我国经济极为困难时期。隋静霞义无反顾，和男同志一样，带着简单的行李在长白山区安营扎寨。上山背干粮，下山背石头，靠着一双腿，围着大山转。即使怀孕，也没有完全停止野外工作。就这样，整整 20 度春秋。作为普通一员，她先后参与 11 项地质调查和 6 个科研课题，提交了“清河铀矿岩石类型、围岩蚀变及放射性矿物赋存状态”等 5 份地质报告，为国家找矿做出了应有贡献。

1980 年，她和同在地质战线工作的丈夫怀着从事地洼构造与成矿学研究的共同愿望，南下长沙，来到刚刚恢复不久的大地构造研究所。当时所里条件差，住房不够，她和丈夫带着三个未成年的孩子就租住在岳麓山下一农户家。住房门外是厕所，窗外是猪圈，屋檐下还搁放着一口空棺材。洗衣做饭要挑水，下雨一地泥泞。老隋毫无怨言，而且立即参加了“粤东上侏罗纪火山岩与铁矿预测”课题，连续三次赴广东野外考察。在海丰，陡峭的火山岩海岸地形，使这位戴着一副 1300 度近视眼镜的女性手脚并用，有时甚至连滚带爬。测制地质剖面，全组人员得一天两次淌过水深齐大腿、冰凉刺骨的山溪。工作的劳累、湿热的沿海气候和难以习惯的饮食曾一度使全组多数同志揣着药丸子上山，有两位同事因病离组，老隋却一直坚持全部工作结束后才回所。

“六五”科研任务来了，工作难度高、野外考察范围大的“中国南部第三纪地洼型聚煤盆地形成与演化”课题缺人，隋静霞“马未卸鞍，又上征途”，从云贵高原到东南沿海，从内地到中越、中缅边境地带，都留下了她和同事们的足迹，也经受了大自然和一些意外事件的严峻考验。1984 年课题组在中越边境的麻栗坡一带考察，这里离当年的中越战场只有五千米。

1987 年，国家 305 项目又把年过半百的隋静霞吸引到了大西北。野外考察期间，她曾因无法安排女性的住处而夜宿库房或汽车内，甚至曾独自一人在中蒙边境会晤棚里度过北国边陲冰凉的夜晚。一次，课题组在红山嘴测剖面，上山时阳光灿烂，到山顶后不久，突然黑云压顶，夹杂着冰粒的瓢泼大雨把大家浇回驻地，老隋跑得慢，一身泥水，手脚冻得红肿。如同亲人的边防战士烧起篝火、拿出绒衣给大家，感动地说："我们边防战士也没有你们辛苦!"

1988年夏，小女儿临近高考，隋静霞却要去新疆，女儿哭着说："妈，你就不能在家多待几天吗？就待几天啊!"老隋望着孩子，胸中一阵苦酸，最后，她咬咬牙，还是走了。

回忆起这些，隋静霞深情地说："我们虽然苦一点，但过得充实，过得有意义，值得!"

回归大自然后，我愿变成一颗小小的砂金……

手术过后，病例切片检查结果比预料得更糟，右腋4个淋巴中全发现癌细胞，晚期扩散！医生悄悄告诉病人家属，病情严重，能坚持到春节就不错了……

一切都没有能瞒过隋静霞，她要丈夫取来在野外采集的金矿石标本，放在病床上，久久地看着，好像在鉴别标本中各种矿物成分。她在思索，想得很远很远：人总是要回归大地、回归大自然的，我愿在千百年后变成一颗小小的砂金，报效养育过我的祖国……

在入党志愿书上她曾写道："要自觉为实现党交给我的各项任务，鞠躬尽瘁，死而后已。"从20世纪60年代初递交第一份入党申请书到成为中共预备党员，她经受了26年的考验，到了1989年4月29日，多年的愿望终于实现了。

1991年夏，洪涝灾害侵袭我国南方数省，人民生命财产遭到严重损失，举世关注。因白血球下降而再度住院的隋静霞尽管经济拮据，仍请丈夫给组织送来100斤粮票、60元现金，表达自己对灾区人民的一点心意。

为了生存，为了工作，手术过后一个月，隋静夏即开始与癌症顽强搏斗。除积极配合各种治疗外，她坚持早晨4点起床锻炼，每天用3个多小时练气功，刮风下雨从不间断。终于出现了奇迹，她没有躺下，并于第二年10月开始上班了。此间，她在丈夫的支持帮助下，为科研报告出版做了大量修改、校对工作，并应邀为《地球科学新进展》专题论文集完成一篇科学论文。接着，又为纪念地洼学说诞生35周年学术报告会撰写了两篇论文摘要。

近两年中，党和政府授予了隋静霞"优秀专业技术工作者""先进女地球工作者""全国先进女职工""省劳动模范"和"全国五一劳动奖章"等各种荣誉、中科院武汉分院和长沙大地所党组织先后分别发出"向隋静霞同志学习"的材料和文件。而这位身体尚未全面康复的地质工作者却悄悄向所领导和她尊敬的陈国达老师提出请求：继续参加"八五"科研课题，尽量做一点力所能及的室内工作……

在中华大地上，无数辛勤劳作的汗滴汇成了祖国科学事业的汪洋大海；无数紧密镶嵌的砖石托起了辉煌科技成就之金字塔！普通科技工作者的劳动得到全社会的尊重，"五一"奖章在平凡的工作中闪烁着耀眼的光芒。

何继善教授和他的地电场理论

（1993 年 5 月 10 日　第 4 版　剑平、科际参与采访）

随着人类文明的迅速发展，金属矿产资源的消耗与需求与日俱增。今天，人类面临着一个严峻的现实：开采矿山后备资源严重不足，地壳浅层易找矿体越来越少，因而找矿勘探难度也越来越大。地球向索取者提出挑战：找矿需要新理论、新技术、新仪器。

一番角逐，一次拼搏，在这个没有硝烟的战场上，中国的学者挑起了大梁。

国际讲坛上的中国教授

1986 年 3 月的一天，美国亚利桑那大学学术讲堂的讲台上，一位中年学者正用英语侃侃而谈，向在座的美国教授、专家们介绍一种获得卓著成效的地球物理勘探方法——“双频激电法”。他，就是来自中国有色金属工业最高学府中南工业大学的何继善教授。“双频激电法”是他二十余年潜心研究的成果，这是他第一次出国讲学。

“请问，您的‘双频激电法’的根据是什么?”台下一位满头银发的老学者突然发问。

何继善教授中断讲课，冷静而生动地回答：

“如果有两个人，高矮只相差 1 毫米，甚至更少，要比较两者的高矮，最好的办法是在同一地方用同一把尺子测量。如果其中有一个人换一个地方，用另一把尺子测量，得到的结果就不准确了。‘双频激电法’正是根据这一原理，将两种频率的电流同时输入地下，同时测量两种频率的电流形成的电位、振幅、相位。这样，不同矿产与岩石的差别就出来了。”

“请问，这种方法有何优点?”

“请问，……”

“请问，……”

提问来自会场的各个角落。面对这些非常内行、尖锐甚至是一些难以说清楚的问题，何继善以他坚实的研究功底、严密的逻辑和流利的答辩，赢得了阵阵掌声。他讲完课，准备离开讲台。突然发现讲桌上有一个信封，内装一张名片和一页信纸，名片上有“亚利桑那大学教授维特”字样，信封上列着一长串专业论文题录，并写有一句话：何先生，如果您愿意，我可将论文全部免费提供给您。

何继善为之一振：在 1950 年就发明使用“变频法”找矿、被美国同行称为“变频法之父”的维特教授也在听课！后来他才知道，那位在课堂上向他“发难”的银发老者就是维特教授。会见中，他对何教授说：“教授先生，您的理论对我启发很大，您的敏捷和严谨、无懈可击的论证令我吃惊，我们落后了，中国在这方面超过了我们。”

从此，何继善的名字迅速在国外同行中流传。在美国、瑞典、加拿大、俄罗斯、日本等国家的一些大学和研究所的讲台上及实验室里，先后留下了他讲学的身影。

辛勤耕耘换来果满枝头

何继善，这位喝浏阳河水长大、在“三年困难时期”大学毕业的知识分子，凭着报效祖国的信念、对事业的追求和过人的勤奋、智慧，勇敢地闯入了应用地球物理学新区。

还是在“十年文革”之前，他发现在我国影响很大、由苏联学者提出的“电阻率法地形改正方法”存在不少问题，后来竟被作为“文革”的成绩而推广。何继善反复计算、试验、论证，将定量结果和解决问题的途径写成论文寄出，但在那种特殊条件下，论文被退回。“十年动乱”中，他是被列为“运动派”和“逍遥派”之外的为数不多的“学究”，不分寒冬盛夏、白天黑夜，终日埋头在实验与计算、分析之中。

沾上“地”字边，人们或多或少知道这行的“苦”。然而这“苦”中滋味，若不亲身体验，何能“品”出？地学研究是一种高强度体力劳动与脑力劳动的结合。何继善和他的同事、学生们为了获得野外实测数据，研制新的找矿仪器，几乎跑遍了我国各种类型的山区及不同矿种的矿山。他们常常一出去就是几个月，简陋的工作条件，无规律的生活，使何教授患了胃病。有时他在山上犯了胃病，疼得躺倒在地……一言难尽的艰辛未能挡住他向科学殿堂挺进。终于，在 1975 年，他的论文“电阻率法地形改正”发表了，从此一发不可收拾。

1978 年，何继善的“电阻率法消除干扰异常研究”，获全国科学大会奖。随后，他的“直流电法推断解释若干问题研究”成果获冶金部科技成果奖。作为学科领头人，何继善和他的同事们在地电场理论及解释方法与观测系统等方面，把成熟的理论和经济建设的急需结合起来，研制出一系列独具特色的地球物理勘探仪器设备。

“DDC－3 晶体管自动补偿仪”性能居国内领先；“数字式双频道幅频仪”获省、部级重大科研成果奖，后荣获国家发明奖；“K－1 抗耦激电仪”“C－1 微测深仪”“S－2 双频道数字激电仪”“F－1 频域（谱）激电仪”“C－2 交流电阻率仪”“电提取法电流移分仪”等一批技术含量高、可广泛用于找矿及其他领域的先进仪器先后问世并成批生产；“双频激电法”的方法、原理和仪器，是国际首创的先进科技成果，1992 年获国家发明专利。

何继善教授和同事们曾数次惊喜地获悉：采用“双频激电法”，甘肃找到了金矿，河北找到了银矿，新疆发现了铅锌矿，还有胶东的金矿、安徽的铁矿、湖南的有色金属矿……现在，全国 29 个省、市、自治区应用“双频激电法”进行金属矿开采，可创效益150多亿元。

如今，在岳麓山下风景秀丽的中南工大校园里，以地电场理论与观测系统、解释方法为指导的“应用地球物理”专业已是国家重点学科“矿产普查与勘探”的两大支柱之一。这里设有博士点、博士后流动站。

何继善，这位国家级有突出贡献的中年科技专家、全国高校和湖南省的优秀科技工作者，正带领他的同事们，向世界科技高峰攀登。

科技创业中的“最佳搭档”

（1995年1月4日　第4版）

在株洲电力机车研究所，以该所橡胶研究室为基础发展起来的“株洲时代橡塑实业有限公司”，有两位被人称为科技创业中“最佳搭档”的正、副总经理。

总经理冷志纯，已年过55岁，军队转业干部。副总经理廖斌，则是20世纪80年代才离开大学校园的年轻人。无论从年龄、性格，或是经历、学识方面，两人相差甚远。

7年前，曾在部队长期从事政治工作的老冷临危受命担任橡胶室主任，此时的廖斌，年仅23岁，从华南理工大学毕业不久。在人才济济的这家大型研究所里，可归入“乳气未干”一族。廖斌在忙碌的橡胶研究室的筹建工作中，分配什么任务就干什么，为了熟悉炼胶工艺，他曾每天往返30公里，到市橡胶制品厂跟班学习，倒班加班，风雨无阻，整整3个月。

研究室搞出的机车橡胶弹簧质量不合格，在一阵非议声中，他以年轻人特有的热情，向老冷提出了橡胶弹簧工艺改造技术方案……从此以后，冷志纯和廖斌，开始了科技产品开发生产的征战，捷报频传。

冷志纯不但采纳了廖斌提出的方案，而且选定他为研究室副主任，负责技术工作，加紧实施对韶山3型等铁路电力机车用橡胶弹簧系列的大规模工艺改造。

进入“角色”的廖斌，常常是废寝忘食，搞研制试验使他如醉如痴，如同父辈的老冷成了他坚持试验的精神支柱，当试验陷入困境时，老冷安慰他：“失败是成功之母。”当试验有所转机时，老冷鼓励他：“成功就在眼前。”年轻的廖斌在这种超出常规的工作磨炼中得到信任、理解和支持。不到两年，工艺改造实施成功，成品率从不足85%提高到99%，产品使用寿命增加了10倍，提高生产效率近4倍，用独特的工艺方法生产的产品达到了国外同类产品的先进水平。仅此一项，每年可新增效益30多万元。

随后，在株洲所领导的支持下，老冷和小廖反复酝酿，提出改革新措施：把橡胶研究室改为橡胶开发部，在全所率先实行独立核算，自负盈亏，实现成果产品化，参与市场竞争。目标是开发新产品，拓宽大市场。

他们先后研制成功NDS内燃机车、8K电力机车等进口机车的橡胶配件，开发出东风4型内燃机车用系列产品。1993年完成销售收入467万元，比前一年增长一倍多，1994年上半年完成的销售收入是1993年全年的70%以上。

如今，冷志纯和廖斌共同提出的新目标是：创建中国铁路机车橡胶元件研制中心，把中国产品打入国际市场，在国际竞争中占有一席之地。

业成正是报国时

——记粉末冶金学家黄伯云教授

（1995年5月17日　第1版　“中华科技英才”专栏）

1994年初，从岳麓山下风景秀丽的中南工业大学传出一个消息：国家有关部门已批准以中南工业大学为依托，建立粉末冶金国家工程研究中心。这一喜讯很快从校领导传到校粉末冶金研究所，从校内传到校外，许多人为之兴奋和自豪！

粉末冶金，是以制取金属、非金属和化合物粉末，并用这些粉末制造各类型材料、制品的高新科学技术，其节材、节能、少切削、无污染等无可比拟的优势，引起现代工业部门的青睐。有着40多年历史，现已成为我国粉末冶金教学、科研和新产品研制基地的中南工业大学建立国家级工程研究中心，将使该校如虎添翼。这个投资总额达数千万元的项目的主持人，就是国家有突出贡献的中青年专家、粉末冶金研究所所长、博士生导师黄伯云教授。

15年前，已是一个孩子父亲的黄伯云以全校总分第一的成绩被录取为冶金部出国进修生，在美国整整8年的时间里，他先后完成硕士、博士和博士后学业，取得了令国内外同行瞩目的研究成果。

钛铝合金，是未来新一代用于航空发动机和火箭发动机的高温结构材料。黄伯云在美国田纳西大学从事博士后研究期间，采用无坩锅生长技术研制出了当时世界上最大的钛铝单晶。这一成果不仅在新型材料开拓方面有重要意义，而且对深入研究和认识钛铝的脆性本质提供了条件，在美国同行中引起强烈反响。他先后发表10多篇论文，多次应邀出席全美和国际性学术会议。

1988年，学业已成的黄伯云面临着抉择，美国许多单位高薪聘请他，而中南工业大学却希望他回国效力。业成未忘报国，黄伯云选择了后者。他携带妻儿回到祖国，回到了母校。当年底，黄伯云被破格晋升为教授，挑起了学校粉末冶金研究所总工程师兼所长的重担。

黄伯云回国后继续从事高温结构材料的研究，先后承担了包括国家、自然科学基金、博士点基金、国家科技攻关和重点工程项目在内的十多项重要课题的研究，均出色地完成了任务。他主持的两项国家重点项目，均取得重大成果；以他为首研制成功的双电极电弧熔炼二次雾化装置，解决了高熔点、高活性金属和合金微细粉末的制备问题，获得国家发明专利；黄伯云还在医学科技工作者的合作下，主持研制成功一种被称为“人工骨”的新型生物陶瓷材料，并在临床上得到了应用，效果良好。这项成果，已获得两项国家专利。1994 年，他主持的“钛铝金属化合物研究”“生物陶瓷材料及高床应用研究”两项成果分别获得国家教委、中国有色总公司科技进步奖。

作为教授，他于回国第二年就开始培养和指导研究生，在国内率先开设“力学冶金”等难度较大的研究生课程，在他培养的 10 多名硕士、博士研究生中，有的毕业后已成为教授。

回国 6 年，黄伯云教授在国内外学术刊物上发表论文 70 余篇，专著 1 本，获得国家专利 4 项，多次应邀赴国内外著名大学和科研机构讲学，并被国际粉末冶金学术会议选为大会执行主席、科学技术顾问。黄伯云在粉末冶金科学领域的辛勤耕耘，取得了一系列具有国际先进水平的科研成果，也得到了国家和人民的充分肯定。他先后获得全国科学大会奖、冶金部科学大会奖，国家授予他“有突出贡献的中青年专家”称号。1995 年初，国家四部委还联合授予他“国防军工协作先进工作者”称号。

百尺竿头，更进一步。黄伯云教授又把目光瞄向高技术基础研究和新产品开发。由他主持申请和论证、经国家批准的粉末冶金国家工程研究中心已开始启动。黄伯云表示：这个工程研究中心将开发原料金属粉末、特种金属粉、粉末摩擦材料、减摩材料、高性能结构材料和硬质合金的生产新技术及关键工艺设备。他说，要把这个工程研究中心建成亚洲第一流、世界有影响的粉末冶金高技术转化基地。

为了鱼类的新种群

——记水生生物学家刘筠院士

（1995 年 8 月 14 日　第 1 版）

今年 7 月初一个周末的下午，我们在湖南师大生物研究所见到了年过六旬的刘筠教授。此时，他没有沉浸在领导、同事和学生祝贺他当选中国工程院院士的喜悦之中，那时正逢湘北洞庭湖区遭受特大洪涝灾害之际，他已连续几个晚上睡不着觉了，一直担心着遭到大水袭击的湘阴县渔场，不断地给正在渔场从事科研的同事、学生打电话，讨论抢救措施，他无不担心地说："如果渔场围堤被洪水冲垮，我们的科研又要耽误几年。"

是啊，那里有刘筠教授领导的科研组采用生物工程技术与传统工程方法相结合培养出的多倍体新鱼种，已经花费了八九年时间，经培育、繁殖到了第 6 代，再有几年时间，就可能达到第 10 代，这些生物精灵的诞生，凝聚了一个老科学家的全部智慧和心血。

从 1958 年开始，刘筠教授一直从事鱼类及水生经济动物的生殖生理、人工繁殖及育种技术研究，主持并完成了一系列国家级、省级重点项目，先后有 9 项成果 12 次获国家、省部级科技进步奖励，他被公认为我国"四大家鱼"（青、草、鲢、鳙）人工繁殖、甲鱼（中华鳖）、三倍体鲫鱼、三倍体鲤鱼人工培育的创始人，取得的一系列成果在全国推广应用，产生了巨大的经济效益，其中 5 项成果的推广，全国年增产值就超过 25 亿元。

谈起 40 年来科学研究和获得的成果，刘筠教授深有感触地说："我一辈子有两点体会，一是要持之以恒、锲而不舍，不能半途而废。科研总是会遇到各种困难的，肯定会有失败的时候，但只要下定决心，坚持研究方向，总是会有成效的。另一点是基础理论研究非搞不可，但要有创新，要有目标，这个目标就是要解决经济社会和生产实践中的实际问题，否则，基础理论就难以发展。"

现在，刘筠院士仍致力于多倍体鱼类换代培育研究与试验，他的目标是要运用生物工程技术，培育出遗传性稳定、能自身繁殖的鱼类新种群，为国家、为人类作出更大的贡献。

把一生献给数学

——记我国著名数学家侯振挺教授

（1995 年 9 月 18 日　第 4 版）

有哲人说：数学是科学之母。而数学家呢？

数学家的语言

夏日即景：阳光下，荷花池中，一只青蛙在荷叶间欢快地跳跃。

在另一些人的描述中却是这样："青蛙按照它瞬间而起的念头，从一片荷叶上跳到另一片荷叶上。如果青蛙是没有记忆的，人们自然可以假定，当已知青蛙在某时刻所处的位置时，它下一步跳往何处与它以前走过的路径无关。荷花池中，一只青蛙的跳跃就是马尔可夫过程一个形象化的例子。其实，在自然界中，液体中固体微粒所作的布朗运动，原子核中自由电子在轨道中的跳跃、人口增长过程等，均可视为马尔可夫过程。"

这一段话，见于著名数学家侯振挺教授和其助手的最新研究成果《马尔可夫过程的Q-矩阵问题》的开篇绪论中。

《马尔可夫过程的Q-矩阵问题》，是一部集侯振挺教授十余年心血、近50万字的学术专著，一经问世，即得到国内外数学概率论领域学者的关注。我国著名数学家李国平、王梓坤、丁夏畦等多位中国科学院院士和一批同行专家对这项基础理论研究成果予以高度评价，国际概率论大师、英国皇家学会前任主席、剑桥大学D. Kendall教授还欣然允诺为其英文版作序。

基础科学研究往往是博观而约取，厚积而薄发，数学研究更无异于此。侯振挺最新的"Q-矩阵问题"研究成果问世距他获"戴维逊奖"的"Q过程唯一性准则"重要成果发表整整经过了20年。

侯振挺说，在天才与勤奋之间，他选择了勤奋。他的学生们说，侯先生把自己的一生献给了数学。

1960年，还是唐山铁道学院大一学生的侯振挺在阅读苏联概率论专家辛钦的《公用事业理论的数学方法》专著时，对书中"排队论"中的"巴尔姆断言"这一尚未解决的问题发生了兴趣，辛钦在书中说："这个断言是否正确，值得考虑。我们不知道如何才能推导出来。"而年轻的侯振挺却在想："巴尔姆断言"在实践中未发生错误，就应当能够推导出来，如果不能成立，也应当能够否定。于是他利用课余时间，早起晚睡，一头扎进了研究与推导之中。数次接近成功又遭失败。大学毕业后，他顽强地坚持研究。终于在1961年《数学学报》和1963年《中国科学》外文版上发表了他的研究成果"排队论中巴尔姆断言的证明"，解决了外国名家未能证明的难题。

从此，侯振挺对数学基础理论的研究与探索进入了一个新阶段。

天才的年轻人

20世纪60年代初起，已在长沙铁道学院任教的侯振挺开始了马尔可夫过程的研究。

马尔可夫过程，是俄国数学家马尔可夫于1907年提出的一种数学模型，它概括了自然界一系列随机现象，既属于数学基础理论范畴，又在自然科学、技术科学和社会科学中有广泛的应用价值，马尔可夫过程现已成为概率论中一个十分重要的理论分支。

经过10多年的潜心钻研，38岁的侯振挺在1974年的《中国科学》上发表论文，“Q过程唯一性准则”，这是马尔可夫过程论中具有重要理论价值的中心研究课题，侯振挺做出了令国内外数学界瞩目的研究成果。因此，他获得1978年英国皇家学会颁发的国际戴维逊奖，成为我国第一位获此殊荣的数学家，他的研究成果被国际同行称为“侯氏定理”。安德森教授将此作为过去30年的主要成就之一，写进他的专著“马列可夫过程”一书中。

我国著名数学家苏步青教授在新中国成立30周年时撰写的《新中国数学工作的回顾》一文中指出：“文化大革命”的10年，由于众所周知的原因，数学发展处于低潮，理论研究工作处于停顿状态，虽然如此，但也有不少数学工作者坚持理论研究，例如陈景润、杨乐、张广厚、侯振挺均作出了一流水平的成就。

当时，英国皇家学会会员、洛勒J戴维逊基金会主席、剑桥大学统计数学研究所所长P. 惠特尔教授专门致函中国科学院院长：“长沙铁道学院的侯振挺，在所谓‘Q过程的存在问题’中，建立了唯一性准则，鉴于这一非凡的工作，本基金会决定授予他一项戴维逊奖。马尔可夫过程在物理学、生物学和社会科学的各个分支有许多应用，因此，自然需要为此建立一门完整的一般理论。40多年来，数学家们非常关心这个问题，但是直到这位天才的年轻人发表他的论文以前，所有的努力都失败了，他的杰出论文引起了广泛的注意，这是因为他的答案具有完整性和最终性。”

1994年底，就在国际上马尔可夫过程研究进入一个新的发展时期之际，侯振挺和他的研究小组又发表了《马尔可夫过程的Q-矩阵问题》，在这本被国内同行专家称为“迄今世界上唯一一本关于Q-矩阵问题的专著”中，侯振挺与他的学生在“最小非负解法”“极限过渡法”“最小非负解理论”“马氏链的Martin流出边界理论”“可列马尔可夫过程样本函数的构造”“Q过程构造理论”等多方面成功地解决了齐次可列马尔可夫过程中一系列重要理论问题，美国数学会出版的当代数学丛书第118卷“概率论及其应用在中国”一书，以整整一章的篇幅介绍了这些研究成果。

从1975年以来，侯振挺在国内外发表学术论文70篇，专著5本，完成国家级、省部级项目10多项。其科研成果先后获湖南省、铁道部、国家教委多次奖励，并荣获全国科学大会奖和全国自然科学奖，其专著还两次被评为全国优秀科技图书。国外对其专著《齐次可列马尔可夫过程》评价甚高。

目前，侯振挺的数学研究范围除Q-矩阵问题的相关领域外，还涉及马尔可夫过程与场论、半马氏分析、随机分析、分形理论、迪里赫勒型等更宽广的前沿领域。尤具特色的是他们已将数学研究成果应用于为经济建设服务中，先后承担了“湖南省能源模型”“生产经营、管理专家支持决策系统软件开发”“消费市场趋向分析与需求预测”“路网上技术站单组列车编组计划编制方法”等多项科研、设计任务，取得显著的社会效益和经济效益。

是“千里马”又是“伯乐”

侯振挺既是“千里马”又是“伯乐”。由侯振挺教授作学科带头人的长沙铁道学院概率论与数理统计博士点是我国首批公布的博士点之一。走进这一片“数学天地”，给人的感觉是群星闪耀。

学生陈木法是侯振挺教授与严士健教授联合培养的我国首批博士生之一，早已成为教授、博士生导师，曾获首届霍英东教育基金会金质奖章，是当今国际上一位十分活跃的知名概率论专家。

学生陈安岳，其硕士论文被答辩委员会评为“达到博士论文水平”，其博士论文被认为“达到国际先进水平”。博士毕业后即赴英国攻读博士后，先后被英国爱丁堡大学、诺丁汉大学以及香港大学等聘为高级讲师。最近又被英国格林威治大学聘为READER，并担任博士生导师。

学生邹捷中，1964年高中毕业后就下乡，一去就是六七年。回城后在长沙一家小工厂当机修工。由于他喜爱数学，听说长沙铁道学院侯先生不拘一格选拔人才的消息后，于1980年斗胆直接报考侯振挺的研究生，侯先生教授破格录取了这位总分第一、专业课满分但没有大学学历的考生。几年中，侯教授对他耐心指导、精心培养，还鼓励他攻读博士学位。邹捷中不负众望，以一篇博士论文惊动了国内外概率论界，并获当年国际戴维逊奖，国家教委和湖南省同时给予奖励。同年被评为湖南省十大科技成果之一。现在他是侯振挺教授得力助手之一。

浙江宁波硫酸厂青年工人李慰萱，因受“文革”影响未能上大学。但他从小爱好数学，曾有机会参加“优选法”推广小分队，后被推荐至某高校工作，因学历不够未被接收。侯振挺闻讯后，在湖南省有关部门和学校领导的支持下，很快将这位青年调入长沙铁道学院，由学校解决编制，并转为国家教师，侯振挺还安排他为硕士研究生讲课。不久，因工作成绩突出，李慰萱被破格晋升为副教授，并成为全国自学成才的标兵之一。“从工人到副教授”，在湖南科技界一时成为美谈。

还有一位曾患小儿麻痹症的四川学生，尽管多次高考上线，因身体有残疾，均未被高校录取，其父带着孩子慕名来到长沙。侯振挺教授热情接受了这位“特殊的”学生，让他自学大学课程，并旁听自己研究生课程。在侯教授的悉心指导下，他在马尔可夫过程方面进行了大量的研究工作，取得了许多有意义的结果，先后在全国性刊物上发表论文10余篇。3年后，这位学生考上了中科院某研究所的硕士研究生，现正在西南交大攻读博士学位。

10多年来，侯振挺精心培养了10名博士，38名硕士。“侯门”毕业的博士、硕士的年龄，跨度很大。从20多岁到50多岁，这里没有“人才断层”“青黄不接”的危机。学生们说，侯老师选拔人有远见，培养人有招数，关心人有真情。侯振挺则认为，对于选拔和培养数学人才，主要注重于其创造能力，作为老师，一旦发现这样的人才，就不要放过，为了国家数学事业的发展，要严格要求，悉心培养。

站在高的起点上

熟悉侯振挺的人都说他为人直爽，处事随和，对同事诚恳友善，对学生如同挚友。为了科研人员的生活问题，为学生的毕业分配，为了筹措科研经费，他四处奔波，直至找省、市领导。有位学生考托福没有外汇，侯教师设法为他垫付。他甚至关心大龄学生的成家问题……但学生们还说侯老师首先是一位“严师”。侯振挺教授的首批硕士毕业生之一的肖果能教授说：“侯老师对学生要求严格，‘严’在治学上，‘严’在科研中，学术上不允许有丝毫马虎。他提倡读书与研究相结合，学生们经常被要求作学术报告。大家感觉到侯老师特别注重发挥学生的创造性，迫使我们全身心投入。有一次，我们几位研究生进行课程考试，侯老师出的考题却不是书本上的，考试结束后，我们几人凑在一起把答卷整理后，竟然形成了一篇颇有价值的科研论文，很快在学术刊物上发表。”

科研选题，是侯先生培养高层次人才极重要的环节。他的学生们经常面临的是先生提出的可望而需要发奋努力才可及的命题。对一些难度大的选题，侯振挺教授着意铺垫，解决前期部分，或给出方法，或推导证明，让博士、硕士研究生在此基础上继续推进和创造性发展。响鼓用重槌，水涨船更高。一批又一批高水平的数学专业人才从这里走出来了，走向全国，走向了世界。

改革开放，商海潮涌。下海弄潮无疑是学子们的“桃花源”里“又一村”。相比之下，从事数学基础理论研究则是利少名稀。然而在侯教授门前却是车水马龙依旧。侯振挺教授认为，留人得留住心，在学校重点支持的大环境下，有了对数学事业的酷爱，对成功前景的追求，加上和谐无忌的同事情谊，就是他们科学研究取得成功的基础。

经过二十余年的科研积累与人才培育，一个国际性的数学研究网已具雏形。面对已有的成果，一个更新更高的目标在侯振挺教授脑海中形成。在今年 5 月一次学科发展目标讨论会上，侯振挺教授又提出：“在新的发展形势下，我们要站在高的起点上，加强与国内同行的合作，充分利用派往欧美各国家科研骨干的国际合作优势，抓住课题的本质，开展更广泛的相关研究与攻关，在不久的将来，最后彻底攻克“Q 过程的存在性和唯一性”这个 Q-矩阵问题的主要难题。同时，把相当一部分力量投入到基础理论成果应用于经济建设的研究中去。”（本文略有删减，并增设小标题）

从所长到厂长

——记“科技兴湘奖”“詹天佑管理奖”获得者丁爱国

（1995年9月22日　第4版）

株洲，位于湘中地区，45年前，这是一个不知名的小镇。

新中国成立后，随着经济建设的迅速发展，这里已成为湖南省重要的工业城，江南最大的铁道交通枢纽。在株洲城北门一个名叫“田心”的地方，有铁道部直属的两个机构：电力机车研究所和电力机车厂，这里能完成我国各类电力机车的研究、设计和制造。自1958年我国第一台以毛泽东家乡“韶山”命名的电力机车在这里诞生以来，从韶山1型到韶山8型不同的客运、货运或客货两用系列电力机车近2000台源源不断从这里流入全国铁道大动脉。随着电力机车事业的大发展，在这座有五六万职工、家属的“电力机车城”里，也出现了一个家喻户晓的人物，他就是为了电力机车事业发展在这里奉献33个春秋的丁爱国。

关于他，铁道部的一份材料中有这样的记载：

丁爱国，男，1937年生，1962年毕业于上海交通大学电力机车专业，先后任株洲电力机车研究所工程师、副所长、所长、教授级高级工程师，现任株洲电力机车厂厂长。由于丁爱国在发展我国电力机车事业中的出色工作和显著成就，1988年获中华全国铁路总工会颁发的“火车头”奖章，1991年获“全国铁路优秀知识分子”“国家有突出贡献的中青年科技专家”称号，享受国家政府特殊津贴；1993年获湖南省“科技兴湘奖”和“劳动模范”称号，并当选为湖南省第八届人大代表；1995年5月获铁道部“詹天佑管理奖”，当年8月又获得“湖南省优秀企业家”荣誉。

扛起研究所改革的大旗

1983年元月，春节临近。株洲电力机车研究所应邀参加了全国科技体制改革试点座谈会。丁爱国所长听了会议传达后，受到很大鼓舞，又一次点燃了心中一团改革的烈火。

他回忆起1982年2月、6月曾两次向铁道部提交了研究所科技体制改革试点的方案，由于时机没有成熟，改革的愿望没能实现。现在时机成熟了，一定要抓住机遇。他立即向铁道部科技局和有关领导提出要求进行改革试点，几天以后，一份经所党委讨论通过的《株洲电力机车所改革设想》的材料由负责科技工作的副所长专程送到北京。1984 年 7 月，这份改革方案得到铁道部和株洲市政府批准，此后，该改革方案在研究所全面实施。研究所改革方案明确指出：打破“铁交椅”，实行聘任制；打破“铁饭碗”，实行科研、管理经济责任制；打破“铁工资”，实行多劳多得奖励制。同时，研究所退回了上级拨给的一年数十万元事业费……

一石激起千重浪。不要国家一分钱事业费，意味着走上一条自谋生存的发展之路，破“三铁”建“三制”，每个人都面临着新的考验。研究所沸腾了，赞成的、反对的、不理解的……

的确，对参加工作 20 多年、当上所长的丁爱国来说，何尝不想坐在“铁交椅”、捧着铁道部的“铁饭碗”过日子呢？回顾研究所多年的历程，面对束缚研究所发展的一成不变的体制，他认定改革是一条生路，必须走下去。他是一个不安于现状的人，所里的人都知道。

早在 1971 年，从“五七干校”回所担任所办副主任的丁爱国，分管人事、教育工作，大胆地把下放的科技人员一个个抽上来搞科研，在那“知识无用”的逆境中，他主持开设了科技人员英语学习班、工人文化和技术补习班；1972 年，他将参加英语考试获得优异成绩的 9 名科技人员名单公布，大张旗鼓表扬奖励，并号召全所科技人员向他们学习，努力争取掌握一至两门过硬的外语；1974 年，正当“批林批孔、反击右倾翻案风”进入高潮之际，丁爱国却亲自到湖南大学请来教师开办日语学习班，历时 10 个月，90 名科技人员参加学习并通过考试，受益匪浅。

担任所长后，丁爱国大胆平反冤假错案，发展知识分子党员，让科技人员走上领导岗位，挑起科研重担。他尽最大努力，解决科技人员的住房和子女的升学和就业等问题，得到群众的拥护。

1998 年 12 月，具有重大历史意义的十一届三中全会召开。丁爱国敏锐地感到：随着经济、科技形势的发展，新条件下，人们有了新的追求和愿望，原有的“大锅饭”及过低的脑力劳动价值不同程度地压抑、挫伤人们的积极性。要进一步贯彻三中全会的思想路线，多出人才、快出成果，为经济建设效力，大胆改革，突破现有科技体制中不合理的制约与束缚，是唯一的出路。

于是，这位不愿当“太平官”的科研所所长开始了“甩铁饭碗”的“背水一战”。

在科技体制改革不断深化的 6 年中，电力机车研究所取得科研成果 137 项，其中，有 7 项获国家级科技进步奖，50 项为部、省级成果奖，还出现一年内同时开展八九个高技术水平机车与重要部件研究开发项目的新局面，研发项目从电机机车拓展到内燃机车、养路机械、客车，新产品多具国际先进水平或接近国际最新技术水准。科研开发面向市场，使科技成果迅速转化为商品，取得了显著的经济效益，利润翻三番，年均递增 50.8%。1990 年全所销售总额达 6700 万元，是 1984 年 570 万元的 11 倍，全所科研、开发一派欣欣向荣的景象。

体制改革带来了前所未有的活力和巨大的经济效益，研究所迅速加大科技投入，建设了三条现代化生产线，一座占地10万平方米的科技园和建筑面积为2万平方米的科研大楼拔地而起，现代艺术雕塑、草坪、飞鸽，令来所的国内外专家和客户赞叹不已。

对丁爱国带领全所职工深化改革取得的成功，铁道部领导给予高度评价："株洲所在丁爱国所长领导下，开拓精神实在令人感动。今后不管技术和企业如何发展，开拓精神都是必须的，这样的单位越多越好，这样的干部越多越好。"

国务委员、国家科委主任宋健院士说："株洲电力机车研究所改革的典型事例证明，中央关于科技体制改革的决定是正确的，他们带了头，成为深化改革的榜样。"

临危受命担厂长

就在丁爱国实施研究所改革成功、全所干部职工铆足干劲，准备向科技先导型集团的更高目标迈进之际，1991年4月，铁道部决定：调任他为株洲电力机车厂厂长。

全所都感到突然，他本人也没有一点思想准备。但对一个担任所领导职务多年、已过"知天命"年龄的丁爱国来说，深知我国电力机车事业发展的需要，也深知上级领导的用心。他毅然上任了，家不搬，也不带一兵一卒，只身来到了这个已有50多年历史、上万名职工的大型国有企业。

经过初步调查，丁爱国发现工厂的产品档次低、质量差，职工收入不高，住房难，纪律松弛，人心不稳。更使他忧虑的是观念落后，决策迟钝，失去不少发展的机遇。从所长到厂长，前无先例，他一时有"临危受命"之感。

面对新的困难局面，他想到，必须从实际出发，按"三有利"原则，解放思想，做好"改革、开放、搞活"六个字的文章。对自己来说，要在这剩下不到10年的工作时间内，完成组织的重托，尽快把我国电力机车主机生产抓上去，接近或赶上世界先进水平。

拿定了主意，丁爱国首先把学习邓小平建设有中国特色社会主义的理论作为解放思想的突破口，引导大家面向21世纪，着眼于参与国际竞争，立足工厂的长远发展来思考问题和制定决策。他还在各种会议上反复分析工厂与世界先进水平的差距，强调要在短时期内赶上世界水平，在国内科研积累不充分、技术储备缺少的情况下，只有走"桑塔纳"道路，才能实现电力机车生产"跳跃式"发展。他旗帜鲜明地指出："在目前条件下，抄好了就是水平，搬成了就是成果。"

全厂上下形成了共识，有了紧迫感，并认真吸取1987年引进全套先进技术而未能使电力机车制造水平上新台阶，错失发展良机的教训，带领科技人员抛开门户之见，集中消化吸收国外先进的8K车、6K车技术，将24项先进技术应用于中国产品，当年就成功生产出40台具有较先进水平的韶山4改进型电力机车。1994年，他们又瞄准具世界先进水平的日本日立公司800千瓦脉流牵引电机，引进图纸、工艺、检测标准等全套制造技术，使国产电机制造水平一步跃上先进行列。他们还抓住出口招标的机遇，再次同国外公司合作，改进韶山4型8轴货运、4轴客运电力机车，同时将合资生产跨世纪产品——“交直交”电力机车，决心用3年至5年的时间缩短我国同国际水平15年至20年的差距。

作为专家型厂长，丁爱国把先进的加工技术和严格的质量管理作为高质量产品的基本保证。他亲自出马，千方百计筹措5000多万元人民币和500多万美元用于第一批五条工艺线的技术改造。在管理方面，在电机分厂实行“准三资”试点，采用垂直高效的科学管理体系，从严治厂，严格工艺、劳动纪律，严格质量管理，解决了一些老大难问题。取得的效果是：设备未增加，人员减少了，质量大幅提高，任务按月均衡完成，产品合格率稳定在98%以上，今年“准三资”管理已在全厂推广。

力推现代化企业的进程

推进建立现代企业制度的进程，是丁爱国科学治厂的又一法宝。

来厂工作的第二年，他就将后勤服务系统从工厂分离，转变成第三产业公司。对水、电、煤气、食堂、澡堂放开价格，承包经营，改暗补为明补；实行住房商品化；对辅助生产单位进行独立核算试点；对新进厂人员和技校毕业生进行合同制管理等。这些措施，从根本上消除了计划经济模式的弊端，增强了工厂竞争的活力。

4年过去了，株洲电力机车厂发生了有目共睹的变化。主管生产的王为一副厂长说：“几年来产品产量变化不大；但产品的档次变了，品种变了，销售水平也就发生了大的变化。1994年全厂销售额达9.6亿元，比1990年增长167%，利润增长83%，职工人均收入增长2倍多，工厂还荣获“湖南省首届双文明建设模范单位”称号。1995年上半年生产实现销售与利润双过半，下半年发展势头更好，更引人注目的是，该厂已具备了生产出口电力机车和参与国际招标的竞争能力，多个项目进展十分顺利。

丁爱国在事业上很有成就，然而他自己的家却简单得令人难以置信。最近，当记者与厂宣传干事去他家采访时，那仅有几平方米的“客厅”是由原厨房和过道改成的，两间卧室里只有几件过时的旧家具，唯一的高档商品是一台由出国进修的女儿带回的彩色电视机。

据说一位电视台记者到丁厂长家采访时，见此情景，连声说，“太不像样子了，厂长家竟然比不上普通职工，简直无法拍下去。”确实难以想象，一个年产值近10亿元、上万职工的大型国企的当家人、全国有名气的科技企业家的家中竟然是这样俭朴。

同事们很清楚，丁爱国担任厂长后，他家住的还是原来研究所一般工程师都能住上的老房子，妻子也未安排至本厂工作，三个女儿靠自身勤奋全部考上大学，一个考上了研究生，由于成绩优秀自己都找到了工作。他没有像普通职工一样享受休假和疗养，也没有正经过节假日，反正总有做不完的事，就不停地忙着。

丁爱国说："我的生活比较单调，也没有什么嗜好。心里老是想着如何处理工作上的问题，根本没有多余时间管家里的事。一个人有了工作上的顺利、事业上的成功，就会有使不完的劲，就会感到最大的安慰和无比的乐趣。"

确实，丁爱国在追求电力机车事业发展的人生旅途中得到了最大的快乐，我国的电力机车事业永远不会忘记他，在我国电力机车发展史上，丁爱国绘上了浓重的一笔。

踏遍青山志为先

——记大地构造学家陈国达院士

（1996 年 1 月 29 日　第 4 版　龙淑贞参与采写）

俄罗斯著名地质矿产学家谢格洛夫院士曾这样评价我国大地构造学家陈国达院士创立的科学理论："'地洼学说'发源于中国，但不仅仅适用于中国，而且有着世界意义。我们的学说就是建立在'地洼学说'基础之上的，陈国达教授是我们的第一代引路人。"

中国科学院院长周光召在视察陈国达先生创建的中科院长沙大地构造研究所时指出："地洼学说理论得到国际上的承认，大地构造所工作有成绩，功劳首先归功于陈国达教授。"国家科委主任宋健同志在电贺陈老 80 寿诞时赞誉地洼学说的创立是"国家的光荣"。

"志"立于逆境

1939 年冬，年仅 27 岁的陈国达在江西从事野外地质工作时患了肺病，卧床不起，停职无薪。在这困境之中，他却写了一首七律诗《携锤颂》，其中有这样的诗句："廿载携锤欲尽山，兴来哪识路艰难。前尘回首休惆怅，奋起重挥征远帆。"

古人说，诗言志。陈国达投身地质科学事业 60 多年，成为国际知名地质学家和大地构造学一代宗师，与他献身科学、报效祖国的远大抱负息息相关，而这宏伟志向却是在逆境中形成的。

1912 年 1 月 22 日，陈国达出生在广东省新会市南郊的一个乡村。8 岁那年，因母亲病逝，父亲只好把他寄送在姐姐家。家中的贫困使从小不爱打闹的小国达更加沉静，而对大自然却产生了浓厚的兴趣，看海浪，观日出。还时常跟着懂得一点中草药、会看"风水"的父亲翻山越岭。在大自然的熏陶中，他经常有一些令父亲无法解答的问题：为什么会有大山和河流？山里怎么会有矿？石头怎么有不同的形状和颜色？直到他以优异成绩考入新会县一中后，一位讲授博物学课程的罗老师给学生们讲火山爆发、地震、古生物化石时，十多岁的陈国达才知道这些是专门的科学知识。

16岁那年，因帮父亲挣钱养家在乡村当小学教师的陈国达跳级考入声誉很高的中山大学，两年理学部预科学习后升入本科，他毅然选择只有少数人就读的地质系，为实现幼年之志迈开一大步。在8位学生中他是最穷的一个。为了能维持大学的学业，他利用课余给人当家庭教师，有时还帮人家刻蜡纸。为节省开支，陈国达不到学生食堂吃饭，而去每月少两块钱伙食费的工人食堂，积攒下的钱全部用来买地质学书籍。在本科4年学习期间，这位被同学戏称为“衣服上的补丁比煤矿的钻孔还多的”的学生却写成了三篇研究论文，并分别获得北平研究院地质矿产奖和中国科学社奖金，毕业时以优异成绩获得美国洛克菲勒文化基金会的奖学金，被选送为北平研究院研究生。

“志”成于勤奋

翻开陈国达教授的著述目录，从1932年他20岁时正式发表第一篇论文“广东新会地质试勘”迄今，共有各类著作392篇，其中还包括4部共150万字的科研专著和一本7万余字的《陈国达诗选》。63年中除了“文革”期间有2年因全国学术出版物停刊而没有公开发表论文外，他每年都有研究成果问世。有人问，这么多的研究成果是怎么得来的呢？

陈国达勉励学生们要“勤奋学习，勤奋工作”。熟悉他的都知道，他自己就是这样做的。

多年来，陈国达教授没有认真安排过节假日休息，从年初到岁尾，除了辅导学生、出差开会、接待来访之外，就是野外考察和室内研究。地质院校的学生们都知道，学地质要腿勤（多野外勘察）、嘴勤（多调查咨询）、脑勤（多思考分析）。陈国达从青年时代到现在，始终保持这“三勤”作风。地质锤、罗盘、放大镜这“三件宝”总是随身带。从大西北天山之巅到西南边陲腾冲火山口，从东北大庆油田到海南石碌铁矿，都留下了他的足迹，他还应邀赴欧、美、亚洲许多国家进行科学考察。无论是在飞机、火车上，还是在颠簸的汽车上，人们常常看见陈先生总是在本子上写划着什么。殊不知这是他特有的科研方式，随时把看到的、想到的记录下来。多少篇闪烁着科学家智慧之光的科研论著就是这样点滴汇聚而成的。

为了弄清楚世界著名的武陵源砂岩峰林形成原因，他不顾70多岁高龄3次到张家界，在一些游人都望而却步的陡崖险处考察；为了节省时间，年过80岁的陈老还以惊人的毅力学习用电脑写作。他曾说：“只要腿还灵便，我就不会停止野外考察，只要脑袋还好使，就不会停止研究。”

“志”远而淡利

走进陈先生的家，不由得使人产生一种感慨：这位著名科学家的用品、家具是那样简陋、陈旧！令人瞩目是那些荣誉证件、摆满书架和堆满桌子的书籍、资料和卡片，还有不少科学考察时带回的小纪念品。陈老一向衣着简朴，生活勤俭，他的办公室和书房里放着大叠单面油印过的废纸和拆开的旧信封，这些都是他撰写论著的草稿纸。就连他的晚辈们都从不大手大脚乱花钱。但有的时候他却很大方，舍得用钱。

在新中国成立 10 周年之际，他曾把第一部全面论述地洼学说专著的大额稿费全部交了党费；1983 年，他运用地洼学说探讨地质构造与成矿关系及其研究方法的专著《成矿构造研究法》问世，他用全部稿费买了 300 本书，赠送给那些求书若渴的学生们；为了鼓励全国中青年地质科技工作者运用地洼学说理论找矿、为国家经济建设作出贡献，他拿出积蓄的各种奖金、稿费，在中科院武汉分院、长沙大地所的支持下，设立了“地洼学说奖励基金”，至今已评选 9 届，全国先后有 48 位地质工作者获此奖励。

参天大树，萌自幼芽。正是有远大的理想和献身科学的志向，才能贫困时不潦倒，挫折中不退缩，成功后淡名利。“踏遍青山志为先”正是这位地质科学家的真实写照。

为“使命”而拼搏

——记我国机械专业领域第一位女院士钟掘教授

（1996 年 4 月 24 日　第 4 版　邓栗参加采访）

1995 年 5 月，中南工业大学冶金机械专业博士生导师钟掘教授当选中国工程院院士。领导、同事学生和朋友们纷纷热情向她祝贺，并为这位湖南省有色总公司和我国机械行业唯一的女院士而自豪。钟掘教授却说：“获得院士称号这一殊荣，是我们这一代人赶上了好机遇。作为个人来说，感到压力很大，总觉得还有许多事没做……”

20 世纪 50 年代初，周恩来总理在第一个五年计划报告中提出“要优先发展重工业”。

重工业领域，历来是男性的天下。1955 年在北师大附中毕业的钟掘，作为品学兼优的女生被保送上大学，她满腔激情，怀着要投身国家经济建设的“使命感”，毅然选择了北京钢铁学院，学习冶金机械。从此以后，她与冶金机械结下了不解之缘。

1960 年，钟掘大学毕业来到湖南长沙的中南矿冶学院（中南工业大学前身）任教。

她始终觉得自己干的这一行很重要，是国家建设的急需。她认为，机械专业在冶金行业虽然属于辅助性专业，但它是冶金工业发展的基础条件，先进的生产工艺是靠设备来支撑的，而先进的生产装备，推动着技术和生产的进步。随着 20 世纪 70 年代后期“拨乱反正”和经济建设高潮的兴起，中南工业大学有色冶金机械专业也随之恢复，钟掘和她的同事们向一个又一个冶金机械领域的大型工程技术难题发起冲击。

20 年的科研生涯，20 年的拼搏与奉献。钟掘教授在有色金属大型机组改扩工程研究与系统优化、轧机运行工程诊断与金属极限轧制机理的创新、有色金属塑变加工摩擦润滑行为研究与润滑剂开发三个重要方面做出了开创性的贡献。

她提出的极限轧制传统系统中存在的附加封闭力流和辑间变态驱动的新见解及定量判据，用于确诊从日本引进的武钢 1700 热连轧机传动系统异常故障，得到日方承认并同意索赔；这一理论和技术应用在确诊德国造 1200 铝箔轧机、800 铝箔轧机、辐式磨粉机、轧胚机等异常故障等技术难题中，获得了延长设备使用寿命和降低能耗的良好效果；她提出的大型轧线扩改工程总体方案，优于国外几家大公司的投标方案，为国家节省投资近千万美元，而生产能力增至 3 倍以上，工程投产运行已达国际先进水平；她带领团队研制开发出来的系列润滑剂产品，已取代进口，得到广泛应用，并被列入国家重点新产品计划和国家火炬计划。

从“六五”到“八五”期间，钟掘作为项目负责人或主要完成者，先后获得国家科技进步一、二等奖和省部科技进步奖共 15 项。

她作为一名老师。为学生讲授 7 门课程，培养了 17 名博士、45 名硕士。先后有 4 本专著 2 本教材问世，共发表 9 篇学术论文。教书育人，科研开发，钟掘为完成心中那崇高的“使命”，竭尽自己的才智在工作。

谈起钟掘教授的教学工作和科研成就，校长何继善院士有这样的评价：“钟掘事业心强，几十年全身心投入到冶金机械事业中为国家做贡献，认真做学问，别无他念。在几个学科研究方向上，从理论到实践，不停地探索，直到成功。同时，她下力气培养年轻人，形成了一个合理的、极有优势的学术梯队，使学校有色冶金机械专业成为了可持续发展、前景诱人的专业。”

当问及钟掘教授作为一位女性，是如何处理好工作和家庭事务时，她如实地告诉记者，由于脑子里有了一个对事业的“使命感”，对生活上的要求也就较随便了。由于忙，吃快餐、方便面是常事。丈夫教学、科研任务也多，能给予充分理解。大儿子生下来几个月就送到他奶奶家，直到上学才回到身边。有一次暑假期间钟掘教授要带学生到外地工厂实习，只好把只有 5 岁的小女儿寄放在实习工厂附近的街道幼儿园。有一年，为了进行现场测试，她和几位助手硬是在现场度过春节，因为这种测试必须停产进行，春节正是工人放假休息，便于现场检测。国家经济建设的大发展，为事业而奋斗拼搏，使钟掘成为我国有色金属冶金机械专业的一位优秀的学术领头人。

在“九五”计划开始实施之际，她和同事们又承担着新的攻关任务，为国争光做贡献的使命又驱使这位“女强者”开始了新的征程。

一支两头燃烧的红蜡烛

——追记湖南省劳动模范、铁道部株洲电力机车所高级工程师王于化

（1996年5月6日　第1版头条转2版　赵挺文　谭高华参加采访）

4月下旬，记者来到株洲电力机车研究所，参加了该所组织的“追忆王于化同志”座谈会。所领导和王于化的同事、亲属、徒弟等20多人参加。大家回忆着与老王相处多年的往事，有人发言时竟泣不成声，老王的徒弟说“师傅就像一支两头点亮的蜡烛”，同事们说“老王令人感动的事例太多了”。一位叫杨杰的年轻人说：“提起王工这些事，我就想哭，我会永远记住他。”

令人意外的体检结果

1992年10月12日，一个平常的日子。但对于王于化和他的家庭来说，却是一个不平常的日子。

这天，精神矍烁的王于化早早起了床，吃完早餐后，匆匆赶到所里上班，此时才7点。他平时一般是7点半左右到办公室，因这一天所工会要组织一年一度的健康检查，他特意提早了一点，这些年老王担任研究室主任，又是课题负责人，工作任务多。往年体检时，不是出差给耽误了，就是忙忙碌碌给忘了，这次工会对他盯得紧，已几次给他打招呼要参加体检，前一天晚上妻子也千叮咛万嘱咐不要又忘记了。

然而，谁也不曾料到，在这次例行体检中，浑身似有使不完劲的王于化，被诊断患有肝癌。老王自己不相信，尽管从医生的严峻表情，他预想到事态可能严重，尽管早在1984年体检时发现过自己的肝功能指标不正常，他还是不相信会有什么大事发生，仍若无其事照常上班。

他妻子也不敢相信。尽管医生告诉了真情，她还是心存侥幸。这些年来，丈夫经常在外奔波，加班加点如家常便饭，她从未听丈夫说过工作累。他虽有些消瘦，但永远显得那么精力充沛。同事们也不愿相信：“昨天王于化上班还像跑步一样，怎么会得这种病呢？但愿复查没有事，那就好了。”

所领导当天得知这一情况，心情沉重。所长廖勤生，科研副所长周官森，工会主席刘甫松当晚来到老王家，安慰他夫妇二人，并迅速决定：立即由工会主席等人送老王去上海复查。去上海检查身体，对经常去外地出差的老王却显得那么不容易。对他来说，研究室的事情、课题任务、与生产单位的合作，都已安排得好好的，这一走，不就乱了吗？于是他推迟了一天又一天，在领导、同事和家人的一再催促下，他安排好工作才动身去上海。

王于化患病的消息传到了北京，铁道部和中国铁路机车车辆工业总公司的领导极为关注，部领导向株洲电力机车研究所和上海铁道医学院发出指示：必须全力进行诊治！1992 年 11 月 21 日，上海方面派最好的专家为王于化做了手术，一个直径达 8cm 的肝脏肿瘤被切除。

“老王，中国人了不起”

有位新来株洲所工作的大学生到车间实习，看到大量研制设备图纸的审核签字都是“王于化”的名字，便好奇地向工人打听王于化是个什么人，一位老师傅深情地对他说：“老王，好人啊，我们所的功臣！”

朴素的语言，洋溢着一个普通工人对这位优秀科技人员的由衷赞许。

1964 年 8 月，王于化从上海交通大学电力机车专业毕业分配到铁道部株洲电力机车研究所工作。“文革”之后，他作为项目技术负责人，创建了具有 20 世纪 80 年代国内先进水平的机车线路模拟实验室。随后，又主持设计了东风 4 型、东风 8 型内燃机车电阻制动控制箱，该项目荣获铁道部科技进步一等奖、国家科技进步三等奖，并在全国内燃机车上被广泛应用，产生的直接经济效益达 5 亿多元。

1989 年，他主持了铁道部重大科技攻关项目“大型现代化养路机械 08－32 捣固车电气系统的技术引进与国产化”工作，两年内就取得巨大成绩，电气部件国产化率高达 60％。到 1995 年，35 台捣固车的电气系统装置实现价值 440 多万美元。为国家节约外汇 125 万美元。

奋力的拼搏，卓越的成绩，王于化的工作得到了党和国家的充分肯定，他先后被评为铁道部有突出贡献的中青年科技专家、全国铁路优秀知识分子、湖南省劳动模范，并获得正高级职称，成为首批享受政府特殊津贴的科技专家。

云南昆明机械厂和铁道部戚墅堰研究所的合作者忘不了与老王在养路机械国产化合作中，他始终坚持在生产现场，细致入微地指导技术人员，还专门为有关人员讲授技术课。在捣固车第一台样机试制连续 3 个月时间里，王于化每晚都要带领一批年轻人加班到第二天凌晨。

河南信阳机务段的同行们不会忘记，1989年春节刚过，这位工人模样的老王就带领一批科技人员，在这里进行第一台电阻制动装置样机的行车试验，一上车就是带着馒头、榨菜，连续36小时不间歇跟车，司机都被感动了。

当年冬天，老王又带领课题组的同事北上大兴安岭地区的昂昂溪机务段，这里最低气温达零下40℃，坡道又陡又长，被称为铁路上的“死亡线”。而正是在这里，老王率领的科研组和用心血凝聚的科技成果同时经受住了雪海严寒的考验。

也许奥地利普拉塞公司的老外们也不会忘记这位精瘦的“中国老王”。

世界上有多个国家引进奥地利的捣固车技术，但从未有过电气系统搞国产化的先例，他们曾预计中国引进这项技术，前5年只能搞进口组装，第二个5年才可能实现部分构件国产化。当从中国传出捣固车控制箱第一年就实现国产化，第二年电气部件国产化率达到60%的消息时，专程到昆明参加我国第一台采用国产电气系统的捣固车调试运行的外国专家惊讶不已。当他们来到“神秘的株洲所”时，看到的是老王和助手们每天工作12小时，几大箱图纸整理得井井有条。对于几百个部件，老王能随口说出其名称、代码、型号和功能。

外国同行从心底里信服了，连声说：“老王，不可思议，中国人了不起。”

忘我地夜以继日

1993年元旦刚过，新一年开始了。在医院手术后才40多天的王于化硬是要求出院。他放不下工作，丢不开自己的科研任务，也不希望给研究所增添更多的负担。1月上旬，老王出院了。医生反复交代，回家后要好好休息，千万不能受累，定期到医院复查。

可是，王于化回家后不久，就要求去上班。妻子生气了：“难道研究所少了你就不能转了？”他半认真半开玩笑地对妻子说：“要是少了研究所这份工作，我倒是不能转了。放心吧，领导不会给我重任务，我去干点轻松活还不行吗？”在他手术后回所上班不到1年的时间里，为了课题组的科研工作，他先后3次出差到北京、昆明等地，行程达15000多公里，不停地搜集资料，深入现场，参与研究与设计。

1994年3月，08—32型捣固车国产化研制成果鉴定会在昆明举行，从会场报告到检测现场，一连7天，夜以继日。与他同行的所领导多次劝他不要过于操劳，但王于化硬是参加了所有的会议议程，有时会议讨论到深夜，甚至到凌晨，他同大家一样坚持到最后。

1995年8月，由于癌细胞的扩散，王于化必须去上海化疗，所领导考虑到他的身体状况，要求他在治疗前1个月不上班，可他不愿放下正在进行的大型养路机械清筛车电气系统国产化的图纸校对工作，照常不误。妻子要找领导反映，他坚决不让，耐心劝说妻子“别去找领导，清筛车马上要组装了，现在课题组人手少，忙不过来，我不把图纸校出来，会影响进度，这是大事，不能耽误。”

妻子理解丈夫的心，只好含着泪央求他千万别太劳累。就这样，在湘中盛夏的酷热季节里，王于化每天忍着疼痛，连续十多天，硬是把一整套500多张图纸审校完毕。去上海化疗的临行前是双休日，老王又到办公室，把所有的图纸整理、归类、装订、编目，并向课题组的同志交代得清清楚楚。由于他在审校过程中严格把关，产品投产得以一次成功。

1995年12月，由于病情恶化，王于化第二次住进了医院。他躺在病床上，心里仍然想着所里的工作，每当领导、同事、学生来看望他，他总要问所里的情况，课题进展怎么样，有什么问题。就在王于化去世前一个星期，将要出差的所党委书记赵小刚来看望他，打算同他聊聊天，有意不提工作。但老王一听说清筛车电气系统一次试车成功，他消瘦疲惫的脸上即刻焕发出异常的精神，并认真向赵书记提出，研究所养路机械科研项目前景很好，人才队伍一定要稳住，特别要培养好年轻人。而此时的老王，已经是靠流质食品来维持生命了。

在身体极度虚弱的最后两天里，王于化看完了研究所的“九五”发展规划，就想提笔写点建议，妻子担心他劳累，说：“你躺着讲，我代你写。”老王却坚持：“我一定要把这件事搞完。”然而此刻，一向坚强的王于化却再也拿不起他的那支笔了。

在临终前几天的一个深夜，王于化深情地对妻子说：“时间过得真快，来株洲一转眼就三十多年了……我真想亲眼看到我们自己的大型养路机械一条龙作业的情景……希望看到我们的女儿兰兰长大有出息……”

永恒的精神风貌

今年元旦过后，记者来到株洲电力机车所，拟报道王于化的事迹，由于他病情加重，根据所里意见，想等他身体稍好一点再采访。

然而，今年2月1日凌晨，王于化同志永远地离开了他献出毕生心血的事业，离开了研究所共事多年的伙伴们，也离开了与他同甘共苦18年的妻子和年仅15岁的独生女儿兰兰……

2月3日，全所数百名职工、家属自发地步行2公里多路到殡仪馆参加了追悼会，唁电从全国四面八方传到株洲。2月5日，所党委作出了“开展向王于化同志学习的决定”。

2月6日是研究所的公休日，所党委组织部分同志就王于化同志的事迹进行座谈。

人们深情地追忆着与老王相处多年的往事，座谈会上多人泣不成声。

王于化在30多年的科研生涯中与不同层次、不同年龄、不同性格的人共事合作，用自己的一言一行，受到同事的拥戴和合作者的好评，连外单位的竞争对手也由衷地佩服。他对人宽，对己严，以事成为原则，他话不多，却做到了所内所外，有口皆碑。

大型养路机械捣固车课题组成立，他找参与课题的年轻人逐个谈话，作为项目技术负责人的王于化坦诚相见："搞捣固车，我也是外行，让我们一起来攻克这个难关吧。"他分配任务时，总是放手把重要的技术工作让其他人尤其是年轻人去干，自己揽下打杂的零碎活，年轻人必需的书籍和文具用品也给准备好。

08—32型自动整车捣固机研制成功了，成果通过部级鉴定。铁道部所属4家合作研制单位要上报主要研究人员名单时，作为电气系统技术的总设计师，论工作、论技术，王于化理所当然应名居首位。然而老王却向所领导提出，该让作出贡献的年轻人排到前面，有利于他们成长，也有利于全所事业的发展，自己的名字放在最后就行。领导不同意，几番争执之后，妥协的结果是：王于化的名字放在第二个位置上。

他积极组织编写《08-32捣固车电气系统的岗位培训教材》，并承担全书的绝大部分审稿任务，但他却把"主编"推给了组里另一位年轻骨干。总公司办专门培训班，请王于化去讲课，他极力推荐2名年轻科技人员带着教材赴任。强将手下无弱兵，年轻的科技骨干出色地完成了这项任务。

对待同事，对待他人，王于化同志像雷锋一样的火热，而对待自己，却要求很苛刻。因工作关系，他跑遍了大江南北，却从不去游山玩水。他曾多次去昆明，长达数月之久，可"春城"的秀丽风光，他一次也未去领略过。

在上海住院期间，铁道医学院的党委书记王文浩对王于化说，你有什么困难，要人、要车，只管提出来，我们为你解决。然而，老王从来没有提出任何要求，出门搭乘公共汽车。离开上海回株洲前，看完门诊又在火车站排队买车票，之后他又提出要去书店为所里买一些科技书，妻子只好陪同他一起去。提着沉沉的书，妻子怕他劳累，准备叫辆出租车，他连忙阻止。最后，夫妻俩坐了中巴又转公共汽车，这一天从早上6点半一直折腾到下午2点才回住地，妻子心痛得忍不住跑到卫生间，让自来水洗净双眼的泪水。

王于化在普通的本职工作岗位作出了不平凡的成绩，受到全所同志的高度赞誉。廖勤生所长说他"是一个只讲奉献，不求索取的人"。赵小刚书记称他"是在社会主义市场经济条件下追求共产主义人生观、价值观的典范"。在一次研究室的考核评议中，同室19位同志给他评了12个满分，7个90分以上。

蜡烛燃尽了，发出的光和热却永存于世。王于化同志走了，他戴着国家和人民赠予的花环，捧着同志和亲友敬献的鲜花离开了人间，留下的是闪烁着中国科技工作者智慧之光的技术成果和为人民创造财富的高科技产品。更有价值的是，他留下了一种永恒的、为中华民族所称道的精神风貌。（本文略有删减，增设小标题）

头雁领飞闯海来

——记全国劳动模范、科技实业家范涤尘

（1996年5月29日　第4版　陶敏参与采访）

20世纪末期，在中国这块古老的土地上，一场顺应历史发展的改革大潮风起云涌，波连波，浪推浪，势不可挡。

范涤尘，这位具有传奇色彩的中年知识分子，就是入科海，闯商海，迎潮赶海的领头雁。“只有大胆搞改革，湖南化工研究院才会有生机，科研才能有活力”，这是十多年前范涤尘踏进这座大院的第一个念头。

1984年，全国科技体制改革的春风拂面而来。当年9月，湖南省石化厅工作组来化工研究院进行整顿，在领导班子调整中，曾在化工部第六设计院、湖南化工设计院工作20多年的范涤尘受命担任湖南化工研究院党委书记，不久后兼任院长。

要改革，谈何容易，当时全院近500名干部职工，一年的事业费仅80多万元。他和研究院领导一班人大胆提出：把研究院作为全省科技体制改革的首批试点单位，全面实行技术经济承包责任制，院长、室主任分级负责，课题独立核算，人员优化组合，分配与工效挂钩，层层签订合同，实行目标考核。运行机制和分配制度的变革，冲破了束缚，解放了生产力，极大地改变了全院职工的精神面貌，充分调动了各类人员的积极性。

只有上产业，科技才能大发展，这是范涤尘率领全院职工在市场经济大海中学游泳的深切体会。为了使已连续10年亏损的试验工场“旧貌换颜”，在全院科技产业中当好“领头羊”，范涤尘对办好试验工场实行政策倾斜。高技术、高投入，换来的是高效回报。试验工场的产品源源不断输送到全国，有的产品占领了国内三分之二的市场，还远销到国外，产值连续翻番。在此基础上，全院产业有了大发展，1992年组建化学试剂厂，1993年创办高分子包装材料厂，1994年又投资上千万元建设第二试验工场，

还先后成立10个公司。十余年来，试验工场从占地30亩发展到近200亩，可生产两个系列20多种产品，成为“国家氨基甲酯脂类农药工业性试验基地”，先后完成国家重点攻关课题十多项，有90%以上的科研成果在这里转化成“生产力”，产值已达1.2亿元。

建立现代化企业制度，参与国际竞争，是范涤尘改革成功“三级跳”中精彩的一跃。组建科技股份制公司，这是范涤尘1992年参加国家科委在深圳召开的全国第一次科技创业研讨会后提出的大胆设计。

国有大院大所搞股份制，在湖南尚无先例。他们从科研单位的实际出发，按照国家科委和国家体改委深化科技体制改革的意见，经过认真研究后认为，股份制是国际通行的先进的现代企业机制，它对明晰企业产权，规范企业行为，提高劳动生产率，更好地实现科研与生产的结合有着重要作用，是企业的发展方向。于是，他们选择“一院二制”模式，稳住科研一头，让院属科研部门保持事业性质，进一步完善技术经济责任承包制，为了多出成果，快出成果，将好成果投向产业。另一方面，院工贸部门全面实行股份制，加速成果产业化，逐步形成现代科技产业集团。

近三年来，研究院和院属海利公司统一运作，初步形成了现代科技企业集团新机制，“海利化工”作为国家级长沙高新区的高新技术企业，在范涤尘的领导下，坚持以科技为先导，加大科技投入，加速新产品开发。他们采用本院的国家发明专利“甲基异酸酯工艺技术”，开发出10多个原药品种及几十种制剂，系列产品质量达到国外同类产品先进水平，并且获得国家批准享有对外进出口经营权，当年收入2亿元，出口创汇62万美元，上缴利税1000万元。1995年三项指标分别比上年增长25%、77%和40%。其中，高新技术产品产值占总产值的90%以上。

湖南化工研究院不断深化科技体制改革的成功，引起了社会的广泛关注。国家人事部部长宋德福考察该院后，称赞该院“探索了一条科研事业单位改革的希望之路”。1990年以来，该院先后荣获国家科委“全国首届技术市场金桥奖”、化工部“全国化工科技先进单位”和“全国化工思想政治工作优秀企业”。连续三年被湖南省命名为“湖南省双文明建设模范单位”光荣称号，以该院为主组建的湖南海利化工股份有限公司，1995年被评为“全国高新技术百强企业”。

由于范涤尘始终坚持两个文明建设一起抓，工作业绩突出，多次受到上级领导的肯定和表彰。1990年他被评为“全国石化工会优秀积极分子”，1994年5月他被评为“全国化工系统劳动模范”，1995年获“全国劳动模范”称号。曾先后三次受到江泽民、李鹏等党和国家领导人的接见。

科研大院的“刨金人”

——记长沙建设机械研究院副院长詹纯新

（1996年6月5日　第4版　胡国龙参与采访）

1992年5月，大学毕业后工作了14年的詹纯新受命担任建设部长沙建设机械研究院副院长，主管科研工作，年仅37岁。

成大器者必然脚踏实地。十多年来，詹纯新从技术员、工程师到高级工程师，从课题组长、研究室负责人到副院长，他一步一个脚印，从科研设计到成果转化、推广，为我国建设机械行业的科技进步贡献了自己的力量。

年轻的詹纯新担任了部直属研究院的“厅级”副院长，他没有春风得意，却把目光牢牢盯在科研成果产业化的目标上。

此时的长沙建设机械研究院，自1985年开始进行科技体制改革，已进入了第七个年头。由于体制和运行机制的改变，上级每年下拨的事业费削减到只剩下改革前的40%，全院经济核算单位划小，科研、设计实行经济承包，职工有紧迫感，科技人员积极性也明显有了提高，一部分职工的收入也增加了。但另一方面，在体制改革的初期阶段，一些负面效应也随之显现：课题分割，人员分散，长远性的科研、设计处于停滞状态，科研积累逐渐减少，一部分人员“皇粮”减少，“自筹粮”又不够，无法安心工作，人才开始外流。

作为主管科研工作的副院长詹纯新深知，在一个以高层次科研人员为主体的部属研究院，是藏龙卧虎之地，是科技成果的“富矿”。人才多、成果多，但产品少、市场小，缺的是科研成果产业化“桥梁”，缺的是懂专业、会经营的科技型实业家。于是他带着一种新的责任感，决心走出一条使全院生存、发展的新路子，便主动请缨：创办建设机械产业公司，立足本院，加快促进科技成果的产品化、商品化。这一想法得到了研究院党组织和主要领导的支持。

1992年9月，詹纯新任总经理的中联建设机械产业公司成立了，并进入国家级长沙高新技术产业开发区。在他的带领下，采用社会化生产模式，半年时间内克服了重重困难，终于使第一代产品问世，很快产生了经济效益，为公司的起步奠定了良好的基础。

1993年，他狠抓新产品开发和经营，取得了创产值400多万元，利税230万元的好业绩，公司发展到18人，除自付一切费用外，还上交了25万元。

1994 年，他从管理入手，一方面狠抓产品质量、坚持科技人员深入现场，掌握第一手资料，发现问题，及时攻关，直接参与售后服务，公司靠过硬的质量和信誉开拓了市场。另一方面，以用人制度和分配制度为核心内容，建立起全新的内部运行机制。这一年全公司发展到了 110 多人，创产值 4000 万元，利税突破 1000 万元，上交 230 万元，产品也从单一型发展到系列型。

1995 年，詹纯新坚持科、工、贸一体化的发展思路，加快科技成果转化的步伐，加大科研投入力度，进一步明确从科技创效益，向管理要质量。在注重挖掘、培养人才，不断建立和完善科学的管理体制的同时，相继开发出塔式起重机、混凝土搅拌站、清扫车等多种高科技产品，获得国家专利 20 多项。中联产品成为国内同行业的名牌，畅销全国 20 多个省市，一跃成为长沙市工交企业的利税大户。

三年拼搏、三年收获。詹纯新领导的中联公司实现了科、工、贸一体的良性循环，连续被评为长沙市先进工交企业，成为长沙高新区高科技产业的新秀。詹纯新被评为建设部有突出贡献的中青年专家、优秀领导干部，最近又荣获湖南省“青年科技创业十杰”光荣称号。詹纯新领导的高科技产业创造了良好的社会效益和经济效益，成为全院科技成果的“创金人”。

1995 年底，研究院奖励詹纯新 10 万元，他却把这笔奖金用于了职工福利。

目前，詹纯新领导的中联公司设有一个工程技术研究中心、2 个科研所和多个子公司。他还承担了国家“九五”攻关项目的科研任务。此时他想到的是更高更远的新目标：把握机遇，强化科研，加速开发，带领公司向跨行业的高科技企业集团迈进，以现代化产业集团雄姿，参与国际市场竞争，迎接新世纪的挑战。

梅花香自苦寒来

——记湖南大学化学家姚守拙教授

（1996 年 8 月 5 日　第 1 版　“中华科技英才”专栏　陈孔国参加采访）

在湖南大学，几乎没有人不知道姚守拙教授。作为新中国培养的新一代科学家，在 30 年崎岖的科学道路上，姚守拙以惊人的意志、毅力和智慧，创造出不平凡业绩。

还是在苏联留学期间，他提出的“铀与铜等伴生元素的快速分离工艺”被应用于苏联核反应堆燃料处理工程中，毕业时被授予放射化学工程师职称。

1959 年，姚守拙回到祖国，他参与了钠盐与有机试剂的研制，还凭着在中学、大学期间掌握英、俄、日、德、法五种语言的扎实功底，翻译了 100 多万字的化学文摘。

1962 年，他调到湖南大学化工系任教，并筹建放射化学专业。

未曾想，几年之后，“十年文革”使生性耿直的姚守拙蒙冤入狱。然而，他始终没有放弃爱国爱人民的信念和对科学事业的追求。在那艰难的 10 年中，姚守拙研制出了达到国内先进水平的钠硫电池；筹建起有色金属、电镀、炉前分析化验室，并建立了一系列快速分析方法；他的无氟有色金属快速分析研究成果在许多工厂推广应用。他建立的关于催化释放反应新机理，纠正了国外学者理论上的错误。

党的十一届三中全会后，姚守拙重新回到湖南大学。十年磨难，使他除疾病缠身外一无所有。他却说：“我有了更加宝贵的一切，有了梦寐以求的工作机会。”

15 年来，他主要从事化学领域的基础理论研究，先后承担国家自然科学基金、高校博士点基金、“八五”重大项目等 8 个课题，其中 7 项已通过鉴定，均达到国际先进水平。由他主持的“压电晶体液相振荡传感、药物电极的理论与应用研究”获得国家教委科技进步奖和国家自然科学奖，“有机药物化学传感器的研究”成果获机电部科技进步奖。国外同行称姚守拙的成果为“先驱的开拓性研究工作”，并公认“中国科学家对药物电极理论作出了巨大贡献”。

“走自己的路”，这是姚守拙从事科技探索的座右铭。他认为：现代科技的发展，要走创新之路，一个国家和民族发展科技，要扬长避短，不能跟在别人后面走。

他抓住现代分析化学已走出经典化学分析的范畴，与其他学科交汇渗透、形成新的分支学科的特点，在新型化学传感技术的理论研究和应用方面，进行一系列开拓创新和富有成效的研究工作。他开辟了压电液相振荡化学传感器新领域，成为 20 世纪 80 年代该领域两位先驱者之一，其研究工作始终处于国际领先地位；他将电分析化学与药学、医学、理论化学结合，率先开展药物电极理论与应用研究，提出了变价态离子电极理论，发展了能斯脱倍增效应理论；同时，他在传感技术、波谱技术及计算机化学技术应用与实践方面有显著贡献。

10 多年来，姚守拙教授先后发表 200 多篇学术论文，出版专著 2 本。据统计，1988 年他发表论文数量个人排名全国第二；1990 年他在国际上发表论文数居全国第三；据世界权威性检索机构《SCI》统计，国外学者 1988 年至 1994 年引用姚守拙的研究论文达 243 次。

“宝剑锋从磨砺出，梅花香自苦寒来。”姚守拙教授先后被评为湖南省高校优秀科技工作者、全国优秀教师，获得机械部高校科技突出贡献奖，并当选为全国人大代表。目前，姚守拙教授正带领助手、学生为国家自然科学基金重大项目“生命科学中的电化学分析与分子光谱分析研究”奋力攻关。

“朝阳工业”的启明星

——记长城集团湖南计算机厂厂长兼党委书记杨德泉

（1997年4月9日第4版）

在湖南长沙，有一家曾名不见经传的小厂，在计算机市场激烈竞争中，用10多年的时间，发展成为全国最大的计算机终端厂家，其主导产品计算机字符终端在国内市场占有率已连续3年居全国同行业首位，这就是我国电子行业的明星级企业——湖南计算机厂。该厂厂长兼党委书记杨德泉，这位从普通科技人员换位成为大型国有科技企业的领头人，是一个科技与经济结合大潮中的典型人物。

杨德泉，1962年毕业于哈尔滨军事工程学院电子工程系。工作35年了，仍是一个典型的知识分子模样，温文尔雅，谈吐朴实。说起厂里的科研开发和生产、市场，兴致勃勃。

大学毕业后，他被分配到重庆通讯兵学院任专业教员。1983年，在军校工作了7年的杨德泉转业来厂从事技术工作。14年之后，他受命担任了湖南计算机厂厂长。

此时，我国改革开放的大潮兴起，国外计算机产品蜂拥而至，群雄逐鹿。此时湖南计算机厂的综合实力在国内多家专业生产企业中也只能算一个“小老弟”。如何确定该厂主导产品的发展方向，是摆在他面前的第一难题。经过广泛的调查研究、征求意见和周密的思考判断，他果断决定上计算机终端产品。有长期知识积累的杨德泉这一决策的依据有几张王牌：一是国内终端市场前景广阔，而国内尚无一家生产；二是本厂已具备成熟的模拟电子技术、数学电子技术和外部设备的生产条件；三是有与科技力量雄厚的国防科技大学技术合作的基础。方案一定下来，很快得到电子工业部的批准。1984年，湖南计算机厂一跃成为电子工业部定点生产企业。

1991年，杨厂长看准了国际高科技企业集团化生产的发展趋势，他抓住机遇，加盟长城计算机集团公司，并形成了自己的拳头产品“中西文终端”，使生产规模、效益跃上新台阶。

抓技术改造，抓产品质量，是杨德泉“行家治厂”的“金钥匙”。现代科学技术的高速发展，计算机行业产品可说是“日新月异”，要求生产厂家的技术、装备不断更新。1985年，他们不惜负债搞技改，并跻入国家经委的“六五”技改项目计划，技改项目连续展开。“八五”期间被国家列为重点技改厂家，1995年被评为电子工业部技改优秀企业。该厂的“免清洗工艺生产线”被联合国开发计划署列为ODS物质替代工程项目的示范线。技术、设备的不断更新和质量的强化管理，使该厂新产品质量、效益持续快速提升。截至1996年底，图形终端已发展成三大类几十个品种，各类终端年产量达到6.5万台，计算机系统集成、银行电子机具、机电一体化、商用收款机等产品都已自成体系，在国内占有重要位置。全年产值、销售收入和利税分别比1983年增长84倍、70倍和45倍。该厂还被评为60家全国质量效益型先进企业之一，并于1994年在全国计算机行业的湖南省首家通过IS09002国际认证。今年3月2日顺利通过IS09001国际认证。

杨德泉说："在企业的整体素质中，人的素质是最关键的。"他清醒地认识到，作为一个产品更新换代快、市场变化极为迅速的电子信息产业，高素质的干部、职工队伍是企业成功发展的关键。在经济待遇、住房等方面向知识分子倾斜，每年选拔一批科技管理骨干出国考察、学习，对在职员工进行知识更新和技能培训。在一些国有企业技术人员"跳槽""下海"现象普遍的"气候"下，"流入"计算机厂的人选比"流出"的多。目前全厂800多员工中，大中专以上专业技术人员占60%以上，具有中、高级专业技术职务者有200多人。正是由于有了人才，计算机厂才出现勃勃生机。

1994年，年仅26岁的女大学毕业生、全国"五一劳动奖章"获得者、厂科研所所长朱皖带领几位年轻技术人员与美国DEC公司合作开发GW510终端。该公司一位负责人对他们的评价是："这样的工程师不仅在中国出类拔萃，在美国也是第一流的。"自1983年以来，该厂每年都开发出一批新产品并推向市场，先后有4项新产品获得国家科技进步奖、科技攻关重大优秀成果奖，有30多项获部、省级科技进步奖和优质产品奖。在近年电子行业市场疲软、生产成本上涨、价格下降的情况下，该厂销售收入和利税连年增长。

谈起杨德泉治厂的成功，厂党委副书记李巧云同志告诉记者："作为厂长兼厂党委书记，杨德泉同志思想开放，思路清晰，思维敏捷。他总能抓住市场、科研开发和生产管理的关键问题，准确决策。他全身心投入到事业之中，在全厂威望极高，深受职工敬重和拥戴。"杨德泉先后被评为长沙市优秀厂长、湖南省优秀企业家、电子工业部劳动模范。

杨德泉，就像一颗默默无声而又引人注目的启明星，陪伴着在充满希望的"朝阳工业"中迅速崛起的湖南计算机厂。

贫矿在自然崩落中“变富”

——记湘潭大学校长、采矿学专家潘长良教授

（1997 年 6 月 6 日　第 1 版“中华科技英才”专栏）

从一个国家的资源总量来说，我国“地大物博、资源丰富”，然而按人均拥有资源量计算，我们并不富裕。由于我国独特的地质构造与成矿条件，在全世界占有优势的有色金属矿产中，属于“一大二贫”（储量大但品位低）的凿岩爆破矿山比例很大。因此，寻求一种科学的、具最佳经济效益的贫矿开采新理论、技术路线和方法，成为我国采矿工程技术领域科技工作者的一个奋斗目标。

早在 20 世纪 50 年代后期，从事教学、科研的潘长良就致力于“薄矿脉开采技术研究”。他创立了提高薄矿脉回采强度的十大技术原则，使试验采场回采强度比老工艺提高工效 12 倍。为指导矿山生产，他系统总结了脉状矿床开采经验和理论，于 1960 年主持编写了《脉状矿床开采》专著，在这一时期发表学术论文 14 篇，为我国有色、稀有和贵重金属矿产资源的合理开发做出了贡献，受到冶金工业部的表彰。

1985 年，国家科委将“矿块崩落法技术与装备研究”列为国家“七五”重点科技攻关项目，并在中条山有色金属公司铜矿峪矿实施。潘长良作为专家顾问组负责人和专题组组长，率领课题组为攻关目标的实现做出了重大贡献。他们的研究成果在矿山生产中的推广应用，产生了巨大的经济效益，使有 30 多年历史的矿山由每年亏损 800 万元至 1000 万元转变为盈利 3000 万元，每年降低生产成本 6000 万多元，矿山生产能力由原来的 60 万吨增至 400 万吨。矿石贫化损失量比老工艺降低 10—15 个百分点，仅此一项，可多回收资源 15%左右，使 200 万吨金属储量避免废弃，1995 年该项成果获国家科技进步二等奖。

潘长良教授创立的崩落矿石快度预测理论受到国内外专家的广泛关注，美国著名采矿专家 D H White 称赞“潘教授模型是对这个领域的重大贡献。”中国有色总公司组织的专家鉴定委员会对潘长良的研究成果给予高度评价：“该预测技术比美国目前通用的预测方法，科学性、系统性、实用性更强，处于世界领先水平。”

作为一名长期从事金属矿床开采研究的专家，潘长良除了在难采矿体和高效率采矿方法研究方面取得重大成果外，他还作为冶金部重点科研项目的负责人，与合作者一道研制成功振动出矿机并在生产中推广应用，引起采矿工艺重大变革，1982 年获国家发明三等奖。

1984年，他从瑞典律勒欧大学采矿系担任客座研究员三年后回国，便向国家建议开展“地下矿连续开采工艺技术与装备研究”，在“七五”期间获得立项。他作为负责人之一，参与攻关总体方案制定与实施，为开创我国地下金属矿连续开采技术做出了重大贡献，1992年获国家科技进步一等奖。

在40余年的采矿科研开发过程中，潘长良教授已完成27个科研课题，发表学术论文62篇，出版学术专著3部和数十份重要科研报告，多次荣获国家和部、省成果奖。仅在“七五”“八五”期间，作为项目负责人或主要研究成员，他就获得国家科技进步一等奖、二等奖2项，省、部级科技进步奖8项（其中一等奖3项）。与此同时，他还培养了14名博士、10名硕士研究生。

回顾几十年走过的科研道路，潘长良教授总结了两条：一是把理论和实践结合起来；二是把力学和采矿工程结合起来。目前，在担任学校繁重领导职务的同时，他正带领一支高素质的研究队伍，承担国家“九五”攻关课题“深井岩层控制理论和技术研究”，将为解决我国金属矿床采矿的重大工程问题，做出更大的贡献。

最后，他高兴地告诉我们，自然崩落法在中条山铜矿峪矿成功应用之后，已在全国许多有色金属矿山推广。

让大江南北菜花飘香

——记湖南农业大学油菜栽培育种专家官春云教授

（1997年6月20日　第1版　“中华科技英才”专栏）

我国种植油菜有悠久的历史，但受传统方式的影响，长期存在着品质差、产量低的缺陷，限制了油菜生产的大发展。特别在我国长江中游地区，油菜生产是“冬季农业”的重点，而油菜产量长期徘徊在亩产25千克以下。因此，油菜生产急需在理论研究和栽培、育种技术上取得突破。

1959年官春云从湖南农学院（现为湖南农业大学）农学系毕业，留校后开始从事油菜作物育种、栽培的教学、科研工作。在38年的学术生涯中，他潜心研究，认真实践，不断总结，在油菜生长发育基本规律、高产栽培理论、油菜性状遗传、油菜化学杀雄利用杂种优势和新种质资源研究等方面进行了创造性的科学研究，使我国在该领域科学理论位居世界先进水平，为全国油菜生产大发展而成为名副其实的“油菜大国”做出了重大贡献。

从“六五”至“八五”期间，他先后主持、承担15项国家和农业部、国家教委和湖南省的攻关、重点科研课题，作为第一研究者获得国家科技进步奖，部、省级科技进步奖就有 6 项。1997 年，由他主持的“双低油菜湘油 13 号选育研究”又入围国家科技进步奖。

早在 20 世纪 60 年代初，官春云就率先提出了“促进冬季发育是长江中游地区油菜高产的重要途径”观点，虽遭到不少同行的质疑，但他坚持研究探索，大胆实践，逐步形成了一套完整的油菜冬季栽培理论与技术。1978 年，农业部组织在长江中游的湖南、湖北、四川、江西四省大面积推广冬发栽培技术，使该区域油菜大幅度增产，油菜产量由原来亩产 25 千克提高到 40 多千克。仅湖南省从 1978 年至 1983 年推广该技术就增产油菜籽 1.8 亿千克，新增经济效益 1.5 亿元。1984 年至 1995 年间，获经济效益达 19 亿元。

为了培养出优质高产、抗病能力强的油菜新品种，官春云教授在努力实践的基础上，不断探索，先后育成高产高含油量品种、优质高产的“双低”油菜品种和低芥酸杂交油菜品种。这些优质新品种从问世后，全国共推广种植 4099 万亩，获经济效益 11.25 亿元。其中，“湘油 11 号”获 1990 年国家科技进步奖，被国家科委和农业部列为“八五”重点扩广项目。至今仍是国内唯一通过国家审定的“双低”油菜品种，“湘油 13 号”获 1996 年湖南省科技进步一等奖。

官春云教授在深入研究油菜生理机制过程中，发现了中国油菜光温生态存在着四种大的类型，在理论上对我国油菜引种、育种和栽培方面发挥了重要指导作用。他提出的利用化学杀雄配制杂交种的方法，被国家列为“六五”科技攻关内容，由他主持的“油菜化学杀雄利用杂种优势研究”，已筛选出 4 种高效无毒的化学杀雄剂，其中 ZMA 杀雄剂在油菜小孢子发育单核期喷药一次可诱导 80％的雄性不育株率，育成了两个化学杀雄杂种组合，每年试种面积 10 多万亩。这一技术在国内广泛应用，在国际上产生强烈反响。在波兰召开的第七届国际油菜会议上被公认为是一项达到国际领先水平的研究成果。

官春云教授把油菜作物栽培、育种科研、教学当作毕生的事业，他开设了 6 门研究生课程，已培养出 10 多位博士、硕士，先后出版各类专著 12 部，主编、参编农业高校统编材料 6 本，在国内外发表学术论文 70 多篇。

大江南北，菜花飘香。作为我国一位少数民族科技专家，官春云教授为自己的科技成果在国家农业经济发展中发挥重要作用而感到无比欣慰。

从山乡走向国际数学舞台

——记湖南大学青年博士生导师庚建设教授

（1998 年 4 月 1 日 第 4 版）

今年初，在一次湖南省数学界的学术活动中，偶然听说湖南大学有一位叫庚建设的年轻老师，数学科研成果很不错。3 月中旬，我在学校宣传部的帮助下，在一间教室里找到了他。

翻开庚建设的简介资料，看到了这样的记载：庚建设，37 岁，湖南大学教授，应用数学博士点学科带头人。1961 年出生在湖南省武冈县一个小乡村，1982 年至 1991 年，先后在邵阳师专、湖南教育学院、湖南大学毕业，接连获得大专、本科、硕士、博士学位。1992 年申报副教授职称，被湖南省高级职称评委会一致通过，破格评定为正教授。这在全省尚属首例；1994 年至 1996 年期间，获得国家政府特殊津贴，被聘任为博士生导师，博士点学科带头人，并入选国家“百千万人才工程”。1997 年被任命为湖南大学副校长，主管教学工作，年仅 36 岁。

同时另一组资料记载更令人钦佩：1988 年他完成第一篇学术研究论文“极限环的存在唯一性问题”以来，在国内外重要学术刊物上发表论文共计 80 多篇。他的代表作分别发表在我国的《中国科学》《数学年刊》和美国、日本、德国、英国、澳大利亚等多国的学术刊物上。其中有 20 余篇论文被美国出版的多本有关“泛函微分方程”专著引用，13 篇被编入其中。10 年中，他主持或作为重要成员参加了 7 项国家自然科学基金、博士点基金课题，创造性提出了一些重要的新理论、新方法，解决了国际上自 20 世纪 50 年代以来在“泛函微分方程稳定性、振动性及应用方面”的 13 个公开问题和猜想。

从采访庚建设时得知，自 1992 年以来，他获得省、部级科技进步奖 4 项，同时还培养了 6 名博士研究生、7 名硕士研究生。在 80 年代市场经济大潮汹涌而来之际，年轻的庚建设对数学这门科学的热爱可称得上是“如醉如痴”。

数学研究工作主要靠计算。在计算机稀少的年代，笔和纸就是研究工作时主要的工具。熟悉庚建设的人知道，前些年，他向好朋友索取的唯一东西就是“草稿纸”，以至于一位中学同学为他准备了一大包已废弃的空白记账凭单，反面可用来作草稿纸，供他研究计算时用。

数学研究要计算，更要思考，庚建设常常做什么事都自然地想到数学问题上去。

有一次下班骑自行车回家，因思考问题差点被迎面而来的一辆卡车撞上，结果被司机骂了一通。说起来也怪，这一“骂”居然“骂”通了他正在苦苦思索的一个国际上有名的数学猜想。以此为突破口，他率先建立了具积分小系数中立性方程的定性理论，吸引了美国、希腊、澳大利亚及国内的许多数学研究者的广泛兴趣，并沿他所提出的思路开展进一步的研究。这一成果后来被评为机械工业部科技进步一等奖。

在漫无边界的数学王国里，30 多岁的庚建设还只是一个跋涉不远的探索者。然而，在这个空前重视科学技术的时代里，他的勤奋、敏捷和成功尝试，得到了许多“学高身正”数学大家的器重，他从一个专科毕业生到获得博士学位，从一名农村中学教员到著名高等学府的教授，九年时间，一路“破格”，成为机械部青年科技专家、国家跨世纪学科带头人，一个接一个国家级科研任务落到他的肩上。

1993 年 8 月到 1994 年 5 月，他被邀请赴加拿大 4 所大学开展合作研究。1996 年 7 月，他受全额资助，同全国十多位院士、专家一道赴希腊雅典，参加世界第二届非线性分析专家大会，并两次应邀就“中立性方程的三分之二的稳定性问题”和“关于时滞差分方程的三分之二稳定性问题”作学术报告，受到与会数学前辈和同行赞赏，为国家争得了荣誉。中国台湾研究院数学研究所一位研究员通过国际性学术刊物“结识”了庚建设，两次来湖南大学，与他商讨学术问题，并要求合作。几年下来，两人已共同发表研究论文 20 余篇。

庚建设怀揣幼年时代要好好读书的憧憬，带着中学教师深造求知的渴望，从山乡走来。而今，他又满怀着为祖国科学事业繁荣发展做贡献的理想，从岳麓山下的“千年学府”走出来，走向更宽更广的国际数学舞台。

第四部分

事件通讯（10篇）

提示： 科技事件通讯是新闻深度报道的一种形式，指对发生的某一重要科技事件或与科技密切相关的事件予以详尽的报道。

科技事件通讯应注重积极的社会影响和实际生活的现实意义；在描述事件过程中突出“科技元素”，使事件的科学内涵更为丰富；对事件发生的因果关系的阐述应清晰合理。

国内重大科技事件涉及的内容通常包括：重要科技政策法规、重大科技计划、大科学工程、重大科学成果、重要的科技产品；关系社会发展与国计民生，受到社会关心、关注的事件（如自然灾害、生态环境、生物安全、卫生健康等事件）以及经济社会的科技热点事件。

奔驰在主战场上的“电力机车”

——株洲电力机车研究所改革发展之道

（1992年10月20日　第1版）

1984年，我国科技界正在酝酿改革之时，这个已有25年建所历史、背靠铁路产业大树的部属科研所就捷足先登，在铁道部支持下，率先进行科技体制改革，扔掉铁饭碗，不要国家一分钱事业费，走上了一条风险重重的自谋生存、发展之路。

仅仅4年之后，1988年11月，国务委员、国家科委主任宋健在湖南省委书记熊清泉陪同下来到这里，看到的是一派勇于开拓、深化改革、科研生产蒸蒸日上的好势头，不禁题词勉励：“永做科技长入经济的火车头”。

在改革经历了整整8个年头的金秋季节，记者来到铁道部株洲电力机车研究所采访。所办公室主任赵挺文向记者提供了8年改革后的一组数字：

取得科研成果153项，其中61项获国家、部、省级奖励，超过改革前20年成果总和；科研成果95%以上应用于生产，产品销售额平均每年递增52.7%，共创收2.5亿元。1991年全所786人，人均创收9万元。上交国家税金和科技发展基金1100万元，是1983年国家所拨事业费（最后一次“皇粮”）的18.5倍。自筹5000万元，用于科研开发、装备更新和人才培养。固定资产总额8年增长5倍，职工年收入达到人均4000元以上。

当谈到研究所8年改革得到的经验时，所长兼党委书记廖勤生向记者概括了三句话：科研选题紧紧围绕经济建设中的生产急需；发挥整体优势，组织大兵团攻关；管理进入了科研－生产－效益良性循环。

不要国家拨款，没有了铁饭碗，对全所来说，无疑是背水一战。电力机车研究，以应用基础研究为主，可开发性很强。他们首先把目光投向广阔的铁路市场，紧紧盯住铁路建设急需的技术含量高的关键设备，把科研课题设置在科研与生产的最优结合点上，把高新技术产品的研制作为全所“龙头”，开发一代，中试一代，预研一代。从1984年以来，电力机车所与有关院校和株洲电力机车厂合作，先后研制出我国新一代主型车——韶山3型电力机车、韶山4型8轴重载货运电力机车、时速达140公里的韶山5型客动电力机车、在国际上中标的韶山6型电力机车以及我国第一台微机控制电力机车，使我国电力机车的研制达到20世纪80年代国际先进水平。同时科研开发还拓宽到内燃机车、工程养路机械、地铁客车等重大部件和控制设备的研制，生产出可广泛用于铁路、冶金、机械、矿山等行业的整流管、晶闸管，印制电路板，减震橡胶件等产品。这种以市场为导向的科研与开发，既满足了国家经济建设的需要，又使研究所获得了巨大的经济效益。

他们还着眼未来，积极研发先进技术，为将来的长远开发做准备。如三相交流传动电力机车，是国际电力机车的发展方向，目前只有瑞士等几个国家能生产。株洲电力机车所将其作为实现机车更新换代，加速实现我国铁路现代化的重要项目，先后自筹资金250万元，与兄弟单位联合攻关，取得突破性进展。

如果说，科研开发面向经济建设主战场是电力机车所在巨大变革中求生存谋发展的核心，如何使用人才就成了他们快出成果、多创效益的关键。

所领导清醒地认识到，市场竞争，归根结底是人才竞争，要使研究所人尽其才，才尽其用，就必须真正放活科技人员。他们打破了人才归部门所有的观念，允许科技人员在所内外流动。科技人员可根据自己的专业特长、科研课题的需要选择岗位。人才分流不等于人员分散，研究所则根据全所科研开发、生产经营的实际需要，保证重点，因才适用，合理调配。同时研究所积极创造条件，以多种形式加速科技人员知识更新，提高他们从纯科研转向生产开发的应变能力。全所400多名科技人员先后投入到新产品研制、开发与生产中，使研究所的优势得到充分发挥。

在邓小平同志南方谈话精神的鼓舞下，电力机车所提出抓住机遇、加大步伐、争当科技体制改革“火车头”的宏伟蓝图，并在全所职工代表大会上获得通过。

按改革方案的构想：首先是发挥研究所技术、人才与资金优势，创办多门类、多行业高科技产业，逐步形成“科工贸”一体化的科技先导型企业集团，使科技成果产业化、商品化、国际化；二是转变整体机制，用一年的时间，完成全所结构调整、分流人才，形成“小研究、大企业、小管理、大经营”格局；三是到“八五”末期，交直电传动技术达到世界先进水平，交流电传动技术到2000年接近世界先进水平，使电力机车所成为世界一流的电传动技术研究开发中心；四是1995年要实现年销售收入2亿元，到20世纪末达到5亿元。到“八五”末，职工人均收入每年不少于1万元。

在改革大潮中，株洲电力机车研究所如同一列风驰电掣的电力机车，乘着东风，迎着阳光，沿着深化改革的轨道奔向2000年。

扶贫：扶志扶智扶项目

——湖南省科委扶老区特困村扶贫小记

（1998年12月1日　第4版）

湖南省科委从1997年开始，先后派出两批定点扶贫工作组，进驻革命老区平江县仕洞村，在提高农民科学文化水平和依靠农业科学技术发展农村经济上，取得明显成效，深受农民欢迎。

仕洞村地处平江县西北部山区，被列为全省100个特困村扶贫对象之一，是省科委扶贫点，也是潘贵玉副省长的联系点。省科委扶贫工作组进村后，深入调查，找出了贫困的原因，主要表现为村民“等、靠、要”思想严重，甚至认为“村里脱不了贫，工作组脱不了身”；科学文化知识贫乏，生产技术落后；村干部年龄老化，党支部战斗力不强，缺少脱贫致富的决心和毅力。根据这种现状，工作组以“一年夯基础，二年脱贫，三年致富奔小康”为扶贫工作目标，确立了精神扶贫、智力扶贫和项目扶贫相结合的工作思路，并付诸实施。

为了使村民们了解“外面的世界”，工作组助架起了全村无线通信系统网，建立了村广播站，使全村收听覆盖率达到100%。同时，工作组还定期召开各种会议，运用各种宣传手段，宣讲党的农村政策和扶贫方针，介绍外地脱贫致富经验和先进典型，动员村民抓住扶贫机遇，发扬主人翁精神，自力更生，艰苦创业，大大增强了村民脱贫致富的信心。

为了提高全村的科学文化水平，工作组通过全村广播网、村文化娱乐中心，举办科技培训班，定期播放农村种植、养殖专业知识录音、录像片，还建起了有上万册图书的村图书室，定期对全村开放。省科委青年还资助该村40名青年参加农村函授大学学习。

为了提高村民的农业生产技术，工作组先后邀请了专家30多人次来村传授科技知识，其中包括省农科院作物所专家讲授玉米、大豆制种技术，省林科所专家讲授果林栽培技术，省畜牧所专家传授生猪饲养、疾病防治技术。省食用菌研究所的专家和工作组一道长驻该村，对村民进行配料、制种、干制全套技术培训，使全村一大批年轻人学会了操作，有7户村民成了专业户，办起了家庭工厂。到目前为止，全村有300多名男女劳动力学会了一到两门实用技术。

村民们有了自力更生脱贫的决心和实用的农村专业技术后，工作组一改以往把扶贫资金用于购买种子、化肥、农药的“输血”方法，而是把有限的钱用在“造血”功能上，投入到适合于当地资源开发、有较高技术含量和见效快的项目上。该村山区气候条件适宜于培植食用菌，工作组就引进了优良灵芝、木耳、香菇菌种，帮助购置各种生产设备，建起了村办企业食用菌厂，今年集体种植灵芝1万多袋，第一批集体收入已达1.6万元，全村新种植食用菌达6万多袋。当地旱土多，红薯产量高，工作组帮助引种200亩优质薯种，可比当地品种增产20%。村里建起了红薯粉丝厂，购置了淀粉加工设备和粉丝机，每年可加工原料300吨，生产淀粉60吨，农民可增收6万多元。

同时，村里还办起了良种猪场、饲料加工厂。到目前为止，工作组帮助全村引进良种21个，推广应用农业新技术13项，开发了300亩优质果林，建立了优良大豆、玉米制种基地，推广两系法杂交水稻200亩。通过实施的12个科技扶贫开发项目，今年全村年增产值可达20万元。全村集体经济收入超过5万元。

如今的仕洞村，到处是一派依靠科技脱贫致富奔小康的气象：近10公里长的进村公路和3座桥修通了，新修的水塘、水坝改善了农业生产条件，全村80%的农户用上了自来水。一些外出打工的青年纷纷返村办企业。由于集体经济的发展，今年村干部的工资和村上的开支不再需要摊派了。村民们反映，有了工作组的“科技扶贫”，三年时间不光是要脱贫，而是要奔小康了。

冲刺民族医疗设备工业的“制高点”

——记我国第一台磁共振成像系统研制成功

（1999年6月30日第4版）

磁共振成像系统是一种集多种学科、技术之大成的复杂的高技术产品，目前主要用于医疗影像诊断。1983年，当世界上第一台磁共振成像系统在美国问世时，曾被誉为医疗影像设备发展史上的“一次革命”。

我国人口众多，医疗量大。随着社会进步和人民生活水平的提高，我国对医疗设备有了更多更高的需求。然而，就像战场上“落后就要挨打”一样，在市场经济的“商战”中，落后了就要“挨宰”。当时，外国厂家卖给我国的磁共振成像设备，条件苛刻，单台售价高达150万～200万美元，长期依赖进口，必受制于人。我国医疗设备工业落后的严峻现实，激发了我国一批科技专家加速发展民族医疗设备产业的强烈愿望。在我国改革开放的前沿阵地——深圳经济特区，一支以中国科学院科研骨干为核心的研发队伍，瞄准世界最先进水平，打响了一场向民族医疗设备工业“制高点”冲刺的攻坚战。

医学界一件大喜事

1938年，美国第一台磁共振成像系统正式上市。从原理的揭示到产品的上市，这一过程整整花了37年，研究开发经费高达10亿美元之巨。

以20万美元投资起家的深圳安科公司仅用了三年时间，投入了相当于外国公司数十分之一的开发费用，于1989年10月研制成功了我国第一台永磁型磁共振成像系统ASM一OISP。同年12月，该系统通过国家级产品鉴定，专家组认为该系统达到20世纪 80 年代中期同类产品的国际先进水平。听到这个喜讯，当时的卫生部部长陈敏章激动地说：“这是中国医学界的一件大喜事。连磁共振成像扫描机都能搞出来，我们中国人还有什么医疗器械研制不了呢?”

作为 1989 年我国十大科技成就之一，该系统被列入国家火炬计划，1990 年全面投产。产品很快销往全国 10 多个省、市、自治区。10 年来，实现产值 5 亿多元，利税 1 亿多元，产品替代进口，相当于为国家节约外汇 1 亿多美元。安科公司在与国际名牌产品的竞争中，占据了全国 1/4 的市场份额。安科的产品上市了，“外国货”在中国市场上的价格也降下来了。

充满激情的高智商群体

记者在翻阅深圳市人民政府 1994 年第 3 期“纠正行业不正之风”简报时，一篇题为“骑自行车的总经理——深圳安科高技术公司总经理陶笃纯清廉记事”的文章引起笔者的注意。

陶笃纯，这位来自中国科学院声学所科研第一线、曾获得全国科技实业家创业金奖的声学专家说：“中国医疗设备工业不能长期处于落后状态，国外新产品不断出现，国内科技体制改革推进科技成果商品化，鼓励科技人员走向主战场，激发我们开创大型医疗器械产业化之路。”他谈起了当年在中国科学院和高校工作的一批中年骨干，满腔热情，离家南下深圳，在特区创办初期条件十分艰苦的环境下埋头苦干，勇攀高峰的历程。他还谈到了国家政府部门、中国科学院和深圳市的支持，谈到了为共同事业而呕心沥血的同事们，还兴奋地夸耀着一大批在高科技产业化、商品化过程中开拓进取、迅速成长的新一代年青骨干们。

他谈了许多人，就是不提及自己。确实，提谁都是一样，“安科人”是一个整体，一个充满民族自尊和传统美德、智慧与激情的优秀知识分子群体；一个不畏艰难、我国医疗设备工业现代化的开拓创新群体。

在安科公司，有一位受人敬重的女专家“冯老师”，她叫冯蕴深，曾在北京大学讲授《磁共振原理》课程。当得知要研制中国人自己的磁共振设备时，她毅然应允加盟安科公司。1986 年 1 月，47 岁的她放弃了北大安排出国做访问学者的机会，离开北京温暖的家，来到蛇口这个昔日渔村。带领研制小组，攻克了产业化过程中数不清的难关，学习-实践-创新，用一年的时间，她和同伴第一次从自己试制的系统上观察到水的核磁共振信号。半年后，又获得人的头部断层图像。当全部系统研制成功时，她激动得热泪盈眶。

如今的安科人，平均年龄只有 32 岁，70％以上具有大学本科学历，硕士、博士毕业生比例达到 38％。1996 年还建立了企业博士后工作站。

攀登高点未有穷期

从1989年第一台磁共振成像系统研制成功，到今年刚好10年。深圳安科高技术有限公司坚持自主开发为主，引进借鉴为辅的方针，保持技术优势和持续发展的主动权，成为我国医疗设备工业的“领头羊”，也是国际同行业中一家不可轻视的高科技企业。就在这个10年结束的前夕，安科公司的广大技术人员经过顽强拼搏，突破了一个又一个技术难题，开发成功一种崭新的、符合国际技术发展潮流的、有国际竞争能力的开放式永磁型磁共振成像系统ASM-020P上市才半年，就接到了十多个医院的订单，受到市场的热烈欢迎。最近安科高技术公司的磁共振成像系统马上就要跨出国门，与越南的合同已经签订。所有这些都为这个10年画上了一个圆满的句号，也是安科人向新中国成立五十周年所献的一份厚礼。

陶笃纯不无感慨地说，在高技术医疗器械行业市场激烈竞争的环境中，我们只有不断增加产品的科技含量，开发出适应市场需要、具有优越的性能价格比的新产品，才能占据产业的制高点。只有发展和生产具有国际先进水平和市场竞争力的高技术医疗器械产品，才能改变“国货”不被信任的状况，才能实现真正意义上的为国家争光，为人民造福。

走马楼考古，简牍显孙吴

——长沙走马楼文物抢救性发掘、保护纪实

（1997年1月25日海外版　第5版）

1996年12月11日国家文物局第126期《文物要情》披露：经国家文物局批准，1996年7月至11月，湖南省长沙市文物工作队为配合城市基本建设，在市中心五一广场东侧走马楼等建设区域内，发现了铁、木、竹和陶瓷等3000余件各类文物，还出土了数万片三国时期孙吴纪年简牍，其数量可能超过中国历年出土古代简牍的总和，堪称是一次惊人的考古发现，意义重大。

繁华的商业中心　神秘的走马楼古街

在古城长沙，曾流传一首地名对联：

南正街，北正街，县正街，府正街，南北县府四正街，街上灯笼，灯笼街；

东牌楼，西牌楼，红牌楼，木牌楼，东西红木四牌楼，楼下走马，走马楼。

经考证，走马楼建于明代，为明朝吉王府东圃内的建筑，至清初此楼已颓废，楼名成地名，流传至今。其位置即为今日长沙最繁华的“五一广场商业特区”东侧一带。

长沙古城依伴麓山、俯视湘江而建，在中国历史中占有重要的地位。在中国近代史、文化史上曾有过光辉的篇章，涌现出一大批叱咤风云的英雄人物。但 20 世纪 30 年代的一场大火，使其具有古城历史文化特色的街区所剩无几。按国家文物局局长张文彬的说法：“长沙只有考古发掘才能恢复名城特色。”

自 1987 年开始，长沙市的考古工作者就在“商业特区”内的五一地下商场、中山商业大厦、锦绣大厦等建筑工地相继发掘出大量楚汉时期的建筑构件、古井和作坊遗址。经研究分析，他们认为楚汉故城的轮廓已初露端倪，其范围还可能超出商业特区之外。对考究长沙历史文化的市文物工作队来说，位于五一广场东南侧的走马楼是一条神秘的古街，五一广场及其附近地带的任何地下基建工程都在他们的密切关注之中……

与施工同步的昼夜监察　市文化局的“特急报告”

按照长沙市文化局“特急报告”要求：1. 简牍出土地点及周围地区必须无条件停止施工，未清理完毕不得开工……5. 建议市委、市政府组织有关方面迅速成立五一广场商业特区文物保护领导小组，以协调处理文物保护的重大问题。

1996 年 6 月中旬，位于五一广场的湖南平和堂大厦工程举行了隆重的奠基仪式，这是一个中日合资的重点项目。长沙市文物工作队始终没有放弃对这块“风水宝地”的厚望，他们于 6 月底就提前介入，进行现场观察。由于城市交通和环境卫生方面的原因，基建施工只能在晚上取土外运，因此，文物工作队从 7 月开始，增设通宵班，每晚两班轮换，密切监察。

仅一个多月时间里，长沙文物工作队就在平和堂大厦工程范围内发现战国时期大小古井 30 余口，大面积的汉代夯土台基，并在附近的水井中出土了汉代“安乐未央”瓦当及大批板瓦、筒瓦等建筑构件，引起了他们的高度警觉：“安乐未央”瓦当和大面积的夯土台基，在汉代只有高规格、高级别的建筑上才能使用。这表明这些古建筑遗址与汉长沙国的王宫、官署有着直接的联系，若与已相继发现的楚汉时期长沙城平民居住区、手工作坊综合起来，一幅楚汉古长沙城的全貌就跃然于图上，就整体意义而言，其价值不低于发掘一座马王堆汉墓。

1996 年 10 月 16 日晚，施工队按惯例进行通宵取土施工。至 17 日凌晨 4 点左右，巨大的掘土机在距地表 7—8 米深处一口古井（正是出土简牍的 22 号井）的上方铲了几车表土后，竟鬼使神差，突然发生故障，不能继续作业。

停机后，在现场作业的工人发现土方中夹有一些长短不一但又很规整的小竹木条，上早班的文物队技工曹彪和孟科保整理清洗木条后，发现有依稀可辨的文字，立即向上报告，考古部主任何旭红赶到工地，确认为重要文物后，立即向市文物工作队队长宋少华汇报。宋少华发现竹木条上有“嘉禾”年号字样，很快断定这些出土的竹木条为三国时期孙吴纪年简牍，价值非同寻常。他当即调集人马，采取三条抢救性措施：一、立即停止施工，保护现场；二、收集清理散乱的表土；三、追回已运走的渣土。同时向省文物局和市文化局报告。市文化局副局长赵一东接到报告一刻钟后即赶到了现场。

当日晚，一份以市文化局名义发出的“关于抢救保护平和堂工地发现的三国纪年简牍”的特急报告送到了长沙市党政领导面前，报告中提出：市文物工作队在平和堂施工现场发现具有吴国孙权纪年竹简、木牍，数量已达数百片之多，是中国三国时代考古的又一次重大发现，更是一份极为珍贵的历史文化遗产，请求保护抢救这批珍贵文物。

领导班子“文化人”　项目方的“明白人”

两年前，根据历史文化的特点，中共长沙市委主要领导同志提出了“以文立市”的方针，要求以强烈的文化意识指导城市规划建设，在干部群众中产生了共鸣，为全市文物保护提供了很好的工作基础。

10 月 18 日，接到长沙市文物工作队报告的湖南省文物局发布了“保护好走马楼孙吴简牍出土现场”的通知，省文物局办公室主任带着通知到平和堂施工现场，要求有关各方支持文物的保护、发掘工作。同时，中共长沙市委常委、宣传部长郑佳明和副市长王柏林联合签发意见书，责令有关方面加强现场保护，支持市文物工作队开展工作。施工方负责人亦表示，停止施工，支持考古。

按惯例，大型项目的地下土建工程由施工队伍直接承包，对地处商业中心地带的中外合作项目平和堂大厦来说，时间紧，场地小，地下取土采用的大型机械设备，运转空间就已经受到限制。停止施工，就意味着施工队伍、设备的部分闲置，工期延长，经济损失巨大。而按 1982 年颁的《中华人民共和国文物保护法》第三章第二十条规定：“凡因进行基本建设和生产建设需要文物勘探、考古发掘的，所需费用和劳动力由建设单位列入投资计划和劳动计划，或者报上级计划部门解决。”这意味着项目方还得承担一部分文物考古费用和施工延迟的成本。

经过两天的紧急协商，10 月 21 日下午，“平和堂工地文物保护现场办公会议”在五一广场商业特区办公室召开了，这是全市一次保护文物的高层次协调会，市委常委、宣传部长郑佳明态度十分明确：各方配合，保护文物，刻不容缓；经费问题，当即敲定，不等会后商议。副市长王柏林更是快人快语：文物保护，责无旁贷，要尽最大努力做好文物的发掘、清理、保护和研究工作。并要求市文物工作队比预定计划提前 5 天完成，使平和堂建设工程早日竣工。

协调会议定的要点为：平和堂工地出土的“三国纪年简牍”具有很高的历史学术研究价值和文物价值，是珍贵的文物资源，必须全力加以保护；平和堂工程部与文物工作队要密切配合，当文物发掘与工程施工发生矛盾时，要服从文物保护；商定的30万元经费，由商业特区与平和堂各承担50%；经费一周内到位；考古工作完毕后，长沙市文物工作队要向湖南平和堂提交完工书面通知。

会议纪要电传到日本，平和堂董事会表示理解。11月4日，日方董事会代表团飞抵长沙，第二天就到工地察看，支持中方的考古工作。与此同时，文物工作队在现场清理收集到散落的简牍900余片，在渣土场又陆续找回600余片。

一位民工得知这些竹木条是珍贵文物时，立即将拾回的4片简牍送到考古人员手中。从10月21日至11月13日，整整23天，市文物工作队人员全部出动，包括民工在内，有时多达60余人，宋少华、何旭红、傅星生、肖静华、邱东联、李鄂权、黄朴华等一批骨干带领大家日夜奋战在现场，进行抢救性发掘，获得惊人的发现。

12月13日，由市长袁汉坤任组长的“长沙市走马楼三国纪年简牍保护整理工作领导小组”成立。袁汉坤市长和宣传部长郑佳明表示，坚持“保护为主，抢救第一”的方针，科学地完成简牍的保护、整理、研究工作。

数万简牍见天日　重大发现惊世人

专程赴湘的中国历史博物馆馆长、考古学家俞伟超先生说：“来长沙之前就知道这次发现的简牍数量很大，已有足够的思想准备。但看过之后，仍感震惊。长沙孙吴简牍完全有资格同中国四次最重要的古代文书发现（甲骨文、西北地区屯戍简牍、敦煌藏经洞、清朝内阁档案）相提并论。”

国家文物局局长张文彬说：“长沙走马楼三国纪年简牍的出土，是几十年来在简牍方面数量最大的一次发现，考古发现促进历史学的发展，通过对出土简牍的研究，我们对孙吴政权的历史知识，看来得重新建立。”

此次走马楼抢救性文物考古共发掘古井61口，其中战国古井5口，汉代古井28口，三国魏晋南北朝古井6口，唐宋古井6口，元明清古井16口。古井直径0.85～4.1米，现有深度0.7～11米。按其功能，与用途可分为饮用、仓储和加固基础三大类。井内出土文物有日用器皿、生产工具、建筑构件等，器物品种繁多，有陶、釉、瓷、铜质用品，木轮、铁钉、砖、瓦等，总数达3000余件。其中汉代的瓦当图案多为卷云纹，有的印有“安□（乐）未（央）”“□（长）乐未□（央）”等字样，应为汉代长沙国官署或宫廷建筑所使用。

而最重要的发现，即为走马楼街50号古井之下的22号古井中出土的三国时期孙吴简牍。该井为袋状不规则圆形竖井。井口距地表8米，井深超过5.6米，简牍层位距现有井口1.5米处，由中间向四周倾斜呈坡状堆积，厚20～50厘米。简牍层之上为井壁坍塌形成的褐色泥土覆盖层，厚 20～250 厘米。其下为厚 50～310 厘米的黑灰土层及灰褐土层，内含竹木屑、草藤树叶、砖瓦罐碗碎片。往下井深 5.12 米处，有一方形木构井圈，四角各有一木桩，桩外四面各放置 2 块木板作井壁。由此可推测，22 号井实为仓储之用。

出土的简牍呈黄褐色和灰褐色，按形制分为大小竹简、木牍、封简和标识签牌等。木牍长 23.4～25 厘米，宽 6～6.9 厘米，厚 0.6～0.9 厘米，直行书写，字迹大都清晰，木牍上有上、下两道编纶的痕迹；竹简长约 23 厘米，宽 1～1.2 厘米，厚 0.2 厘米。质地较差，相互粘连，文字书写于竹里。专家们估计，此次出土简牍总数超过 10 万片，总字数超过 100 万字。

简牍是中国古代独特的书写材料，早在商周时期就已出现，直到晋代以后才逐渐废止。所谓简牍，就是按一定长度和宽窄削制而成的竹片、木片。一般来说窄者称“简”，宽者为“牍”或称“扎”（也有人认为竹质者称“简”，木质者为“牍”）。

据长沙市文物工作队对散落简牍的收集、整理，这批简牍年号多为“嘉禾元年”至“嘉禾六年”。“嘉禾”为三国时期吴国孙权的年号，即公元 232 年至公元 237 年，距今已有 1700 余年，仅从一小部分简牍的文字整理结果来看，简牍内容十分丰富，计有券书类、司法文书类，长沙郡所属人名民薄类，名刺和官刺类、财薄类。简牍上的文字字体有隶书、楷书、章书、隶草、行草等，字体俊美。

保护研究孙吴简牍　不负先辈无愧后人

中共中央政治局委员、国务委员李铁映对长沙走马楼考古发现作出重要批示：“一定要全面、妥善保护好。组织专家进行系统整理和研究，并规划、设计文物的展览、保存方案，列入长沙市建设规划中。”

国家文物局局长张文彬提出：“完整保护、科学整理；保护整理中要有自然科学家参加；成立长沙简牍博物馆，很有特色，国家文物局支持。”

长沙市文物工作队在走马楼区域抢救性改制中的重大发现，引起了湖南省各界的强烈关注。12 月 26 日，中共湖南省委书记王茂林、省委副书记郑培民和省人大、省政府的领导同志听取了长沙市有关部门专题汇报，并参观了出土的孙吴简牍。王茂林要求省、市有关部门尽快制定规划，与国家文物局的专家组成专门班子，保护好这批珍贵文物，并对它进行研究整理，让人民群众感受中华文化的博大精深。长沙市委书记还兴奋地说，这次极其重大的考古发现，进一步奠定了长沙历史文化名城的地位，为我们探寻楚汉名城长沙的演变历史提供了十分珍贵的实物史料，他还提出了建立长沙简牍博物馆的设想，使之成为对广大市民进行历史文化传统教育的重要基地。

走马楼孙吴简牍的发现，究竟有何重大意义，是行外人们所关注的重点。

长沙市文物工作队队长宋少华副研究员告诉记者，自 20 世纪以来，中国 60 多处此前出土的简牍总数量约为 9 万片，三国时期简牍寥寥可数，且绝大部分是墓葬品，文字数量有限。而走马楼 22 号井（仓）出土简牍数量已超过前几十年的总和，所记述的内容十分丰富，集中、完整地反映了三国时期孙吴政权的政治、经济、军事、文化、户籍、司法诸多方面社会状况，这恰恰弥补了三国历史文献资料的严重不足。目前整理才刚刚开始，尚有许多内容暂无法得知。除此之外，走马楼出土了大木简（牍），这种形制的简牍在历史文献中语焉不详，以前的考古发现中也从未有过，对研究中国的简牍制度，特别是在纸张发明后简牍行将退出历史舞台前夕的简牍制度，有特殊的价值。三国时期，时间跨度仅几十年，群雄逐鹿，疆界异动频繁。孙吴简牍的真实记录，为当时长沙地区州、郡所辖地域的历史沿革提供了新的线索。

此外，如此数量巨大的简牍为什么集中放置于走马楼 22 号井中？如何使数万片简牍，特别是大批互相粘连的薄简分离而不遭损坏？如何用最科学的方法将这些珍贵的出土简牍妥善保存，并尽快将简牍文字整理、出版，等等，都成了新的研究课题，均有待于社会科学和自然科学的专家们携手合作，使中华民族的这批稀世文物重放光华！

科技下乡　授人以渔

——湖南岳阳科技下乡侧记

（1997 年 6 月 27 日第 3 版　许光辉参与采写）

最近，记者有机会参加了湖南省岳阳市科技下乡广兴洲镇活动日，连续一个多星期的阴雨被风和日丽的晴朗代替。中巴车满载着市政府科教办、科委、农业局、畜牧水产局、能源办、农科所等单位的专家和各单位的科技赠书，驶出郊外。沿路蓝天白云，赏心悦目，油菜花香，馨香扑面。劳动人群，往来阡陌，一派生机勃勃的景象。车到广兴洲镇后，只见成群结队的人涌向这里，渴望科技知识的农民在翘首以盼。

简短的欢迎仪式之后，各单位捐赠的图书，在几个小伙子的搬运下，就近放在农行广兴洲镇营业所里。

忽然营业所里有人高喊："莫挤，莫挤，会发的。"但群众已涌入营业所内，争挤之状，甚为激烈。不久便见抢得书者挟在腋下挣脱而出。一阵子，2000 多册书一抢而空。营业所外随即成了科技书籍的交换市场，没抢到的向抢了的讨，抢了书的根据所需互相交换。笔者见西湖村五组牛蛙养殖专业户吴先国父子俩均在抢书之列。儿子到底年轻，抢了五六本，正倚在梧桐树下翻看，吴先国说："刚才有人开玩笑说抢银行，我看差不多，科技书值钱。"当地负责人面对"一团混乱"，束手无策，无奈地说："原本按村组发放的，谁知农民有如此兴趣，始料不及。”

咨询服务开始了，专家们立即被分割成几个包围圈。棉花专家杨秋功的湘杂 1 号棉花栽培技术咨询台挤满了群众，少说点也有好几百人，面对各式各样的问题，杨专家很快就觉得气力不足，只好站在椅子上拿个喇叭逐一解答，满头大汗，声音嘶哑。吃中饭时，杨专家还被几十人围着，还是由镇里干部解了围。

在高级水产工程师杨振久的咨询台前，几位正在筹划养殖鳝鱼的农友问：“现在是黄鳝繁殖季节，我们在街上购回了一批体格健壮的大黄鳝，请问这样搞行不行?”

“搞错了，搞错了!”杨振久告诉农民朋友，黄鳝是雌雄变性的，一条黄鳝只有一次性成熟，产了卵后就成了公黄鳝。所以，只有小黄鳝才能产卵，大黄鳝都是公的。你们如果要搞黄鳝繁殖，必须选购体格健壮的小黄鳝才行……农友们连连点头。

岳阳电视台的记者李江涛要数下乡队伍中的大忙人了，他扛着摄像机从满街的人群中钻来钻去，抓拍有价值的镜头，累得满头大汗，一双旅游鞋被踩得面目全非。在拍抢书场面时，他不得不从附近餐馆借来几个凳子，站在凳子上工作，并需要几个人在下护卫，免得挤倒。当拍图书捐赠仪式时，他的摄像机里电池没电了，只好到相隔 100 多米的车上去拿，但仪式两分钟就过去了，他只好“望机”兴叹。对一个记者来说，捐赠图书的仪式没有拍到实在是憾事一桩。

为了把这次活动搞得有声势，广兴洲镇曾要求每个组至少派两个代表来。镇里有 194 个村民小组。当日上午八点半时，街上便涌来了数千群众，大大超过预计人数，像过年过节一样热闹，镇领导只得把机关干部全部拉到街上维持秩序。

党委书记余岳良说：“真没想到，一下子来了这么多人，其实也不难理解，广兴洲镇在全市乡镇来说是比较富裕的，这里的农民人均纯收入很高，大都是靠勤劳致富的。对农业技术有强烈的渴求，听说科技下乡有专家讲课，有科技资料发，能不来吗!”

岳阳是全国的商品粮和商品棉基地。为了加速农业大市向农业强市的转变，市委、市政府把农业新品种的引进和推广，优质高产高效农作物栽培技术推广作为调整产业结构、提高耕作水平、振兴农村经济的重点任务来抓，先后组织实施了百强科技显示工程、农村集团技术承包、星火密集区建设以及科技工程等，因地制宜推出了如庭院经济、丘岗荒滩开发、水果-沼气-猪或鱼立体农业、农副产品深度加工等各种形式的科技致富模式，基本上达到了“推广一项新技术、培育一个新型产业、致富一方群众”的目的。

学海拾遗

——《中国院士治学格言手迹》出版小记

（2004 年 4 月 22 日　B4 版　头条）

还是在去年春夏之交，一场突如其来的 SARS（非典型性肺炎）疫情使国家和人民处于一种前所未有的非常时期。一时间，人们感到了对科学防治非典的强烈关注和依赖。

对科技新闻工作者来说，再一次体会到科学家的重大责任担当，也被战斗在抗“非典”一线的科学工作者的科学态度和拼搏精神深深感动着。同时我们也在思考，除了科学新闻报道，还能为科学家们做点什么？当报社领导层决定把弘扬中国科技工作者的精神确定为一项任务时，我提出的“中国院士治学格言”这一选题就形成了，并视其为纪念本报创刊 45 周年的实际行动。

受命主持《中国院士治学格言手迹》的征稿和编辑工作，有些担心。作为一名科技新闻工作者，据多年与科技专家接触的体会，知道院士们实在太忙了，要完成科研任务，要辅导研究生，要参加国内外各种学术活动，还有许多院士担任了重要的领导职务，能否抽得出时间静心提笔？一大批资深院士年事已高，请他们亲笔挥毫，是否会影响他们的健康？……我一直处于“忐忑不安”之中。

从 2003 年 7 月 9 日开始向两院院士发出征稿函后，7 月 17 日我们就收到第一件复函，是来自上海复旦大学附属华山医院外科的中国工程院院士顾玉东先生，他亲笔题写“手动脑活”四个大字，让编辑组的同事们十分兴奋。计算一下时间，北京与上海之间邮寄往返加上题词，总共只用了一个星期！此后不到两个月时间里，编辑组收到了来自全国各地的 200 多件院士应邀亲笔书写的治学格言手迹，其中有 90 多岁高龄的资深院士，有“两弹一星”功勋科学家，有国家“863”计划的倡议者，有已卸任和在职的全国人大、全国政协和有关部委领导，还有中国科学院、中国工程院的领导同志，看着这一个个熟悉的名字和他们亲笔书写的治学格言，倍感亲切。

令人感动的是，许多院士在提供手迹的同时写来专函，表达热爱祖国、热爱科学、关心青年一代的心情，其中不乏对报社工作的关心、爱护与殷切期望。在题写“治学格言”的 689 位院士中，70 岁以上的有 500 位，80 岁以上高龄的有 186 位，90 岁以上高龄的有 28 位，年龄最长的贝时璋院士今年 101 岁。他们的治学经验是一种“世纪积累”。我和编辑组的同仁们，同时也相信那些将要看到这本集子的读者都不能不对这些可敬的科学家、可亲的长辈从心底里表示敬重与感激。

为了尽快让院士们的治学格言与读者见面。本报从2003年8月6日起在第一版开辟“院士治学格言”专栏，连续登载（至今仍在继续），受到社会的广泛关注和读者的普遍欢迎。一些单位和个人纷纷表示要系统收集“院士治学格言”，有人干脆动手用“剪刀加糨糊”收集。此时，世界知识出版社给予了特别关注和支持，使《中国院士治学格言手迹》一书能在这家有70年历史的出版社问世，实为编者和藏家们的一件幸事。

院士治学经验是一种宝贵的财富，而手迹原件却不是失而能复得的。我知道，有6位科学家写完手迹不久后就离世了。著名大地构造学家陈国达院士、著名的断肢再植专家陈中伟是在看到手迹出版后去世的。因此，如何妥善保存珍贵的手迹原件是结集出版后的一件大事。我设计了几种方案，社长罗荣兴一锤定音，捐赠给中国国家博物馆，以便永久妥善保存。中国国家博物馆藏品保管二部的同志在馆领导的大力支持下欣然应允，接纳院士治学格言手迹原件入馆珍藏。

值得一提的是，《中国院士治学格言手迹》从征稿、整理、编辑、出版和原件捐赠整个过程中，得到了社会各界的支持，其中55位已故院士的工作单位和亲友也想方设法找出科学家先辈们留下的“墨宝”，将其同时补编入册，使《中国院士治学格言手迹》内容更加丰富。

自主创新的“奇葩”

——中国南车株洲电力机车研究所科学发展纪实

（2009年4月24日　第4版　刘亚鹏参与采写）

地处中国腹地、湘江之畔的湖南省株洲市，是我国著名的工业基地。位于国务院批准的“长株潭城市群综合配套改革试验区”核心地带的株洲市石峰区，建有我国电力机车的科研、生产基地——铁道部株洲电力机车研究所（现南车株洲电力机车研究所有限公司，简称株洲所）和铁道部株洲电力机车厂（现南车株洲电力机车有限公司）。自20世纪60年代初我国第一代电力机车在这里诞生以来，随着一台台不同型号、规格的电力机车下线驶向全国，“中国电力机车摇篮”的美誉从这里传遍海内外。

在新中国六十年的建设与发展中，特别是改革开放以来，这里从一个穷乡僻壤蜕变成一座欣欣向荣的科技工业园区。就是在这片充满生机的科技工业园里，株洲所在国产电力机车的核心技术——牵引电传动与网络控制系统集成技术及其关联领域，硕果累累，人才辈出，成为我国深化科技体制改革、实践科学发展观、坚持走自主创新道路的一朵盛开的“奇葩”。

创新，引领弯道超车

对中国和世界来说，过去的2008年是多灾多难的一年。

年初发生在中国南方罕见的大面积冰雪灾害，使交通运输受阻，打乱了人们正常的工作生活，让人措手不及；汶川“5.12”特大地震灾害，造成重大的人员、财产损失，引起全世界关注；从下半年开始，由美国“次贷危机”引发的一场“金融风暴”，波及全球，并对实体经济造成打击，世界经济发展陡然“急刹车”……

也就是在多灾多难的2008年，株洲所却逆势上扬，取得了一个又一个发展成果。全所在研课题达到291项，完成250项，完成率达86%；申请专利158项，参与制订国家标准3项，主持制订国家标准11项，行业、企业标准74项；有11项科技成果通过国家、省、市级鉴定，18个项目获奖；共有9家所属单位通过湖南省高新技术企业认定；该所参与“人造太阳”国际合作计划项目荣登“湖南省2008年度十大科技新闻榜”。

该所的自主创新能力究竟有多强，我们从2008年全所科研生产的“十件大事”上就可窥端倪：

1月，安装在湖南江华山区的国产单机功率最大的风力发电机，经受了冰冻考验，成功并网发电，标志着国内第一套完全自主知识产权的大功率风机系统开始接受市场的检验；

3月，沈阳地铁二号线一期工程牵引制动系统中标，这是我国城市地铁首次大规模采用完全自主知识产权的牵引传动系统；

6月，获得株洲公交140台混合动力客车订单，这是当时国内最大的电动汽车整车单项订单；

7月，获得华电集团投资的湖南省仰天湖风电场22台风电机组订单，这里是湖南省第一座风力发电场；

8月，该所研制240台智能地面充电机在国际上规模最大的电动汽车充电站“北京奥体中心电动汽车充电站”正式投入使用，连同该所开发的50辆纯电动奥运示范车电传动系统，服务奥运会。良好的设备技术性能与优质的售后技术服务，赢得了奥运组委会的高度评价；

9月，该所研制的用于石油钻探的液压式“DQ40Y顶部驱动装置”成功下线，这是国内首台；

10月，上海轨道交通一号线扩编改造车辆（114号车）正式下线，这台亚洲最大的编组地铁车辆装备了该所研制的具有自主知识产权的交流传动系统；

10 月，收购加拿大上市的英国公司 Dynex Power75%的股权，创造了中国轨道交通行业跨国并购首例，这是在危机中抓机遇的“大手笔”。不仅打造了一个再融资和实施海外扩张的新平台，同时也将形成包括大功率高压晶闸管、IGCT 和大功率 IGBT 在内的完整产品结构，具备为国内外电力电子装置制造企业提供大功率半导体器件全配套的能力；

11 月，在规模仅次于国际空间站的大科学国际合作计划“ITER AC/DC 大功率变流系统技术支持与工程咨询国际招标项目”（又称“人造太阳”计划）中独家成功中标。

12 月，为解决输变电露天系统冰冻灾害，研制出我国第一台移动式 IGBT 直流融冰装置，在江西国家电网完成挂网试验。

纵观这一系列创新性研发成果，在国内外经济形势逆转的 2008 年中，株洲所自加压力，依托自主创新优势，抢抓机遇，保持了又好又快的发展势头，在规模经济效益再跃上新的台阶的同时，使株洲所的科学技术水平与自主创新能力牢牢占据行业领先地位。

创新，勇攀技术之巅

列车牵引电传动及网络控制技术是现代电力机车的“机芯”，牵引电传动系统常常被人们视为列车的“心脏”，而网络控制系统则相当于“大脑”，其技术难度之大、作用之关键显而易见，堪称世界电力机车技术的金字塔尖。但长期以来，该技术掌握在世界上少数几个发达国家的手里，

20 世纪 70 年代以来，随着世界经济的飞速发展，以电子信息技术为代表的高新技术开始全面应用于机车装备，日本新干线、欧洲高速列车等交流传动电力机车大行其道，这种结构简单、可靠性高、牵引功率大、黏着性能好的产品很快引起国内业界的注意。以黄济荣、严云升、柯以诺为代表的株洲所第一代科技工作者以敏锐的嗅觉，在资料奇缺、经费不足的情况下，开始着手牵引交流电传动系统技术的理论研究和简单试验，以交流同步调速系统为突破口，试制大功率的负载换流变流器和同步电动机等关键设备，获得了大量的试验数据和实践经验，为株洲所未来大规模研发打下了坚实的基础。

进入 80 年代，株洲所又开始转入交流异步调速和传动系统的研究，并研制出四象限脉冲整流器等关键部件，为探索交流传动技术迈出了关键的一步。同时借助法国 8K 电力机车和美国 ND5 内燃机车的技术引进，促成了一大批青年科技人才的成长和对交流传动技术的认识。

进入 90 年代，以丁荣军为领军人的一批青年骨干从研究技术标准和技术模式入手，向该技术高点发起新一轮冲击。他们对比研究了欧美和日本两种技术流派的长处，

主攻电路研究，创造性地发明了以两点式异步电机为主、兼有三点式同步电机的全新技术模式。1996年，与主机厂联合研制出我国首台4轴4000kW交流传动电力机车（原型车）。该机车的诞生，标志着我国电力机车进入交流传动时代。随后，拥有自主知识产权的大功率交流传动电力机车、高速动车组、交流传动城际机车、高速交流传动电力机车、交流传动内燃机车、交流传动货运内燃机车相继问世。

持续的科研攻关和市场化的实践，使株洲所实现了从大系统到大部件、从关键材料到关键工艺、从核心硬件到核心软件的全面突破，以自主知识产权的核心技术与跨国公司同台竞争。由株洲所承担的“交流传动系统及其高性能控制技术的研究与应用”研究项目，2005年荣获国家科学技术进步二等奖。

据统计，株洲所自1984年以来，共取得了国家、省部级重大科技成果近400项。仅“十一五”期间，株洲所就承担了国家“863”电动汽车等重大专项12项；凭借交流传动技术的优势和在电动汽车行业取得的业绩，获得了北京奥运无轨电车交流传动系统订单；成功研制出了全球直径最大、容量最大的6英寸晶闸管，使我国晶闸管技术达到国际领先水平；承担的国家“863”项目“7.5MVA IGBT变流器系统”研制成功，在上海地铁A型车安装使用；自主研制的1.65兆瓦风力发电机变频控制器填补了国内空白。“十一五”以来，该所已经取得重大科技成果216项，20多个课题被列为国家级重大科技专项；拥有授权专利169件，拥有国家和行业标准70多项，更可贵的是，专利项目实施率达100%，科研课题转化产品比例达到90%以上，企业销售收入从1984年的700万元增长到2008年近40亿元，连续30年保持30%以上增长率。

创新，催生体制之变

“科技和管理是企业稳定发展的两个‘车轮’，缺少任何一个车轮，企业就会陷入停顿”，现任所长兼总工程师丁荣军告诉记者，“如果说科技力量的不断壮大为株洲所的成功奠定了良好基础，那么在管理体制上不断求新求变则是株洲所由小到大、由弱到强的法宝。”

50年来，只有32名员工的株洲所在一无像样场地二无设备的基础上依然取得了令国人无比骄傲的成就。刚成立半年，株洲所与主机厂共同研究设计了新型牵引电动机、新的调压开关和当时世界上技术先进的硅半导体整流装置，1961年成功装备我国第一代国产干线电力机车6Y1型电力机车（韶山型1号机车）上，成为新中国第一代主力机车。至今，该车型已发展到了第三代产品。韶山系列电力机车为国民经济和铁路事业的发展做出了杰出贡献。

1978年全国科学大会，迎来了“科学的春天”。株洲所的决策者们敏锐地觉察到，只有彻底解放思想，大胆进行改革，才推动科研事业的大发展。在时任所长丁爱国的带领下，1984年率先拉开了研究院（所）体制改革的帷幕：取消国家事业费，实行科研有偿合同制、所长负责和干部聘任制、合同承包制、允许人才流动等措施，调动激活了全所员工，特别是科研人员的积极性和创造性。

从1984年到1992年的八年科技体制改革探索中，全所科研选题紧紧围绕经营生产急需，发挥整体优势，实现了“科研－生产－效益－发展”的良性循环。八年来取得的科研成果与获国家、部、省级奖励，超过改革前20年的总和；科研成果95%以上应用于生产，产品销售额平均每年递增52.7%，创收达到2.5亿元，上交国家税金和科技发展基金1100万元，固定资产总额8年增长5倍。

1992年邓小平“南方谈话”，深化改革的春风再一次让株洲所激发了新的生命力。通过转换整体机制，实行人才分流，加强研究开发，放开搞活经营，推行“小研究、大企业”“小管理、大经营”的结构，以“大雪球”带动“小雪球”，走上了科工贸一体化的科技先导型企业集团的发展道路。

2000年，株洲所划归新成立的中国南车集团，正式转变成具有现代企业管理体制的企业实体。面对铁路跨越式发展形势，株洲所审时度势，提出“走好两条钢轨、走出两条钢轨”的发展思路，探索建立集中决策、分权管理的现代企业管理体系，构建母子公司经营管理制。

2004年，为促使各种资源最大效益化，实现与市场的完全对接，再次全面调整企业架构，以产权和资本联接为纽带，化零为整，组建事业部（公司）制，推行扁平化管理，构建“葡萄架式”产业链。在正确的发展战略指引下，实行“同心多元化”发展思路，利用自己的核心技术优势，相继进入了电动汽车、风力发电、工程机械、智能交通等新兴行业。目前，株洲所已经形成了轨道交通、新材料、新能源三大产业板块，拥有车载电气系统集成、变流技术、电子控制与网络、安全监控、大功率半导体器件、高分子复合材料、传感器、电动汽车系统集成与整车开发、风机整机集成与关键部件开发共十大核心技术，旗下有七大业务主体和三家上市公司，围绕核心技术实现了跨地区、跨行业、跨国的多元化经营，企业已经进入了良性发展的快车道。

株洲所的发展，用党委书记邓恢金的话来说，适应市场发展的科技体制是株洲所的“软实力”，持续的技术创新能力则是株洲所的“硬实力”。始终坚持技术创新和体制创新，株洲所从“小作坊”到“领头羊”，促进了观念创新、体制创新、机制创新、管理创新和技术创新，实现了科技支持产业、产业反哺科研的良性循环。

创新，造就将帅之才

当今社会，“科学技术是第一生产力”已深入人心。而科技生产力的第一要素是具有创新思想和创新能力的科技团队。

50年前，在技术总负责人、我国电力机车事业的开拓者蒋之骥的带领下，株洲所开始了中国铁路电气化、攻克电力机车核心技术与关键部件的征程。

50年间，从传统铁路装备行业到新兴产业，株洲所两代科技工作者薪火传承、忘我工作，取得了无愧于时代、无愧于后人的骄人业绩，也造就了一支勇于创新、敢为人先的科技队伍。目前，株洲所7000多名员工中，本科以上学历者占58%，博士29人，硕士348人，工程师973人，高级工程师356人，教授级高级工程师59人，形成了一支拥有2000多人、结构合理的专业科研、开发、研制队伍。目前，科技队伍新老交替已经完成，第三代年轻科技人员已充当主力，株洲所已经成为我国轨道交通装备行业的人才洼地之一。

谈到该所的科技创新队伍，不得不关注到新一代领军人、总工程师丁荣军。

1984年，丁荣军从西南交通大学电力机车专业一毕业，就扎根株洲所。在我国第一条电气化铁路“宝凤线”上一个偏僻的机务段，经过近五年的艰苦磨炼后，丁荣军成长为一名理论功底深厚、专业技术知识全面和实践能力突出的青年专家。

1989年，由于专业知识扎实，业务水平突出，丁荣军首次作为主要成员参与了铁道部“电力机车三相交流传动800～1000千瓦机组地面试验”重大项目的研究。负责控制系统设计，承担脉宽调制、频率转换、脉冲形成等关键电路的设计工作。他仅用两年时间就完成了系统试验并通过铁道部鉴定，并获铁道部科技成果二等奖。

自20世纪90年代开始，丁荣军先后主持了铁道部重点项目“4000千瓦交流传动电力机车1000千瓦变流装置研究”、国家“八五”重点攻关项目“高速试验列车交—直—交传动系统的前期研究”。作为主要设计者，参与了我国首台交流传动电力机车AC4000千瓦电力机车原型车的设计和试验工作，并主持了香港电车传动系统改造、拥有自主知识产权的地铁车辆电传动系统和200公里/时动力分散型动车组电传动系统监控等重点项目的研究。在我国首台交流传动电力机车的研制中，他曾领导项目组科技人员连续6天在机车上工作，创造了3天完成一个转向架测试，6天完成整车测试的奇迹。

2003年以来，株洲所积极响应铁道部跨越式发展步伐，积极参与国外先进技术的引进消化吸收和再创新，努力提升技术装备水平。丁荣军作为铁道部专家组重要成员之一，义无反顾地挑起担纲闯关的重担。他积极组织科技人员，对牵引变流器、微机控制网络、牵引电机等交流传动核心技术领域，开展了一系列的交流传动核心技术的攻关，实现了从大部件到大系统、从关键材料到关键工艺、从核心器件到核心软件的全面突破。通过将交流传动系统技术进行层层分解，建立了全新的技术模式和技术标准体系，攻克了一系列有关软、硬件的设计和工艺难题，实现了大功率电力电子器件IGBT等关键元件的应用和工程化能力，为我国自主开发研制时速200公里、300公里以上的高速动车组、缩短与国外先进国家的差距再立新功。由他主持的“交流传动系统及其高性能技术的研究与应用”获国家科技进步二等奖。

丁荣军还带领团队围绕我国铁路机车、动车组、城轨车辆等重大项目，将具有自主知识产权的交流传动系统及网络控制技术实现了产业化应用与推广。主持我国首列国产化地铁A型车、B型车、中低速磁浮车辆的成套电气系统的国产化，主持了广州地铁直线电机国产化，打破了国外的技术垄断；主持国家“863”项目“电动汽车电机及其控制系统”、国防建设项目“90MW/44kV高压电弧喷射用整流电源”和国家核聚变计划项目“中国环流器HL－2A装置中性束电源系统”的研制。

2002年开始，丁荣军开始负责了国家“863”电动汽车重大专项的课题研究，这使得株洲所在该领域虽然起步晚，但很快就居于领先地位。目前，株洲所已培育出国内规模最大、技术门类最为齐全的专业化电动汽车产业。

目前，他主持国家“十一五”科技支撑项目“高速货运机车牵引变流器研制”，还主持铁道部的GE内燃机车的消化吸收、时速350公里动车组交流传动系统自主创新、八轴和六轴机车用交流电传动系统的自行研制等一系列科研项目。

丁荣军先后获国家科技奖和省、部级科技奖9项，并获得铁道部火车头奖章、茅以升科技奖、詹天佑成就奖和湖南省光召科技奖的多项荣誉。2008年，丁荣军还光荣地成为奥运会火炬手，参加了在湖南省会长沙市的火炬传递活动。

创新，是一个民族发展的灵魂。自主创新更需要精神、骨气和能力。株洲所50年的科学发展，为新中国的铁路电气化事业作出了不朽的贡献，在中国铁路发展历史上，留下了一个自主创新、敢为人先、自强不息的光辉身影。（本文略有删减）

千年学府又见“大爱千秋”

（2009年5月19日　B2版）

5月12日，四川汶川大地震一周年纪念日。湖南大学又见证了“弘扬伟大抗震救灾精神”的动人情景。“2008年感动中国十大人物”之一、抗震英雄、四川东汽中学政治教师、湖南大学77级校友谭千秋又“回”到了母校：谭千秋铜像揭幕。与此同时，反映谭千秋英雄事迹的电影《最后一课》开拍。

谭千秋铜像揭幕

揭幕铜像，又见感动瞬间：“地动山摇。他弓着身子，张开双臂紧紧地趴在课桌上，如同一只护卫小鸡的母鸡，他的身下蜷伏着四个幸存的学生，而他张开守护翅膀的身躯定格为永恒……”四川省德阳市东汽中学教师谭千秋用他的英勇壮举感动了亿万国人。

这尊铜像由湖南大学刘浪教授设计、校友吴敏文捐建，耸立在他曾经居住的学生宿舍前草坪上，以“大爱千秋”为主题的铜铸雕塑重现了人民教师谭千秋在汶川地震中舍己救人的英雄场景。

在铜像的两旁，参加纪念活动的人们种下了翠绿的常青松。湖南大学校党委书记刘克利，谭千秋的大学同班同学柳礼泉教授和来自谭千秋家乡的湖南省祁东县县委书记曾祥月分别用“三育之土”——家乡的生育之土、母校的培育之土和来自四川东汽中学的化育之土培植铜像旁的青松柏树，在寄托无限哀思中，寓意着千秋大爱的高尚精神万古长青。

《最后一课》开拍

谭千秋是大家眼中“最疼爱学生的人”。从教 26 年来，他始终致力于教学改革与教学创新，关心学生的生活。他曾倾力相助有困难的学生；他曾亲自为学生做饭，掏钱带学生看病。他的大学同学、全国教学名师柳礼泉教授说：“谭千秋是一个品德高尚的普通人，他不仅选择了做一名光荣的人民教师，同时也用自己的实际行动践行了教师的伟大品格。”

在一年前地震发生之时，谭千秋正在为学生上课，而这一课的内容就是讲《人生的价值》。这成为他用实际行动上好的人生“最后一课”。为了再现并纪念这位可敬可亲、可信可学的人民教师的英雄形象，在中共湖南省委、省政府的大力支持下，湖南大学与湖南今涛影视传媒有限公司、潇湘电影集团联合创作了以谭千秋事迹为原型的电影故事片《最后一课》。

该片导演马会雷在开机仪式上介绍，影片将以“5·12”地震中谭千秋舍己救人的感人壮举为故事主体，同时增加地震自救与施救的相关科学知识，着力打造一部集地震知识、道德楷模于一体的如大型悲壮史诗般的电影故事片。他表示，全体剧组人员将用最崇敬的心情和最朴实的工作来缅怀谭千秋，同时学习并继承大爱无疆的千秋精神。

51 朵鲜艳的花

在这一天，来自湖南大学各院系的 51 名学生党员代表为学长谭千秋的铜像献上了 51 朵鲜艳的菊花（谭千秋牺牲时 51 岁），以纪念他勤奋学习、努力工作的 51 年岁月。在众多的追思者中，一位年轻的女学生在鲜花寄卡上这样写道：“致谭千秋老师——死者安息，生者坚强。”

就在同一天，湖南大学的师生们也积极参加了湖南卫视《我们的汶川》湖南大学现场直播活动。在学校图书馆的“爱心墙”前，师生们向灾区的学生捐赠了大量学习用的书籍。由湖南大学党委副书记栾永玉教授主编、荣获第二届中华优秀出版物奖、抗震救灾特别奖的《大爱千秋——记汶川大地震抗震救灾英雄谭千秋》一书，成为学生们抢手的读物。

湖南大学校党委书记刘克利认为，谭千秋校友是人民教师的楷模，是湖南大学的骄傲。他在汶川大地震中的英雄壮举，既是对湖南大学爱国务实、实事求是优良传统的完美诠释，也是湖湘文化心忧天下、勇于担当的精神内核的具体体现。

强化学科特色　突显集群效益

——湖南师范大学高水平创新研究持续发展报告

（2009 年 12 月 24 日　第 1 版转 2 版）

由中国生物毒素专业委员会副主任、湖南师范大学生命科学学院教授梁宋平担任首席科学家的“973”计划项目“我国特有产毒动物多肽毒素基础与应用基础研究”经科技部批准立项，目前已正式实施。这是湖南师范大学首次作为第一承担单位的一项重要科研课题，标志着该校生命科学领域高水平创新研究的持续发展。

记者在采访中得知，湖南师大生命科学院可谓卧虎藏龙。在这里，梁宋平长期从事蛋白质及多肽结构与功能研究，近年来在生物多肽毒素与蛋白质组学研究领域获湖南省科技进步奖一等奖 2 项，获国家发明专利 8 项，国际专利 1 项，出版专著 2 部，以通讯作者或第一作者在国内外多种著名学术刊物上发表 SCI 收录的研究论文 80 余篇，被国内外同行引用 600 余次。

心脏发育研究中心主任吴秀山、转基因与基因敲除研究室主任张健依托教育部重点实验室和省部共建国家重点实验室培育基地，开展了“973”计划项目子课题“心脏发育的基因调控机制”研究，建立了研究心脏发育基因调控和心脏病发生的高技术平台，进行了大规模的心脏发育基因的功能研究和心脏病发生的机理研究。在国际刊物上发表了《1‰人类新基因的克隆、表达与结构特征及功能的研究》论文，鉴定出一批与心脏发育和疾病发生相关的新基因，发现了新的基因调控模式；在国内建立了发育生物学的新分支“心脏发育生物学”，主编出版了 4 本有关心脏发育的系列专著；在国际著名杂志如《核酸研究》《发育生物学》等发表了数十篇论文，被《科学》《自然》《自然遗传学》等世界权威学术刊物引用；他们还分别领衔开展了“人类心脏发育基因的鉴定及分子机理”“转录因子 AP－2 家族转录调控机理及在癌症和心血管病中的作用”等多项研究，均获得重要成果。

鱼类发育生物学研究室在中国工程院院士刘筠、教授刘少军的带领下，经过十多年研究，在世界上首次获得雌雄两性可育、遗传性状稳定的异源四倍体鲫鲤，并利用四倍体鲫鲤为父本分别与二倍体日本白鲫和鲤鱼交配制备了不育的三倍体湘云鲫和三倍体湘云鲤。他们对四倍体鲫鲤和三倍体鱼进行遗传改良，创造性地运用雌核发育、雄核发育和远缘杂交等技术，制备了一系列具有生长速度快、体背高、抗病力强、营养价值高等优良性状的新型和改良多倍体和二倍体鱼。近年来，该课题组还创造性地通过亚科间的远缘杂交获得了不育的三倍体、五倍体鲫鲂群体。其中五倍体鲫鲂的获得是脊椎动物中第一例。三倍体、五倍体鲫鲂在生长速度、体型、肉质等方面都具有明显的优势，具有潜在的推广价值，极大地丰富了鱼类种质资源。有关新型和改良多倍体和二倍体鱼的研究成果已在国内外多种学术期刊上发表。该研究室的相关研究成果分别获得国家科技进步奖二等奖、湖南省科学技术杰出贡献奖、湖南省科技进步一等奖等多项国家和省、部级奖励；还获得国家发明专利 9 项，申请发明专利 3 项。

该校“微生物分子生物学”省重点实验室教授夏立秋带领的课题组在进行放线菌刺糖多孢菌聚酮类化合物的研究中，采用 DNA 大分子操作基因工程技术，对甲基多杀菌素、正丁基多杀菌素和丁烯基多杀菌素分子基因簇模块重组，获得了新型杀虫多杀菌素类功能化合物分子。他们采用蛋白质组学技术，研究苏云金杆菌蛋白质组学，挖掘出具有杀虫功能的 Camelysin 等新蛋白质分子，从作用靶标害虫棉铃虫中找到新的氨肽酶亚类等几种受体分子。研究刺糖多孢菌多杀菌素分子作用于棉铃虫，发现棉铃虫中肠受体分子为 ATP 酶和精氨酸激酶等，这对揭示多杀菌素杀虫功能分子的作用机制有了新的了解。构建的苏云金杆菌工程菌和多杀菌素工程菌经优化发酵工艺，研制的新菌剂进入大田试验和应用，在杀虫广谱性和高效性上具有很好的效果。这些研究列入了多项国家自然科学基金、国家博士点基金和“863”计划专题，相应研究成果以系列论文形式发表在 SCI 刊物上，并获得 4 项国家授权发明专利和 1 项湖南省科技进步奖一等奖。夏立秋主持的新型微生物杀虫剂项目研究，在新菌种选育和工程菌构建及优化发酵工艺上取得高水平研究成果，并与企业合作开发，获得国家农药证书和准产证，产品已在生产上推广应用。在国家发改委的项目资助下，投资扩建了微生物农药发酵生产基地。这对发展我国具有自主知识产权的生物农药产业、保护农业生态环境和确保食品安全具有重要意义。

近年来，该校的科技成果已开始从数量扩张向质量提升转型。这一系列的成果，标志着湖南师范大学在基础研究、学科建设水平和科技创新能力等方面迈上了新台阶，走在了生命科学学科领域前沿。这些成绩的取得，对于湖南师范大学这样一所省属师范类高校来说，实属不易。

这些高水平科研项目及成果的取得与学术科研平台的建立，是该校强化学科特色、突显集群效益的结果。他们充分利用学校资源、积极推进学科交叉联合、推动科学技术创新、重视服务社会经济。学校遵循和贯彻“公平公正、支持重点、以人为本”的原则，以科技服务为中心，以加强科技管理人员素质建设、科技信息平台建设和科技管理制度建设为根本，以建立和完善科技创新体系、科技信息平台、科技成果转化平台为目标，推进了科技管理工作科学化、规范化、现代化，使湖南师大生命科学研究从“异军突起”，逐步到达该领域高水平创新的新台阶。

该校生命科学领域的发展，是学科建设与科学研究进程中的一个缩影。学校在科技工作实践中，始终一手抓科技创新，建立和完善新型科技创新体系；一手抓科技成果转化和产业化，推进科技为地方经济乃至国民经济发展服务；与此同时，积极引进人才，扶持青年优秀人才，在全校形成了引才、育才、选才、护才、用才环环相扣的良好氛围，为学校科学研究的一次次跨越式发展积蓄了不可估量的动力。（本文略有删减）

与覆冰积雪的搏斗

——来自湖南大学王耀南团队创新输电线路除冰技术的报告

（2011 年 1 月 28 日　2 版头条　成舸参与采写）

输电线路覆冰和积雪常会引起线路的跳闸、断线、倒杆、绝缘子闪络和通信中断等事故。俄罗斯、加拿大、美国、日本、英国、芬兰、冰岛和我国都曾因输电线路覆冰引发安全事故，并带来巨大的经济损失。因此，应对冰雪灾害成为全世界许多国家电网共同面临的供电安全问题。

覆冰积雪严重威胁供电安全

最近 30 年来，大面积冰灾事故在全国各地时有发生。1974～1976 年出现了全国电力系统性大面积冰灾事故，1984 年在全国范围内又发生了大面积冰灾事故，1996 年初，福建省覆冰导致倒杆断线 200 多处。2005 年春节前后，湖南出现了罕见的大范围雨雪冰冻天气，造成了多条输电线路出现倒塔、变形事故。2008 年 1 月底，湖南、贵州等南方省区再次遭受有气象记录以来的最严重冰灾，仅湖南省电力公司供电范围内，10 千伏线路跳闸 5131 条、倒杆 59921 基，断线 45531 处共 14548 千米，损坏配变电站 3213 台，低压线路倒杆 314279 基、断线 349504 处共 37620 千米，停电台区 57239 个，停电村 27160 个，直接损失超过 14 亿元，使湖南电网遭受了自 1954 年以来最为严重的冰害，给湖南电网造成了严重的经济损失并影响了全省的生产、生活用电。

2008 年这场百年罕见的冰雪灾害受灾人口达 1 亿之多，直接经济损失超过 1100 亿元，电网损害尤其严重。据国家电网公司统计数字表明，这次冰雪造成全国 500 千伏输电线路累计倒塌线塔414座，累计停运143条次；造成220千伏输电线路累计倒塌417座线塔，累计停运464条次；造成110千伏及以下变电站累计全停783座次，线路累计停运8197条次，线路受损倒塌21230座。线路大量结冰就是此次电力损失的主要原因，而采用人工除冰的方法不仅效率低下，而且对电力工人的生命安全造成了极大的威胁。因此，依靠科技的力量，研发新型的除冰技术、方法与装备，从而替代人工除冰，势在必行。

国家科技支撑计划直指除冰防灾

输电线路上传统的人工除冰方法在突发的大面积自然灾害面前显得如此无奈：2005年冬天，湖南大范围雨雪冰冻使全省多条输电线路出现倒塔、变形事故，这种情形，受到湖南大学制造装备智能化控制专家王耀南教授的密切关注。

王耀南长期从智能控制理论与装备自动化、模式识别与智能机器人等领域的研究，曾主持完成多项国家重点项目，他带领科研团队有效解决了先进制造装备和国家重大工程装备自动化中的多项核心技术难题。2006年初，王耀南团队针对电网系统可能遭受覆冰积雪破坏的重要长期隐患，首次提出了以机器人代替人工作业清除电路覆冰的构想，并开始了研究目标与技术路线的构思设计。

2008年1月，南方突发大面积冰雪灾害，该项研究的现实意义突显，引起了湖南省科技厅和科技部的高度重视。当年4月，王耀南团队在长期研究、开发积累的技术与经验基础上，提出了“输电线路新型融冰、除冰技术及装置”研究项目，很快得到科技部“十一五”国家科技支撑计划正式批准立项。

采用工业自动化理论与技术，研究开发可用于输电线路融冰除冰的可自动控制的“特种机器人”，前人没有尝试过，国内外也查不到相关文献资料。不言而喻，这是又一块“难啃的硬骨头”。但王耀南有自己的“王牌”：那就是在自动控制领域长期的科学积累和一支能打硬仗的科研团队。2008年5月，在湖南省科技厅的支持下，王耀南教授带领研究团队联合国内多家科研院所和高校，开展了历时3年科技攻关。

由湖南大学牵头，湖南电力试验研究院、株洲电力机车研究所和湖南省电力公司负责的直流融冰项目成功研制了新型交直流融冰装置9套。最近一段时期，我国南部地区继大范围冻雨后，遭受了又一轮强降雪冰冻天气，电力线路覆冰范围进一步扩大，电网安全面临严峻考验。电力部门已应用该项目组研制的直流融冰装置先后在220千伏福外线、黔平线、苏烟线、城用线和110千伏阳锦线、阳象线等6条线路顺利实施了输电线路直流融冰。野外试验表明，该装置结合了操作简便、对电网运行方式影响小、所需融冰功率小、融冰效率高等优点，保障了电网运行的稳定性，提高了抵御冰雪灾害的能力。

除冰智能机器人问世

有了直流融冰装置，为何还要研制技术难度更大的除冰机器人？记者采访中得知，同人工方法除冰相比，直流融冰技术有很大优势，效果也很明显。但采用该方法除冰，要依靠电能转化为热能才能融冰，因此电能消耗很大。此外，直流融冰装置的智能化程度不高，应对极端气候条件下的复杂线路的除冰问题还有明显不足。

但是研制可除冰的智能机器人，面临六大方面技术问题需要解决：一是塔架等复杂结构和大柔性的输电线缆上的高可靠性运动机构；二是野外大范围长时间工作的持续动力供给；三是对输电线缆无损伤的高效除冰机构装置的研制；四是复杂非结构化环境下机器人的自主行为控制与导航；五是远距离强电磁干扰条件下的机器人远程通信、监测和遥控操作；六是恶劣工作环境中的机器人本体特殊保护机制等。同已有巡线机器人相比，除冰机器人工作要求在恶劣环境中能自动识别冰层和障碍，顺利越障和破冰，因此对其结构、功能、动力、通信等方面都有特殊要求。最关键的是，要解决机器人的动力、稳定性、安全保护机制问题。

从2008年立项开始，王耀南带领团队全力投入“输电线路新型融冰、除冰技术及装置”项目的研究之中。在两年的时间内，先后有数十人参与攻关。到2009年底，3台不同结构的除冰机器人相继问世。

在湖南大学电气与信息工程学院的模拟输电线除冰实验室里，记者看到了能适应不同环境和条件需求的单体式、两臂式和三臂式3种除冰机器人。其中，单体式机器人可用于在两座线塔之间移动除冰；双臂式和三臂式机器人可越过线塔等障碍，进行更远距离的自动巡检和除冰，其效率和灵活性更高。工作时，机器人通过带滑轮的机械臂倒挂在高压电线上行进，靠“电眼”自动识别冰层和障碍，用前端的切削式除冰机械手实施除冰作业。这些工作均由机器人自主完成。此外，为保证长时间持续动力供应，研究人员采用了蓄电池和汽油机配合适用的“混合动力”系统和为防止在除冰过程中损伤线路的除冰机构。

从模拟实验结果来看，这3种机器人可破除的最厚冰层可达50毫米以上，远远超出设计指标。其单次连续除冰时间大于10小时，单次连续除冰里程大于1.8公里。

目前，除冰机器人正先后在实验室和除冰现场进行最后的调试和优化。可以预计，该技术及装备的成功应用将大大降低冰灾中的能源及人力耗损，在保障供电安全中发挥重要作用。

第五部分

组合报道（19篇）

提示： 科技新闻组合报道是指围绕某一重要科技新闻主题、由2篇及以上不同事或不同人的新闻通讯有机组合而成的专门性报道。

与聚焦同一新闻事件的跟踪性报道、连续性报道不同，科技新闻组合报道的多个报道单元中，报道对象可以是不同的科研工作，或不同的科技成果，或不同的科技人物，报道的事件或许是发生在不同的时间、不同的地点。

综合起来看，其报道宗旨是彰显同一科技主题的社会现实意义与科学技术价值。

科技新闻组合报道的特点主要为报道大主题一致、文本风格统一，科技事实系列化，过程描述故事化，篇幅长短不尽一致，以短篇幅通讯居多。

（一）“千年学府——湖南大学科技纪行”组合报道

（10篇）

彭世文　曾欢欢　李　璀　贺春禄　向　鹏　黄思维　蒋晶丽
董世梅　闻　捷　李娟娟　房瑞标　陈　丹　唐璐参与采写

岳麓山下绽放科学之花

——湖南大学科技创新纪实

（2007 年 6 月 27 日　第 1 版　“湖南大学科技纪行”组合报道之一）

“十一五期间，我校将通过各种方式服务地方和行业，为湖南地方经济实现 1000 亿元左右的产值作出贡献。”这是前不久在湖南大学召开的服务地方工作会议上，该校校长钟志华院士向湖南省部分地市（州）政府以及国家级工业园区 130 多位代表作出的郑重承诺。

这是一所开放式的高等院校。绿树成荫、红墙彩瓦，风格各异的古典与现代建筑和谐相映，这里找不到校门，也看不见围墙。位于校区中心位置的东方红广场是人们游览岳麓山风景区、参观岳麓书院的必经之地，从早到晚，车水马龙、游人如织。公共汽车、摩托车穿行而过。夹着教案、书本的老师们行色匆匆，显得十分忙碌。道路两旁绿色丛林里，三三两两的学生旁若无人，或看书，或交谈……置身于此，一切随意而自然。

千年学府　留芳千年

湖南大学是一所具有悠久办学历史的全国重点大学，以“千年学府”享誉海内外。新中国成立以来，学校根据经济社会发展的需要，在继承优良办学传统的基础上，不断创新发展，现已成为理、工、文、经、管全面发展的综合性大学，先后进入国家“211 工程”“985 工程”重点建设大学的行列。全校拥有 29 个学院，学科覆盖了 10 大门类，建有 2 个国家重点实验室、1 个国家工程技术研究中心、1 个跨区域工程实验室、11 个部（省）重点实验室和工程技术研究中心。还设有 4 个国家“985 工程”二期创新平台（基地），以及 6 个国家“211 工程”重点建设学科。

采访中得知，仅在“十五”期间，该校承担的科研课题就有 5024 项，获得了包括国家科技进步奖一等奖、自然科学奖二等奖在内的国家级科技奖励 17 项，省部级成果奖 150 项，获专利授权 107 项，其中发明专利 52 项。这些成果及专利大部分已经进入产业化阶段。

据我国有关科技信息研究机构的统计，2005 年，湖南大学发表的科技论文被美国科学引文索引扩展版 SCIE 收录 320 篇，在国内高校排名第 33 位；被科学引文索引 SCI 引用 635 次/257 篇，在国内高校排名第 31 位；被工程索引 EI 收录 473 篇，在国内高校排名第29位。

今年以来，一个个科技喜讯接踵而至，令人振奋。

2月，在全国科学技术奖励大会上，湖南大学有6项科技成果获得2006年度国家科技进步奖二等奖，获奖数与另一所重点大学并列全国第一；

4月，国内主流科技媒体公布了武汉大学中国科学评价研究中心公布的“2007世界大学科研竞争力排行榜”，湖南大学位列国内高校第25名，为湖南高校之首；

5月，学校在长沙国家高新技术开发区购地200余亩建设产学研基地，搭建提升自主创新研发能力的新舞台；

6月，学校又与浙江永康市、湖南岳阳市、山东淄博市、巴陵石化公司签署科技合作协议；由大学生自己设计制造的赛车出征美国，以中国湖南大学的名义代表中国参加FSAE方程式比赛，并获得好成绩，他们成为该项赛事举办26年来首次亮相的中国大学生代表队，美国《侨报》为此作了整版报道。

作为湖湘文化的策源地，湖南大学在新的历史发展时期，致力于解决国民经济建设中亟须解决的理论与实际问题，在传统办学优势的基础上，通过重点学科建设、人才培养、管理队伍建设等措施，迅速提升了该校基础科学研究水平和科技创新能力。已先后建成了国家高效磨削工程技术研究中心、化学生物传感与计量学国家重点实验室、汽车车身先进设计制造国家重点实验室等一批国家、部省级科研基地。“985”工程二期科技创新平台的建设已取得明显成效。学校的科研力量得到新一轮整合和优化，基础学科、工程应用学科领域的科学研究和成果转化欣欣向荣，人文社会科学研究呈现出强劲的发展势头。

市场凸现科技创新魅力

大力提高科研成果转化率一直是政府有关部门、科研院所、高等院校追求的目标和需要解决的问题。为此，学校专门设立了科技成果推广转化办公室，每年除组团参加政府部门举办的高新科技成果洽谈会外，还定期举办校企科技人员对接联谊会。学校鼓励专家教授主动走出校门，与企业建立科研合作关系，把企业亟须解决的实际问题作为科研攻关重点，积极为已有的科技成果牵线搭桥，让科技成果在市场上凸现创新魅力。近年，该校的科技成果转化率已达到57％。

机械与汽车工程学院的“薄板冲压工艺与模具设计理论、计算方法和关键技术在车身制造中的应用”研发成果，获得2002年度国家科技进步奖一等奖和第九届中国专利优秀奖。其冲压工艺与模具设计方面的重大创新，已在柳州五菱等10多家国内汽车和模具生产制造企业应用，仅涉及该成果应用的3家企业就新增销售额691.6亿元，新增利润12.6亿元，出口创汇120多万美元。该院完成的“汽车碰撞安全性设计与改进理论、方法、关键技术及其应用技术”研究，已获得20多项国家发明专利授权，并申请了1项国际PCT保护，仅在5家企业的应用就新增产值33.6亿多元，新增利税3.6亿多元。

化学化工学院主动与中石化巴陵分公司开展合作，破解了一直困扰国际化工界的碳氢化合物选择氧化的国际难题，使该公司环己酮年生产能力由7万吨上升到14万吨。由该院研制的“氯化石蜡催化合成新技术”是全国十佳发明专利和国家重点推广项目，已在全国15家企业实现产业化，累计新增产值10亿多元。

电气与信息工程学院研制出的高速灌装生产线智能检测、分拣成套装备，最高安全生产速度达到7.2万件/时，填补了国内空白，打破了国外垄断，并在一批制药、饮料、包装、轻工制造企业中推广。其研发的新型平衡变压器已在我国成昆线、湘黔线、广深线等18条电气化铁路中得到广泛应用，累计销售额超过3亿元，使用该产品后，由于减少了安装容量，每年节约的营运费和损耗费也超过3亿元。

金属材料研究所成功研制出的高速列车用铝基复合材料制动盘，其重量还不到同类铸铁制动盘的一半，可显著改善机车的动力学性能。

环境科学与工程学院“堆肥环境生物与控制关键技术及应用”研究成果已成为当前对城市生活垃圾处理最科学、最先进的处理方式。这项成果在上海、呼和浩特、长沙、汉口、大庆等多个城市推广应用，累计创造产值达2.6亿元。

结构工程学科是国家重点学科，在国内外享有盛誉。湖南省近年兴建的岳阳洞庭湖大桥、临长高速公路、京珠高速湖南路段、潭邵高速公路以及国内最大钢管混凝土系感拱桥——益阳茅草街大桥和世界跨径最大的竖琴式斜拉桥——长沙洪山庙大桥，都采用了土木工程学院的“抗风与非线性”研究成果，为国家节约了上亿元的投资。该院采用现代模块式设计建造理念，建成了我国第一座竹材人行天桥，并申报了国家发明专利。由于我国竹来源广，生产过程无污染，竹结构自体轻，施工方便，维护费用低，可广泛应用于城市交通和国防工程建设，其市场前景广阔。

科研与经济紧密结合

在湖南大学，科学研究与经济建设紧密结合的实例不胜枚举。优质的科研成果源源不断地产出，又迅速融入国家建设的主战场。但我们在采访中发现，寻思进取的湖大专家们毫无满足、骄傲之意。

进入“十一五”，学校决定：要更好发挥科学研究与自主创新优势，主动融入地方的科技进步和经济发展中。在长沙国家高新技术开发区麓谷科技新城建立产学研基地，切实推进学校科研成果的转化和产业化。

同时公布的湖南大学《实施“富民强省”行动方案》明确提出：拟在“十一五”期间，重点面向新型工业化、社会主义新农村、现代服务业等三大领域，推进先进制造业等七大工程，开展汽车产业与技术等15个重大专项，着力打造与政府、工业园区和企业等机构合作的20个社会服务平台。这些措施的实施将有力地促进湖南省产业技术水平的提升，产品结构的调整与优化，产业规模的扩大和企业效益的增加。预计可实现直接产值300亿~400亿元，带动相关产业新增产值500亿~700亿元，促进相关企业新增效益100亿~200亿元。

对此，校长钟志华认为，现代高等院校有三大任务，即人才培养、科学研究和社会服务。湖南大学成立研究院，是要更好地整合学校资源，发挥学科、人才、机制多方面优势，目的是培养科技创新团队，承担重大科研任务，产生具有重大影响的标志性成果。而建设产学研基地，将以湖南大学研究院为核心，集研发、生产、学习、学生创业就业服务四大功能于一体，加快自主创新和成果转化步伐，为国家经济社会发展多作贡献。

在这里，文化没有围墙，科学更没有围墙。

登上岳麓山峰顶，向东鸟瞰，只见湘江绕橘子洲如玉带衔珠般继续北去，远方是洞庭湖、长江……

湘江西岸，岳麓山下，夏日阳光下的千年学府一片翠绿，绽放的红花点缀其中，妖娆瞩目。而这里一项项创新性的科技成果，犹如国家经济建设园林中一朵朵绽放的红花！（本文略有删减）

“中国创造”的精度和效率

——国家高效磨削工程技术研究中心特写

（2007年6月28日　第1版　“湖南大学科技纪行”组合报道之二）

1999年6月22日，本报曾报道了国家高效磨削工程技术研究中心正式成立的消息。8年过去了，记者又来到了这里。

建立在湖南大学校园内国家高效磨削工程技术研究中心，有一座天蓝色围墙的院落，绿荫环抱、安详宁静，我们怎么也想不到许多代表我国最高技术水准的工业机床技术竟是在这里诞生的。

8年来，该中心为我国高效磨削技术领域提供了20多项原创性的理论、方法、工艺及软件。建立并开发了一套从方法提出、工艺开发、实验研究到数字建模、软件开发、方案优化以及机床设计制造的具有自主知识产权的成套技术与装备。创建了磨削非圆轮廓的高速、超高速磨削工艺，实现了异形截面工件的高速、超高速磨削加工。在国内首次提出强力磨削工艺，取代传统的车削和粗磨两道工序，大大提高了效率，降低了生产成本。开发了凸轮轴轮廓精密磨削工艺，提出了凸轮轮廓曲线变化对加工精度的影响关系，使凸轮轴加工精度达到了汽车环保节能的要求。建立了高精度离散凸轮轮廓数学模型，将离散的轮廓数据通过建立数学模型转换成插补函数关系，控制工件旋转和砂轮移动的合成运动，保证了加工精度。创建了工件轮廓表面恒线速磨削的方法，解决了异形截面磨削加工中的共性关键技术问题，解决了磨削过程中非圆截面上各点的磨削速度相差十几倍造成的振动、烧伤、轮廓精度误差等缺陷。开发了液体静动压主轴，使磨削力的波动对砂轮旋转轴心飘移的影响减少，提高了工件轮廓的精度。

“倪志福钻尖”是当今世界上公认的效率高、使用寿命长的钻尖，其寿命是普通钻尖的 3 倍以上，其效率也高一倍多。但因其结构复杂，只有倪志福本人和他的几个徒弟能够手工加工。

早在 20 世纪 70 年代，世界各国就开始研究其奥秘，但均未取得根本性进展。湖南大学也从 70 年代末开始从事这一难题的研究，经过几代教授的不断努力，终于从原理上破解了这一世界性难题，开发出了钻尖数学模型及其控制软件，在此基础上于 2000 年研制出第一台高性能样机，并顺利完成中试，迈出了“倪志福钻尖”生产由手工到机械化的决定性一步。2005 年，中心又相继开发了具自主知识产权的世界第一台“五轴数控高效钻尖磨床”和“全数控钻尖磨床”，从而使“倪志福钻尖”生产由机械化迈入了数字化，整体技术达到国际领先水平。为各种高中低档钻头的高效精密自动化刃磨、群钻等先进钻型的大规模推广应用和我国高档数控装备走向国际市场打下了坚实的技术和产业化基础。

我国对汽车发动机关键零部件、关键装备的自主开发能力相对较弱，国产装备无法满足高的加工质量和大批量生产对高档加工装备和自动加工的要求。我国每年不得不耗巨资从国外进口高档数控凸轮轴磨床（进口 1 台中高档数控凸轮轴磨床 40 万～85 万美元）和凸轮轴自动加工生产线（进口一条年产 30 万根凸轮轴的生产线需要花费约 1200 万美元）。许多凸轮轴生产厂家迫切希望国内有一种能满足高效率、高精度、高柔性和高自动化要求的数控装备，提高我国中高档数控机床产品的自主创新能力和开发能力，增强在国际市场上的竞争能力。

该中心为了解决这个问题不断努力，已经为我国重点汽车基地自主开发了 7 大系列 30 多个品种的专用数控高速磨床，主要包括：数控高速凸轮轴磨削装备系列、数控异形截面磨削装备系列、数控高速曲轴磨削装备系列等 6 大系列中高档数控专用装备。

由该中心研发的中高档高速数控磨削装备自 20 世纪 80 年代末期投入市场以来，在国内汽车、拖拉机、内燃机、工程机械、摩托车、纺织、机械等行业大批量应用，替代了进口同类产品。目前，为东风汽车公司、上汽奇瑞、重庆嘉陵、长春一汽、重庆长安、南京跃进汽车集团等国内多家重点汽车制造企业和配件厂提供了系列化的数控凸轮轴磨床产品2000多台，产品覆盖国内20多个省市，市场占有率为70%以上，取得直接经济效益40多亿元，为企业节约资金30多亿元，为国家节汇7000多万美元，并有部分产品出口东南亚地区。自主开发的磨床在性能和技术指标相当的条件下，价格还不到国外同类产品的1/3。机床以其加工效率高、加工精度好的优秀品质成为国内许多大中型汽车和发动机配件生产厂家的首选设备，并引起日本丰田工机和德国勇克公司等国外著名磨床生产厂家的广泛关注。

8年多来，该中心围绕提高我国中高档数控机床的自主创新，重点突破国家支柱产业中急需的汽车发动机关键零部件精加工装备的国产化，取得了一大批国内和国际领先水平的科研成果，获部省级科技奖励和国家专利30多项，为国家重点工程和支柱产业提供了一大批高质量的、具有自主知识产权的高新技术产品，并在全国数百家企业大批量应用，形成了科技成果研究—开发—中试—产业化—市场的一体化的配合格局。同时，中心大力从海内外引进高层次人才，发展精密与超精密加工技术，培育新的技术与经济增长点。此外，中心正在进行科技体制改革，以建立更加有效的运行机制。

2007年5月，湖南大学投资兴建的产学研基地在长沙国家高新技术开发区破土动工。国家高效磨削工程技术研究中心将在这里得到更快的发展，新项目建成后将形成高速精密数控机床生产能力，实现自主研发的7大系列、30多个规格高速精密数控机床的规模生产，年产值将超过3亿元，为实现我国汽车、摩托车、工程机械等产业配套产品的国产化作出新的贡献。

迎“风”造桥

——记陈政清教授的抗风与非线性研究

（2007年6月29日第1版　“湖南大学科技纪行”组合报道之三）

湖南大学风工程试验研究中心自2004年建成投入使用以来，来自国内外的一些桥梁风工程专家纷纷来这里考察。专家们对其中一台设备特别感兴趣，这就是国内第一台全数字控制的“节段模型三自由度强迫振动”设备。有了它，桥梁抗风的主要参数将可以在风洞中通过强迫振动准确测试，极大增强了桥梁建设与使用的安全性。这项新成果由湖南大学风工程实验室主任陈政清教授领衔的科研团队经过6年的研究探索得以完成。近年来，该团队瞄准桥梁抗风的难题开展攻关，已取得了一系列重要成果。

据介绍，由于我国国力增强，各种跨度大、外形优美的斜拉桥、悬索桥、钢拱桥大量修建。这种柔性结构的桥梁，在强风之下很容易发生颤抖，出现各种“风振”现象，轻则桥面晃动，影响交通；重则被风刮倒，桥毁人亡。风，成为大桥的头号敌人。怎样才能战胜风这个最大的敌人、确保桥梁安全成为桥梁界的重大研究课题。

柔性桥梁在施工和营运过程中发生大变形，必须采用非线性分析理论设计计算。因此，为柔性桥梁设计提供一套安全可靠的非线性计算理论和抗风理论是陈政清多年致力研究的课题。

1988 年，铁道部大桥局开始设计中国第一座跨度达 400 米大桥——武汉长江二桥。这种采用混凝土的大跨度斜拉桥内力变形的非线性效应究竟有多大，国内外都缺乏研究资料，而当时国内仅有的非线性分析通用程序 ADINA 承担不了这种大桥的非线性分析，即使是在国外，这也是一个正在研究的课题。陈政清及时提出了空间杆系结构大跨度问题内力分析的 UL 列式法，并依据这个理论为武汉长江二桥编成实用计算程序，并计算出全桥各部位非线性影响因子，该方法比当时的通用程序提高计算效率 50 倍以上。

陈政清注意到在桥梁设计中采用的两参数搜索法，计算十分复杂而且需要人工干涉，难于在设计中直接应用，便开始研究颤振临界风速预测方法。他在国际上最先提出了单参数搜索的思想，创立了预测桥梁颤振失稳临界风速的三维分析方法“MS 法”，大大简化了搜索过程，而且可实现自动搜索。国际风工程权威 Scanlan 教授曾撰文对“MS 法”予以充分肯定。

1999 年，在上述研究成果的基础上，陈政清又开发出大跨度桥梁空间静动力非线性分析 NACS 程序。这套具有完全自主知识产权的程序，解决了我国大跨度桥梁建设急需空间非线性分析程序的难题，在我国大跨度桥梁建设史上发挥了重要作用，这套理论与方法得到国内外学者的广泛认同与高度评价，先后被同济大学、铁道部、云南省设计院、湖南省交通设计院等多家单位采用，并被评价为“根本性的改进”。1999 年，该成果获得了湖南省科技进步一等奖。NACS 程序是我国第一座现代悬索桥设计的主要计算程序，至今已经应用于几十座大桥的设计分析；该程序计算出虎门大桥和江阴大桥全部施工过程中颤振临界风速的变化曲线，支持了我国桥梁抗风技术的发展；NACS 程序还应用于苏通大桥设计复核，在多家计算结果中，NACS 计算结果与国外咨询公司计算结果一致，为国家赢得了声誉。NACS 程序不断更新，一直在我国几个大型桥梁设计院中被广泛应用。目前，NACS 程序又成为我国第一座三塔悬索桥的主要设计计算程序。

陈政清说：“科学研究仅仅有理论是不够的，我们需要把理论成果应用于解决实践中的问题，把科研成果转换成生产力。”

“拉索风雨振”是斜拉桥常见的危害，如不抑制，将会减短拉索寿命、影响桥上交通安全。从 2000 年开始，经过连续 6 年的研究，陈政清带领科研团队创造性地开发出应用先进的磁流变阻尼器的拉索减振系统，应用于洞庭湖大桥，成功地抑制了“拉索风雨振”危害。这项成果被美国土木工程杂志评价为“世界上第一个应用磁流变技术的拉索减震系统”；该项研究丰富和拓宽了国际上对“拉索风雨振”现象的认识，为控制风雨振提供了重要的技术方法。其成果获得了2003年国家科技进步奖二等奖。

2004年，在磁流变阻尼器的基础上，陈政清科研团队又发明了无须供电且容易维修的新型永磁调节式磁流变阻尼器，摆脱了磁流变技术对供电系统的依赖性，并在有“世界第一跨”的单索面斜塔斜拉桥的洪山大桥和浏阳河大桥上成功应用3年，建立了一套设计与优化减振系统参数的方法。该成果获2006年湖南省科技进步一等奖，并获得国家发明专利。

近年来，陈政清带领课题组完成了7项重大创新成果，并成功地直接应用于我国几十座大桥梁工程，其中4项获国际同行认可，这些成果及时地为我国20世纪80年代末以来大跨度桥梁建设提供了关键技术支持。

在这些年迎“风”造桥的过程中，陈政清冷静地思考了一个问题：在桥梁的建设中，大风很可能还会对桥梁产生各种意想不到的难题，要迎接更大的挑战，就应该拥有更好的实验手段。2002年至2004年，他四处奔波，精心设计，终于在2004年10月建成了达到国内一流水平的湖南大学风洞实验室。这个有两项技术指标达“国内之最”的实验室，可以用各种人造狂风冲击大桥模型和重要部件，能为大桥设计提供准确数据。他高兴地说：“‘工欲善其事，必先利其器’，有了这样好的实验室，我们大桥设计的抗风水平可以更上一层楼了。”

敢啃“硬骨头”的材料学家

——陈振华教授的“造才”之路

（2007年7月2日　第1版　“湖南大学科技纪行”组合报道之四）

今年4月，金展鹏等6位院士在《对材料科技发展战略布局的建议》中指出：材料科学前沿的理论问题，往往又是材料设计和制备中不可回避的工艺问题……而基于基础研究的专利，则是研究工作的必然结果。在高科技材料领域中进行基础研究，一旦建立和掌握了智能化的材料科技知识集成系统，就可以大大提高发明专利的速度。

在湖南大学，有一位材料学专家，用20年潜心研究诠释了上述高屋建瓴的科学“论断”。近日，采访组见到了这位学者型专家——我国自行培养的第一位粉末冶金学博士、湖南大学金属材料研究所所长陈振华教授。

“啃”微细粉末制备难题

在粉末冶金材料加工工艺中，快速凝固技术是解决工业化生产非晶、准晶、微晶合金粉末和微细金属粉末技术难题的有效手段。但在 20 世纪 90 年代，这项技术一直被国外垄断。

为了满足我国国防军工、电子、冶金等领域对特种粉末的需求，陈振华带领团队展开了长期艰难的探索。

自 20 世纪 80 年代中期以来，陈振华系统研究了世界上已有的金属熔体雾化技术的过程原理和凝固理论，并在此基础上创立了金属熔体的多级快速凝固过程成粉理论，发明了新型制粉技术和一系列多级快速凝固制粉设备。该设备的冷速达到了当时国内外同类设备的最高水平（105～106K/s），粉末平均粒度最小可以达到 5～10 微米，且粒度分布集中，能够工业化生产上百种非晶、准晶、微晶和微细金属粉末，并发现了 20 多种新准晶合金系和反常的准晶相变现象，首次采用爆炸成形和超高压固结成形的方法制备出大块准晶材料。这些研究成果均发表在国内外核心学术刊物上，得到了同行学者的高度评价。随后，陈振华又发明了采用固体颗粒作为雾化介质的固体雾化技术。上述技术先后获得 3 项发明专利，并荣获国家技术发明奖三等奖 1 项、部省级科技进步奖多项。研究成果先后被转让到多家企业，创产值过亿元、利润数千万元。

“啃”大型合金坯件制备难题

制造大尺寸、高性能的金属材料部件，如飞行器壳体材料等，需要大型厚壁管坯、坯板和大直径圆柱锭坯。喷射沉积技术是制备快速凝固合金及金属基复合材料的理想技术，但制备大尺寸坯件是一项技术难题。

为解决国家急需的技术难题，陈振华捡起了这块不好啃的“骨头”，并通过不懈努力，嚼出了“甜头”。

陈振华系统研究了喷射沉积理论，并从中找到突破口：如果能在喷射沉积过程中实现雾化液滴在冷基体表面上铺展沉积，就可以实现黏结与急冷的有机结合。在这一假设的基础上，他提出了以雾化液滴在较冷固相表面铺展沉积模式为核心制备大尺寸快速凝固坯锭的多层喷射沉积思想，形成了采用移动雾化器、往复式扫描逐层沉积的多层喷射沉积理论和技术。

2001 年，陈振华领导的课题组发明了新型大尺寸合金和金属基复合材料坯件的移动坩埚自动化控制式的喷射沉积新技术及设备，解决了传统喷射沉积技术在制备大型厚壁管坯、厚板坯和大直径定坯时存在的技术难题，大大提高了沉积坯的冷却速度，改善了沉积坯的组织，提高了材料的性能。课题组研制出了直径达 700 毫米、壁厚大于 200 毫米、长达 1200 毫米的耐热铝合金和铝基复合材料管坯，还制成直径达 700 毫米的铝合金及其复合材料圆柱锭坯和直径大于1200毫米的铝基复合材料环件。这些坯件均是现有报道中尺寸最大的喷射沉积坯件，用它们制备的材料和部件性能优异。该项技术被广泛应用于高速列车制动盘、风管和铝基复合材料管接头等材料部件的研制。

该系列成果获教育部提名国家技术发明奖一等奖1项、其他部省级奖励3项，获得国家发明专利4项，发表论文50余篇，出版了专著《多层喷射沉积技术及应用》。

“啃”新材料研制难题

我国著名材料学科学家师昌绪院士认为，回顾人类历史，材料领域的重大突破是“人类进步的里程碑”。随着现代社会的快速发展，新材料实际上已成为“高技术产业的先导和基础”。陈振华深知新材料开发的重要性，他率领科研团队不断探索、不断前进，坚持不懈地在新材料的研究上努力攀登。

制动盘是涉及列车安全的关键部件之一，以往采用的铸铁盘存在簧下重量较大、影响机车车辆的动力学性能和制动时表面温度较高、影响车轮的机械性能等问题。而采用铝基复合材料制成的制动盘，则可大大减轻机车车辆的簧下重量、改善列车的动力学性能，并显著降低制动盘的表面温度，提高机车车辆运行的安全性。然而，原有的制备工艺难以满足大尺寸铝基复合材料制动盘的要求。

为了找到取代铸铁盘的新产品，陈振华联合株洲电力机车有限公司总工程师朱龙驹，毅然决定将目标锁定在国际上尚处于研究与试验阶段、国内研究基本上还是空白的铝基复合材料制动盘上。

他们从自己研发的大尺寸复合材料环件喷射沉积制备技术及设备为基础，首次采用喷射沉积技术，研制成功高速列车用铝基复合材料制动盘以及相配套的树脂基复合材料闸片，其中，铝基制动盘重量46千克，比同类铸铁制动盘减少50～60千克，机车的单轴簧下减重约200千克，可显著改善机车的动力学性能。

该成果已通过铁道科学院时速200公里的台架试验，性能指标均达到使用要求，并完成工程化向产业化的转化。成果还通过了以黄培云院士为组长的专家鉴定，来自铁道部及四方机车车辆厂、中南大学、西南交通大学、北京科技大学等单位的鉴定专家一致认为，该项技术整体达到国际先进水平。

近年来，针对变形镁合金材料的工业化生产存在的技术难题，陈振华提出了采用细化合金晶粒组织、调整晶粒取向来改善镁合金的塑性变形能力差的思想，利用一系列新技术，基本解决了镁合金塑性变形能力差的问题。与此同时，他们还出版了《镁合金》《变形镁合金》《耐热镁合金》3部学术专著，为我国镁合金材料研究、开发作出了杰出贡献。

开拓智能新天地

——走进王耀南教授的自动化世界

（2007 年 7 月 3 日　第 1 版　“湖南大学科技纪行”组合报道之五）

“智能化”“自动化”是目前高科技领域的流行语，当它们渗透到我们身边各个角落时，科学离我们并不遥远。然而，当人们在尽享智能化、自动化的高科技成果带来的便捷生活时，有没有想到这些成果的创造者？

日前，记者采访国内自动化领域的知名专家、湖南大学电气与信息工程学院院长王耀南教授，走进了他的自动化世界。

20 世纪 80 年代末，王耀南开始涉足工业自动化与装备领域，经过多年的探索研究，先后主持完成了国家“863”计划项目、国家自然科学基金项目、中德国际合作重大项目等多项国家重点项目。

“十年磨一剑”，他和他的课题组所取得的成果“高速灌装生产线智能检测分拣成套装备研制及其推广应用”“智能图像信息处理方法及其在工业系统中的应用”等分别荣获国家科学技术进步奖二等奖等多项奖励。

生产线装上“巧手”“慧眼”

据了解，目前啤酒、饮料、医药等灌装生产厂家大都使用可回收容器，但容器在运输、使用过程中都不可避免地受到污染和损坏。为保证产品质量，厂家必须对灌装前后容器和产品质量进行严格检测和次品分拣操作。

目前国内大多采用人工进行检测与分拣。但人工存在速度慢、检测质量受人为因素影响、食品卫生安全标准难以保障等一系列弊端。那么，当前存不存在可替代人工、专门进行自动检测与分拣的机器呢？答案是：有。但这些机器只能从德国和美国高价进口。

王耀南说：“为打破国外技术垄断，填补国内空白，中国人必须研发出自己的大型灌装自动化检测分拣成套装备。”通过课题组的不懈努力，2003 年，我国首台高速自动化流水线上的多传感器融合智能空瓶检测机器人在湖南大学诞生，这个“聪明宝贝”可满足流水生产线上啤酒瓶、纯净水瓶、药瓶等各种空瓶的检测需求。在此基础上，课题组进一步研制出智能灌封质量检测机、包装生产线检测分拣机器人以及智能机械手自动分拣系统、柔性和旋转式分离装置等重大成套智能化装备，实现了多项关键技术的突破。

他们首先研制了一双“慧眼”，用机器视觉测量与识别技术代替人眼来观察、检测、分析灌装产品质量。接着研制了一双“巧手”，实现了用机械手代替人手，完成次品分离和分拣工作。

“在技术性能上，它与国外同类产品没有任何差别。”王耀南说，“随着我们的技术在国内多家啤酒、制药、饮料、包装、轻工生产企业中的成功推广，国外同类产品不同程度上出现价格下调，这就是打破技术垄断的直接效益。”

王耀南认为：“自动化，最终目的就是要把人类从危险、污脏、繁琐的劳动中解放出来。”针对我国工业安全生产、危险与恶劣场合等特殊作业环境对远程监控、无人作业和遥控操作的迫切需求，1996 年，他组建了研究团队，就智能视觉信息获取与处理、运动目标跟踪和远程监控等进行系统深入的研究。实现智能图像的精确识别、分析，将多运动目标准确锁定，这是一道世界性的技术难题。

为攻克这一难关，他们经多年研究、反复论证和调试，终于在 2001 年取得了突破性进展。王耀南给这个凝聚多年心血的成果取了个意味深长的名字“Builder”，意即开拓者。在此基础上，他们先后自主研制成功系列智能监控跟踪控制关键设备和集动态环境感知、自动预警和远程图像监控等功能于一体的复杂工业智能监控软件系统，解决了复杂作业环境下远程监控与遥控操作等重大技术难题。

据介绍，该项目的技术成果已广泛用于工业生产监控、智能交通、智能机器人、国防等行业，取得了良好的社会经济效益。

“绿色”装备走进“东西南北中”

节能降耗和绿色环保是我国当前工业发展进程中必须面对的两大难题。而在作为能源和能耗大户的电力电气行业，其大型机电自动化装备的技术水平对系统能耗和绿色生产直接关联。

机电自动化装备也要走“绿色”之路，王耀南课题组提出了大型泵站、发电机组与输变电系统的动态运行建模与仿真等高效节能的电力与电气自动化装备的优化设计新方法和新技术，有效提高了电力电气系统的运行效率，降低了能耗。研发了集实时数据采集、自动控制、状态监测、先进优化调度、现场维护与管理等功能于一体的系列综合自动化技术装备，建立了教育部输变电新技术工程研究中心及成果推广应用示范基地，解决了电力电气综合自动化系统在重大工程应用中的多项关键技术难题。

目前，该技术成果已走进我国“东西南北中”地区，推广应用于南水北调工程中的大型泵站综合自动化系统，三峡工程中的分布式发电控制与保护系统、水轮发电机组优化运行控制系统、水电站变电站综合自动化系统，西电东输工程中的大型输变电控制系统等国家重大工程项目中。

创新致力“中国创造”

理论服务于实践，实际中提升理论。依托多年的项目研究经验和成果，王耀南出版了《智能控制系统》《机器人智能控制工程》《智能信息处理技术》等5部在国内外具有较大影响的学术专著，在国内外知名刊物发表了论文270多篇，其中SCI收录26篇、SCI引用75篇次、EI收录109篇，为推动自动化和信息技术学科的发展作出了重大贡献。

作为湖南省“首届科技领军人物”、湖南省最高科技成就奖“光召科技奖”获得者、国家“百千万人才工程”第一二层次人选、全国优秀骨干教师，王耀南并不满足于当前的成绩。谈及未来的研究计划，他饱含激情地说：“工业自动化水平已成为衡量国家综合国力的重要指标，而我国在该领域相对于欧美、日本等发达国家仍有较大差距，特别是在大型工业自动化技术装备方面，我们一定要在现有基础上加速前进，打破国外技术垄断，努力将‘中国制造’转变成为‘中国创造’，从而提升整个国家技术品位。”

听到王耀南充满激情和自信的话语，看着面前的一项项科技创新成果，我们坚信这支科研尖兵队伍一定会有更多的“中国创造”，而在建设创新型国家进程中我们需要太多王耀南式的科技创新领军人物！

“垃圾只是放错了位置的资源”

——访环境科学与工程学院院长曾光明教授

（2007年7月4日　第1版　“湖南大学科技纪行”组合报道之六）

沐浴着夏日阳光的岳麓山，古木参天，空气清新，沁人肺腑。外表以灰色为基调的环境馆在绿色的掩映下并不起眼，而悬挂在馆门外的多个牌匾格外引人注目：湖南大学环境科学与工程学院、湖南大学环境保护研究所、中德环境技术中心、中加能源环境与生态研究中心。顺梯而上，在四楼一个堆满书籍、资料的办公室里，我们见到了学术领头人、环境科学与工程学院院长曾光明教授。

曾光明是一位刚过不惑之年的“海归”学者，给人的第一印象是自信、执着。他是新中国自主培养的第一批500名博士之一，1988年来到湖南大学，成为该校第一位引进的博士。

提起环境科学与工程的科研工作，曾光明的兴奋之情溢于言表。他带领团队获得今年国家科技进步奖二等奖的“堆肥环境生物与控制关键技术及应用”成果，解决了城市生活垃圾增长迅速并难以处理的环保问题，极大提高了我国堆肥技术和产品的科技含量及国际竞争力，带动了相关环保领域传统技术的升级换代，使我国环保工业上了一个新台阶。

现代城市生活垃圾的主要处理方式有填埋、堆肥和焚烧 3 种。其中，填埋法是目前主要采用的方式，但需要占用大量土地资源，而且对地面水、地下水、大气均有二次污染，其中地下水的污染尤难控制；焚烧技术对大气污染严重，还必须增加垃圾处理投入，采用先进技术控制有害气体排放。

“堆肥技术”是利用微生物将垃圾中的有机物充分分解，对土壤、地面水的危害最小，并能将垃圾转化为农田可用的有机肥料。然而此前的堆肥技术因工艺落后，堆肥产量不高、效用不高甚至有微毒，让国内外同行望而却步。曾光明相信“垃圾只是放错了位置的资源”，认定堆肥将是我国最有前景的城市垃圾处理方法。他带领课题组奋斗了整整 16 年，将堆肥技术不断完善，使城市生活垃圾变废为宝。目前，堆肥技术已成为对城市生活垃圾处理最科学、最先进的处理方式，能神奇地使白色废塑料变成油，使城市生活垃圾的有机部分变成高质量的有机肥。这项成果在我国上海、呼和浩特、长沙、汉口、大庆等多个城市推广应用，累计创造产值达 2.6 亿元。

曾光明对课题组科研成果的要求有两条标准：一是在基础理论研究方面，能否提交高影响因子的 SCI 论文；二是在实际成果应用方面，能否申请获准国家发明专利。他直言：“搞科研就是要出高水平的成果。”近 5 年来，他和课题组成员已发表高影响因子 SCI 论文 180 篇、EI 论文 220 篇，申请国家发明专利 50 项，已获授权国家发明专利 28 项。相关统计结果显示，湖南大学环境与工程学科专业论文被 SCI 收录的数量位居全国该领域前十名。曾光明认为，科研工作是有竞争的，要在国际竞争中赢得一席之地，最要紧的是增强自己的实力。目前，在城市生活垃圾综合利用方面，湖南大学环境科学与工程学院已是国际上公认的权威研究中心。曾光明还被聘任为该领域国际权威刊物 Journal of Environmental Informatics 的副主编，他的团队平均每年要为相关国际刊物审稿 120 篇左右。

谈到科研团队的建设，曾光明形象地将科研攻关比作打仗。他说：“和‘上阵亲兄弟，打仗父子兵’一个道理，科研团队要形成核心，要有骨干力量，要有顽强拼搏的精神。”在采访中，我们发现“团结”这个词在曾光明的谈话中使用频率很高。他回忆 20 世纪 90 年代初刚开始研究堆肥时，“做实验经常要搞到凌晨三四点，然后还要聊到早上七八点。大家对所从事的事业满怀激情、充满希望，丝毫不觉得累”。他动情地说：“我对自己的团队非常自豪！”到目前为止，他带领课题组已完成了国内外重点科研项目 28 项，其中包括国家“863”计划项目、“973”计划项目子课题各 1 项，教育部重点科研项目 2 项，科技部国际合作重大项目 2 项，国家自然科学基金委课题 8 项，出版了逾千万字的中英文专著 9 本，获得包括国家科技进步奖、国家教学成果奖在内的重大奖项十余次。在这个团队中，共同的信念是“要做事，还要做成事，更要做成大事”“在研究过程中我们有不同的分工，但更多的是合作，是大家的配合达到共赢的效果。”

他从学科建设、国际合作和人才培养等方面的大量实例研究中总结出了宝贵的人才培养经验：“理工文融合、环境科学与环境工程融合，兼及一定的人文教育，是培养创新型环境科学与工程人才的关键；教学和科研结合，是培养创新型环境科学与工程人才的保证；与国际接轨，是培养创新型环境科学与工程人才的捷径。应该大力提倡理工文融合、教学和科研结合，与国际接轨，培养创新型环境科学与工程人才的办学理念和人才培养模式。”

走出湖南大学环境馆，我们从环境科学与工程科研团队的发展之路联想到湖南大学延续千年治学所锤炼出来的务实传统，经世致用的价值取向，实事求是的思想方法与学贵力行的治学风格。曾光明率领环境科学与工程学术团队敢于突破传统思维的圈囿，力举创新，力求务实，诠释了“人才所用”之正道。

情结仿生催化　心系技术创新

——仿生催化科学研究及成果转化侧记

（2007 年 7 月 5 日　第 1 版　“湖南大学科技纪行”组合报道之七）

橘子洲西对岸岳麓山下的湖南大学，正在“传道济民、经世致用”的千年办学传统氛围中，在科学技术是第一生产力的感召下，涌动着一波接一波的科技浪潮。近日，记者专程来到该校化学化工学院，见到了长期从事仿生催化科学研究并担任国家“985 工程”湖南大学化学生物科技创新平台主任、先进催化教育部工程研究中心主任、化学化工学院院长的郭灿城教授。

郭灿城告诉我们：“学校特别注重和坚持科学研究与国家经济建设的结合，提倡加快科研成果的转化，把企业急需解决的技术难题作为科研攻关的重点之一。我院拥有一支高水平的科研队伍，其中包括 4 位中国科学院院士、中国工程院院士和一批‘长江学者’、博士生导师。多年来，全院充分发挥基础扎实、学科综合性强等优势，在不断提高基础研究水平的同时，致力于服务地方经济建设。”

仿生催化是生物催化与化学催化交叉形成的新催化技术，长期受到国际学术界和企业界的高度重视。我国已将新催化技术列为化学工业“十一五”期间重点攻克的 6

项重大共性、关键技术之首。

谈起该院的仿生催化学科及研究工作，郭灿城如数家珍。他说，随着国民经济的发展和人民生活水平的提高，对烃类氧化产品的需求量日益加大。由于我国烃类氧化关键工艺和装备曾主要依赖进口，迫切需要开发具有自主知识产权的烃类催化氧化新工艺。

早在1989年，该校化学化工学院仿生催化课题组就致力于金属卟啉仿生催化氧化机理和催化剂的研究，并针对国际大型化工产品生产效率最低的环己酮制备的工艺，开发了金属卟啉仿生催化环己烷氧化为环己酮的工艺，并获得国家发明专利，并迅速推广应用。

2004年，世界上第一条环己酮仿生催化工艺生产线在中石化巴陵分公司建成，由于采用了这项仿生催化新技术，破解了一直困扰国际化工界的碳氢化合物选择氧化的国际难题。2006年，该公司采用这项技术使环己酮生产能力由7万吨上升到12.4万吨，仅设备投资一项就为国家节约2亿多元，年产值近15亿元。同一时期，石家庄化纤公司完成了新建年产10万吨环己酮的仿生催化装置工业包。目前，日本宇部株式会社（环己酮生产量和生产技术处于国际前三强）正在应用湖南大学仿生催化技术在设备上进行中试研究。该技术正逐步成为国际环己酮生产的主流技术。

中国石化总公司专家称赞该技术“开辟了烃类催化氧化新领域”。我国著名石油化工催化剂专家闵恩泽院士评价该技术为“近年来中国绿色化学领域三项具有跨越式进步成果之一”。科技部一位领导来校考察后，评价这项成果属于原始创新与技术创新，是多项创新的集成。

自2000年以来，湖南大学仿生催化科学研究已申请国家专利16项、获准授权专利9项。在发展了可生产苯甲醛、苯甲酸、己二酸等重要有机化工产品的仿生催化剂和工艺后，现在又在开展“对二甲苯仿生催化氧化制备对苯二甲酸新工艺”研究。该项目已经获得国家“十一五”“863”计划立项支持。

最近，湖南大学仿生催化课题组又发明了完全不使用溶剂和腐蚀性催化剂、对二甲苯仿生催化氧化制备新工艺，这一具有完全自主知识产权的技术已经获准国家发明专利。该成果一旦实现产业化，可大大减轻生产对苯二甲酸存在的环境污染严重、对设备腐蚀性大、工业危险性高等问题。

采访中的另一个小故事更让记者心生敬意。2006年的一天，郭灿城接到了一个电话，原来是上海一家企业有意投入3000余万元用于建设甲苯氧化的生产线，考虑到项目投入的资金数额大，是否能真正实现产业化尚存疑问。该企业负责人与技术研制单位先后3次来到湖南大学化学化工学院，专程上门请郭灿城教授帮助作项目鉴定。后来经鉴定，并与技术研制单位讨论，认为该项目不适宜实施，避免了项目立项失败可能造成的经济损失。目前，还有数十家企业长期与他们保持联系与合作。对此，郭灿城深有感慨地说："地方企业找我们来作这个鉴定，是极大信任，让我们倍感欣慰，非常愿意为他们服务，为地方经济发展提供智力支持与技术支撑。"郭教授的这番话也是众多高校科研工作者的心声。

展望仿生催化研究领域的未来，郭灿城充满自信。他说："科研的目标是无止境的。我国经济的高速发展对石油化学工业有着巨大的需求。目前，在我国的化学工艺中，70%以上都使用了催化技术，产生了巨大的经济效益和社会效益。但是传统催化剂和催化工艺也给生态环境带来了危害。传统催化工艺中，碳氢化合物的空气氧化要在高温高压下进行，存在着选择性差、催化效率低和环境不友好的缺点，仿生催化工艺已成为石油化工领域重要的创新性技术，具有广阔的发展空间。我们正以先进催化教育部工程研究中心和国家'985工程'化学生物科技创新平台为基地，努力建立并稳定一支从事仿生催化基础研究和工业开发的高水平队伍，以满足我国能源、材料、化工等自主创新和可持续发展的战略需求。"

心有多大　舞台就有多宽

——湖南大学打造"经贸"品牌之道

（2007年7月6日　第1版　"湖南大学科技纪行"组合报道之八）

经过2000年整合后的湖南大学，有了南北两个校区，位于岳麓山的东西两侧。穿梭于南北两个校区之间，感受到不同的风格与氛围。如果说南校区给人的是厚重而大气的历史文化积累的感觉，那么北校区呈现出的是跳跃式发展的现代风貌，这里遍布整齐的绿化带、草坪、小径，身姿摇曳的水上教学楼，具有现代设计风格的体育馆……

就是在这里，一个经济贸易学术团队异军突起。近日，记者来到了湖南大学北校区的经济与贸易学院，采访了该院院长赖明勇教授。

这位刚过不惑之年的青年学者，一派书生气，沉静中透露出自信与从容，有着经济学人特有的机敏与睿智。他向我们介绍了该院的建设与发展历程。

2002年春，湖南大学在国际贸易学和经济学两大学科的基础上合并组建了经济与贸易学院。当时的"家底"是30个人、8间房、50万元开办费。或许在别人眼中，这些办学条件意味着创业的艰辛，但这个小小的团队却凭借着满腔的热忱与抱负，不畏困难，奋力向前，创造了骄人业绩。

5年之后，湖南大学的国际贸易学科已发展成为全国一流的特色学科，以国际贸易学为主要牵头学科，获得应用经济学一级学科博士授权点；完成了“211 工程”重点建设学科项目国际贸易与金融管理的建设；拥有“985 工程”二期哲学社会科学创新基地“经济开放与贸易发展”和“湖南省 WTO 研究基地”；建成了湖南省物流信息与仿真技术重点实验室……今天的湖南大学经济与贸易学院不再是嗷嗷待哺的雏鸟，大有羽翼渐丰、展翅高飞之势。

赖明勇说：“湖南大学国际经济贸易学并非无源之水、无本之木，它有着深厚的学科渊源。”早在 1926 年，湖南大学就设有商科，1931 年建立了商学系，1946 年成立商学院。当时的商学院院长就是我国国际贸易学科创始人武堉干先生。到 20 世纪 80 年代，湖南大学在全国率先创办了工业外贸本科专业，1990 年建立硕士点，1996 年成为原机械工业部重点专业学科。2000 年 4 月，国际经济与贸易专业实现了强强联合、优势互补，成为现有科研团队的基础。

新的历史机遇出现在湖大经贸人的面前，他们抓住了。学院确立了“科研强院”的基本战略，以学科建设为龙头，以科研发展为支撑，以人才培养为中心，以国际交流为契机，实现了学院跨越式发展。

赖明勇饶有兴致地介绍了经贸学科体系建设的“理论－方法－技术－应用”四大支柱。理论研究既着眼于原创性，又立足于解决社会经济实践中的重大现实问题；方法研究强调与国际接轨，跟踪国际上的最新成果与发展动态；技术研究注重信息管理技术、国际贸易电子商务、物流信息与仿真技术的逐步发展；应用开发则追求宏观层面的可操作性及微观层面的产业化能力，为政府宏观经济政策和企业微观经济决策提供咨询。

据经贸学院副院长张亚斌介绍，依托于千年学府浓厚的文化底蕴和强大的理工科学科优势，学院在科研、教学中广泛引入数学、管理学和信息科学的理论与方法。目前基本建成了“多学科交叉，文、理、工渗透，突出数理方法与实证研究，具有经贸特色的学科体系，并形成了多个特色鲜明、在国内具有影响的研究方向”。将新贸易理论与新增长理论结合起来，在国际贸易与经济增长、中国对外贸易发展等领域取得了一系列标志性成果；开发了 CGE 中国本土化的莫纳什—湖大模型；将国际贸易与现代物流相结合，构建内外贸易一体化的理论及技术支持体系，开发出电子商务应用系统，等等。

提到人才培养，该院党委书记王世昌说：“强化学生基本素质、创新精神和创新能力的培养，强调以文理工渗透和多学科交叉的特征培养学生良好的创新知识结构，建立了从学士到博士后的四级人才培养体系。学院一直狠下功夫坚持“科研与教学互动”，使最新的科研进展进教材、进课堂。”

与此同时，该院特别注重加强专业实践，着力打造经贸人才品牌。目前，该院已与浙江慈溪、郑州经贸交易所、广州黄埔海关、深圳卓海科技、湘财证券、白沙物流等多个单位建立了长期稳定的学生实习基地和实习教学合作制度，培养学生的社会实践和创新能力。该院培养的湖南省应用经济学第一位博士的论文被评为湖南省优秀博士论文。学生的综合素质、专业技能和创新能力在国内重大比赛中频频获奖。5 年中，1000 多名毕业生初次就业率达到了 98%，主要供职于政府机关、外贸、外企、海关、银行等部门。

他山之石，可以攻玉。经贸学院还以国际学术交流为契机，不等不靠，“超常规”培养人才、引进人才，边组建边发展。2002 年，世界著名经济学家、澳大利亚社会科学院院士、莫纳什大学经济学教授杨小凯被聘请为经贸学院讲座教授，成为湖南大学引进的第一位外籍院士。杨小凯之所以在国内众多高校中选择湖南大学经贸学院，也正是被这里开放活跃的研究氛围和有凝聚力的科研团队所吸引。

2004 年，该院在获得“985 工程”哲学社会科学创新基地建设项目后，还先后聘请 6 位国际著名经济学家、国际一流水平的博士主讲核心课程，并选派学术带头人、学术骨干赴国外著名大学留学、访问或合作研究。目前，学院已与美、英、加、澳、日等国 14 所大学建立紧密合作关系，每年聘请著名学者来院学术交流 30 余次。

从学院组建到创“国内一流”，只用了短短 5 年时间，湖南大学经济与贸易学院的发展速度和教学、科研质量令人惊讶。这是湖大经贸人用热忱与智慧凝聚成前进的力量，取得了传奇式发展。这个生机勃发的年轻学院未来的路怎么走？赖明勇那淡定从容、明晰而具勇气的目光似乎在告诉我们：“心”有多大，舞台就有多宽，前面是一片明媚的春光。

沃土新枝　绿意盎然

——走近湖南大学管理科学与工程学科

（2007 年 7 月 10 日　第 1 版　“湖南大学科技纪行”组合报道之九）

仲夏时节，采访组来到了湖南大学工商管理学院。在学院门口，我们惊奇地发现，这几幢相连的具有现代建筑风格的褚红色大楼竟是围绕着一棵高大的古树而建造的。这是一棵大樟树，我们无从得知其树龄，只见树冠在阳光下一片翠绿，枝叶舒展，在轻风中拂扫着建筑物的窗棂。

“百年商学”今与昔

走进这所绿意盎然的建筑物，我们见到了工商管理学院主持工作的常务副院长谢赤教授。眼前这位干练儒雅的中年学者，16 岁即求学于湖南大学，1984 年成为该校首批工业管理工程专业硕士，留校后一直从事教学科研与管理工作，对学院的历史了如指掌，对管理科学与工程学科的研究成果如数家珍。聆听着谢院长的介绍，一幅“百年商学”的历史长卷随之舒缓展开。

1905 年，由夏同和、杨度为首的一批留日学生编译出版的丛书“法政萃编”中，收录了后来担任湖南公立法政学堂主持人胡子清的《财政学》与《殖民政策》两本书，其中《财政学》是我国近代最早引入的财政学著作之一。1906 年，湖南公立法政学堂成立，这是湖南大学法学、政治学及行政学科的前身。而胡子清在主持法政学堂行政工作时，开设并讲授财政学等课程，距今已过百年，湖南大学“百年商学”的美誉即来源于此。1926 年，国立湖南大学定名时即开设商科，1931 年建立商学系，在当时全国 31 所国立大学中，仅有 9 所大学设有商科或商学系，湖南省仅此一家。

1978 年改革开放以后，国家经济建设迅速发展。1981 年，湖南大学筹备建立了经济管理工程系，1982 年开始正式对外招生，1985 年获得硕士学位授予权。1992 年应国家对外贸易发展的急需，在原国家机械部的支持下，湖南大学在经济管理工程系的基础上建立了国际商学院，创新性地采用董事会领导下的院长负责制，这种高等教育培养人才的管理运作机制收到了良好效果，在社会上引起强烈反响。

1994 年，湖南大学成为全国 26 所具有 MBA 招生资格的高校之一，并首次招收工商管理硕士（MBA）学生。1996 年，该院获得管理工程博士学位授予权，1997 年调整为管理科学与工程学科。2000 年，该院正式定名为工商管理学院，随后获准设立管理科学与工程博士后流动站。

目前，管理科学与工程学科已成为工商管理学院发展的龙头学科。2001 年，被确定为湖南省重点学科，2006 年再次进入湖南省“十一五”重点建设学科行列。

学科建设显成效

党的十六大报告指出，技术、管理是继资本和劳动之后新的生产要素。由此可见管理科学在国民经济发展中的重要地位。谢赤认为，管理科学与工程学科的建设是全院学科发展的“推进器”。

经过 30 多年的建设发展，湖南大学管理科学与工程学科现已形成投资决策与风险管理、金融工程与金融管理、复杂系统预测与评价、项目管理与运营系统优化、信息系统开发与知识管理 5 个独具特色的研究方向，共设有投资与理财、电子商务与物流管理两个教学单位，系统工程管理科学研究所等 4 个研究所，管理决策支持技术湖南省重点实验室等 5 个实验室。该院坚持以人才培养为中心，以科学研究为主导，建立了一个运作灵活、互为依托的组织机构体系，围绕着国家发展需要积极开展科学研究。

“十五”以来，管理科学与工程学科领域前瞻性科学研究硕果累累，先后承担了国家基金课题 38 项，国务院各部委及国防重大课题 49 项；获得国家科技进步奖二等奖 1 项，湖南省科技进步奖一等奖 1 项，湖南省科技进步奖二等奖 2 项，机械工业科学技术奖一等奖 1 项，同时还获得了包括中国高校人文社会科学研究优秀成果奖、湖南省优秀社科成果奖在内的 30 多个省部级奖项。发表各类论文 925 篇，其中各类学术刊物论文 651 篇，学术会议论文 279 篇，SCI、SSCI、EI 收录 123 篇，ISTP、CSSCI 收录 412 篇；出版教材 27 部、专著 26 部。

与此同时，该学科共策划组织多次国际、国内学术会议，邀请国内数十位知名学者到该院讲学；派出 35 人代表该学科参加国际学术会议。与中国科学院、香港城市大学等单位保持长期合作关系，双方定期沟通、互派学者交流，并共同申报有关科研课题。

积极开展科学研究和广泛的对外学术交流，营造出一种良好的人才培养环境，管理科学与工程学科为国家经济建设管理工作培养与输送了一批高水平的合格人才，他们中许多人已走上了重要的领导岗位或成为政府部门负责人、企业高级管理人员。2001 年至 2006 年间，该学科共招收博士 136 人、硕士 197 人、本科生 195 人，其中包括 8 名不同国家的留学生。

依靠人才谋发展

谢赤教授说："人才的成长是管理科学与工程学科队伍建设中最重要的环节。"目前，该学科拥有一批不同研究方向的学术带头人，其中有投资决策与风险管理方向的学术带头人陈收教授，金融工程与金融管理方向的学术带头人谢赤教授，复杂系统预测与评价方向学术带头人马超群教授，项目管理与运营系统化方向学术带头人单汨源教授，信息系统开发与知识管理方向学术带头人杨贯中教授，他们优秀的科研垂范和悉心的教学指导，使优秀专业人才不断涌现，形成了 5 个理论基础雄厚、科研积累丰富的卓越学术梯队，该院科研团队建设经验和科研成果曾多次受到上级部门表彰、奖励。

根据我国中长期科学和技术发展规划纲要和国家经济社会的发展趋势，管理科学与工程学科如何适应新的要求，为国家经济建设作出新的贡献，谢赤对此有着清醒的认识。他认为，管理科学与工程学科学术梯队建设一方面要不断加快优秀中青年人才的培养，另一方面要积极扩大对外学术交流，邀请国内外知名专家学者合作与加盟，共同提升学科发展实力。如 2006 年中国工程院工程管理学部院士罗绍基加盟了项目管理与运营系统优化学术梯队，成为工商管理学院教授、博士生导师，并担任湖南人学重大工程项目管理创新研究中心名誉主任。目前，罗绍基已经以湖南大学为依托申请获批湖南省自然科学基金课题 1 项，横向课题 1 项，重点开展有关项目管理优化、工程系统与运筹、决策科学方面的研究。

谢赤强调，今后一个时期，管理科学与工程学科将重点开展以能源工程项目为代表的重要工程项目，金融系统、资源与环境有关的决策投资与风险管理模型与策略研究，管理信息系统理论与开发研究、建设与运营优化研究，预测和评价理论与方法研究。另一个重点是突出对具有工程背景和交叉学科知识的管理科学与工程人才的培养。

走出工商管理学院大门，我们又看到了那棵与楼房亲密接触的大樟树，感受到一种自然与社会相处的和谐。同时，我们也深深地感觉到，在一个管理科学发展日新月异的新时代里，秉承着千年学府“海纳百川、兼容并蓄、经世致用”的优秀传统，浸润着现代管理科学的理念，肩负着工程运筹决策的重任，湖南大学管理科学与工程学科前景一片光明。

献身土木　犹如凤落梧桐

——记湖南大学土木工程学院创新团队

（2007 年 7 月 12 日　第 1 版　“湖南大学科技纪行”组合报道之十）

盛夏时节，徜徉在依山临江、绿荫拂面的湖南大学校园中，千年学府古老岁月积淀下来的文化气息，如同岳麓山下温润清新的空气，浸入肺腑。此时，随意询问一位湖大学子：“贵校最知名、最有实力的专业有哪些?”毋庸置疑，所得答案中无不包括“土木工程”!

百年沃土又见新枝硕果

土木工程学院是湖南大学最早成立的院系之一，始建于清朝光绪二十九年（1903年）。校园里那一幢幢风格各异的建筑物，或典雅凝重，或庄严大气，其设计都出自于20 世纪 30 年代以来该校一批土木工程系专家教授之手。他们中最著影响的代表人物是我国首位引进西方建筑科学的学者、曾先后担任过土木系主任、土木建筑学院院长的柳士英。他专长建筑学与建筑艺术，善于在建筑设计中灵活运用曲线和圆形，被称为“柳氏圆圈”。他和我国古典建筑设计大师梁思成并被誉为“北梁南柳”。

湖南大学土木工程学科创建 100 多年来，虽因学校的八度变迁而历尽沧桑，但却始终保存下来并赓续发展。到了 2000 年，土木工程学院成为国家一级学科博士学位点；2001 年，土木工程专业被评为省级重点专业，湖南省工程结构损伤诊断重点实验室被评为一类重点实验室；2002 年，结构工程专业被评为国家重点建设学科并通过了2006 年的重新评估；2003 年，桥梁工程和供热、供燃气、通风及空调工程专业被评为湖南省重点学科；工程制图专业课程被评为省级一类课程。目前，该院拥有的专业实验室有 11 个。

今年，以该院院长、“985 工程”土木防灾方向首席科学家、“长江学者特聘教授”肖岩为学术带头人的科研团队又成功地通过了教育部“长江学者和创新团队发展计划”，为享誉海内外的湖南大学土木工程学科百年历史又翻开了新的一页。

抗震抗爆综合防灾赢在创新

世界范围内重大自然和人为灾害常常给人类社会和经济发展造成了巨大损失。由于对许多自然和人为因素及其对工程结构的影响等方面的认识还不够充分，现有工程结构的设计理论和方法中还有不少问题未能解决，结构设计和施工还存在着安全隐患。目前，国际结构工程界的一个重要研究方向是探讨如何将抗震研究成果和工程实践经验有效应用于工程结构的防抗人为突发灾害。

以肖岩为学术带头人的创新团队，把国际前沿性研究和我国土木工程防灾需求结合起来，在新型组合结构体系、复杂地震力作用下的结构性能、新型材料的抗震抗爆性能、工程结构的综合防灾设计理论和结构远程协同试验等方面开展了系统研究，提出了集抗震、抗爆于一体的综合防灾理念。

他们瞄准社会基础设施和工业、民用建筑建设的防灾减灾问题进行探索和研究，取得了一系列创新性成果。其中，有关新型组合结构体系、新型钢管混凝土结构的抗震抗爆性能、高性能材料在结构抗震抗爆设计中的应用等体现了工程结构综合防灾的集成化，代表了该领域的国际先进水平，受到国际同行的高度关注。

土木工程学科是一个相对比较传统的工学领域，但像其他学科一样，随着计算机、信息、材料科学的最新进展，土木工程科学也在突飞猛进。肖岩的团队在充分重视土木工程的传统特征的同时，也创新性地引入了许多高科技成果。他们所开发的远程试验系统 NetSLab，利用互联网和计算机控制技术将试验设备有机地联合起来进行复杂结构的抗震、抗爆试验研究。2006 年 12 月，美国国家科学基金资助的地震模拟网络系统 NEES 计划主要专家，专程来湖南大学，与肖岩教授领衔的国家自然科学基金委重点项目课题组讨论相关的合作研究。

在以钢、木、竹为代表的新型结构体系的研发方面，他们提出了许多采用新材料、新工法的抗震、抗爆结构体系，更为合理、有效和可靠。肖岩等在现代竹结构方面开展的系统研究，解决了竹构件的设计、试验方法与制造、防护技术等关键问题，以胶合竹板为基本材料，成功建造了竹材人行天桥，并申报了多项发明专利。专家们认为，竹结构可以与北美地区的轻型木结构媲美。其成果推广成为本学科理论研究与开发应用的新亮点，对充分利用我国南方丰富的竹林资源、促进农业经济结构调整、建设节约节能和可持续发展型社会均具有重要意义。

责权利一体的科研体制

在团队管理方面，该院一直推行责权利一体的管理体制。团队中各子项目负责人带领科研小组，围绕新型组合结构体系、新型抗震抗爆材料、结构坍塌机理、基础结构失效机理及相互作用、结构损伤识别及健康监测控制、远程试验及信息化平台建设、结构体系失效机构和综合设计等多个研究方向开展攻关。由于他们的研究能够紧密结合土木工程领域的热点、难点问题，把分散的工程结构抗震、防灾、评估、加固、新型结构体系开发等方面的研究提升到了一个系统性的新高度，取得了许多有目共睹的创新性成果，具有重要的理论意义和工程应用价值，显出其深厚的科学积累和很强的科研实力。

与常见的科研团队“金字塔”型结构不同，这个创新团队共有教授、副教授、讲师近 20 人，其中包括跨世纪学术带头人、优秀青年教师、“芙蓉学者特聘教授”，还有不断加入的一批优秀青年人才。学术骨干队伍自由组合、齐头并进。在科研攻关过程中，形成了以院长肖岩、副院长易伟建以及许斌、尚守平、黄政宇、方志、舒兴平 7 位教授为核心的创新团队。这个团队的大多数成员都有多年在国外学习和研究的背景，有着紧密的国际合作联系。在工程结构损伤诊断、桥梁与结构工程、钢结构、竹木结构、土木和建筑工程无损检测、水泥基材料等研究领域具有较强的优势，建树颇丰。

肖岩还向我们介绍了该院最近被教育部批准筹建的建筑安全与节能重点实验室。他强调，社会的发展和运营离不开安全的环境和可持续供给的能源，无论从国家宏观的角度还是一个群体或单体的建筑物角度讲，安全是社会活动和建筑运营使用的保障。而能源的有效利用和节制也是一个国家和社会可持续发展的重要安全问题。湖南大学建筑安全与节能重点实验室提出了综合安全和节能设计的理念，从建筑体系、材料、设备运营、健康与损伤监测、结构和设备的安全等多方位进行科研攻关。

在探寻百年的院史中，我们看到了学子们对土木工程专业非同一般的热爱和激情：“智者乐水，仁者乐山。献身土木，犹如凤落梧桐。”这个行业充满艰辛、洒满汗水，而这些诗一般的语言散发着浓厚的人文气息，表达了无悔的笃定执着。

在新的时代，这个充满朝气与活力的土木工程学科团队，犹如一株扎根于百年沃土的创新之树，枝繁叶茂，硕果累累。

（二）“国家自然科学基金资助绩效调查”组合报道

（4篇）

贺春禄、黄思维、向鹏、周洪涛、陈明参与采写

湖南大学：科学基金为“千年学府”发展提速

（2007 年 1 月 30 日　第 4 版）

作为一所历史悠久的综合性大学，近十年来，湖南大学积极组织国家和省自然科学基金项目的申报，申报项目的数量和质量不断提升，项目申报中标率不断提高，受资助项目取得的研究成果日益增多。自然科学基金在这所“千年学府”的科研、教学中发挥着越来越重要的作用。

科学基金成为科研的奠基石

自国家自然科学基金设立以来，该校科技管理部门与科研人员高度重视自然科学基金对基础性科学研究的支持，受资助项目逐年增加。2006 年，该校获国家基金资助项目 64 项，经费超过 2000 万元。获准资助项目覆盖了该校数理、化学、生命科学、工程与材料科学、信息科学、管理等学科。

依托自然科学基金项目，湖南大学基础科学研究有了长足进展：“十五”期间，先后获得国家科技进步奖一等奖 1 项、二等奖 4 项，获得国家自然科学奖二等奖 1 项；2001 年至 2005 年，共发表科技论文 7529 篇，被国际三大检索系统收录论文 1709 篇，被 SCI 引用 1524 次；科研成果申请专利和获授权的数量都有大幅度增长，5 年全校获得专利授权 120 项。获准建设了“化学生物传感与计量学国家重点实验室”“汽车车身先进设计制造国家重点实验室”2 个国家重点实验室和 15 个省部级重点实验室、工程中心。自然科学基金已成为开展基础性科学研究的必要条件与强力支撑。

科学基金成为原始创新孵化器

作为基础研究的推进器，自然科学基金对湖南大学国家重点实验室的申请与建设起着关键的作用。该校两个国家重点实验室之一的“汽车车身先进设计制造国家重点实验室”，在钟志华院士的带领下，依靠自然科学基金的资助，取得了一批具有自主知识产权的创新成果与产品，形成了一支创新意识强、学术水平高、在国内外有一定知名度的创新研究团队。

该实验室近 5 年来共承担国家自然科学基金重点项目 1 项、面上项目 24 项。依靠自然科学基金的资助，该实验室先后发表了学术论文 780 篇，其中 SCI 收录 195 篇，EI 收录 157 篇，SCI 他人引用 800 余篇次，主编学术专著 12 本；获得国家、省部级以上的科研成果奖12项。其中“薄板冲压工艺与模具设计理论、计算方法和关键技术及在车身制造中的应用”获2002年国家科技进步奖一等奖，“汽车碰撞安全性设计与改进理论、方法及关键技术”获2004年国家科技进步奖二等奖；获得国家专利发明专利12项，实用新型专利7项。该实验室凝聚了一批包括中国工程院院士、教育部长江学者特聘教授、国家杰出青年基金获得者等在内的学术领军人物。

从目前的情况来看，发展较好、成长速度快、成果突出的优势学科或优秀个人，都与自然科学基金的支持密不可分。这些学科最初都在自然科学基金的推动下，按照基金资助项目的体系快速发展。该校化学化工学院的中国科学院院士俞汝勤、姚守拙均获得过国家自然科学基金面上项目、重点项目系列资助，有力地促进了化学化工的学科建设与科研团队的发展。机械与汽车工程学院钟志华院士自1994年留学归国后，一直连续获得自然科学基金的资助，并曾获国家杰出青年科学基金。在他领衔的科研团队中，科研骨干李光耀教授就连续获得过多项国家自然科学基金、国家杰出青年科学基金的资助，其科研团队的快速发展，人才队伍的培养均与自然科学基金的资助密切相关。

环境科学与工程学院院长、教育部长江学者特聘教授曾光明在自然科学基金的有力资助下，其研究项目——“肥环境生物与控制关键技术及应用”获2006年度国家科技进步奖二等奖，他与袁兴中副教授共同承担“废塑料裂解炼油的理论、方法及示范工程”项目获2003年度湖南省科技进步奖一等奖。目前环境科学与工程学院共承担国家自然科学基金项目10项，同时完成国家科技攻关、省部级重大科研项目、国际合作项目等39项。在国家自然科学基金的有力支持下，该院荣获各级各类科技进步奖、发明奖共46项，其中国家科技进步奖三等奖1项、四等奖3项，还多次获得省部级奖项。近5年发表SCI论文180篇、EI论文220篇，出版教材及专著28部。

“服务”成为基金管理的核心

作为国家自然基金委员会湖南地区联络网的组长单位，湖南大学在申请管理本校自然基金的同时，还承担着湖南地区的联络工作。每年都要定期组织、承办湖南地区联络网会议，为成员单位交流管理工作情况提供便利；并通过举办系列讲座、不定期编发宣传国家自然科学基金的《湘联通讯》等措施，向各成员单位宣传国家自然科学基金委的方针、政策，有力地促进了各单位的项目申报工作。

对本校基金项目申报与管理，学校积极采取一系列措施给予支持鼓励，同时确保申请的透明度。负责全校国家自然基金管理工作的科技处副处长童桦认为，基金项目的数量与经费的增长，与坚持“服务求支持、服务求发展、服务求效率”的工作方针密切相关。管理部门根据基金受理的特点，总结出基金申请的前期、中期和后期的“三段式”管理。

首先，在自然科学基金管理的前期，自然科学基金管理负责人时刻注意掌握全校各学科的发展动态、科研团队发展现状以及青年博士学者的分布情况，认真研究“项目指南”、搜集相关信息，做好全校的申报项目组织工作，鼓励每一位有条件的科研人员都能积极主动地申请项目。同时为全校教师开展系统性的申请书写作培训讲座，严格对自然科学基金申请书进行规范性审查，对基本信息的真实性严格把关；并严格校内评审制度以提高申请书在全国项目申请中的竞争力。对重点、重大项目把握住院系学术委员会推荐、校学术委员会评审、申报者答辩三个环节。

在项目管理中期，对获资助项目进行检查，督促负责人认真撰写基金项目的进展报告以及经费使用情况，等等；并对项目执行期的情况进行严格审查，避免了不良情况与意外状况的出现。到后期则及时督促项目负责人进行项目结题验收工作，并进行跟踪管理，关注其成果转化的相关情况。

与此同时，该校还积极探索科学的管理方法，充分调动院系学术委员会和教师的积极性，经常组织学术研讨与交流会，总结经验、凝练目标，为来年的基金申报早作准备，使该校每年的基金管理工作均井然有序。

湖南大学主管科研工作的副校长陈收教授说，学校始终将全省各网点单位的基金申报与协调工作视为重要的职责，努力当好国家自然基金委与全省各网点单位间的联络员，与兄弟单位共享资源，强化对获批项目的跟踪管理和项目结题后的管理，力争项目多出成果，为湖南省的科技、经济和社会发展提供有力的支撑。

中南林业科技大学：科学基金推动特色学科研究

（2007 年 2 月 4 日　第 4 版）

中南林业科技大学是一所立足中南、面向全国，以林业为特色、多学科协调发展的大学。该校从 1990 年开始获得国家自然科学基金项目资助，到 2006 年，共有 57 个项目获得批准，资助面涉及林学、生态学、植物学等多个学科领域。

记者在采访中发现，该校受科学基金项目资助的特色非常明显：一是资助项目“专”。该校获得的绝大多数基金资助项目集中在林学和生态学研究领域；二是资助连续性“强”。一些科研团队和研究领域连续多年获得资助，使得基础科学研究能够不间断进行。在国家自然科学基金的资助和引导下，一些富有特色的学科、成绩斐然的科研团队和基础科学研究成果脱颖而出，在某些学科领域，其研究成果已步入我国乃至世界先进行列。

学术创新的“舞台”

众所周知，国家自然科学基金层次高、要求严、竞争激烈、申请难度大。但正由于存在这样的“难度系数”，才使得能否申请到国家自然科学基金成为衡量团队科研实力的标志。很多情况表明，获得国家自然科学基金项目资助后，相应的配套资助也能随之获得批准。可以说，国家自然科学基金为学科发展提供的不仅仅是部分的经费资助，更发挥了引领、导向作用，帮助搭建了科研舞台，在此基础上，科研“动作”能稳健、有力地展开。

1990 年，中南林业科技大学生态学科研组参与了由中国林业科学研究院和东北林业大学主持的国家自然科学基金重大项目中的子课题——“亚热带森林生态系统结构与功能规律的研究”，这是该校获得的第一个国家自然科学基金项目。经过两年的艰苦探索，该项目及其相关综合性成果获得了国家科技进步奖三等奖和林业部科技进步奖一等奖。这对中南林业科技大学生态学科及其团队来说，是一次极大的鼓舞与促进。随后，在国家林业局和学校配套经费支持下，生态学科的科研设备和科研条件得到了较快的提升，创建了科学研究的新平台。在此基础上，申请到国家自然科学基金资助项目“亚热带常绿阔叶林生态系统水文循环研究”，进一步强化了在亚热带森林生态系统方面的研究力度。

在国家自然科学基金资助的基础上，该生态学学科平台建设不断拓展，研究实力进一步增强，1984 年获得硕士点，2000 年以来先后获得博士点和博士后科研工作流动站，已成为我国林学领域的重点学科。2004 年该团队完成的项目“杉木林生态系统的功能与过程研究”获国家科技进步奖二等奖。2006 年 11 月，该团队负责的湖南会同杉木林生态系统国家野外科学观测研究站通过了科技部专家组的评估，被正式纳入国家野外科学观测研究站序列管理。在学科发展过程中，又形成了城市森林生态学这一新的研究方向，该学科研究人员先后申请到 5 项国家自然科学基金课题，并取得了丰硕的科研成果。2006 年 12 月，湖南省科技厅“十一五”期间批准的第一个重点实验室——“城市森林生态湖南省重点实验室”在这里落成。据悉，这是我国南方第一家省级城市森林生态重点实验室，城市森林高效多抗树种选择及其生态学问题成为研究重点。

“八五”以来，该校森林生态学科领头人田大伦教授共主持各类重点科研项目 20 多项，发表学术论文 80 余篇，撰写著作 5 本，作为项目主持人获国家级、省部级科研进步奖 10 项，其中国家科学技术进步奖二等奖和湖南省科学技术进步奖一等奖、二等奖各 1 项。生态学科人才培养也取得了令人瞩目的成就，先后为国家输送了 37 名硕士和 12 名博士毕业生，目前在读硕士、博士达到 75 人。在毕业的研究生中，有 3 人破格晋升为教授，一人入选教育部新世纪优秀人才培养计划，有 18 人成为国家级、省级科研单位的学术带头人和技术中坚力量，并为国家重点野外台站输送了 5 名站长。还有 3 人成为森林生态学领域的国际知名学者。

谈到今后的学科发展，田大伦表示，随着学术研究的不断深入，森林生态学科将进一步加大基础和应用基础研究，同时要为我国森林生态和城市森林生态的保护与优化作出贡献，这都离不开国家自然科学基金的支持。

学科成长的“孵化器”

学科的发展离不开资金的支持，新学科的形成和发展更需要持续投入，但对于从事林业基础学科研究的科研团队来说，能够申请资助的渠道并不多，而以“支持基础研究”为战略定位之一的国家自然科学基金则能为林业基础研究，特别是从事林业基础研究的青年学者提供的“第一桶金”，弥足珍贵。对此，该校叶蜂系统学研究课题组领头人魏美才教授深有体会。

从 1991 年在中国科学院动物研究所攻读博士学位开始，15 年来，魏美才一直从事叶蜂系统学研究。由于其研究领域较窄，基础性、探索性很强，可从其他渠道获得的经费支持很少。就在他们最需要资助的时候，得到了国家自然科学基金的支持。

国家自然科学基金首次支持我国叶蜂分类学研究是在 20 世纪 90 年代初。在攻读博士学位时，魏美才就在国家自然科学基金“八五”重大项目——《中国动物志》滚动三级子课题《中国叶蜂志》的支持下，开始系统研究中国叶蜂系统分类和生物地理学。1995 年，魏美才博士毕业后来到中南林业科技大学工作。在学校的支持下，他组建了叶蜂系统学研究课题组，并于 1996 年获得第一项国家自然科学基金面上项目——“世界叶蜂总科属级系统发育与支序生物地理研究”，其出色的研究成绩获得了国内同行的好评，此后他又相继获得了 4 个国家自然科学基金项目的资助。叶蜂系统学研究取得的成绩引起了学校领导的极大关注和重视，并相应配套投入，给予支持，使得叶蜂系统学研究课题组的科研条件、科研水平不断提升，以魏美才为首的科研团队先后发表相关学术论文 240 余篇，出版学术专著和合著 13 部。10 年中，魏美才从一名博士毕业生成长为博士生导师，并为国家培养了 40 余名博士后、博士和硕士研究生。

目前，该课题组所依托的实验室在仪器设备方面迅速得到提高，与国内同类课题组相比拥有最齐备的研究设备和条件。在基金项目的支持下，课题组共组织和参加野外考察和采集活动 90 余次，所到之处遍及台湾以外的国内诸省区，采集昆虫标本 10 余万只，基于这些标本，通过研究，共发现 89 个叶蜂新属和 910 多个新种，并在科学刊物上正式发布。在 1991 年以前，叶蜂类昆虫全世界已知约 1 万种，中国当时报道 850 余种，其中 90%以上的种类是在 19—20 世纪期间由国外学者研究报道的，国内研究水准远远落后于国际同类水平，而到了 2006 年，中国发现叶蜂类昆虫已知种类超过 1750 种，新增数远远超过欧洲、北美洲。

科学交流的“纽带”

由于承担国家自然科学基金项目，该校生态学科的知名度和地位得到了明显提高，国内、国际间的学术交流也不断增强。据了解，生态学科所属的国家重点野外科学观测研究站会同生态站从建站开始就对外开放，不少国内同行专家都曾来这里进行过研究。该学科还不定期邀请加拿大、德国、美国、澳大利亚等国外著名教授、学者来生态实验室讲学。通过自然科学基金资助，该学科每年能够派送一两位科研人员到国外或国内同类研究单位学习或相互交流，提升了人才培养和学术沟通交流的力度。

标本是生物系统学研究的基础，对生物学研究者来说，没有生物标本，任何研究都不能开展。魏美才等经过多方努力，获得了多项国家自然科学基金项目的连续支持，1995 年才建立的中南林业科技大学模式昆虫标本室成为世界广腰亚目昆虫系统分类研究的三大基地之一。标本室拥有定名标本 3000 余种，叶蜂模式标本 6000 余号，正模标本 1800 余号，其中膜翅目广腰亚目叶蜂属级和种级标本收藏量目前均位居世界第一。有了这样强大的“物质基础”，叶蜂系统学研究团队的国际交流实力大大提升，每年都有不少国际同行利用该标本室标本开展研究，有的学者还专门从国外来到该实验室进行研究。基于此标本室平台，在国家自然科学基金的资助下，中南林业科技大学叶蜂系统学研究课题组与德国昆虫研究所、美国施密森研究院、印度旁遮普大学、日本国立自然历史博物馆等机构的相关研究人员和课题组建立了实质性的合作研究关系。这些都极大地促进了学科的国际交流，为把模式昆虫标本室建设成为一个国际性开放实验室奠定了良好的基础。

中南林业科技大学校长章怀云认为，经过 16 年的发展，中南林业科技大学获得资助的国家自然科学基金项目从无到有、从小到大、从少到多，迅速提升了学校的科研水平，推动了学科建设和人才培养。他表示，学校将进一步鼓励和支持更多的科研人员，特别是中青年教师参与国家自然科学基金项目的申请和研究工作，使学校的科研水平和学科建设跃上新的台阶。

湖南师范大学：科学基金为基础研究插上翅膀

（2007 年 2 月 12 日　第 4 版）

1997 年 10 月 29 日，本报曾刊发了一篇题为《科学基金　丰厚回报——湖南师范大学国家自然科学基金资助情况调查》报道，介绍了该校受基金资助 10 年、基础研究实力提升的情况。如今，又一个 10 年过去了，记者再次走进湖南师范大学进行了采访。

从采访中得知，湖南师范大学在“十五”期间共获 97 项国家自然科学基金项目资助，其中杰出青年科学基金项目 3 项、重点项目 5 项，资助额达到 2365.5 万元。2006 年湖南师范大学获科学基金面上项目 22 项，资助经费总计 624 万元，中标率达到 24%。随着国家自然科学基金资助项目与金额的不断增多，该校科研成果的数量和质量有了大幅度的提升，自然科学领域的学科发展、人才梯队建设有了长足进展，全校科研实力不断增强，科研发展势头良好。

对湖南师范大学这样一所省属师范类高校来说，国家自然科学基金的资助有效地提升了该校自然科学领域基础研究实力，促进了具有创新能力的科研团队的成长，形成了发育生物学、蛋白质化学、现代分子生物学等一批优势学科，为其他学科的发展起到了良好的示范作用，进而实现学校整体科研、教学水平的提升。

科学基金推动科研的整体发展

湖南师范大学生命科学院是该校重要的科研、教学单位，也是湖南省重要的科研机构之一。在国家自然科学基金项目的扶持下，该院发育生物学科研组刘筠院士和刘少军教授带领的发育生物学课题组对鱼类多倍体形成机理、转基因三倍体鱼、生殖细胞发生与性别分化、雌核发育与生物学特征、控制鱼类早期胚胎发育时空模式的基因进行了系统而深入的研究，其成果获得国家科技进步二等奖、湖南省科学技术杰出贡献奖、湖南省科技进步一等奖、中国专利优秀奖等 20 多项奖励；公开发表学术论文 160 篇，其中 SCI 源期刊论文 32 篇，EI 收录论文 7 篇。形成了一支以院士为首，中青年教授、博士生导师为主体的学术梯队；在科研成果转化为生产力方面取得了突出成绩，建成了年产 10 亿尾的三倍体鱼苗生产基地，每年实际生产三倍体鱼的规模逐步增加，形成了产学研的整体良性发展。

该校生命科学院的创始人之一、中国工程院院士刘筠介绍说，在 20 世纪 80 年代，科学基金总量小，科研人员对基金的了解也很少。当时学校生物系一年最多只能申请到一两项，现在的情况得到了很大的改观。以发育生物学学科为例，不但获得的项目数增加，获准项目层次也不断提升，有效推动了学科建设、科研人才的培养和实验条件的改善。在我国基础研究还比较薄弱的现实条件下，国家自然科学基金的资助是推动基础研究发展最有力、最有效的途径。

在生命科学学科的示范带动下，湖南师范大学其他学科也积极申报科学基金，化学化工、物理与信息科学、数学与计算机科学等领域申报与获得资助的项目不断增多，使得整体科研水平大幅度提升，为全校科研、教学的同步发展奠定了基础。

在项目实施中提升科研实力

国家自然科学基金作为湖南师范大学在自然科学领域挖掘科研潜力，开展基础、应用基础性研究的主要经费来源，国家自然科学基金大大改善了该校的科研条件、促进了学校科研实力的提升，得到了丰硕的科研成果。

1990年从美国波士顿大学完成博士后研究的梁宋平教授回国后，来到湖南师大，领衔组建了蛋白质化学课题组，当年就获得了科学基金项目，至今共获得了9项基金项目资助。在科学基金的资助下，该课题组建成了拥有蛋白质测序仪、高效液相色谱仪、多肽合成仪、质谱仪、蛋白质组学分析系统等一大批先进仪器设备的实验室。先后在国内外发表学术论文90余篇，其中SCI论文60多篇，在影响因子大于6的国际学术期刊上发表论文的就有13篇。这些研究成果引起了国际同行的广泛关注和高度评价，他多次应邀出席国际毒素学术会议并作大会发言。目前该实验室在全国享有一定的声誉，为国内许多科研院所和著名高校提供测试服务。

2001年回国的张健教授在国家杰出青年科学基金和国家自然科学基金其他项目的资助下，在湖南师范大学组建了基因敲除与转基因动物研究中心，建成了与国际接轨的现代分子生物学及转基因动物实验室，自行设计和建成了一个200平方米的SDF级小鼠房。他在5年中获得了5项国家自然基金项目的资助，带领基因敲除与转基因动物技术课题组，利用基因敲除技术分析基因在发育和疾病中的作用，利用转基因鼠技术研究基因在乳腺癌发生中的作用，同时着手利用乳腺生产活性生物多肽药物的研制与开发工作。目前课题组所研究的核酸抗癌药物研究已经取得了一定成果，该药物经试验证明具有明显的杀灭癌细胞的效果。

张健说："我回国后科研工作的起步就是依靠科学基金的资助，基金的特点就是鼓励科学上的自由探索，在基础研究领域更是需要这种大胆的自由探索。同时，基金的资助对于学科的发展也产生了有力的推动，通过基金项目的研究，实现了科研成果的积累，这种积累为今后的科研与学科发展打下了良好的基础。基础研究是我国真正实现可持续发展的保证，科学基金正是基础研究工作的重要支撑，只有依靠更多科学上的自由探索，才能更好地实现原始创新。"

科学基金促科研团队成长

湖南师范大学副校长匡乐满教授第一次获得科学基金时年仅31岁。他见证了10年来国家自然科学基金促进该校学科建设的过程。他介绍，科学基金作为湖南师范大学在自然科学领域最主要的经费来源，对学校的整体发展起到了至关重要的作用。学校生物、数学、物理3个自然科学一级学科博士点，3个博士后流动站都是在基金的支持下建成的。随着基金资助范围的逐步扩大、资助力度的不断加强，学校的科学研究质量、人才团队的培养质量有了显著的提高。

匡乐满说："国家自然科学基金成立的前十年，更多促进了科研人员个人的发展，而后十年不仅促进了个人的发展，更有力地促进了高校系统各学科的发展、更好地促进了研究团队的发展，使得团队上了一个更高的层次，进入了一个更高的水平。湖南师范大学在自然科学领域团队中的学科、学术骨干都是从基金的项目中成长起来的。"他特别强调科学基金的公平、客观性："基金不是跑来的，是靠研究工作的积累和课题的创新性竞争来的。"

该校的理论物理学科研团队主要成员 12 人，每位博士生导师至少主持过 2 项国家自然科学基金项目，博士、硕士研究生通过参与基金资助课题，实现了在课题中不断提高理论水平、增强实践科研能力的目的，也为青年科研人员今后独立申请课题打下了良好基础。在科学基金资助的带动下，该学科的科研环境和实验条件在不断改善，并已作出了一批在国内外有一定影响力的科研成果，一支力量雄厚、富有开创精神的研究团队已初步形成。现团队平均年龄 43 岁，其中教授 8 人，11 人具有博士学位，8 人具有在美国、英国、德国、日本、意大利和新加坡等国家从事过博士后或开展合作研究的经历。

在湖南师范大学从事了 20 年基金管理工作的科技处副处长周蒲荣教授说："丰硕的科研成果离不开优秀的创新型科研团队，湖南师范大学的自然科学研究团队是在较短的时期内建立起来的，这在很大程度上得益于国家自然科学基金的资助，并使学校的基础科学研究走出了一条夯实基础、稳步提升、特色发展的路子。"

国防科技大学：科学基金助推国防科技攻关

（2007 年 3 月 25 日　第 1 版）

坐落在长沙湘江之滨的国防科技大学，担负着培养我军高级科学与工程技术人才和指挥人才、从事先进武器装备和国防关键技术研究、培训军队高级领导干部的重要任务。早在国家自然科学基金委成立之际，该校就首批获得了 6 个科研项目的基金资助。20 年来，国家自然科学基金成为该校牵引前沿课题、推进基础科学研究的重要途径，成为该校创新发展的助推器。

为国防关键技术攻关提供支撑

近年来，国防科技大学在目标识别、高性能计算、微电子和高超声速推进等事关国家和军队现代化建设的关键技术研究上得到了国家自然科学基金委的大力支持，自然科学基金项目申报呈现快速增长、重点突出的特点。很多专家表示，真正的国防核心技术，要靠自主研究与突破，这些年来，科学基金功不可没。

目标识别技术作为国防电子科技研究的重要领域，得到了世界主要科技大国的青睐。该校以庄钊文教授为学术带头人的创新团队，紧紧抓住国际前沿研究方向，始终保持与国际同步的研究水平。早在1995年，庄钊文就获得了基金高技术探索项目“非线性算子的理论研究及其在智能目标识别中的应用”，该项目在目标识别技术科研团队建设中发挥了重要作用。2001年，庄钊文又获得了杰出青年科学基金资助，该基金强度较大、时间较长，使他能稳定地进行长周期、大难度的目标识别技术系统研究，攻关这一事关国防安全的重要技术，过硬的科研能力素质还使他担任了“973”项目首席专家，进一步扩展了国防关键技术攻关领域。从事电子信息技术研究的黎教授介绍说，高水平的科研攻关和学术交流推动了学院学科方向的蓬勃发展和科研成果的不断涌现。如今，该方向有两个“973”项目，目标识别技术研究取得重要进展，技术攻关成果丰硕，“十五”期间，就获得国家科技进步二等奖1项和全军科技进步一等奖3项。

在机械制造领域，该校进行超精密加工研究已有20多年，在超精密加工及大型光学零件制造方面居国内领先水平。国家自然科学基金委建立后，该方向先后获得了10个基金项目，其中“各向异性软脆功能晶体高效精密和超精密加工技术基础研究”和“光纤器件的亚微米制造技术”属于重点项目。学科带头人李圣怡教授说：“自然科学基金在鼓励和支持年轻人、项目评审的公平公正以及鼓励创新思维研究这几个方面做得特别好，对我们的支持非常大。”理论创新带动了关键技术突破，他们先后研制成功了挑战超精密加工技术极限的世界最长气浮导轨（45米）和国内首台模拟空间微重力状态测试系统，并逐渐形成了空间光学超精密制造、微机电系统、精密装备及测控技术、特种数控技术等具有军事特色的研究方向，李圣怡还从2005年起担任“973”项目首席专家。

微电子作为近年来得到较大发展的学科领域，也获得了基金委的大力支持。2002年，张民选教授获得了基金项目“通用64位微处理器固核研究与设计”。经过几年的攻关，科研团队在高性能通用CPU方向、嵌入式DSP方向实现重大突破，在“算法到SOC结构研究”“同时多线程超长指令字DSP的体系结构关键技术研究”等基金项目中取得了重要成果，如今，这些项目已经顺利结题。国防科技大学作为唯一一家军队院校还参与了我国“高性能通用CPU”等IT顶级产品的研制。

造就奋发有为的基础研究创新群体

“千万亿次高性能计算机关键技术”科研群体是该校一个跨学院的“创新研究群体科学基金”科研团队。从事系列高性能计算机系统的研究、设计与应用开发，有100

多名科研人员，其中近半数具有博士学位。该群体受到了国家自然科学基金委专家们的特别垂青。“十五”以来，该群体先后承担了多项国家自然科学基金重点项目，目前有多个在研基金项目，并有 3 人获得“杰出青年科学基金”资助。在基金委的支持下，群体注重培养年轻人的闯劲、钻劲，培育后续梯队。陈火旺院士指导的博士王戟刚 30 岁出头就获得了基金委重点项目“实时系统的软件可靠性测试与验证”。而在国家自然科学基金重点项目“超高性能并行计算机关键技术研究”等项目中，该群体取得了一批原创性成果，直接应用于高性能计算的科研实践，进入 SCI、EI 检索系统的论文数量也获得大幅度增长。

国家自然科学基金的资助，极大地提高了他们的自主创新能力。1993 年以来，该校计算机学院已获得国家科技进步一等奖 2 项，二等奖 3 项；2001 年受中央军委通令嘉奖 1 次；2002 年，在一级学科整体实力评估中，“计算机科学与技术”一级学科排名全国第一。

培育具有原始创新能力的军事科技人才

国家自然科学基金在国防科技大学军事科技人才培养中也发挥着越来越重要的作用。

该校机电工程与自动化学院胡德文教授说：“我与基金已经有了 15 年的不解之缘。”1991 年，他开始参与基金资助科研项目。1993 年，他获得资助的第一个基金项目“前注意视觉计算方法研究及其在机器人视觉中的应用”，同年又获得了青年基金项目“眼手系统神经网络控制研究与实现”。从这两个项目开始，胡德文在该神经网络研究成果的基础上启动了对脑科学与认知科学的研究。

“杰出青年科学基金极大地支持了我的事业。”胡德文说，“在当时来说这是一笔比较大的数额，能做一些以前想做而没有条件去做的研究，使我的课题能够深入下去。”这笔钱还发挥了“引子”的作用，由于胡德文在大脑认知方面取得的创新成果，国防科技大学在“大脑信息获取处理与分析”项目上又投入了 400 万元，用于支持这个新兴交叉学科的深入拓展。短短几年下来，在脑科学信息处理方面，胡德文所率领的科研团队已经取得了丰硕成果。2003 年，他申报“基于光学功能成像的大脑活动时空分析”项目获得了基金资助，三年来，这项科研进展顺利，在国内首次实现了外科手术下的人脑光学功能成像实验。

“全国百篇优秀博士学位论文”获得者、国防科技大学理学院成礼智教授也从自然科学基金中受益匪浅。成礼智已经在计算数学领域研究了 20 多年，先后获得了基金委批准的“小波与离散变换的整数实现及其在数字水印中的应用”和“数字信息伪装的模型与整数实现算法及其应用研究”两个项目资助。“经费金额并不是很多，关键是对提高我的科研自信心有很大帮助。”通过申报基金委项目，成礼智准确地把握住了计算领域的主流研究方向，为进一步深入研究夯实了基础。成礼智还介绍说，国防科技大学理学院鼓励教员和研究生们申请基金项目，他所在的信息与计算科学教研室目前担负了5个项目的研究。2006年，该教研室两位博士生王红霞和罗永刚毕业就获得了基金资助。

国防科技大学作为我军国防科技研究和工程技术人才培养的最高学府，其科研水平的发展和军事科技人才的培养都与国家自然科学基金有着密切关系。自然科学基金助推国防科技攻关，20年来已经取得了显著的成果。可以预见的是，自然科学基金在国防科技攻关方面将会起到更大的作用。

（三）“中国高铁技术创新发展”组合报道

（2篇）

成舸参与采写

发展高铁技术，中国依靠谁

——追寻中国南车高铁技术自主创新轨迹（上）

（2011 年 10 月 24 日　第 1 版头条转第 2 版）

2011 年 7 月 23 日晚，北京开往福州的 D301 次列车与杭州开往福州的 D3115 次列车在温州境内发生追尾事故，造成重大人员财产损失。这一天，必将定格在中国铁路史上。

不可忘记的一次“动车追尾”

就是在这个七月，中国线路最长、速度最快、质量最高的京沪高铁开通，全球瞩目。高铁股飙升至历史高位，海外市场前景看好。也是在这个七月，“甬温线动车追尾事故”一夜间使中国高铁成为众矢之的，相关股价一路回落，市场前景不明。

国内开始有人对铁路建设提出异议，认为铁路建设太快、规模太大，国外也对中国高铁的质疑不断。与此同时，铁道部系统展开了对在建项目安全质量的大检查，按照国务院的要求，对已经批准但尚未开工的铁路建设项目，重新组织系统的安全评估，暂停审批新的铁路建设项目；对已受理的项目进行深入论证，合理确定项目的技术标准、建设方案。加上国家经济政策的调整，造成了当前对铁路投资的缩减。多条已获批但未开工的高速铁路项目，也因这次事故而变得命运难料。

有调查数据显示，今年铁路工程建设仅有三成正常施工，实际情况可能更为严峻。有专家担心：要实现 2020 年铁路运营 14 万公里，像现在这样下去根本就不可能达到。

也有人认为，中国铁路事业的发展质量、科学管理能力与员工科学素养应该跟上发展速度，中国高铁技术自主创新的步伐不但不应放慢，反而更要加快。

现代化铁路建设对一个国家的重要意义众所周知，而对于幅员辽阔、人口众多、工业化进程加快、经济建设取得快速发展和人民生活不断走向富裕的中国来说，铁路快速发展的必要性不言而喻。动车追尾事故发生后，京沪、武广、京津等线路高铁运输经历了短暂下滑，但上座率很快回升即是明证。

“沉舟侧畔千帆过”，在刚刚过去的“十一”黄金周，京沪高铁首次出现车票售罄的局面，国民乘坐高铁的需求依然旺盛。而放眼全球，高铁建设势头不减。

动车追尾事故发生 5 天后的 7 月 28 日，国务院调查组首次召开全体会议，上海铁路局局长安路生称，由于温州南站信号灯设备存在缺陷，应该显示红灯的时候显示绿灯，没有给后车提供应有的信号，相关调度人员也没有发出预警，引发追尾事故。9月21日，国务院调查组“7·23”动车事故调查进展情况通报称，初步认定这次事故既有设备缺陷和故障的原因，又有设备故障后处置不力和安全管理等方面的问题。虽然最终的事故调查报告尚未正式公布，但可以认为，这次事故发生的原因是多方面的。

整整三个月过去了，一时遭受重创的中国高铁发展何去何从？面对国内外巨大的铁路建设市场，不可估量的高速铁路维护、配件成本与技术依托，中国人有能力发展自己的高铁技术吗？

时至今日，温家宝总理在“7·23”事故现场会上的讲话言犹在耳：“在科技事业上，要有自己的发明、自己的品牌、自己的知识产权、具有国际竞争力的产品，这不是说一说就可以办得到的，这需要大力发展科技事业，突破关键技术，使我们的技术设备更安全、更可靠、更具有竞争力。”

值此“7·23”事故发生百日前夕，重新梳理中国南车高速列车技术自主创新的历程，或许能给人一些启示。

“引进、消化”之后的自主创新

地处青岛的中国南车青岛四方机车车辆股份有限公司（以下简称“南车四方公司”）有着悠久的历史，它的前身是1900年创办的四方机车车辆工厂。新中国成立后，这家机车车辆老厂焕发勃勃生机，我国第一台蒸汽机车“八一号”就诞生在这里。经过半个多世纪的发展，这里已成为我国高速列车的产业化基地，研制出了时速200～350公里的“和谐号”CRH2型系列动车组、世界首创的长大编组卧车动车组，主导了中国南车集团新一代高速列车CRH380A的整车研发制造。可以说，中国南车四方公司的技术引进与创新之路，从蒸汽机车时代就开始了。

然而，真正的全球竞争却是在铁路从内燃机车时代跨入电力机车时代，特别是进入高速铁路时代之后。

2010年6月14日，青岛。参加中国高铁技术攻关的数百名科研人员和企业负责人一起走进中国南车四方公司，第一次见到了时速380公里的新一代高速动车样车，此时距攻关项目立项仅两年。

2008年2月26日，北京钓鱼台。科技部与铁道部在这里共同签署了一份《中国高速列车自主创新联合行动计划合作协议》。这是科技部有史以来首次与一个行业共同构建国家级自主创新平台。其核心目标，就是设计、制造和运营时速380公里的新一代高速列车。

根据铁道部的设想，这一科研计划的启动，标志着继“引进消化吸收”和“集成创新”两个阶段后，中国高铁发展开始向“全面创新”冲刺。

2004年到2005年间，依照国务院“引进先进技术、联合设计生产、打造中国品牌”的总体要求，铁道部制定了“三步走”的高铁发展战略。在铁道部的采购政策主导下，中国南车四方公司、中国北车长客公司和唐车公司等列车整车生产企业先后从日本川崎重工、法国阿尔斯通和德国西门子引进技术，联合设计生产高速动车组。

2007 年 4 月，全国铁路第 6 次大提速。诞生于南车四方公司的我国首列时速 200 公里以上的高速动车组 CRH2A 型“和谐号”开始批量投入运营。然而，由于之前的跨国合作背景，“和谐号”动车组一登台便被不少媒体诟病为“舶来品”。有专家亦表示担心：中国高铁会不会由于外方不愿亮出“看家本领”，从而像有些产业一样，再度陷入“引进—落后—再引进”的怪圈？

面对这一担忧，中国南车集团提出，技术可以引进，创新能力却是买不来的，所有参与项目的企业必须靠引进技术与自主创新“两条腿”走路。中国南车四方公司董事长江靖对这一理念作出了诠释：“国外先进技术的消化吸收，与引进方式和消化能力有关。就南车四方公司而言，引进的主要是设计技术和制造技术。设计技术的引进主要通过技术培训、资料转让以及联合设计实现，制造技术的引进主要通过转让工艺方法和工艺标准来实现。”在技术引进过程中，中国南车四方公司不仅全面掌握了相关技术，还完成了工艺文件的转化和整体技术方案的改造，使得原材料及零部件的国产化率达到了 70%。

中国南车提供的资料显示，在这一时期，仅四方公司一家就留下了 600 多页的试验记录、数百兆的电子数据记录，进行了长达 6 万公里的线路运行试验，完成了 110 项优化设计，在编组形式、动力配置、车型设置、旅客界面、减震降噪等方面开展了大胆创新，成功解决了引进技术和中国铁路环境的“水土不服”，并构建了产学研用深度结合的动车组产品研制平台。

CRH2A 型时速 200～250 公里动车组投入运营后，在中国南车主导下，其旗下的整车制造商南车四方、关键部件供应商南车株洲所以及南车电机厂等单位立即启动了时速 300～350 公里的动车组研制工作。据介绍，在京津、武广、郑西等高速线路上，研发人员开展了一系列综合线路试验，对高速条件下的系统行为进行了全面研究，对动车组的牵引性能、车体强度与模态、转向架等方面进行了系统提升与优化，突破了制约速度提升的关键技术。加之有了线路基础，仅用了一年多时间，CRH2C 型时速 300～350 公里高速动车组便研制完成。

2008 年，“联合行动计划”签署半年后，科技部以“973”计划、“863”计划和“科技支撑”三大国家科技计划项目的形式，开始下达新一代高速动车组的科研任务。其中，“973”计划侧重气动力学基础研究，“863”计划侧重车轮材料和检测技术研发，“科技支撑计划”侧重高速轮轨和列车研制。

作为新一代高速动车组的主导研制单位，中国南车四方公司承担了其中最关键的国家科技支撑计划项目——“中国高速列车关键技术研究及装备研制”，负责课题两项，参与五项。据了解，这是该公司成立以来经历的规模最大、难度最高的国家级科技项目。

高含金量的“中国脸”

2010年4月，CRH380A新一代高速动车组首列车在中国南车四方公司下线。一个月后，新一代高速动车组的头车亮相上海世博会。经媒体报道后，CRH380A的流线型车头作为中国新一代高速列车的标志性形象被广为传播。那么，这个“中国脸面”的含金量究竟如何？

一般人看来，CRH380A的流线型车头具有一个漂亮的外形，而按现代工业设计的标准和要求，其设计过程是对产品、服务及其系统进行优化的一项创造性活动，工业设计的主体是产品设计，而产品设计是企业技术创新的载体。

与日本新干线机车的子弹头造型相比，我国CRH380A的头型在波浪形楔形结构顶部，呈现出一个圆突形的旋转抛物面。这个设计概念源自于我国的长征火箭，可以使车头造型圆润、光滑，线条流畅，形态饱满。不过，在工业设计领域，造型上的真正差异和设计窍门，绝非外表看上去那么简单。

头型是决定列车气动性能的关键。与航空飞行器相比，高速列车由于还要面临地面气流的扰动，两车交会时车体的振荡，以及车体通过隧道时的气流变化。因此，高速列车的头型设计比飞机更具挑战性。我国CRH380A的头型设计是从基础理论、关键技术到试验体系深度融合的结晶。

早在1994年，铁道部所属的长沙铁道学院就成立了“高速列车研究中心”。“九五”“十五”期间，我国启动国产高速列车研制计划，“中华之星”“中原之星”“奥星”等一批优秀的国产车头就是在这里实施的风洞试验。

据介绍，在日本，为了测试两车交会时的车外气压，通常采用在车身上打孔的办法，不仅影响美观，而且耗资巨大。科研人员借鉴了我国航天航空领域的先进成果，制作出一种拍式感压片，虽只有硬币大小，但将其贴在机车上，便可测试两车交会时的气压波动。

“十五”末期，我国高铁战略发生了重大调整，从以国产为主到引进消化吸收为主，列车头型研制主体单位也发生了变化。然而，借鉴本国航天科技成果的做法却延续了下来。

作为“联合行动计划”十大攻关课题之一“高速列车空气动力学优化设计及评估技术”的承担单位，中科院力学所为我国航天航空事业作出过重要贡献。此次又围绕高速列车的减阻、降噪和运行安全，参与了CRH380A的研制。他们采用2836个核的计算机机群，有1位院士、1名博导和25个博士生参与，与南车四方公司的设计骨干一起，4个月内共进行了超过300个工况的空气动力学仿真分析。

据南车四方公司副总工程师丁叁叁介绍，CRH380A 的头型设计，先后经过了概念设计、仿真计算、风洞试验、样车试制等研发流程，众多国内一流科研院所参与其中。其中，南车四方公司负责整体组织，主导完成方案设计、优化和制造；中科院力学所负责气动性能仿真分析；清华和北大负责侧风稳定性计算；中国空气动力研发中心负责气动力学风洞试验；同济大学负责气动噪声风洞试验；铁科院、西南交大等单位完成实车测试。

这个过程中，研发人员首先设计出 20 种概念头型，经技术、文化和工程可实施性综合评估后，被初筛为 10 种；经多达 17 项 75 次的数值仿真和循环优化后，留下 5 个进入备选，并制作出 1∶8 模型；在完成 760 个工况下的风洞气动力学实验和 60 个工况下的风洞噪声试验后，优选出两种进入施工设计；最后，其中的一个被制作成 1∶1 的实车模型，并送往郑西、武广高铁，在完成 520 个测点上的 22 项线路测试后，经进一步优化，CRH380A 头型才最终确定。

可见，最关键的不是“长相”，而在“性能”。后来的连续试验数据表明：经过调整优化后的 CRH380A 头车各项性能表现优异：气动阻力降低了 15.4%，隧道交会压力波降低 20%，明线压力波降低 18%，气动噪声降低了 7%，均达到国际领先水平。此外，由于在车头两侧采用了一种叫做“导流槽”的设计，尾车气动升力被“导流”产生的向下压力抵消，接近于零，使得它就像一双强有力的手，牢牢地抓住铁轨，不让火车飞起来。

实至名归的“国家一等奖”

2010 年 1 月，由中国南车四方公司承担的“时速 250 公里动车组高速转向架及应用”科研项目，荣获 2009 年度国家科学技术进步奖一等奖。国家科学技术奖励评审委员会在授奖词中写道：“CRH2 型高速动车组转向架的研制成功，不仅推动了材料、机电、控制、牵引制动、信息等技术进步和产业升级，而且使中国铁路由普速跨入了高速时代。”

在上述研究成果基础上发展起来的 CRH380A 的转向架部分被称为“完全是自主研制的”。这一点在外界几乎没有引起争议。

转向架是高速动车组的走行装置，它相当于汽车的底盘，整个系统由车轮、减震、传动、制动装置等组成，是决定车辆行驶性能和安全性的关键部件，决定了列车运营速度和运行品质。

由于高速列车的轨道实际上并非绝对平整，而是存在非常细微的起伏。当列车高速运行时，这种不平整会加大列车的振动，横向出现“蛇形运动”，纵向产生“铁轨激扰”。当两车高速交会时，产生的瞬间气流变化则会导致这种振动加剧，使列车出现失稳，严重时甚至可能导致脱轨。

国外的高速列车通常采用4毫米至6毫米轮轨间隙的限值。而我国的高速动车组要求既能在既有线路运行，又能在客运专线上安全运行，所以必须制订自己的轮轨匹配技术标准。

面对这一系列难题，南车四方公司的技术人员首先建立起了精确的动力学模型，并确立了我国高速转向架轮轨匹配技术标准。在此基础上，研究人员围绕提高临界失稳速度、降低脱轨系数、改善平稳性三大指标，通过仿真分析进行了一系列迭代优化，完成了涉及动力学、结构强度、磨耗、润滑、温升等数十项分析计算。

该成果的获奖资料上指明：CRH2型高速转向架，不仅突破了传统车辆动力学的单车和多刚体假设，发展了系统动力学理论；而且在高速转向架的减震悬挂匹配技术、保证结构安全性的轻量化技术上，均作出了系统创新。

在CRH380A的研发中，设计团队在CRH2型转向架基础上，经过系统分析京津、武广高铁累计里程百万公里线路的跟踪试验数据，提出了进一步的优化设计方案。据统计，共开展了45项动力学及结构强度仿真分析，52项台架试验，15次线路试验，此外还给转向架安装了空气弹簧和系列减震装置，有效解决了在列车更高速度下运行的稳定问题。

列车时速每提高一公里，带来的磨损都是巨大的。针对这一难题，CRH380A的研制人员迎难而上，不仅在车轮材料上下足了功夫，还在超出标准限值载荷条件下，对转向架进行了多达1000万次的疲劳强度试验，通过反复的样机台架试验和整车线路试验，才最终确定转向架各项参数。

为防止转向架上的轴承因温度过高导致类似汽车的“抱死”等现象发生，设计人员在车轮、电机和齿轮箱的轴承上还安装了温度传感器，一旦超温，车辆控制系统就自动限速。这些辅助装置，进一步保障了转向架的安全可靠性。

试验结果表明：我国的CRH380A在运行时速为380公里时，脱轨系数小于0.1，远小于0.8，安全裕量充足；客室振动舒适度小于1.5，达到优级；“踏面接触应力”比欧洲标准降低了10%～12%，安全系数则提高到了2.7，部件疲劳寿命可满足20年使用要求。在速度更快的同时，转向架各项性能不但没有降低，反而得到大幅提升，整体技术性能达到了国际先进水平。

在2007年第六次铁路大提速中，南车四方公司研制的高速转向架先在京广、京沪等9条共计6000多公里的主要干线上得到运用，后又应用于京津、武广等新建高速线路，累计运营里程已超过9000万公里，成为我国高速转向架的主型产品。

京沪高铁开通时，不少媒体人员在试乘CRH380A后发回的报道中，纷纷感叹“鸡蛋不滚，杯水不晃”，列车车厢底下的“高速转向架”这一自主创新成果功不可没。

高水准技术平台的支撑

“技术可以引进，但自主创新能力却要自己培育，只有具备了自主创新能力，才能永站潮头，永续发展。CRH380A 就是我们站在了国家层面的技术创新平台上研制成功的。”南车四方公司总工程师龚明如是说。

高速动车组是尖端技术的高度集成，涉及总成、车体、转向架、牵引变流器、牵引变压器、牵引控制、牵引电机、制动系统、网络控制等九大关键技术以及 10 项配套技术，涉及零部件超过 5 万个。特别是被誉为高速动车组“心脏”和“大脑”的牵引电传动及网络控制的两大核心技术，是国外公司明确不予转让的核心技术。要在短时间内消化吸收如此纷繁复杂的技术，为我所用，谈何容易！

由于我国的制造业整体水平不如发达国家，像高速动车组这样的多系统、大体量、高技术产品，其制造难度丝毫不亚于设计。如果没有良好的技术集成能力，没有可靠的试验平台，要实现国产化是根本无法想象的。

为了提升高速动车组的自主创新能力，近几年，国家发改委和科技部先后在南车四方公司建立了高速列车系统集成国家工程实验室和国家高速动车组总成工程技术研究中心，加之南车株洲所已有的变流技术国家工程技术研究中心，以及中国南车建设的机车和动车组牵引与控制国家重点实验室、国家级技术中心和博士后科研工作站，该公司已成为行业内国家级研发试验机构最多的企业。

高速列车系统集成实验室是目前国内轨道交通行业实验设备最全的实验室，拥有整车滚动试验台、转向架疲劳试验台、电磁兼容试验台、制动试验台以及产品虚拟中心等。该实验室的建设不仅完善了高速列车试验验证体系，而且为南车四方公司乃至我国高速列车自主研发能力的提升提供了重要支撑和保证。

“创新体系建设中另一个很重要的环节就是试验验证体系。设计运行时速达 380 公里的动车组，世界上没有先例可循，完全靠自主研发。我们经历了目前历史上规模最大、历时最长的科学研究试验，一步步探索高速动车组高速运行的规律。”CRH380A 总体设计师梁建英介绍说。

在京津高铁，研究人员进行了半年 17 大类 1800 多种不同运行状况的科学试验研究，探明了高速列车在平原运行的规律。在武广高铁，针对其隧道多、桥梁多、运营里程长等线路特点，进行了 11 个月的试验研究，完成了高速运行空气动力学等项目的研究试验。在京沪高铁，这些试验进行得更为密集。

在京津、武广、郑西、沪杭、京沪高铁，以及全国近百家试验研究单位，累计达 152 大类、2800 余项的试验，相当于绕地球 50 多圈 200 多万公里的行程，不仅确保了 CRH380A 的研制成功，而且全面验证了 CRH380A 的各项技术性能。

随着凝练各项创新成果的 CRH380A 的诞生，中国南车四方公司也因此获得了国家科技计划执行优秀团队奖。科学严谨的研发流程、联合创新的有效平台、完善的试验验证体系、层次结构合理的研发团队，形成了南车四方公司强大的创新能力，成就了 CRH380A 的自主创新、成功研制。

不懈攀登　成就高铁中国造

——追寻中国南车高铁技术自主创新轨迹（下）

（2011 年 10 月 26 日　第 1 版转 4 版）

2010 年 12 月，中国南车股份有限公司（简称“中国南车”）宣布，与跨国公司美国通用电气（GE）签署合资合作框架协议，后者将把中国南车的高铁动车组技术引入到美国。

此举被外界解读为：世界上知识产权保护意识最强的美国，在经过长达半年的审核后，认可了中国南车高速动车组的自主知识产权，中国有望从高铁技术引进国转变成为技术输出国。

扛起高速铁路发展的大旗

作为我国铁路装备重要支柱企业，中国南车拥有包括铁路机车、客车、货车、动车组、城轨地铁以及牵引传动系统等相关零部件研发、制造的 18 家高科技子企业，拥有以高速动车组、大功率机车、地铁车辆为代表的一大批具有自主知识产权的高性能产品的研制技术，制造的铁路机车车辆和城轨地铁车辆产品，服务于中国铁路和各大城市，为交通运输发展提供了源源不断的动力。

从 1997 年开始的 10 年间，中国铁路先后实施了六次大提速，从时速 50 公里到时速 200 公里，中国南车研制的机车车辆都担当领跑重任。在 2007 年实施的第六次大提速中，中国开始进入高铁时代。其标志性产品为时速 200～250 公里高速动车组。2010 年 9 月 18 日，在新开通的沪杭城际高铁上，中国南车研制的新一代高速动车组 CRH380A 曾创造了时速 416.6 公里的世界铁路运营试验最高速。2010 年 12 月 3 日，在京沪高铁先导段，CRH380A 动车组达到时速 486.1 公里，再次刷新了世界铁路运营试验最高速度。

为满足中国乃至世界铁路高速发展需要，中国南车相继开发了具有世界先进水平的时速 200～250 公里动车组、时速 300～350 公里动车组、时速 380 公里动车组，涵盖时速 200～380 公里不同速度等级，以及座车、卧车不同类型，具备高速度、高安全、高舒适、高节能的特点。

开放式的技术创新模式成为中国南车的加速器。公司通过引进消化吸收先进技术与自主创新相结合，通过建立产学研用联合攻关体系，形成高速动车组、交流传动电力机车、大功率内燃机车和城轨地铁车辆等高端产品开发平台，并确立了在这些领域的领先地位。目前，中国南车稳定占有中国铁路市场50%以上份额，在成长性更强的高端产品市场优势尤为明显：在线运行高速动车组中超过60%的来自南车。

中国南车还创造了多项中国轨道交通装备出口史上的第一：中国唯一拥有电力机车整车出口业绩的企业，实现了中国内燃机车出口“零”的突破，中国南车还是中国首家向世界发达地区出口城轨地铁车辆整车的企业和中亚地区最大的铁路机车供应商之一。

CRH380A的成功研制首先得益于中国南车在高速动车组研发上的整体战略布局。在这个布局中，南车四方公司负责动车组总成，重点攻克系统集成技术、转向架技术和车体技术；南车株洲所和电机厂负责牵引电传动及网络控制系统，包括牵引变流技术、车辆信息控制技术、牵引电机技术和变压器技术；南车浦镇公司负责制动系统技术；南车戚墅堰所负责钩缓装置、基础制动单元和齿轮传动等技术。正是由于这个大团队的通力合作、共同攻关，高速动车组的核心技术装备均在中国南车实现自主研制，使得CRH380A动车组成为我国自主化率最高、拥有完全自主知识产权的高速列车。据不完全统计，中国南车在高速动车组方面已获得国家专利授权400多项，制定标准100多项。

面对中国南车在中国高铁发展过程中的骄人业绩，董事长赵小刚说，中央企业和其他企业的社会责任不一样。国家的要求就是企业的使命。中国高铁技术的发展创新是中国南车义不容辞的历史使命。

高铁技术创新的核心团队

追寻中国南车的铁路机车技术创新的历史，还要回溯到半个世纪前。

20世纪50年代末，为了解决以苏联H60型为原型设计制造6Y1型电力机车在运行中牵引电动机绝缘击穿和环火故障，南车株洲机车厂与南车株洲所（以下简称“厂所”）共同研究设计了1500伏4极带补偿绕组的新牵引电动机，为牵引电动机问题的解决及批量生产打下了良好的基础；为解决电力机车的调压开关触头烧损严重等故障，研制了新的20元件的调压开关以取代原28元件的调压开关，并设计试制了空心电抗器，减小了过渡电流的冲击，使运行状况大为好转；通过采用当时世界先进的硅半导体整流装置代替引燃管整流装置，试运获得成功。在这一过程中，厂所在电力机车的设计、研制和运行技术维护方面上积累了大量经验，培养了中国第一批电力机车专业人才，为国产电力机车核心技术体系的形成奠定了坚实的基础。

到了1984年，法国同意向中国转让直流车8K车关键技术。根据铁道部安排，厂所担任了8K车的技术承接单位，并在较短的时间内掌握了该技术，成功运用于韶山4型38号车、韶山5型车上。

20世纪90年代，铁道部提出研制时速160公里的机车，以厂所为依托，采用空心轴全叠片牵引、时速可达160公里的韶山8型机车在韶关试车成功。这一时期，“韶山”系列客运电力机车和“东风”系列货运电力列车成为我国铁路运输的主力车型，也是让国人引以自豪的电力机车“中国制造”之代表作。

1996年6月19日，以厂所为主联合研制的“八五”国家重点科技攻关项目AC4000交流传动电力机车在株洲竣工下线。这是我国第一台交流传动电力机车。两家企业在承担研制任务的过程中，瞄准国际先进水平，经过7年连续攻关，研制获得成功。随后，以AC4000样车、广深交流传动干线电力机车等先行项目为起点，铁道部提出，全面实施铁路机车由直流传动到交流传动的“十年转换工程”。研发人员相继开发出DJJ2“中华之星”高速动车组、DJF1“中原之星”城际动车组、DJ2“奥星”电力机车等一系列电力机车、内燃机车、地铁列车、地铁电动客车等轨道交通和城轨电力机车新产品。

在中国铁路迈向“客运高速化”与“货运重载化”过程中，牵引传动和网络控制是最核心的关键技术之一，当时，该技术仅为西门子、阿尔斯通、庞巴迪和三菱等少数跨国公司所掌握，至今都未向我国转让。“主攻大功率牵引传动、列车网络控制技术以及核心功率器件的开发，打破技术垄断格局，并将成果推广应用以造福国家”，遂成为中国南车追求的目标。

2005年，中国南车组织技术专家，开展了“时速300公里以上等级动车组电传动及控制系统”项目研制，并取得可喜成果，成功解决了高速动车组“变流器功率大、体积小、重量轻”等技术难题，使变流器的功率密度大幅提高了30%，2010年底创下世界铁路运营最高时速的CRH380A商用动车组，就装载了中国南车自主研制的牵引系统和网络控制，向世人展示了中国高速铁路技术创新成就。

2008年底，在国外的交流传动大功率机车核心技术几乎独占中国市场时，中国南车具有完全自主知识产权的7200千瓦大功率交流传动电力机车研制成功，很快成为我国的主型交流传动电力机车。目前，该电力机车已有1000余台实现商业运营，受到用户的高度评价。

IGBT是一种新型功率半导体器件，是功率半导体器件第三次技术革命的代表性产品，也是轨道交通装备“机芯”里技术最先进、效能最突出的高端产品，全球市场被日本三菱、东芝，德国英飞凌、瑞士ABB公司等国外少数大公司垄断。

2007年11月9日，中国南车与飞思卡尔半导体合作建设的微电子应用联合实验室正式成立，这是中国轨道交通领域的第一家微电子实验室。2009年，中国南车在株洲建立国内第一条小批量大功率 IGBT 模块封装线。2011 年 5 月，国内首条 8 英寸 IGBT 芯片生产线落户株洲。中国南车计划投资 14 亿多元，用 2 年左右时间，在株洲建立一个具备年产 12 万片 8 英寸 IGBT 芯片生产规模、年产 100 万只以上大功率 IGBT 封装及测试能力的产业化基地。这意味着中国南车将打破国外垄断供应，完全自主实现电力电子器件技术，跻身世界大功率 IGBT 器件技术及产业化一流梯队。

不懈追求的创新领先

2009 年 6 月 12 日，温家宝总理在不到四年时间内第二次来到中国南车株洲所考察轨道交通装备产业发展。

当得知中国南车现已拥有十大核心技术，特别是自主开发了目前世界直径最大、容量最大的 6 英寸晶闸管和大功率 IGBT 器件，打破了国外的技术垄断，成功解决铁路牵引控制技术发展瓶颈的时候，总理感慨地说："看到了这里许多新的技术和产品，你们一直围绕高速列车动力牵引来研发具有自主知识产权的核心技术和核心装备。而这些技术和装备在世界上是具有竞争力的，如果不是你们的努力，我们有钱也买不到……我们的铁路轨道交通都处在大发展阶段，抓住这个机遇，不仅上规模、上水平，而且要在技术上处于世界的领先地位，这是我们追求的目标。"

在德国轨道交通咨询公司发布的《2010 年全球铁路市场调查报告》中，中国南车集团成功跻身世界轨道交通行业前三位。

而根据《国有企业竞争力报告》披露，2003 年我国工业企业引进技术与消化吸收费用的比例为 1∶0.06。与之形成鲜明对比的是韩国、日本企业，其比例分别为 1∶5 和 1∶8。这样导致的结果是，中国企业光引进组装线，把企业变成一个单纯装配厂，而核心技术仍掌握在他人手里。

"我们确定了'引进一块钱、要投入三块钱进行消化吸收'的技术战略，只有通过密集型的资金投入与人才投入，才能真正把引进的技术消化吸收。"赵小刚表示。

中国南车加大了对引进技术过程中消化吸收再创新的投入，使二者达到 1∶3 的比例。"这个比例尽管相比发达国家少一点，但是考虑到我国研发成本较低的国情和企业实际，对南车来说是合理而有效的投入规模。"中国南车总裁郑昌泓说。据了解，早在 2004 年，中国南车就投入高达 30 多亿元，支持科研团队对核心技术进行消化吸收。

也正是由于有了这样的资金支持，中国南车拥有了变流技术国家工程中心（株洲）、高速列车国家工程实验室（青岛）、机车和动车组牵引与控制国家重点实验室（株洲）、高速动车组总成国家工程技术研究中心（青岛）和 6 家国家认定技术中心，6 个博士后工作站，并在美国成立了第一个海外工业电力电子研发中心，在英国成立了功率半导体研发中心。开放式的技术创新模式成为中国南车发展的加速器。

2010 年 7 月 26 日，科技部、铁道部、国资委共同组织专家对"机车和动车组牵引与控制国家重点实验室”的建设计划进行可行性论证。专家组一致同意通过了该实验室的建设计划。这是目前我国轨道交通领域规模最大、水平最高的国家级实验室。

在中国南车标准化、系列化、模块化、信息化的研发思路下，一个覆盖旗下所有企业，集设计、制造、产品“三大技术平台”于一体的自主创新局面逐渐成形。其产品已出口到海外60多个国家和地区，全球轨道交通装备市场格局为之一变。

2004年4月12日，时速200公里的交流传动客运电力机车在中国南车株洲电力机车厂下线，驶向哈萨克斯坦共和国。这是中国交流传动高速客运电力机车首次出口。

2011年7月22日，我国首台出口澳大利亚的机车在中国南车资阳机车有限公司下线。这是我国具有自主知识产权的交流传动内燃机车首次出口发达国家。

2011年8月10日，一辆出口欧洲的新型轻轨列车在中国南车株洲电力机车有限公司下线，驶向爱琴海地区最大的集装箱港口城市——土耳其伊兹密尔。这是我国自主研制高端轻轨列车首次进入全球轨道交通门槛最高的欧洲市场。就在同一月，中国南车宣布，美国GE公司向旗下的宁波分公司订购3000台中国产列车电容器。

“时代列车，南车创造。”逐渐走出国门的中国南车高质量列车产品的背后，是不断增强的自主技术创新实力和逐渐积聚的品牌效应。赵小刚说：“我们分析过一些失败案例，国内很多企业技术引进来了，但过几年又要重复引进。另一方面，很多民族品牌在与外资企业的合作中被消灭了。这都是深刻的教训，中国南车必须避免。”

2011年6月，国际电工委员会（IEC）传来一则好消息，由中国南车主导起草的国际标准《轨道交通地面装置－电力牵引－架空接触网用复合绝缘子的特殊要求》（IEC62621）获得IEC各成员国100％的赞成票，并于2011年6月29日正式发布。据悉，该项标准主要由南车下属的株洲所起草，规定了轨道交通架空接触网复合绝缘子的特性参数、试验方法和验收准则。该标准的发布，标志着国际轨道交通领域第一项由中国主导制定的标准诞生。

21世纪是标准的世纪，谁掌握了标准，谁就掌握了游戏规则。“一流企业卖标准”，世界轨道交通领域标准曾长期由发达国家控制，中国南车此项标准的发布，标志着中国轨道交通行业在世界上开始有了话语权。赵小刚认为，中国企业不仅要做强做大，要成为建设创新型国家的主力，还要在国际分工中赢得更多的话语权、占据更有利的位置。

50多年的时光流逝，半个世纪的不懈追求，中国南车经历了从模仿制造到不断自主创新的艰难探索历程，昂首挺胸迎来了中国高铁发展的历史性机遇，也承载着发展中国高铁技术的光荣使命。在中国经济高速发展、科技实力不断增强的今天，有中国铁路发展的迫切需求，有国家和人民的殷切期望，有科技创新的强力支撑，中国高速铁路技术必将问鼎世界一流水平。

（四）怀念袁隆平组合报道

（3篇）

王越参与文字整理

尊重科学真理　力行实事求是

——忆袁隆平先生二三事

（《中国科学报》2021年5月24日　第1版）

5月22日，惊闻袁隆平先生去世的消息，人们陷入深切的思念和回忆之中。自己想到多年来与袁先生交往、向他学习请教、采访报道他的科研工作与人生经历，无数画面历历在目。

我曾多年供职于中国科学报社湖南记者站，近30年中一直关注袁隆平杂交水稻科研团队的研究进展，袁先生与中国科学报社也建立了彼此信任的良好关系。这么多年来，袁先生尊重科学真理、坚持实事求是，敢于挑战、勇于实践的精神和人格魅力给我留下了难以磨灭的印象。

我不能不对农民负责

1993年10月，一个重要的农业成果鉴定会在长沙召开。由我国18位知名农业科学家组成的专家组，对原湖南农学院采用浸胚法将玉米DNA导入水稻的科研成果进行了鉴定，袁先生也是鉴定组专家之一。

这项研究把玉米的优质基因转接到水稻上，目的是提高单产，并首次解决了水稻大穗、多穗与高结实率三者难以统一的矛盾，产出的水稻具有米质好、田间抗瘟性较强等特点。有人称之为遗传工程稻，也叫玉米稻或者玉米遗传稻。

专家组对此项成果给予了充分肯定，国内许多媒体纷纷跟进报道，湖南省的一些领导同志也表态要大面积推广。一时之间，跑到原湖南农学院和试验农场购买玉米稻种子的农民络绎不绝，连校门都被前来买种子的自行车、小货车、拖拉机堵了。因为稻种供不应求，种子价格被炒到每公斤远超100元。

看到这种情况，袁先生觉得大有问题。因为这项研究还停留在试验阶段，只可小面积试种，不能大面积推广。他说，不是所有地方都适合栽种这个品种，而且这个品种对栽培技术有特殊要求，很多农民根本来不及掌握，弄不好就会严重减产甚至绝收。

袁先生马上写了一封信，要秘书送到湖南省某报科教部，请他们发表，赶快制止这一急于求成的行为。秘书小心提醒他："您是第一个在鉴定书上签字的，现在却反对种玉米稻，如果实际上没问题，岂不是砸了自己的名声？"

袁先生一听很生气："他们没有经过大面积推广试验，技术上还不成熟，老百姓播了这样的稻种肯定受害啊。科学来不得半点虚假，我不能不对农民负责，不能不对政府负责！”

但秘书送过去的信，该报并没有发表。于是袁先生又马上将信直接送给湖南省政府分管农业的领导。直到当年 12 月 30 日，袁先生撰写的《对大面积推广玉米稻要持慎重态度》一文，终于由湖南省农业厅专门发函，向各地州市转发。

大部分玉米稻种子得以追回。可袁先生此举令学校有些人感到不满。其中缘由可想而知。不过，一段时间之后，这些人的不满变成了感激。因为之前没有追回的那部分玉米稻种子后来出现了产量低、不稳定的现象，一批批农民到学校闹事。最后还是有关部门出面予以赔偿。

了解内情的同行说，如果不是袁先生坚持真理、叫停玉米稻，农民的损失和学校的麻烦就更大了。

杂交水稻既能高产又能优质

社会上曾有传言，杂交水稻“高产不优质，优质不高产”。袁先生告诉我，我国目前对优质大米有 12 项鉴定指标，有些指标与产量正相关，有些不相关，但没有一项与产量是负相关的。实际上，超级杂交水稻亩产量从 650 多公斤到 1135 公斤，甚至更高，后来由于重视了品种改良，产出的大米 12 项指标全部达到优质大米标准。在他看来，众多组合的杂交水稻品种有个别组合米质欠佳很正常，但不能“以偏概全”。

不过，那些以偏概全的传言曾给杂交水稻的推广和粮食生产带来负面影响。1992 年 3 月，一家报纸甚至在头版刊登了一篇座谈纪要，评价杂交水稻“米不养人、糠不养猪、草不养牛”。我当时便联系了袁先生，问他是否在媒体上予以反驳。没想到袁先生并没有特别在意，生性豁达的他认为：一则那毕竟只是少数人的看法，二则他不想引起误会，“人家会说我听不得不同意见。”

但 1992 年 6 月上旬，江西省一位副省长来访，与袁先生谈及此事，希望他澄清事实，以免对粮食生产造成直接影响。袁先生这才意识到问题的严重性，下决心给《人民日报》写了一封署名信。很快，《人民日报》将袁先生的来信加上《杂交水稻既能高产又能优质》的标题，在第二版全文登载。

袁隆平在信中用事实回答说，目前全国种植面积最大、产量最高的一个水稻良种“籼优 63”就是杂交水稻，近几年的年种植面积都超过 1 亿亩，平均亩产稳定在 500 公斤左右，不仅产量高，而且品质好，被评为全国优质籼稻米。他还介绍了广东韶关市农业局举办的一次稻米品质鉴定会。参鉴品种共 6 个，其中两个进口优质米、两个广东名牌优质米和两个杂交水稻米，名列品质榜首的是产量很高的杂交水稻新品种“香优 63”。

袁先生团队培育的超级稻品种实现一期攻关目标后，来参观访问的人络绎不绝。

据介绍，广东某市委书记带队来湖南杂交水稻研究中心参观考察，这位书记一口气吃了几碗“超级稻”煮的米饭，连声叫好，表示要引种。还有一次，某记者团来采访，几位女记者甚至每人吃完一碗后还添了饭。

1997年2月，时任中科院院长周光召来湘考察，我陪同考察组到访杂交水稻研究中心。当天，在中心的会议室门口，我看到各种优质杂交水稻米一包包整齐摆放，袁先生热情地向周光召逐一介绍这些优质品种。我现在还清楚记得，袁先生对杂交水稻品质充满自信的表情。

现在，用杂交水稻煮的米饭更好吃了，自然就没有产量高、品质不好的说法了。

大家好好读《中国科学报》

多年来，袁先生对于科技新闻报道一直非常支持，对于《中国科学报》也一直非常信任。在办公室里，他曾拿着我们的报纸对团队成员和学生说：“《中国科学报》是我国权威性科技媒体，大家好好读读上面的文章。”

我曾向袁先生约写一篇介绍杂交水稻研究趋势的署名文章，他欣然应允，一周之后拿出一篇题为《杂交水稻研究的新趋势》的5000字文稿，并放心地交给我删改。

2006年11月初，我去探望袁先生，事先没有预约，到了杂交水稻研究中心才发现办公楼正在装修，大楼内外全是脚手架，还停水停电，楼内见不到一个工作人员，以为可能见不到袁先生了。谁知上楼一看，他正戴着眼镜坐在办公室靠窗的位置看资料。袁先生笑着和我交谈一会儿后，突然说：“我有一个‘种三产四丰产工程’的构想，看《中国科学报》能否报道一下。”我只用了半小时就顺利完成了采访工作。后来这篇稿件在《中国科学报》头版头条刊发。

还有一件令我久久不能忘怀的事情。一年一次的两院院士评选“中国/世界十大科技进展新闻”是中国科学报社的品牌活动。2003年有一个农业水稻项目入选，我邀请袁先生到京出席这次新闻发布会。新闻发布会定在2004年1月上旬举行，当时北京下着小雪。考虑天气寒冷，袁隆平先生已年过七旬，发完邀请函后我也没抱太大希望。没想到，很快就收到了他应邀参加的回复。到北京后，袁先生告诉我：“湖南正在召开‘两会’，我还是省政协副主席，但你们报社组织的这件事很重要，我请假赶了过来，明天上午新闻发布会以后，我要立即赶回长沙。”袁先生的这一番话让我们感动不已，更觉得中国科技新闻报道责任重大，一定要做好工作，才能不辜负科学家的信任。

功勋卓著有大爱，盛名之下平常人

——记袁隆平关心支持科技新闻与传播事业的往事

（2021年5月27日　湖南大学新闻网要闻）

2021年5月22日，“杂交水稻之父”袁隆平院士在长沙逝世，国人无比痛惜。“倾尽一城花，悼念袁隆平”。来自省内外从未谋面的男女老少，从市中心的湘雅医院到远郊的追悼会现场，连续3天，以不同的方式表达对袁先生的崇敬、感激、离别之情，万众悲切，如失亲人，场景如同45年前北京“十里长街送总理”，震撼人心，感天动地。

我同袁隆平先生相识近30年，从1991年开始，因工作关系，我多次到长沙市东郊马坡岭的杂交水稻研究中心采访调研。倾听他讲杂交水稻的故事，采访他科研攻关的不断进展，报道他带领团队取得的创新成果，一次又一次与他分享杂交水稻攻关成功的喜悦。

他一生追求科学真理，勇于创新，敢于攻关；他坚持实事求是，不畏权威，不懈实践；他生性开朗豁达，不贪名利，不拘小节。他功勋卓著却尽力无私关心、帮助他人，盛名之下却像普通人一样勤奋工作、简朴生活。先生虽已离去，许多难以忘怀的件件小事犹如还发生在眼前。

在科技新闻传播中建立情谊

中国科学报社驻湖南记者站于1991年10月成立，我作为首任站长、记者，从1992年12月开始就特别关注袁先生的杂交水稻研究，曾多次采访袁先生，在《中国科学报》发表了一系列包括“三系法”“两系法”“超级稻”等杂交水稻科研与推广成果的消息报道；策划并发表了袁先生署名的《杂交水稻研究的新趋势》文章；先后邀请袁先生参加湖南记者站组织的两次科技宣传座谈会和在北京举行的两院院士评选“中国/世界十大科技进展新闻发布会”。尽管他一心倾注着杂交水稻事业，但总是在百忙之中抽出宝贵时间支持我们的工作。

2004年秋，我应学校之邀，在成立不久的新闻与传播学院从事科技新闻传播教学工作。袁先生得知我又回到湖南，十分高兴，说“我们又可以经常见面了”。

2005年，正值湖南大学新闻学专业创办10周年，我和学院领导策划在此期间举办一次全国“科技创新与科技传播论坛”，旨在搭建一个加速我国科技成果产业化的桥梁。在我拟定的邀请名单中，袁先生就在其中，他知道这个消息后，应允“没有特殊情况一定参加”。等到论坛开幕的前一天，我接到他秘书的电话，说“有农业部领导来杂交水稻研究中心考察项目，抱歉不能参加。”当时我有些遗憾。论坛在岳麓书院明伦堂如期举行，袁先生后来看到我送给他的有关论坛的材料，说“可惜我未能参加，祝贺这次论坛能够成功举办”。听到先生这些话，心里感到很温暖。深切感受到这位为我国和世界粮食安全作出贡献、誉满全球的大科学家却有着一种珍惜友情、平等待人的人格魅力，

从 2005 年开始，我和栾永玉教授、陶贤都博士组成的导师团队开始探索一种“课程教学－新闻研究－新闻实践三段式”研究生培养模式。在我的心目中，科技新闻与传播专业的研究生完全可以把国家杂交水稻工程技术中心作为科技新闻传播实践的重要基地之一，那里是湖南科技新闻源的“富矿”，而正是袁先生的支持给了我信心。

尽力支持科技新闻传播人才培养

从 2004 年到 2018 年的 15 年中，袁先生对科技新闻传播的人才培养、科技活动与科技出版工作给予了无私的支持与热心的帮助，师生均铭记在心。

袁隆平严谨的科学态度、踏实的工作作风和不畏艰难、敢于创新的精神，这正是年轻学生需要学习的优良品德。为了给研究生创造一个方便实习锻炼的平台，我重新兼任了湖南记者站站长、记者。在教学与科研的同时，继续开展湖南省的科技新闻报道工作。

2006 年 11 月 8 日下午，由于我跟袁先生比较熟悉，所以事先没有预约，就带着 2005 级研究生向鹏、黄思维驱车去国家杂交水稻研究中心，想在探望袁先生同时，了解杂交水稻研究的进展情况，也想让学生们见见这位享有盛誉的大科学家。

袁先生看到我们不约而至，有些意外。他立刻拿出矿泉水微笑着说：“今天停水停电，就喝这个水吧。”在随后轻松愉快的交谈中，袁先生告诉我们，他正在谋划一个“杂交水稻种三产四丰产工程”的攻关目标，看能否报道一下。”我立即答应，并特意就地安排向鹏、黄思维进行现场采访，新闻稿很快在《中国科学报》发表，对这项攻关目标的立项与实施起到了一定的推进作用。

这时，无意中发现袁先生身旁的小茶几上摆放着一个有两人合影的小相框，也没有太在意。而就在我们采访完后将要离开时，袁先生拿起小相框对我说“今年夏天我到北京出差，抽空去看望了在家中养病的华国锋老书记，我们握着手差不多谈了半个小时，他还为我写了几个字。”看到袁先生有些激动，我赶紧让学生把照片和华老的题词拍了下来，同时对袁先生说：“这些都是很珍贵的资料，看今后能否找机会公开报道出来。”他回应说“能报道当然好咯!”

2007 年 2 月，春节之后的长沙，天气寒冷。从袁先生秘书那里得知，袁先生正在

海南三亚南繁基地进行新品种培育试验，我提出“可不可以去海南基地实地采访”，很快就得到了答复“欢迎下个月来海南采访，交通食宿费用由基地解决”。为了提高研究生的实践能力，我提出要带首批招收的两位研究生参加采访，研究生的交通食宿费用可从我的课题经费中解决，不给袁先生增加麻烦，结果又得到答复“所有费用都不需要你们支付”。当时我又感谢又有些歉意。

到了3月下旬，我们一行乘飞机来到三亚市郊的南繁基地，基地小院里有一栋5层小楼，袁先生的办公室和住房在2楼，我们被安排在4楼，为了珍惜这次难得的采访机会，我为两位研究生制定了详细的采访计划和采访提纲。一连7天，从早到晚，两位研究生带着摄像机、照相机、录音笔等开始全方位的“跟踪式”采访。由于袁先生每天一到基地进行实地观测、参与田间管理，还有一批批不约而至的来访者，所以，我们常常是白天跟随袁先生去试验田，晚饭后才能在他的办公室访谈。

有趣的是，从住所到育种试验田，只有十分钟左右的车程，而袁先生必定要开着汽车去育种基地。他说“以前是骑自行车去试验田，后来就开摩托车去，现在当然是开汽车去了”。我笑说“袁老师有开车的瘾”。师生3人总是坐着袁先生亲自开的汽车往返于住地与试验田之间。育种基地有人打趣说，你们这是享受高规格的待遇。

研究生向鹏毕业多年后还能回忆当时的情景：“下田前袁嗲热情地招呼大家‘来，坐我的车，莫晒黑哒!’在基地小院里，袁嗲亲切地安排工作人员从树上打椰子下来给我们吃；去袁嗲宿舍，一进门，他和夫人邓则老师就往我们手里塞大芒果；我们夸他的花衬衫很‘潮’，他立马得意地说‘十块钱一件，划算吧!’”

每天清晨，贺春禄、向鹏就悄悄地跟上袁先生去拍摄他晨练的场景，他知道后还有些不好意思地说“这是我自己编的动作!”

在此期间，我向袁先生提出想看看天然野生稻“野败”的发现地，见见第一位发现“疑似野败”的人，他就特意派车把曾在南红农场担任技术员的冯克珊从市内接到育种基地同我们见面，冯克珊还领着我们实地查看了发现“野败”的具体位置，详细介绍了“野败”的发现过程，增强了我们对杂交水稻攻关过程中的艰难、复杂性的认识。

回到住地的当天晚上，我就向袁先生建议：“野败”的发现在杂交水稻科研攻关过程中起到了关键作用，保护好这世界上独一无二的“野败”发现地，对国家、对后人都十分有意义，可请三亚市政府在此处立碑铭记，划地保护。袁先生听后连声叫好，说“我还是三亚市的‘名誉市民’呢，明天就同市里有关部门提这个事。”后来这个建议变成了现实，“野败”发现地成了“中国杂交水稻发源地”。

7天时间，一晃而过。袁先生潜心科研攻关、不懈努力实践的科学精神与平易近人、开朗豁达、生活简朴的生活态度，给师生留下了极为深刻的印象。4月初，我们回到长沙。立即对所有采访的图文资料进行系统整理，编辑后发往北京。4月10日，《中国科学报》以整版篇幅刊发了题为“袁隆平三亚一日”新闻报道，通过这次实践，两位研究生既感受到了科学家优秀品德，又提升了科技新闻采写能力。

2008 年 8 月 20 日，华国锋同志因病逝世，8 月 31 日，党中央、国务院在北京隆重举行了华国锋同志追悼会，充分肯定了他的历史功绩。9 月 2 日上午，我接到报社领导的电话，认为华国锋同志在湖南工作多年，希望我尽快写一篇华国锋同志与湖南科技工作相关的纪念文章，不限篇幅、体裁，并要求在当天下午 5 点前发到报社。我叫上学生向鹏，在袁先生此前提供的新闻素材和照片基础上，赶写了一篇约 5000 字的纪念文章，按时发到报社总编室，算是完成了九个月前对袁先生的承诺。

第二天，《中国科学报》在头版位置以《华国锋与袁隆平》（特稿）为题刊发了这篇文章，引起海内外的极大关注，先后被境内外 200 多家媒体转载和择要刊发，该文还获得了中共湖南省委宣传部、湖南科普作家协会等 6 单位联合颁发的报刊类新闻作品一等奖。

此后，由中国工程院主办的《工程研究—跨学科视野中的工程》期刊于 2009 年 9 月发表了我和研究生向鹏、陈雅忱撰写的《袁隆平与中国杂交水稻工程》长篇报道。由中国科技新闻学会主办的《科学新闻》（学术专刊）于 2011 年第 4 期刊发了向鹏撰写的《杂交水稻育种科学与技术的传播学分析》学术论文。

师生们能在新闻采写和研究论文方面取得以上成绩，均得益于袁先生的无私相助。

从《院士治学格言》到《两院院士忆高考》

2003 年春，北京突发“非典”疫情。疫情解除后，我提出要为院士们编撰一本能反映他们治学严谨、深耕专业、竭精尽职、无私奉献风貌的书籍，得到报社领导班子的一致赞同，并确定书名为《中国院士治学格言》。于是我以报社负责人兼主编的身份向中国科学院、中国工程院全体一千多位院士发出了治学格言手稿的征集函件。当时我内心很忐忑，觉得虽然此事有意义，但对他们来说不是一件非做不可的事。院士们都很忙，常常出差、出国，有的院士年事已高，或生病住院，既要思考写些什么，还要按限定的字数、规格书写，写好后还要挂号邮寄，等等。

让我没料到的是，7 月中旬开始陆续发出第一批征稿函，一个星期之后就收到院士们第一批手迹稿件！共有 689 位院士和 55 位已故院士（包括竺可桢、钱学森、王淦昌、朱光亚、周培源等中国科技先驱）的家属寄来了科学大家的珍贵墨宝。给我带来一次又一次的惊喜！

我最关注我的老师陈国达和最敬重的袁隆平的手迹是第一批收到的。看到袁先生亲笔书写的“知识、汗水、灵感、机遇”八个字，尤为熟悉且亲切，这是此前我采访时他常常提到的几个词汇。

2018 年是我国实行改革开放、“文革”结束后恢复高考制度 40 周年。当年 3 月上旬，湖南大学出版社雷鸣社长根据中共湖南省委宣传部、湖南省新闻出版局关于当年重点图书出版要求，拟定了一个科技教育界纪念恢复高考的出版计划，我受邀参与该出版物的组织、编审工作。我校俞汝勤院士、钟志华院士、周绪红院士、谭蔚泓院士、陈政清院士等多位专家均给予了积极支持，书名定为《纪念改革开放暨恢复高考40周年·两院院士忆高考》。根据湖南省有关部门的要求，重点出版物必须有两位同行专家推荐。在确定出版推荐人的人选时，我和雷鸣社长商定：撰写回忆高考文章的作者都是院士，推荐人应该是两位德高望重、更有权威的资深院士，才能符合本书的特色和推荐人要求。我首先想到的是湖南大学老校长、中科院资深院士俞汝勤先生，另一位最合适的就是袁隆平先生。

当把我的想法转告给袁先生后，他欣然接受。7月6日，我们一行应约来到国家杂交水稻工程技术研究中心，在袁先生的得力助手黄崎博士带领下，来到袁先生的办公室。当我把出书的目的、组稿过程、出版时间等相关情况说明以后，袁先生说“这个很好，‘文革’后期年轻人上大学要‘政审’，还要推荐才能参加考试，结果出了一个‘白卷英雄’，现在看起来真的很荒唐。”我把预先准备好的推荐意见初稿递给袁先生审改，他迅速看完推荐信后，毫不犹豫地就签上了自己的名字。离开时我建议和袁先生合影留念，大家不亦乐乎！

稻神仙去，一路好走！中国稻香永远飘满人间！这位伟大的平常人永远活在老百姓心中！

袁隆平，院士荣誉性、学术性、纯洁性的楷模

——追寻大师足迹，学习隆平精神

（2021年5月31日　湖南大学新闻与传播学院官网要闻）

2021年5月22日，深受人们崇敬的袁隆平院士因病在长沙逝世。海南三亚阳光下抽穗扬花、长沙东郊夏雨中稻禾浓绿的杂交水稻试验田里，从此再也见不到那位步履坚实“老农”熟悉的身影了。他勤奋、可亲的形象永远镌刻在无数人的心中。

5月23日，受习近平总书记的委托，中共湖南省委书记许达哲转达了对袁隆平的深切悼念和对其家属的亲切问候，在高度肯定袁隆平重大贡献的同时，提出了要学习他的高贵品质与崇高风范。5月28日，在北京人民大会堂隆重召开的两院院士大会和中国科协第十次代表大会上，习近平在讲话中指出：“要让院士称号进一步回归荣誉性、学术性，维护院士称号的纯洁性。”

袁隆平，这位中国工程院的资深院士，正是中国院士称号荣誉性、学术性、纯洁

性回归的一个楷模。

国内外一致认可的科学成就

早在1981年6月27日，党中央《关于建国以来党的若干历史问题的决议》中就指出，我国国民经济虽然受“文化大革命”破坏，遭到巨大损失，但仍然取得了进展。粮食生产保持了比较稳定的增长。工业交通、基本建设和科学技术方面取得了一批重要成就，其中包括了南京长江大桥的建成，氢弹试验和人造卫星发射回收的成功，籼型杂交水稻的育成和推广，等等。

1989年6月16日，邓小平同中央领导同志谈话时说，“农业问题也要研究，最终可能是科学解决问题。湖南的水稻原来增长15%—20%，最近有个新发现，又可以增长20%，证明潜力还是很大的。科学是了不起的事情，要重视科学”（“最近有个新发现”指的就是袁隆平当时正在研究的两系法杂交水稻）。

中国杂交水稻科研成果不断外溢的社会效益与经济效益，无可辩驳地回答了“谁来养活中国人”的惑人之问。一大批有良知、有德行的外国同行专家对袁隆平不吝各种赞美之词：

“袁隆平正引导我们走向一个丰衣足食的世界。”

“杂交水稻是第二次绿色革命。把袁隆平先生称为‘杂交水稻之父’，是因为他的成就不仅是中国的骄傲，也是世界的骄傲。他给人类带来了福音。”

“杂交水稻研究中心就在长沙，这里是各国杂交水稻科研工作者的‘麦加’圣地。你如果没有见过杂交水稻之父袁隆平，那么说明你的科研旅途才刚刚起步。”

“袁隆平在世界上率先培育成功并广泛种植的杂交水稻，从亚洲、非洲到美洲广泛传播，养活了数以千万计的人口。”

在20世纪70年代担任过中央主要领导职务的华国锋同志，曾在杂交水稻育种技术即将取得突破的关键时刻给予了巨大支持。2008年1月3日，他在《袁隆平访谈录》初稿的序言中说：中国是一个敢于创新、善于发明的国度。中华民族的祖先，创造过辉煌的古代文明。中国正处于一个飞速发展的历史时期，袁隆平精神在鼓舞着我们。我们有优越的具有中国特色的社会主义制度，一定能够孕育出千万个袁隆平式的伟大科学家。中华民族的伟大复兴指日可待！

杂交水稻育种是他毕生的追求

出身于书香门第的袁隆平生性乐观活泼，幼年时期就有着对大自然的强烈兴趣，考上大学便跳入“农门”。作为新中国第一代农学专业的大学生，无论是艰苦的工作、生活条件，还是不利的政治、学术环境，他无怨无悔，专心致志，在探索科学真理的道路上孜孜不倦，从不停步。

20世纪50年代，年轻的袁隆平响应“向苏联学习”的号召，也尝试按照苏联米丘林、李森科的遗传学观点和思路，搞了不少西瓜和南瓜、月光花与红薯、西红柿与土豆的嫁接，那些试验结出了“奇花异果”，曾使人称奇。但他心里却很明白，这些精心培育的作物根本没有遗传优势，使他对“苏联学派”的遗传学理论产生怀疑。一边是经典的欧美孟德尔、摩尔根等基因遗传学理论，一边是当时流行的苏联米丘林、李森科的“无性杂交”遗传学观点，科学研究的方向在哪里？袁隆平称自己像“一时迷途的羔羊”。

1960年开始在中国大地发生的粮食大饥荒的惨痛情景，让袁隆平刻骨铭心。他立志潜心攻破水稻优良品种培育难关，为的是多打粮食，解决老百姓“有饭吃、能吃饱”的问题。

追求科学真谛的“欲望”，解除饥荒威胁的责任，使年轻的袁隆平冒着“政治”风险，深入钻研西方生物遗传学理论。他结合教学工作，开始潜心探索。他还利用假期，自费到北京向遗传学权威专家请教，更加坚定了深入探究经典遗传学中作物杂交优势问题的信念。

袁隆平提出的“通过进一步选育，可从中获得水稻雄性不孕系、保持系及恢复系，用作水稻杂种优势育种的材料”，是一项具有划时代意义的前瞻性研究成果，其科学论文《水稻的雄性不孕性》很快被中国科学院主办的《科学通报》发表，那是1966年2月，正值历时十年的“文化大革命运动”即将开始的前夕。而就是在这偏远湘西的一所不起眼的农业学校里，袁隆平吹响了中国杂交水稻研究的号角。

令人回味的是，从1960年袁隆平立志从事水稻育种科学实验开始，到1973年在“苏州会议”上宣告“我国籼型杂交水稻三系法成功”的十余年间，正是新中国历史上“极左思潮”泛滥，政治运动频发，经济建设和科技教育事业不能正常发展的时期。而恰恰是在这个期间，我国的杂交水稻研究获得了重大突破。

究其原因，一是中国自古以来重视农业，“吃饭是第一件大事”。新中国成立以后，“以粮为纲”政策深入人心。即使在“文革十年动乱”中，农业生产也没有停滞，杂交水稻研究还能得以艰难进行，并开展了奇迹般的全国水稻育种科研攻关大协作；二是袁隆平先生的使命感与睿智、豁达交织之使然。在恶劣的科研、生活环境中，他能带领科研团队不折不挠，专心致志，这里是他生活的舞台，这里有他毕生的追求，激励他在崎岖的道路上不畏艰难，奋进前行；三是在素有“鱼米之乡”美称的湖南，历任省领导、政府部门、基层干部和普通农民，对杂交水稻能多产粮食充满期待。尽管杂交水稻科研工作“屡遭不测”，但总能在最困难的时候“绝处逢生”。

人民心中的一座永远的丰碑

大凡伟人，总会使人仰首；大凡名人，总有凌人气势；大凡长者，总让后生感觉

“代沟”难逾。

凭袁隆平对解决人类粮食安全问题的贡献，他无疑是一个伟人；按做学问者在国人乃至全世界的影响，他铁定是一个名人；这位度过 90 个春秋的老人，当然是一位受人尊敬的长者。但每次见到袁隆平，总感觉他是那样平和，那样随意，喜怒哀乐显于言表。平日高兴时他递烟度火，茶水招待，还交代助手安排客人饭菜；工作忙碌时旁若无人，视而不见，不希望被人打扰。

袁隆平是一位新中国自己培养的农学专业大学生，是在我们这个世界第一人口大国里知名度最高的科技专家之一，是科学成就在国内外获得奖项最多的中国学者，他的科学研究从地处湘西山区的安江农校起步，走遍了中国、走向了世界。他是新中国科学技术界的骄子。

他是一个无党派人士，数十年间，能向党中央 4 任总书记直接汇报科研工作，能和国务院 5 届总理当面谈杂交水稻研究，能与近 50 个国家的政府首脑讨论合作交流，能 60 多年像世代农民一样与泥土、稻谷、种子打交道。水稻种植大户奉他为致富的“稻神”，新闻媒体的朋友把他当成科技界的“大熊猫”，他和他的科研团队总是新闻的“富矿”，每次采访，总会有舒心的收获，总会有太多的感受。

从未谋面的农民朋友听说袁隆平来了，会很快层层围过来看望他。偶在餐馆或商场，总会有人觉得与他“似曾相识”，说他像是“一位明星”的也大有人在。湖南郴州一位青年农民在承包田里种杂交水稻丰收了，兴奋地在自家的大门上贴了一副对联：上联是“改革开放靠邓小平”，下联是“粮食丰收靠袁隆平”。这个年轻人还揣着自家积攒的几万元，找到河北请了一个国内最好的石匠为袁隆平塑像。村民说袁隆平是功德无量的“米菩萨”，有长者称他是当代“神农氏”。

他有一颗善良的心，从不忘记那些数十年并肩战斗的同事、助手和学生，从不忘记那些在全国各地为杂交水稻育种与推广应用有过贡献的同行们，也没有忘记那些支持过杂交水稻科研工作的领导同志、政府工作人员和新闻媒体的朋友。他会把科研成果获得的各种奖金捐献出来资助科研项目，奖励科技人员和科技成果推广者，还为灾区人民、贫困学校捐款。

袁隆平，他树起了科学技术服务于社会、科研成果植根于基层的一座丰碑。成为中国现代文明社会的建设发展历程中的一个传奇。

崎岖道路上攀登的快乐人生

袁隆平数十年追求真理，坚持探索，不懈攻关，不断创新的艰难历程再次证明了马克思的著名论断，“在科学领域内．没有平坦的道路可走，只有在崎岖小路上攀登不畏艰苦人，才有希望到达光辉的顶点。”

面对“杂交水稻没有遗传优势”的权威论断，他没有畏缩止步，更没有改弦更张，而是潜心钻研当时不被看好的基因遗传学理论，坚持科学实验，及时公开研究成果，试图打通这条“断头路”；当试验田中被寄予无穷希望的不育材料幼苗被人毁坏时，他和学生就把残存的“漏网之鱼”连根带泥捧回家悉心种植在试验盆里，继续观测、研究，不理会干扰。

笔者曾不忌讳地同他探讨一些“敏感话题”。

“三系法”杂交水稻取得成功，推广后粮食产量大增之时，“高产不优质”的说法接踵而至，他没有“听不得不同意见”，带领团队默默加速优良品种的选育，实现了杂交水稻“既优质又高产”；

当获得我国至今唯一的“特等发明奖”时，他说“这是我们集体努力的成果”。有人质疑“水稻的遗传优势是发现而不是发明”时，他一笑了之。而仗义者为他直言：水稻的遗传优势是发现，中国的杂交水稻育种技术与方法是袁隆平团队独创的科技发明，全世界公认；

外国同行给予他“杂交水稻之父”盛誉，他平淡地说“自己只是比别人先行了一步”；谈及“袁隆平品牌”价值被评估1000个亿，他笑着说“我都不相信这个”；

把他的名字用于上市公司名称，他无奈地说“开始我坚决不同意，到时说袁隆平股票今天涨几毛，明天跌几分，那成了什么事！后来省领导就亲自多次上门做工作，说是为了湖南农业科技企业的发展，还可为杂交水稻研究提供经费支持，不同意不行啊。”

说起当选美国科学院院士，他有些兴奋地说“当他们全场起立鼓掌的时候，我一个搞农业育种的科技人员能获得这种荣誉，作为一个中国人感到很自豪！”

为他申报中国科学院院士落选而惋惜，祝贺他顺利当选为中国工程院院士时，他认真地说“院士是一种荣誉称号，申报院士只是想让研究成果得到一种认可。”

追寻袁隆平60余年科学探索的足迹，赞誉他有“大学者风范”“大专家风采”一点也不为过。毕竟正直的科技界行家的眼睛是“亮堂的”。“杂交水稻之父”、中国工程院院士、美国科学院院士等耀眼夺目的荣誉称号落在他的身上使人感到顺心畅意。因为，中国至今唯一的“特等发明奖”、国家最高科学技术奖、国家荣誉勋章以及各种国际大奖都不是可以轻易企及的。

他说“名人不好当”，更喜欢自由自在。和许多普通人一样，他喜欢游泳、打球；会拉琴、开车；还下棋、养猫。他会在杂交水稻研究中心的春节联欢会上唱歌跳舞。高兴时会点着香烟、挠头开怀大笑；每天晚饭后到室外散散步，有机会还陪着老伴去逛逛集市、超市。

这就是袁隆平——一个集勤奋、睿智、无私、拼搏、奉献于一身的新中国科技工作者，一个使世界仰望、令国人骄傲的时代楷模！

第六部分

专题报道（7篇）

提示： 专题报道是新闻深度报道的一种形式。科技专题报道是聚焦某一重大科学问题、重要科技创新成果或科技与社会相关事件开展的深入报道。

科技专题报道的选题既要有全局意义，还应具有较大的科学价值、实际意义与深刻的社会内涵。

做好科技专题报道，首先要紧扣报道选题，广泛收集相关资料，扩大采访范围，除采访新闻当事人之外，还应当包括有关的科技组织者、管理者、科辅人员（如实验室工作人员、科研开发助手）。

大篇幅科技专题报道的文本结构要合理，各部分篇幅长短不失平衡，内容要有逻辑性、连贯性。文本应注重故事化描述。

悬壶济世　人间天使

——湖南医科大学附属三医院医德医风纪实

（1994 年 4 月 20 日　第 4 版　刘笑春参与采访）

当前，市场经济大潮冲击着神州大地，开放搞活，一派生机。然而，社会上不良行为也伺机而动，医疗卫生行业的不正之风悄然蔓延，人民群众对此莫不愤然。

在长沙高新技术开发区中心位置，有一所湖南医科大学新创办的附属三医院，以院长刘浔阳教授为首的一批医学科技人员不断克服创业初期的困难，实施严格的规范化管理，以其“治病救人”的责任感和精湛的医护技术，赢得了患者的赞誉。在这里，知识的价值、知识分子的“清高”，升华凝聚成一句至理名言：全心全意为病人服务。

在门诊部耳鼻喉科，我们见到了年仅 36 岁的副主任孙虹博士，这位被患者称为“白求恩式的大夫”曾在自己胃溃疡发作、48 小时水米未沾的情况下，坚持按诊疗方案为一患鼻咽癌的农民做了整整 7 小时的手术。他对记者说：“患者癌细胞已向颈部淋巴转移，患者进院太迟，手术再不能往后拖了。医生一进手术室，就忘掉了自己。其实，医生带病做手术，算不了什么，多数人有这种经历。”

心血管内科副主任袁洪，为抢救一急性心肌梗塞患者，连续 3 天未回家。他为抢救一顽固性心衰患者，连续 4 天守在病房。患者家属都十分感动，多次邀请袁大夫吃饭，以表谢意。袁洪婉言谢绝，并告诉患者家属：抢救病人是医生的天职。

二病室护士毛中平，为一位 90 岁的腹主动脉患者喂水喂饭、倒屎倒尿。一次，患者想吃点可口的流汁，食堂没有，小毛特意上街买回给老人吃，老人感动得眼泪直流。

一位农村患者匆忙入院后，尚缺少一些生活必需品，当班护士马银兰便将自己的生活用品送给患者，患者激动地说：“城里的护士把乡下人当作亲人。”

长沙一位患者家属投书当地晚报：附三医院一工作人员核价时错收了一位患者的住院费，发现后马上就将多收的钱主动退还给患者，值得称赞。

在这里，动人事例，不胜枚举。短短几个月时间，医院就收到一叠叠出院患者的感谢信，在门诊部和各病室的意见簿上，患者或家属用其蘸满激情的笔写下了一个又一个医生、护士的名字，赞扬他们的医德医风，感谢他们这些治病救人的“白衣天使”。

医院党委书记杨伯勋认为：“一个现代化的医院应该具备良好的医德医风，其内容是多方面的，表现在对患者疾病的诊治是认真负责尽力的，对患者的痛苦要深切同情，对住院患者的生活要关心照顾。至于收受礼金礼物，这是违背职业道德的，是不正之风，不能容忍。”谈到医疗行业的“热点”——收“红包”现象，主管纪检的唐康民副书记告诉记者，通过对部分患者追踪调查，至今为止，我们尚未发现医护人员收“红包”的现象，也未接到任何告状信。究其原因，是院领导以身垂范，是一大批骨干带了好头。刘院长亲自主刀做手术，一次就拒收2000元礼金，几个月内，拒收“红包”者达20余人次，无法拒收的就上交。有时为了使患者或家属放心，权且暂收，待患者治愈后如数退还。

对于出高价搞“特殊医疗”，院长刘浔阳教授有其独特的见解：作为医科大学的附属三医院，我们既救人也育人。对疾病的医治方案和诊断、用药、手术，乃至请医生会诊，都是根据病情需要来决定，而不应按“出价”高低。对患者，在治疗上要一视同仁。我们不搞点名医疗，提前手术这些高价服务，否则，有悖于医护人员的职业道德。这一点，医院党委认识很一致。

走出这座环境优雅的现代化医院，眼前矗立着开发区连片的幢幢高楼。附三医院医务工作者的高尚医德，体现了我们民族传统的精髓和知识分子的风貌，这不正是我国现代化建设所必需的吗！

东方魔稻　香飘四海

——中国杂交水稻走向世界随记

（1996年10月2日　第1版头条　范小兵参加采访）

1979年4月，菲律宾首都马尼拉。

因研究杂交水稻有特殊贡献的袁隆平随同中国水稻育种专家组一行4人，应邀来到位于洛斯巴洛斯镇椰林中的国际水稻研究所参加在这里举行的水稻科研年会。在这次会议上，他们宣读了“中国的杂交水稻育种”论文，引起了与会各国专家学者的极大兴趣。通过即席答辩，大家一致公认：中国的杂交水稻研究和推广应用居世界领先地位。自此，中国杂交水稻这一“东方魔稻”迈出国门，开始了走向世界的第一步。

半年之后，国际水稻所恢复已经终止了8年的杂交水稻技术研究。

1980年3月，美国著名圆环种子公司总经理威尔其在多次来华考察之后，与中国种子公司在北京正式签订了“杂交水稻综合技术转让合同”，并经国家进出口管理委员会正式批准生效。这是中国第一个农业对外技术转让的合同。当袁隆平在美国传授杂交水稻制种技术时，当地《华侨日报》记者大为惊讶，并在第二天的《华侨日报》上刊登了“中国水稻专家来美传授技术”的大字标题新闻。中国杂交水稻在美国经过两年试种，取得了显著的增产效果。为了更好地推广杂交水稻，美国西方石油公司于1981年7月特来中国拍摄了题为《在中华人民共和国的花园里——中国杂交水稻的故事》的彩色纪录片。该影片除在美国放映外，1983年7月，日本电视台在全国范围内进行了播放。日本出版的《神秘的水稻威胁日本》一书中称：“杂交水稻这一海外传奇给日本带来了风暴。”

在我国杂交水稻技术已经成熟并已投入大面积生产应用，而且在国外的影响越来越大时，为使杂交水稻技术更好地服务于人类，由袁隆平提议发起，湖南杂交水稻研究中心、湖南省科协和国际水稻研究所联合举办的“长沙杂交水稻国际讨论会”于1986年10月6日至10日在长沙举行。有美国、日本等20个国家、地区的90名专家和来自全国24个省市的155名国内代表参加。会上有84位中外专家学者宣读了学术论文，提出了成立国际杂交水稻技术合作网的建议，并对合作内容作了具体安排。这次盛会展示了我国杂交水稻研究中所取得的成效，巩固了我国杂交水稻研究领域在世界上的领先地位，扩大了我国的国际影响。

1992年1月13日至15日，“国际水稻无融合生殖研究工作讨论会（IWAR）”在长沙召开，有来自美国、日本、瑞典、澳大利亚、墨西哥、菲律宾等7个国家的13位科学家和中国23个省市（自治区）的32位专家出席会议。

同年5月21日至25日，在菲律宾马尼拉，由国际水稻研究所举行的第二届杂交水稻国际学术讨论会上，联合国粮农组织（FAO）决定对高效益的杂交水稻予以立项资助，资助越南、朝鲜、印度、印尼、巴西、哥伦比亚、法国、埃及以及俄罗斯等国研究和发展杂交水稻，国际水稻研究所将组织杂交水稻国际协作网。会议还明确了今后全球杂交水稻研究重点，在国际上掀起了第二次杂交水稻研究的热潮。

为适应杂交水稻在国际上的研究和发展的要求，自1980年以来，受联合国粮农组织委托，湖南杂交水稻研究中心先后举办了5期国际杂交水稻培训班，共培训了来自菲律宾、印度、印度尼西亚、泰国、斯里兰卡、孟加拉国、越南等国的近50名杂交水稻研究和推广专家，很大程度上促进了杂交水稻在国际上的研究和推广速度。杂交水稻在国际上影响的扩大及各国在研究和推广杂交水稻方面的迅猛发展，进一步促进了各国专家和学者的友好往来。

到目前为止，全世界已有40多个国家的人员到湖南考察杂交水稻的科研和生产，其中来访最频繁的有国际水稻研究所、美国圆环种子公司、卡捷尔种子公司和日本的RAMM杂交水稻公司以及印度的科学家。

国外农学界人士认为，湖南是杂交水稻的“麦加”。1986年10月7日在向湖南杂交水稻研究中心赠匾的仪式上，国际水稻研究所所长Dr. M. s. swaminathan说道：“我相信，湖南杂交水稻研究中心不仅仅是湖南和中国的研究中心，同时还是全世界杂交水稻研究中心。”先后有美国、日本和我国签订了杂交水稻技术或组合转让合同，印度、越南、孟加拉国等国家正在寻求与我国进行进一步的技术交流和合作。袁隆平教授也先后获得我国第一个特等发明奖（1981 年）、世界知识产权组织“杰出发明家”奖（1985 年）、联合国教科文组织科学奖（1987 年）、英国让克奖（1988 年）、美国菲因斯特拯救饥饿奖（1993 年）、中国香港何梁何利基金奖（1994 年）、联合国粮农组织“粮食安全保障荣誉奖”（1995 年）、日本“日经亚洲大奖”（1996 年）等国际国内大奖。

袁隆平在联合国教科文组织科学奖授奖仪式上曾表示：“杂交水稻这一科研成果不仅属于中国，也属于世界。希望这项成果能为解决人类仍然面临的饥饿问题，做出更大的贡献。”可以预见，随着杂交水稻研究和协作的进一步深入，将对世界粮食产量做出更大贡献。

华为赤子之情

——记华为技术公司支援抗洪救灾大行动

（1998 年 9 月 22 日　第 4 版　深圳报道）

连日来，百年一遇的洪灾肆虐着我国东北和南方多个省区，牵动着华为公司 8000 多名员工的心。在华为公司深圳本部，在遍布全国的办事处，在华为公司驻海外办事机构，所有华为儿女思虑的是同一个问题——怎样才能救助在波涛汹涌的长江流域、三江平原抗洪救灾的几百万军民和数千万受灾人民。

在这场特大的洪灾中，通信成了灾区抗洪的生命线，成了载着战胜洪水、重建家园希望的“诺亚方舟”。作为一家民族通信企业，全力调动自己的设备、技术、人员与广大邮电职工并肩作战，为这叶汪洋里的通信方舟护航责无旁贷……

洪魔吞没了父老的家园，也毁了孩子们的学校。身为信息领域的华为员工，大多刚刚走出校园，他们深深理解这对于灾区的未来意味着什么。帮助孩子们重返校园义不容辞……

华为人紧急行动起来，投入到了抗洪救灾的全民族壮举之中：500 万元的应急无线通信设备火速运达灾区；2000 万元的设备再次一批批装上飞机；1500 万元现金用于灾后学校的重建……

与洪魔连续搏斗了一个多月的灾区邮电职工死死地守着抗洪救灾的最后堤防——通信网络。邮电职工们誓与通信共存亡的斗志和行动深深打动了与他们长期携手奋斗的华为儿女。危难之秋，华为人的双手再次与邮电人、灾区人民的双手紧紧相握……

千里长堤，险在荆江。在形势最严峻的湖北荆州、洪湖、监利等地，洪水一次又一次冲击大堤，险象环生。荆江大堤上，百余台华为 ETS450 无线接入系统的固定台分布在各个防汛点，在多次出现险情的时刻，为防汛人员指挥调度报道水情，保障了通信畅通；为解放军和武警官兵迅速汇报汛情，接受中央军委命令，为灾区父老寻求救援保障了通信畅通。

第五次洪峰到来前，湖北监利告急。8 月 13 日 22 点 30 分，国家电信总局紧急致电华为，要求尽快为湖北灾区开通一套 ETS 无线接入系统。灾情就是命令，从 8 月 14 日到 16 日凌晨 4 时，一套 ETS 系统、两套不同频点的备份设备，日夜兼程地发往灾区；从深圳到监利，备货、运输、安装、调测、开通，另外追加发送 10 部车载台……都在 40 小时内迅速完成。ETS 电波在半径 40 公里的地区发出，抗洪第一线的通信难题得到解决。

8月初，湖南桑植县发生山洪，倒伏电杆680根，损坏电缆189公里。中断用户2205户，但ET3450系统在灾害中完好无损，保证了正常通信。8月8日，常德安乡安造垸情况危急，华为接到告急后，6信道50用户的ETS450系统从深圳调往灾区常德，在两天后迅速安装在黄山头。在水情最危急时，华为公司维护人员一直驻守现场，保证设备的运行。

在江西，鄱阳湖水位超过历史水平后，仍在继续上涨，直接危及省城南昌的安全。部分地区通信联络中断，南昌市电信局、新建县邮电局紧急行动抢救维护干线，但恢复通信一时难以实现。各级邮电领导立即电告华为公司南昌办，紧急求助ETS450无线接入固定台。华为公司又在两天时间里将固定台安装在抗洪前线总指挥部和出现险情的大堤上，各项抢险紧急命令通过无线电波传到前线大堤。

洪魔肆虐，阻隔了铁路、公路和航路却隔不断通信；ETS450发出的电波，为广大军民齐心协力战胜洪魔筑起了一道无形长堤。截至8月中旬，华为已向长江流域发送出500万元的应急通信设备。

洪水到来时，华为驻长江流域各省办事处就曾组织大量的捐款活动，到8月上旬，自发的捐款行动在整个公司全面展开。华为员工生活协调委员会呼吁全体华为人伸出双手，帮助危难中的同胞，“一方有难，八方支援，洪水无情人有情。伸出您的友爱之手，献出您的一份爱心。”热情洋溢的员工们纷纷慷慨解囊，捐助额度很快超过了100万元。

松花江流域告急！嫩江流域告急！长江流域六次、七次洪峰又狰狞而来！华为公司全体员工的心揪得更紧了。8月19日，公司紧急决定：再向灾区捐献2000万元的通信设备，帮助父老抗洪救灾，重建家园。员工们再次慷慨解囊，献出一片赤子之心……

年轻有为、才华横溢、高素质的研发人员一直是华为公司的骄傲，在这次的抗洪捐款活动中，他们同样表现出了感人的热忱。他们一再表示：“我们做得还很不够。雨还在下，汛情更加严峻，更多的灾区人民无家可归，数百万抗洪军民还在与洪魔搏斗，因此我们紧急倡议，再次行动起来，为抗洪救险献一份力量。“洪峰一来再来，他们就一捐再捐。500元，1000元，2000元……几乎每个人都捐了两次以上。华为中研部2000多人捐款总额近240万元；而在前一天，他们已捐出了60万元！

作为一家迅速发展的通信设备制造公司，华为多年来一直注重企业文化的建设，他们的核心价值观强调：“为伟大祖国的繁荣昌盛，为中华民族的振兴，为自己和家人的幸福而努力奋斗。”华为感到自己的奋斗与祖国的前途、民族的命运是紧密相连的。一方面，他们通过自己的努力，在通信领域取得了令人瞩目的成就，成为我国一流的、能与国外著名公司竞争的高科技企业；另一方面，当国家有难、同胞需要支援的时候，他们心甘情愿地献出自己的光和热。（本文略有删减）

风驰电掣　跨越时空

——写在我国第一台电力机车问世40周年之际

（1998年12月23日　第4版　彭质文、杜文胜参加采访）

人们常常把铁路称作国家经济的“大动脉”。正是这个庞大而又复杂的动脉网不停息地搏动，反响出社会发展行进的脚步声。

火车，这个工业革命时代的产物，伴随着科学技术的日新月异，经历了从蒸汽机车、内燃机车到电力机车的变迁过程。每一次变迁，都是一次飞跃，都是一次人类智慧新的集成。电力机车以其功率大、运载能力强、能源来源广泛、对环境污染极小，成为铁路牵引动力中的佼佼者，因此，以电力机车为核心的电气化是铁路现代化的标志，电力机车制造的水平和能力成了实现铁路电气化的关键。

40年前，我国还只能生产少量的蒸汽机车，研制电力机车从“零”开始。就是在“一穷二白”的条件下，新中国的工程技术人员，仅仅用了两年的时间，就由株洲电力机车厂和湘潭电机厂联合研制出我国第一台韶山1型（SS1）电力机车，并于1958年8月投入运行。从那以后的40年中，株洲电力机车厂和株洲电力机车研究所先后研制生产出14种型号2250多台新型电力机车，形成了客、货运及多类型国产电力机车系列，并具备生产时速200公里电力机车和牵引万吨级重载列车电力机车的能力，进入了国际电力牵动力制造业的先进行列。

40年间，我国电力机车从无到有，从普载到重载，从常速到高速，从交直传动到交流传动，一次次艰苦卓绝的攻关，实现跨越时空的飞跃。

中国电力机车的摇篮

地处湖南省中部、湘江之畔的株洲市，是我国南方重要的工业城市和江南最大的铁路枢纽。在该市东北部，有一个跻身中国500强的工业企业的株洲电力机车厂。自40年前第一台电力机车在这里诞生以来，它的名字就和我国铁路电气化事业紧密地连在一起，被美誉为“中国电力机车的摇篮”。

株洲电力机车厂始建于1936年，其时以修理蒸汽机车为主，建厂后的十余年中，由于战乱，历尽坎坷，技术落后，设备破旧，难以为继。直到新中国成立后，工厂才进入一个崭新的发展时期，1949年10月，修复的第一台蒸汽机车在这里出厂。1956年，国家要求铁路牵引动力迅速地、有步骤地由蒸汽机车向电力机车转移，从此，株洲电力机车厂随着我国铁路电气化的起步进入了创业和发展的新阶段。

1958年8月15日，这是一个值得纪念的日子，中国第一条电气化铁路宝成线凤州区段开通，由株洲电力机车厂和湘潭电机厂联合研制生产的中国第一台电力机车韶山1型投入运行，显示了巨大的优越性。宝成铁路途经陡峭的秦岭山脉，在坡度达30度的最大坡度上，蒸汽机车只能拉着载重650吨的列车，以每小时10公里的速度爬行。而韶山1型电力机车却牵引着载重1700多吨的列车，以每小时50公里的速度上驶而行。据专家介绍，电力机车牵引万吨公里能耗仅为内燃机车牵引的2/3，为蒸汽机车牵引的1/3。然而从1958年到1977年的20年间，由于众所周知的原因，全国经济建设秩序极不稳定，但电力机车人仍以顽强的精神，共生产出韶山1型电力机车145台，勉强满足了当时铁道运输对电力机车的需要。

1978年，改革开放的春风沐浴神州大地。我国经济建设进入了前所未有的快速发展时期。然而，铁路运输能力不足制约着经济发展的"瓶颈"问题已突显出来。长期以来，我国6万公里的铁路里程，按人均计算只有一支香烟的长度，却承担着全国货运周转量的70%。每天开行货车2万多列，客车2000多列，列车平均运行间隔时间不到10分钟。铁路负荷强度每公里2579.4万吨公里，负荷量是美国的3.43倍，日本的1.89倍，居世界第一位。铁路日均需要车16.4万辆左右，而铁路仅能供给需求的46.2%。许多关系国计民生的重要物资只好"以运定产"。铁路旅客买票难，乘车难，成了铁路运输特有的"中国现象"。

邓小平同志曾一针见血地指出："当前的薄弱环节是铁路。"如何摆脱我国铁路运输的困境，参照世界铁路发展的历史经验，其最佳方式是电气化牵引，实现货运重载，客运高速，是解决运量与运能矛盾的根本出路。

国家的急需就是企业奋斗的目标。株洲电力机车厂在铁道部领导的支持下，于1978年停止修理蒸汽机车，全面转产研制和生产电力机车。改革开放后的头一个十年，该厂对韶山1型机车进行了三次重大技术改进，定型生产了582台；研制成功了我国第二代电力机车——韶山3型，并达到国际同类产品的先进水平。与此同时，该厂研制的第三代电力机车——韶山4型重载电力机车问世。10年间共生产3种型号电力机车657台，是改革开放前20年生产总数的4.5倍。

从1988年开始，株洲电力机车厂科研、开发和生产进入高速度、高层次发展时期。10年来，共生产各类电力机车1950台，占40年来我国自行研制生产的电力机车总数的70%以上，机型达到14种，其中我国第三代电力机车开发形成多机型系列，第四代电力机车完成了基础研究和原型车研制，新产品开发进入高峰期。

电力机车技术实现了从普载到重载、从常速到高速、从交直传动向交流传动的三大跨越。尤其值得骄傲的是：被誉为铁路运输的"大力神"的韶山4型重载电力机车单机牵引达到6000吨。1993年7月10日，两台韶山4型机车双机重联，在大秦线上成功牵引达1.7公里的万吨运煤专列，使我国进入世界上为数不多的铁路万吨重载运输国家的行列；新一代准高速机车——韶山8型电力机车作为“八五”重点科技攻成果，在提速试验和运营中不断创造出中国铁路机车新速度；该厂运用韶山8型机车的成熟技术，研制出12台电力机车出口伊朗，使我国的电力机车首次驶出国门。

1996年6月19日，一种铁路现代化牵引动力交流传动电力机车又在“摇篮”中诞生，这种发达国家竞相研制生产的主型营运机车具有多方面优异性能，它的诞生，矗立起了中国铁路机车发展史上的又一丰碑。我国自行研制的第四代电力机车，将成为21世纪我国电气化铁路线上的“主力军”。

谈到40年来电力机车的发展历程，厂长赵小刚一语中的：工程技术人员的奉献拼搏和厂内团结大协作是工厂得以兴旺发达的保证。改革开放20年来，全厂生产设备、工艺装备不断现代化，技术开发手段日益完善，生产指挥体系的科学化，QC体系与国际接轨，职工素质不断提高，专业化生产体系日臻完善，充分体现了“科学技术是第一生产力”的巨大威力。

中国铁路机车“第一速”

不知从何时开始，“铁路太慢”成为人们的热门话题。长期以来，我国铁路客车平均时速只有40公里，号称“特快”列车的时速也只有80多公里。太慢了！

在社会生活节奏不断加快的今天。伴随着航空、高速公路的迅猛发展，人们已不愿意让宝贵的时间耗在火车上，竞争使乘客有了更多的选择，铁路客运量明显下降。“铁老大”面临着市场的严峻挑战。为此，铁道部决定于1997年4月1日和1998年10月1日两次全面提速。

纵观世界铁路建设的发展，高速铁路的优势十分明显，同航空和高速公路相比，它运载量大，安全性能好，人均能耗小，营运成本低。自1964年日本建成世界上第一条高速铁路以来，全球电气化高速铁路建设如火如荼，方兴未艾。到2000年，将有20%的国家建成高速或准高速铁路。在我国，大幅度提高铁路速度的意义不言自明。

俗话说：“火车跑得快，全靠车头带。”铁路提速的关键在于机车的性能，这一重担落到“火车头”的制造者肩上。对株洲电力机车厂来说，研制这样的先进机车无疑是一次技术、工艺上的“三级跳”。工厂决策者们认为，这是一次严峻的、不容讨价还价的挑战，也是一次难得的机遇，决心调动一切力量开始新的超越，为我国铁路迈上高速之路交上一份合格的答卷。

1990年11月，株洲电力机车厂和株洲电力机车研究所联合研制出我国第一台时速140公里的韶山5型电力机车，奏响了进军高速的序曲。

1994年12月，性能更优、速度更快的韶山8型电力机车在株洲电力机车厂诞生，它是我国自行研制的第一代准高速大功率客运电力机车，采用电机空心轴传动和微机控制，车体外形运用计算机优化设计和风洞模拟实验，设计时速 170 公里。

1996 年 5 月，经过 20 万公里运行考核后，新改进的韶山 8 型机车满载电力机车人的殷殷期望，驶向了北京铁道科学研究院环行铁道试验基地，在那里，机车要经受苛刻严酷的机车型式试验。这无疑是一次“进京赶考”。5 月 29 日，韶山 8 型机车开始了创速试验。随着加速命令的下达，机车速度表读数迅速攀升，100 公里、110 公里……当时速达到 160 公里时，铁道两旁的草木渐显模糊。机车在继续加速，速度表上显示出时速 187.3 公里！韶山 8 型电力机车创造了当时国内铁路机车的最新速度。150 多个日日夜夜过去，该机车奔驰了一万多公里，成功进行了数十项按国家标准进行的型式试验，经受了超负荷运行的严峻考验，机车所表现的可靠质量和优越性能，赢得参与机车试验的科研机构和专家们的交口称赞。11 月 3 日，韶山 8 型机车又顺利完成了京广线郑州至武昌提速试验牵引，随车的铁道部总调度长和有关专家对试验情况极为满意，称韶山 8 型机车像“高级傻瓜相机”一样驾驶操作简单、性能稳定可靠。

1997 年新年伊始，银装素裹的北京东郊环行铁道试验线上又传出喜讯：由韶山 8 型电力机车组成的高速试验列车挟裹着长长的雪雾风驰电掣，车上的卫星定位测速仪清晰地显示着速度纪录：每小时 212.6 公里，首次成功跨入世界高速铁路领域。

1998 年 6 月 24 日，京广线郑州至漯河区段正线提速试验中又传来振奋人心的喜讯：韶山 8 型电力机车跑出了每小时 240 公里的中国铁路机车第一速！这标志着我国铁路牵引动力驶进了世界铁路高速俱乐部！

又一次成功了，但是肩负着铁路现代化重任的电力机车人深知，我国铁路事业发展之路还很长很长，“第一速”永远没有尽头！

中国电力机车事业的开拓者

谈起我国电力机车制造业 40 年来的历程，现任铁道部部长傅志寰说：“我们是在非常困难的条件下起步的，当时几乎一切从零开始，没有成熟的图纸，缺乏必要的工艺装备和有经验的工程技术人员。广大参研、参建人员边学边干，靠的是一股不达目的誓不罢休的拼搏精神。”

电力机车，准确地说它是一个高新技术的集成体，涉及诸多自然学科和工程技术领域，这样一个系统的技术工程从无到有，继而发展壮大，必然会涌现出一个优秀的群体，也必然会在这个群体中产生出最杰出的代表人物。

刘友梅，这个在我国电力机车发展过程中作出了重大贡献的知识分子，就是其中之一。这位被工人师傅们形容“连电车机车的每一个螺丝钉都清楚”的教授级高级工程师，是我国第一代、第二代电力机车的总体设计师，并主持了第三代、第四代电力机车的研制开发生产全过程，是我国电力机车技术领域的一位开拓者和奠基人。

1961 年，毕业于上海交通大学的刘友梅来到株洲电力机车厂，年仅 23 岁的他有幸参加了韶山 1 型机车的研制。此时的株洲电车机车厂在苏联专家顾问组的指导下，仿照苏联制 N60 型机车生产了数台机车，由于在引燃管、整流器和调压开关三大件上过不了关，牵引电机可靠性差，无法定型批量生产。从第 7 号车开始，年轻的刘友梅挑起研制电力机车的大梁，担任了总体设计组组长。在外国专家全部撤走的困难条件下，他和同事们实现了韶山 1 型机车的第一次重大技术改进，并投入批量生产。随后，他主持了韶山 1 型机车第二次、第三次重大技术改造，最终定型，成为我国第一代电力机车。韶山 1 型机车共生产 826 台，占我国自行研制的电力机车总数的 30%。韶山 1 型机车的三次重大技术改进，实现了电力牵引技术发展的三次创新，对我国电力机车制造事业起到了开创作用。

1978 年，刘友梅负责主持第二代电力机车韶山 3 型的研制，该机型首次采用大功率晶闸管相控平滑调压、大功率立式制动电阻装置等新技术，使机车具有良好的动力学性能，同时采用新结构车体、转向架等，使我国电力机车技术进入 70 年代国际水平，并为我国研制技术上与当时国际先进水平同步的相控机车奠定了技术基础。

1983 年 9 月，刘友梅赴英、法、瑞典、瑞士等国进行电力机车技术考察。从 1985 年开始，他先后主持并组织了我国第三代电力机车韶山 4 型到韶山 6 型的研制开发，使国产电力机车形成了重载货运、客货两用、快速客运系列。由他主持组织完成的“六五”国家重点科技攻关项目韶山 4 型 8 轴大功率货运电力机车，成功地采用晶闸管相控调压、电阻制动、BO 转向架及低位牵引装置等新技术，使该型机车成为我国铁路牵引功率最大（6400 千瓦）的机车，填补了我国重载货运电力机车的空白。

1985 年下半年，刘友梅率中国机车设计组赴法国、瑞士、德国学习，并参与法国 8K 电力机车的联合设计，参与组织了我国首次与国外的合作，研制生产了具有当时国际先进水平的重载货运机车。1990 年，他又主持了“七五”国家重科技攻关项目韶山 5 型快速客运电力机车研制开发，采用了电机空心轴等一系列国内首创的新技术，使我国客运电力机车最高时速可达 140 公里，实现了以北京为中心的 1500 公里范围内客运列车的“朝发夕至”或“夕发朝至”。

“八五”期间，刘友梅又先后组织主持了韶山 6 型和韶山 6B 型电力机车的设计、研制，这两种机型都是国际招标，我国投标中标而批量生产的替代进口机车。“九五”以来，由他主持的 8 轴重载电力机车制造技术和质量达到国际水平；由他主持组织了国家重点科技攻关项目 AC4000 型交流传动电力机车原型车的研制，获得重大突破，成为中国电力牵引动力由交直传动向交流传动飞跃的里程碑，标志着我国电力机车已跨入第四代，将成为我国铁路跨世纪的主型牵引动力。

去年以来，他又主持并组织了伊朗城郊快速客运动力车的研制，成功实现了我国电力机车出口“零”的突破。由他主持研制的国家重点科技项目韶山 8 型准高速电力机车，采用一系列高新技术，使其成为我国单轴功率最大速度最快的机车。在 1997 年

1月的高速试验中，首次超过时速200公里的国际高速铁路标准线，今年6月，在铁道部组织的京广干线高速试验中，创造了时速240公里的中国铁路的最高速度。目前他正在主持国家重点科技项目“200KM/H电动旅客列车组——动力车研制”。

在我国电力机车研制历程中，刘友梅在他热爱的事业中留下了一串深深的足迹。由他主持的国家重点科技攻关成果，先后获得国家科学技术进步奖的一等奖、二等奖，今年又获得铁道部科技成果特等奖。由于他的突出贡献，他先后被授予“国家有突出贡献中青年专家”（1990年）、“全国铁路优秀知识分子”（1991年）、“全国优秀科技工作者”（1998年）等荣誉称号，获得铁道部首届“詹天佑科技成就奖”（1993年）、首届“湖南光召科技奖”（1997年）。他先后发表论文数十篇，出版专著3本，有的专著还一版再版。面对一个个成就，刘友梅淡泊平静，他说：“这是我的事业，我的老父亲一直在台湾，但株洲电力机车厂就是我家，这是我成长的地方。”

谈到贡献，刘友梅首先想到的是那些曾为我国电力机车事业发展呕心沥血的高层决策者们，那些最令他感动的数十年如一日相互依赖、支持的株洲电力机车研究所以及高等院校的同行们，他忘不了那些亲密的合作者：蒋之骥、胡栋、邵炳衡、黄凤树、庞乾麟、柯以诺、张有松……他们，以刘友梅为代表，是开拓者，是奠基人，是一个优秀的科技工作群体，一群中国电力机车事业的拓荒牛。

征途未有穷期，时代呼唤着新的跨越，40年辉煌俱往矣。展望未来，我们仿佛看到21世纪的中华大地上，一台又一台高性能、高水平电力机车在风驰电掣、尽展雄姿！

食管癌高发病因复杂众说纷纭
氮循环假说多年求索得到证实
——记徐致祥、谭家驹领导的食管癌病因研究

（2006 年 9 月 27 日　第 4 版）

食管癌是个古老的常见病，人类患食管癌病可以追溯到数千年之前。

据调查，全世界有食管癌病高发区 37 处，中国就有 7 处，均分布在中低纬度地带。全世界每年食管癌新发病例可达 48 万人，死亡 36 万人。其中我国死亡人数约 18 万人，居世界首位。食管癌死亡数占国内全部恶性肿瘤死亡总数的 16.05%，占农村恶性肿瘤死亡的第三位、城市的第四位。食管癌已严重威胁到我国广大人民群众的生命安全。周恩来总理生前曾语重心长地嘱托医务工作者："食管癌不是地方病，我们一定要战胜它。"开展食管癌流行病及其病因学研究，预防食管癌发生是一项全球性的医学科学问题，也是我国政府和人民，特别是广大农民的迫切需要。

食管癌病因新发现

一般认为，食管癌发生是一种多因素、多阶段、多基因的病变过程。经过几代科学家的努力，食管癌的流行病学、病因学研究取得了显著的成绩，食管癌病因假说可分为环境化学（N—亚硝基化合物、霉变食品、吸烟烟雾、霉菌毒素、镉元素等）、营养微量元素缺乏、生物（霉菌、HPV）、遗传易感性、不良生活习惯（如饮酒等）等几类假说。但均无法解释下述现象：

一是食管癌地理分布特征。我国高发区食管癌死亡率呈同心圆分布，是一种特殊的流行病学现象。我国学者王振田等人于 20 世纪 70 年代研究发现，太行山东侧的安阳地区，自西向东食管癌死亡率呈阶梯状减低。王振田猜测：太行山西侧的山西、北侧的河北是否也有同样阶梯状的现象，是否存在同心圆现象？经卫生部组织对 180 个县进行调查，证实了这个猜测，即以太行山南段大断裂带为中心，食管癌死亡率呈不规则的同心圆分布。这一特殊的流行病学现象当时引起了全世界的关注，周恩来总理曾骄傲地向来访的外国客人介绍我国学者的这一科研成果。但目前已经存在的食管癌病因假说都无法解释这一特殊的流行病学现象，无法解释高发区河流夹河滩处食管癌高发现象及河流拦截现象，无法解释鸡咽食管癌的发病率与人的食管癌死亡率基本一

致的现象。

二是近年来，造纸厂废液污染沿河两岸，导致食管癌、胃癌、肝癌发病率短期内急剧上升。一个代表性例证是，河南省沈丘县以前是食管癌低发区，由于工农业环境污染，下游沿河两岸食管癌、胃癌、肝癌发病率急剧升高，引起当地老百姓的恐慌，中央电视台曾对此做了《河流与村庄》的专题报道，这种明显与饮用水有关的、新的流行病学现象，此前的“假说”无法解释。

三是河南省林州市是世界食管癌高发区之一，因而成为国家级食管癌防治研究基地。20 世纪 70 年代以来，国家派出医疗队进行食管癌防治的现场干预和早诊早治研究，取得了许多成绩。特别是早诊早治方面，成绩显著。但在食管癌的病因防治方面，却多年来未取得突破性进展。曾经在林州市进行营养干预实验，结果发现营养干预后，对预防当地心脑血管疾病有作用，对食管癌的预防却没有作用。由于林州市缺水，20 世纪 80 年代初在卫生部农村改水处的指导下开始打深水井，至今已有 34 眼。1998 年，安阳市疾病预防控制中心韩建英等进行现场流行病学调查发现，饮用深水井人群 6 年以后食管癌发病率、死亡率下降一半。

徐致祥、谭家驹领导的食管癌病因课题组在调查研究中发现，食管癌有以下一些流行病学特征：一是气候特征：季节性干旱或半干旱，年干燥度均大于 1，植被种类少、覆盖度小、自然景观干旱、农作物多为旱作、水果蔬菜偏少。二是地理特征：食管癌死亡率地理分布特征明显，在我国高发区呈不规则同心圆状分布；高低发区差别极为悬殊；产煤区与非产煤区，山区与平原，农村与城市都有差别；与河流流向、造纸厂废液等因素有关。媒体曾报道造纸厂废液污染河南、安徽、福建沿河两岸，导致部分地区食管癌、胃癌、肝癌发病率急剧上升。河南孟县一造纸厂迁出 10 年后，这几种癌症发病率迅速下降。三是人群生活环境特征：在舌诊初筛食管癌研究中，发现结合环境背景等条件，如居住地低洼，饮用水源周围有粪坑、猪圈、厕所等污染源，可使该方法准确性提高。羊、牛、鼠动物食管肿瘤与人的食管癌发病率相一致，尤其以鸡咽食管癌最明显。高发区食管炎比食管癌更为普遍，发病年龄比食管癌提前 10 年；食管癌高发区，胃癌、肝癌也高发，有相关性。四是性别与年龄特征：男比女提前 10～15 岁发病；高发区男、女患病率接近，低发区男性患者比女性患者多；高发区食管癌患者平均年龄提前（欧美等地区，食管癌患者平均年龄比我国晚 10～30 年）。移民从高发区到低发区后仍保持高发，发病率一代代逐渐降低，接近当地居民的发病率。其他特征还有：食管癌患者死亡数夏秋季是冬春季的 1.5 倍；食管癌根治手术后 3～5 年仍然复发的患者不少；食管癌高发不分贫富地区。

食管癌“氮循环”病因假说对以上流行病学现象可以作出较圆满的解释。他们认为土壤中硝酸盐、亚硝酸盐是一种受到气候严格控制的重要污染源；农家肥料、造纸厂污水是一种长期被忽略的酰胺类、二级胺类污染源；硝酸盐、亚硝酸盐、酰胺类、二级胺类两类前体物，通过饮用水在人体内合成一定剂量的亚硝酰胺、亚硝胺，是引起食管癌一个重要因素；两类前体物重叠污染区，形成食管癌高发区不规则同心圆分布特征。雨水、河流、湖泊是两类前体物迁移的载体；饮用水被两类前体物污染是食管癌发生的一个重要环节；地壳是两类前体物聚集、浓缩、贮存的场所；地貌、微地貌，如山谷、水沟、低洼小环境，对两类前体物的聚集影响较大；运用五个公式对食管癌的死亡率、年龄队列、性别队列死亡率等进行定量描述，与全国 2000 多个县的实际值基本吻合。

探索者的深深足迹

徐致祥教授出生于食管癌高发区——河南省安阳市，长期的“高发区”生活经历，使他对当地的地理气候环境及生活、饮食习惯有深入的了解。常有亲戚、朋友、邻居被食管癌病魔痛苦折磨，最后失去生命，使他对食管癌的危害有深刻的感触。1968 年，他从医学院毕业 4 年后被调到安阳地区肿瘤防治办公室。在工作中，他了解到高发区食管癌的发生与当地居民的饮用水受到农肥等的污染有很强的关联性。尽管对亚硝胺致癌的文献非常感兴趣，限于当时的知识水平，他还不明白其中的内在关系。在安阳地区肿瘤防治办公室工作期间，他有幸接待了“食管癌病因综合考察团”对食管癌高发区病因的综合考察工作，这使他受到了一次高水平知识的熏陶。1978 年，徐致祥以优异成绩考入中国医学科学院肿瘤研究所，攻读肿瘤病因学硕士学位，成为“文革”后第一批硕士研究生。师从国内外著名的肿瘤化学病因专家李铭新教授。他十分珍惜这个来之不易的机会，每天都在图书馆和实验室中查资料、做实验。

十分幸运的是，他在肿瘤研究所的图书馆中，能够看到全国食管癌会议资料以及各地的食管癌普查资料，包括刘东生院士、吴胜明教授等在内数十位科学家的《全国食管癌病因综合考察报告》这些至今都未公开发表的资料。他写毕业论文时，在霉变食品中发现一种新的亚硝胺。他参加的科研项目获卫生部科技进步一等奖（排名第五）。到食管癌高发区工作以后，更激励他加紧对肿瘤病因的研究。

1985 年，他根据自己的研究，写出了食管癌“氮循环”病因假说的初稿——《食管癌病因新假说——农家肥料含致癌前体物》，其摘要发表在《潜科学》杂志 1986 年第一、第三期上。他曾预言，高发区打深井水，消除两类前体物，十年后，食管癌发病率、死亡率将下降一半。徐致祥教授曾于 1987～1989 年，模拟高发区现场，用农肥水加亚硝酸钠在 63 只鸡中诱发出咽食管癌 2 只。随后几年中，由于势单力薄、孤军奋战、缺乏资金等的支持，研究进展缓慢。

1993 年，徐致祥教授调入佛山市第一人民医院工作，“氮循环”病因假说迎来了崭新的发展阶段。徐致祥教授找到当时任副院长、主管科研业务的佛山市第一人民医院的谭家驹院长，介绍了自己的这个假说。谭家驹院长是一位非常有名的胸外科专家，在临床上与食管癌“过招”几十年。听了徐致祥教授的报告后，提出了一个长期困扰广大临床医生的问题，即“在临床上，食管癌患者的手术做得非常成功，病灶切得非常干净，淋巴结也清扫得非常干净，但为什么患者两三年之后又复发了，这怎么解释呢?”徐致祥教授解释，“由于患者体内的N－亚硝基化合物已经累积到了临界剂量，虽然切除了已发病的食管，但术后剩余食管组织在继续摄入体内的N－亚硝基化合物作用下，在临界剂量的基础上达到了发病剂量。如果把食管大部切除，消除了作用靶点，食管癌复发机会就会少很多。”这与临床观察到的食管癌食管大部切除颈部吻合复发率比食管部分切除胸内吻合复发率低相一致。

谭家驹院长听到这个解释后，敏锐地感觉到，食管癌病因新假说具有很强的原创性、科学性，如果进一步得到验证，将会使食管癌病因研究取得突破性进展，这将挽救整个食管癌群体，将是一个造福人类的成果。虽然佛山市并不是一个食管癌高发区，食管癌患者在当地肿瘤患者中的比例比较低，但医学工作者应该从国家，甚至人类的健康角度来考虑自身的科学研究方向。谭家驹院长看到了其重要性，对徐教授说“这个假说非常好，和临床的实践吻合，我支持你，一起开展这个研究”。从此，“氮循环”假说的研究团队开始形成。两位医学专家得以充分发挥优势，以徐致祥教授、谭家驹院长为核心，包括科教科司建华科长，吴校连、陈凤兰、徐冰南、杨胜利、唐丽娜以及谭教授的研究生，和后来加入的安阳疾病预防控制中心的韩建英、邢海平、王民宪、孔芳君、张栓虎等人。学术团队的扩大以及谭家驹院长的积极参与支持，使“氮循环”假说的研究验证工作上了一个新台阶。省、市科技、卫生部门的领导都对这个项目给予了大力支持，并得到了多个学科7位院士和数十位专家的指导、帮助和鼓励，科研顺利进行。

1999～2001年，课题组进行了鸡咽食管癌的诱发实验，使用亚硝化农肥水灌胃100只鸡出现鸡咽食管癌16只、胃癌5只、肝癌3只，首次在世界上成功诱发出鸡咽食管癌。使用单纯农肥水或单纯亚硝酸钠水灌胃各60只，没有癌发生。2003～2005年，在同样的实验条件下，诱发大小鼠前胃鳞癌获得成功，初步实验证明了亚硝化农肥水的致癌性，证明它不仅对禽类，而且对哺乳类的前胃（相当于人的食管）也具有致癌性。课题组还与北京大学肿瘤研究所病因室邓大君教授合作，检测到亚硝化农肥水中含有新的亚硝胺。课题组还发明了有效清除饮用水中两类前体物的方法。这一干预措施对食管癌高发区现场的预防工作有重要意义，对于饮用水污染的治理是一种有效的方法。徐致祥教授、谭家驹院长等还数次深入河南安阳、林县，广东揭阳、汕头、南澳等食管癌高发区现场进行现场调查研究。课题组还对林州市41例食管癌患者的P53基因突变谱进行比较研究，共发现15种突变类型，其中有8例患者的P53基因第二外显子突变谱高度相似，提示了环境因素致突变的重要线索。

合作单位安阳市疾病预防控制中心课题组成员韩建英等在调查中发现，20世纪70

年代后期林州市改水后，饮用深井水的人群食管癌发病率、死亡率较没有改水人群下降了一半；这与徐致祥教授20年前在《潜科学》杂志发表的高发区打深井水后食管癌发病率会下降一半的预言吻合。1973年晋冀豫三省肿瘤防办曾发现漳河水系食管癌高发。课题组最近的研究结果表明，林州、涉县食管癌高发与漳河水灌溉区饮用水网密切相关，首次对林州市食管癌死亡率的南北差异和历史变化进行了合理的解释。2003年，科学出版社出版了课题组的理论专著《农肥、污水与食管癌》，课题组还在国内专业期刊发表论文20多篇，待发表论文9篇，申报了4项国家发明专利，并已通过初审。出席国内外学术会议14次，多次在大会上作报告，并受国际癌症研究中心（IARC）特邀参加了在美国召开的国际亚硝胺学术会议，受到欢迎和关注。

科研征程未有穷期

几十年来，虽然食管癌“氮循环”病因课题组取得了很大的成绩，也得到了相关政府部门的支持，但自1998年以来仅获得上级部门9万元资助资金，而佛山市第一人民医院已为该项研究投入100多万元，而且还在不断地投入。佛山市第一人民医院投入了巨大的人力和物力进行这个假说的研究和验证工作，才避免了我们中国自己的食管癌病因理论假说半途夭折。谭家驹院长作为第十届全国人大代表，两次递交加大食管癌高发区水源污染与食管癌关系的研究的提案，虽引起有关部门的关注，但并未引起足够的重视。

据了解，中美两国医学专家曾合作研究，希望通过给居民服用各种维生素和微量元素预防食管癌，花费达1200万美元，结论是不能降低食管癌发病率。因此，解决适合中国人，特别是适用林州及附近居民降低食管癌发病率的重任就落在中国科学家和防治干部的肩上。

由于“氮循环”病因假说涉及地质、地貌、土壤、水文、数学、微生物、地下水、农牧业、有机化学、生物化学、临床医学、病因学、理论流行病学等多个交叉学科，来自国内著名院校和研究所的30多位学者、专家出席了2006年9月在佛山市召开的学术座谈会和成果鉴定会。

学术座谈会上，专家们对这个原创性的理论假说表示赞赏，鉴定会专家组主委、著名流行病学专家俞顺章教授总结评价说：“徐致祥主任、谭家驹院长30多年在没有太多的国家支持下，坚持开展食管癌的流行病学调查和实验研究，成绩累累，精神可嘉，值得大家学习。食管癌病因和预防在不断总结经验中完善、充实、最终将达到目的。”他还说：“食管癌可由对称性亚硝胺引起，亦可由亚硝酰胺直接引起，这两种化合物既可在体外合成，亦能在体内形成，作者在亚硝化农肥水中检出N－亚硝基化合物，因此，大家讨论认为食管癌‘氮循环’病因假说是可以成立的。”

专家组认为，“改水”是我国政府“十一五”重要议题，控制河流、饮用水农肥、污水污染与国家决策相结合应大力提倡，对污染的饮用水采取控制措施是造福人民的大事，建议召开香山会议，组织科研团队，与控制淮河地区污染相结合迅速开展深入工作。卫生部疾病控制局副局长孔灵芝也表示，应该进一步支持我国学者的这项研究。

专家组对“亚硝化农肥水诱发鸡、鼠食管癌及改水降低食管癌发病率、死亡率研究”成果提出了鉴定意见：

“‘亚硝化农肥水诱发鸡和鼠食管癌’首次证明了亚硝化农肥水对鸡、鼠、小鼠三种动物具有致癌性，其中鸡咽食管癌诱成功，属国际上首次报道。首次发现亚硝化农肥水中存在具有致癌作用的N－亚硝基甲基脲、二甲基亚硝胺。提示农肥水是食管癌的主要发病因素之一。”

“改水显著降低食管癌发病率、死亡率，根据流行病学的研究证明河南省林州市食管癌发病率、死亡率与饮水污染密切相关。进行了原饮用受农肥水污染的水和饮用深层地下水的居民对照研究，发现改水组的居民发病率下降 44.70％、死亡率下降 57.74％。”

“基因水平的研究，对林州市 41 例食管癌患者的 P53 基因突变谱进行比较研究，提示了环境因素致突变的重要线索。提出食管癌‘地域性氮循环’病因假说，假说立足于自然界‘氮循环’，从气候类型、工农业污染源、地质、地貌、水循环等方面描述了 N－亚硝基化合物两类前体物的来源、迁移、作用于人群的模式和特点，对亚硝化农肥水诱发鸡、大鼠、小鼠三种动物食管癌以及饮用深井水降低食管癌发病率和死亡率提供了理论上的支持。”

“该课题经过 30 年研究，目的和技术路线明确、设计合理、构思新颖、资料完整、数据可靠、统计分析符合逻辑。首次应用亚硝化农肥水诱发鸡咽食管癌成功，解决了科学难题，达到了国际领先水平。本项研究成果为食管癌的病因和预防研究提供了重要依据，通过改水预防食管癌具有重要的社会和经济效益。推荐申报科技进步奖。”专家组建议，“进一步加强对改水地区居民的实验流行病学研究，并对农肥水致食癌进行生物机制的分析。深入研究验证‘氮循环’假说。”

该项课题研究通过专家组的鉴定，标志着食管癌“氮循环”病因假说在验证上取得了初步的成果，进一步的验证工作以及假说的不断完善和补充，可能在食管癌的病因研究上取得突破，为食管癌的一级预防提供理论的指导，必将造福食管癌高发区的人民！（本文略有删减）

流动的“科技馆”

——记活跃在湖南农村的《湖南科技报》

（2007 年 12 月 5 日　第 4 版）

12 月 1 日，手捧大红荣誉证书、身披“百姓心中好村官”绶带的湖南绥宁县党坪苗族乡动雷村党支书陈明才笑得格外灿烂。他憨厚地告诉记者：“我从 1963 年至今订阅了 44 年《湖南科技报》，学了不少科技知识，解决了生产上的很多难题。我常告诉身边的人，致富不能离开科学技术。”

一如既往地服务“三农”、向广大农民传授新的知识和实用技术、及时传播致富信息是农村科技报的责任和义务。这是《湖南科技报》在创刊 50 周年暨“百姓心中好村官”表彰大会上向广大农民朋友传递的办报理念。

“《湖南科技报》立足“三农”，是农村最好的、能流动进入千家万户、不需出门就可以进入参观的流动‘科技馆’。”湖南科技报社社长傅爱军介绍：“创刊 50 年来，《湖南科技报》的阅读量达数十亿人次，这个‘科技馆’效率之高，数量之大，覆盖范围之广，堪称奇迹。”

近 20 年来，围绕怎样才能使农村的科技资源流动起来的命题，《湖南科技报》在农村科技推广上下了一番大工夫。

四重奏“织”新网

农民普遍文化程度较低，信息渠道闭塞，接受现代生产技术和知识的能力不够；农村科技供求脱节，科技推广资源分散，渠道不畅。这些都大大制约了新农村建设的步伐。发展和培养农民的科学素养是新农村科技服务体系的关键。《湖南科技报》就像“赤脚医生”一样服务农民。它有着强大的科技资源做后盾，因而具有强大的生命力和广阔的发展空间。

傅爱军社长介绍：“报纸从创刊至今始终坚持四个宗旨：一是坚持面向农业、农村、农民，真心实意为农民服务；二是坚持实用性；三是坚持社会效益第一；四是坚持传播科学精神，提高农民的科学素养。”

肩负着四大重任的流动“科技馆”，在湖南农村编织成了一张牢固高效的农村科技推广的新网。

“调研员”当好领头雁

跟踪农业新技术，介绍作物新品种，将新成果尽快转化为生产力，农村科技报就成为了农民接触和推广最新农业科技的先锋和调研员。

盛传湖南农业有三大宝：杂交种子，油菜苗，还有一座“科技桥”。举世闻名的杂交水稻育种研究成果，最初就是由《湖南科技报》推广传播到全省乃至邻省各地的。当杂交水稻还是新事物时，《湖南科技报》就用最通俗的语言，及时发表文章介绍宣传，并持之以恒地跟踪报道杂交水稻的科研成果，至今已连续报道了36年。

“《湖南科技报》在传播农业科技，促进农村发展方面起到了巨大作用。”中国工程院院士、杂交水稻之父袁隆平对湖南科技报给予了高度评价。

油菜是湖南响当当的农业品牌，在油菜的新品种介绍和新技术推广方面，《湖南科技报》也架起了宣传推广的科技桥梁。中国工程院院士、原湖南农业大学校长官春云回忆说：“20世纪80年代以前没有双低油菜这个品种，开始农民不知道双低油菜指的是低芥酸、低硫代葡萄糖苷，误以为是产量低、品质低。1985年，就在我们的双低油菜育成之前，《湖南科技报》帮了我们一把，在报上详细刊载了双低油菜的基本知识，介绍了我们出版的专著《油菜品种改良及分析方法》，使广大农民认识了双低油菜的好处。”

近年来，湖南农业大学每育成一个双低油菜新品种，《湖南科技报》都及时作了大量宣传报道。现在，双低油菜在湖南油菜种植面积中占了80%，在全国也达到了一半左右，推广面积1亿多亩，获经济效益20多亿元。

“信息员”成为好老师

农村信息闭塞，产销和再加工等信息很难获取，农村科技报就要成为将农村资源与相应加工增值的科技相沟通的桥梁，当好与农民朋友沟通的“好老师”。

湖南涟源市斗笠山镇甘溪乡塘溪村有1000余亩旱地种红薯，红薯丰收了却卖不出去，只能一部分喂猪养牛，剩下的都烂在地里。1989年，塘溪村村长在《湖南科技报》上看到了一则《加工红薯粉丝有了机械设备》的信息后喜出望外，他在去研发单位咨询考察后认定，这种设备很适合在村办企业和薯产区办厂使用。之后，他们就购机并成立了涟源市花蕊粉丝厂，由于效益喜人，1995年进行了扩建。该厂产品不仅在国内销售，还出口日本等国家和地区，年利润超过100万元。

在该厂的带动下，从20世纪90年代中期开始，斗笠山镇甘溪乡成了远近闻名的“粉丝之乡”，许多当地人成为十万元和百万元户。村民们高兴地说，过去红薯不如草，如今红薯是个宝，加工粉丝赚了钱，致富不忘科技报。

“技术员”是贴心好帮手

《湖南科技报》不仅帮助农民引入科学技术，还必须跟踪辅导解决在技术应用当中遇到的各种问题，成为精通种植、养殖等各方面的技术员。它既是引导者，也是贴心“好帮手”。

隆回县金石桥镇罗公湾村的田玉梅，2000 年初开始养猪。经过 3 年的养猪经历，摸索出了一条看家经验：订阅《湖南科技报》等农民报刊，及时获得技术指导，随时掌握市场走势。2004 年 5 月上旬，连续半月阴天下雨，猪圈内满是泥水，田玉梅养的 3 头猪相继感冒，并持续腹泻。请兽医治了 3 天，花去医药费用 200 余元，病猪仍不见好转。正当全家人急得团团转的时候，邮递员送来了《湖南科技报》，展开一看，《养殖天地》版刊发了《猪腹泻的防治》一文，田玉梅如获至宝，按报上介绍的方法进行治疗，终于救活了 3 头猪，挽回了 3000 余元的经济损失。

“推销员”成了推广好专家

农民鲜有专门的市场销售团队，甚至没有形成很好的市场意识，此时农业科技报就成为连接农民和市场的“推销员”，主要以科技成果推广为主进行科技新闻报道，做产销之间的桥梁，提供各种农副产品的商机。

桑植县农民发明家周松林发明秸秆气化炉后，曾借钱在《湖南科技报》做广告。2005 年 1 月，科技报以《秸秆变燃气：燃料的革命》对其进行报道后，短短几个月，周松林的产品供不应求，一跃成为千万富翁。他深有感触地说：“是《湖南科技报》造就了我这个农民富翁！”

调研员、信息员、技术员和推销员，四重身份的定位，使得《湖南科技报》更加明确地选择报纸的内容，更加实际地帮助农民，更加深入地服务“三农”。如今，流动的“科技馆”活跃在田间地头，正以它独特的方式传播着农业科技信息，将农村科技成果在第一时间推向了市场，换成了农民腰包里实实在在的票子。

练内功谋发展　激扬求索三十年

——中国科学院亚热带农业生态研究所科技创新纪实

（2008 年 11 月 6 日　第 4 版）

“我是第一次来亚热带农业生态所，看到你们在知识创新工程中所取得的成绩，比我想象的、听到的都还要好！印象非常深刻，也非常受鼓舞。亚热带农业生态所在科技创新能力、人才凝聚、台站建设、园区环境和创新文化建设等各个方面都取得了长足的进步，发展速度和发展态势进入了全院第一方阵。”近日，中国科学院路甬祥院长来长沙亚热带农业生态所考察后对该所给予了高度评价。

与“改革开放”同时诞生的国立研究机构

我国是一个传统的农业大国。要实现四个现代化，我国不同类型地区农业现代化道路及其科学技术问题就成为政府和学术界共同关注的问题。1978 年，中央领导同志指示中国科学院“要抓农业科学实验，为农业现代化作出更大贡献”，表明了党中央对农业与农业科技工作的高度关注，这也是对中国科学院科研工作进军农业领域的殷切期望。对此，当时主持中国科学院工作的副院长李昌同志予以高度重视。这位出生于湘西土家族农村、曾经参加过“一二·九”运动的“老清华”，有着强烈的社会责任感，积极组织力量，制定了在我国东北、华北和南方地区建立区域性农业现代化研究所的方案，得到党中央的批准。

1978 年春天，在中国科学院沐浴着“科学的春天”的第一缕阳光中，地处我国南方亚热带区域的湖南省桃源县被幸运地选中为农业现代化试验基地县，当年 6 月在该地组建了中国科学院桃源农业现代化研究所，首任所长由我国著名土壤学家李庆逵院士担任。1979 年，研究所迁至长沙，改名为中国科学院长沙农业现代化所。进入国家知识创新工程后，2003 年 10 月更名为中国科学院亚热带农业生态研究所。

建所初期，研究所的主要任务是探索基地县实现农业现代化过程中的科学技术问题。首先进行了以桃源基地县为对象的县域农业自然资源综合考察，推动了 20 世纪 80 年代全国范围大规模县级农业区划工作的开展；该所采用系统工程方法在全国率先制定的桃源县域 1980～2000 年综合发展规划，推动了湖南省及全国 1500 个县市采用此方法编制了区域发展规划。90 年代中期，该所关于开展农业现代化试点县建设的建议被湖南省采纳实施，5 个试点县的规划编制及技术指导工作由该所主持完成。

在 20 世纪 80 年代中期，该所开始转型于亚热带农业生态建设研究，但因为缺乏相应的政策和条件支持，一段时期内人心不稳，研究所的发展遇到了较大的困难。

1998 年中科院启动了国家知识创新工程，全所上下感到了前所未有的压力。面对严峻形势，研究所“背水一战”，抓住这一难得的发展机遇，把压力变为动力，有针对性地实施凝聚力工程，大幅度调整学科方向，着力改善人员队伍结构，以创新目标形成凝聚力，以团队精神提升凝聚力，在全所形成了励精图治的氛围。

2001 年 10 月 26 日，该所领导专程赴武汉汇报研究所模拟创新进展情况，得到中科院院长路甬祥的肯定，开始启动创新工程试点准备工作。分管资源环境工作的中科院副院长陈宜瑜在两年内 4 次来到该所及桃源、环江喀斯特站进行调研，强调从国家需求的战略性、长远性高度来思考学科发展战略，凝练科学目标，形成鲜明的区域特色。

借着知识创新工程的强劲东风，该所坚持“有所为、有所不为”，调整好研究所科学目标，确定了“区域农业格局与系统过程”和“农区畜牧健康养殖机理与调控技术”两大新方向。2002 年 5 月，该所创新方案获得中国科学院党组的认可，获准以独立单元进入国家知识创新工程行列。

王克林所长认为，国家的战略需求与学科前沿的有机结合是研究所定位的依据。国家知识创新工程的实施促进了研究所方向转型的实现，从领域宽泛的大农业应用研究转向学科特色鲜明的区域农业生态过程调控与环境修复建设研究，符合学科发展的长远目标。研究所进入国家知识创新工程 5 年多来的实践证明，只有着眼于国家需要，围绕亚热带区域农业与生态环境协调发展的需求，使巴掌握成拳头，才能为国家农业生态环境建设作出重大贡献。

野外研究台站建设的“环江模式”

广西壮族自治区环江县，是我国少数民族毛南族唯一聚居的自治县，也是有名的国家级贫困县。1994 年国家确定“八七扶贫攻坚计划”后，这里是中国科学院对口扶贫地区。环江县之所以贫困，重要原因之一，就是其恶劣的喀斯特自然地理条件。

喀斯特（KARST）即岩溶，是水对可溶性碳酸盐岩等进行以化学溶蚀作用为主，流水的冲蚀、潜蚀和崩塌等机械作用为辅的地质作用过程。喀斯特分布区是特殊地质背景制约的典型生态脆弱地带。我国西南喀斯特区在全球三大喀斯特集中分布区之中，连片裸露岩石面积最大，达到 54 万平方公里。在人口增加和土地贫瘠的双重压力下，人类不合理的土地利用导致以岩石裸露为特征的石漠化。虽然国家不断加大扶贫力度，但由于自然环境恶劣，石漠化没有得到有效的遏制。因此，实现植被的恢复重建和水土资源的协调利用，是解决西南喀斯特地区石漠化日益加剧等区域性问题的关键，是实现该地区人民脱贫致富的根本途径。

喀斯特农业生态研究是该所较早开展的科研工作之一。20 世纪 80 年代初，他们在湘西喀斯特山区立体农业开发试验区，建立了油茶树下种黄连等资源集约利用的立体生态模式，受到湖南省政府及国家扶贫部门的重视。1988 年，该所王克林研究员在研究湘西喀斯特斜坡地带生态环境脆弱特征及其成因的基础上，提出了“云贵高原喀斯特斜坡地带，具有独特的二元三维空间结构与资源环境特征，是典型的生态环境脆弱地带”观点。1994 年中国科学院对口扶贫环江县伊始，亚热带农业生态所就积极参与其中。与通常的修路、办学、支持钱物的扶贫方式不同的是，该所把扶贫开发任务同时作为科学研究任务，并得到了中科院领导与农办的有力支持，虽然每年只有 20 万元的研究经费，也成了当时全所最大的科研项目。科研组从研究开发格局变化的生态效应入手、深入探索扶贫开发的规律，积极参与喀斯特环境移民规划与生态重建研究。

“九五”期间，王克林主持的广西喀斯特区环境移民与生态重建研究，提出了政府响应战略及可供选择的技术政策，对示范区发展起到了重要的指导作用。研究成果为广西环江县环境移民安置提供了科学支撑，进而为国务院同意广西区将移民规模扩大提供了科学依据。“十五”期间他们完成了喀斯特峰丛洼地治理模式研究。根据陈宜瑜副院长 2000 年 4 月视察时的指示，依托试验示范项目新建的环江喀斯特生态站，2005 年纳入国家生态系统研究网络，成为开展喀斯特生态研究的基础平台，也是西南喀斯特区目前唯一的国家生态观测研究站。

喀斯特生态站从最初的科研布点至今 15 年中，通过不断探索总结，在建设发展过程中，形成了特色鲜明的“环江模式”。

一是扶贫工作和生态环境研究结合，形成了长效机制。该所把建设喀斯特生态研究站列入知识创新试点工程，得到了中科院的批准，也得到广西区的积极支持。争取到国家一系列喀斯特生态研究项目，为环江县通过全国生态示范县验收和争取国家“十一五”喀斯特石漠化治理示范县、国家水土保持科技示范区提供了样板和技术支撑。

二是实现了院、地共建和共管。地方政府希望与中国科学院研究机构建立长效的合作机制，并在环江设立长期研究平台，环江县安排专项财政预算经费，广西区多个部门以项目形式支持。研究站采取“开放、流动、竞争、联合”的运行机制和管理模式，创立了在西部贫困地区院地合作，共建生态研究示范平台与区域科技创新体系的新机制。

三是把研究站作为提升创新能力的重要平台。该所以喀斯特生态站为依托，承担科研课题 10 余项，总经费达到 2700 万元。“西南喀斯特地区农村经济发展模式与试验示范”研究成果于 2004 年入选中国科学院知识创新工程重大科技成就 90 项成果之一。目前还承担了国家、中科院和广西等一系列喀斯特生态研究项目。2007 年，环江研究站成为国家“十一五”喀斯特石漠化治理示范县和广西区、国家水土保持科技示范园区的技术依托单位。联合国教科文组织专家先后两次考察了示范区，认为项目能在短时间里取得这么大的成就简直是一个奇迹，这对发展中国家实施环境移民提供了宝贵的经验与启示。

环江研究站建设及其发展模式取得的巨大成功，是亚热带农业生态研究所在实施国家知识创新工程中的一个缩影。

“小所大平台”支撑创新能力提升

实现“亚热带农业持续发展与生态建设”科学目标，需要具备较强的创新能力，而科研平台建设是提升创新能力的重要支撑条件。

早在 1999—2001 年模拟创新期间，该所在经费困难的条件下，努力自筹经费改造了生态工程实验室和动物营养实验室，新建了地理信息系统实验室，并进行了桃源实验站场地基础设施改造。

进入知识创新工程试点后，按照“小所大平台”的发展思路，对原来分散在各项目组的实验室进行了整合，由所统一管理。组建了包括 GIS 与 RS 应用、土壤—作物系统物质循环过程、动物生态营养、分子生态等专业实验室的农业生态过程重点实验室。将可支配经费的 70%用于实验室建设，5 年共投入 2200 余万元，是该所进入知识创新工程前 25 年投入经费的 5 倍。这虽然在一定程度上暂时影响了职工收入，但为研究所的持续发展奠定了良好的平台基础。令所领导班子感动和欣慰的是，所里职工和退休人员都予以充分理解。

区域性生态研究必须有野外台站支撑。该所通过创新项目和院地合作，先后建成了农业生态过程重点实验室、桃源农田生态站、环江喀斯特生态站、洞庭湖湿地生态站、亚热带生态数据资源中心（新建）等机构，形成了以“一室三站加数据中心”为主体的亚热带区域农业生态科研平台格局。

“功夫不负有心人”，研究所科研平台建设取得了实实在在的成果。

2003 年，农业生态实验室进入省院共建重点实验室的行列。2008 年初该室首次参与评估被评为湖南省一类重点实验室。同年 10 月，申请建设的亚热带农业生态系统过程重点实验室通过中国科学院组织的现场评估。

2004 年该所与长沙县人民政府签订了共建农业环境与农产品安全试验示范基地的合作协议，所属试验示范基地的湘丰茶厂成为湖南省农业产业化龙头企业。湖南省省委书记张春贤、省长周强等多位省部级领导考察了产业化合作项目示范基地，茶厂各项指标全部达到出口欧盟的标准，有机茶园通过了有机认证。

2005 年 12 月，经科技部批准，广西环江喀斯特生态观测研究站成为国家生态系统野外科学观测研究站。此后又通过了中国生态系统研究网络（CERN）科学委员会的评审，成为 CERN 站。中国科学院与广西区政府签署了喀斯特区域生态环境恢复重建全面合作协议。研究所与广西科技厅就喀斯特土地退化机制与综合防治技术研究签署合作协议，与广西区水利厅共同签署了广西水土流失等地质环境问题观测与研究平台建设合作协议。

2006 年 11 月，经科技部批准，桃源农田生态站正式成为农田生态系统国家野外科学观测研究站。

2007 年 4 月，研究所与世界自然基金会（WWF）就共建洞庭湖湿地国际研究中心签署合作协议，在 WWF 支持下洞庭湖湿地国际研究中心已设立首批开放基金项目，启动了洞庭湖湿地生态站建设工作，从而完善了亚热带 3 种典型类型区的长期生态监测体系和示范基地的部署。

科技创新开辟一片崭新天地

5 年多来，根据中国科学院知识创新工程计划实施要求，该所在亚热带生态系统格局与系统研究、畜牧健康养殖与畜牧系统调控、作物逆境分子生态学机理和品种选育这三个主要学科领域方面形成了特色和优势；建成了以“一室三站加数据中心”为主体的亚热带区域农业生态科研平台，其中有两个野外研究台站已进入了国家生态网络系统。全所先后获得国家“973”课题，“863”课题、国家科技攻关项目和国家自然科学基金重点项目 20 余项，加上一批省部级和国际合作项目，科研经费大幅度增加。2007 年达到 2600 万元，院外任务经费比例占到 67%。今年，由该所吴金水研究员主持的“大城市郊区环境保护型农业研究”国家科技支撑项目也正式立项，经费总额 3300 万元。

辛勤耕耘换来了丰收的硕果。几年中，该所取得了一批有重要影响力的科技创新成果，科技产出质量也显著提升。其中亚热带土壤碳氮磷养分优化调控、动物生态营养代谢调控、洞庭湖流域生态功能优化等 3 项成果在 2005～2008 年期间分获湖南省科技进步奖一等奖，猪氮磷代谢调控及环境安全技术研究今年获得国家科技进步奖二等奖；选育的5个玉米新品种通过省级审定，开始规模化推广；研制出绿色环保饲料和饲料添加剂5个系列和一批名优产品、无公害认证产品。

近年来科研的迅速发展，极大地促进着研究所对外科技合作与学术交流。研究所主持召开了4次国际学术会议，主办7次有关农业生态环境的全国学术会议。目前，亚热带农业生态研究所构建亚热带区域农业科研大平台的作用已经开始显现。5年来，该所先后与IRRI、世界自然基金会、英国洛桑试验站、加拿大农业部食品营养研究中心、日本鹿儿岛大学等建立了密切的合作关系，吸引了国外30多个机构40余人来所开展合作研究。国内有10多家高校与科研院所围绕亚热带区域农业项目开展研究，并在国内区域农业研究领域形成一定影响。

回顾研究所30年的发展历程，展望未来，所长王克林研究员充满自信又深感责任之重。他说："贯彻科学发展观为研究所带来了新的契机与新的挑战，我们倍加珍惜国家知识创新工程带来的机遇，将集中优势，发挥特色，持续创新，朝着有国际影响的亚热带区域农业生态研究所目标迈进，为国家农业生态科学事业创新与亚热带区域农业可持续发展作出更大贡献。"（本文略有删减）

第七部分

重要约稿题录（13篇）

提示： 约请科学家、技术专家和管理学专家的署名文章，是根据所在媒体的特点和相应受众群体的文化层次，按照作者专业特长，对某一科学技术问题的研究进展与发展趋势，或重大科技新闻选题、或有重要社会影响的话题撰写的专门文章。

专家署名文章的选题要具有社会影响力，能促进学科发展、有利于社会进步。署名文章既是一种学术交流，也是一种高层次的科学技术知识的普及形式。署名文章的文字篇幅不能过长，专业知识不能太深奥，少用专业术语，尽量不出现外文符号、代号等。

约请专家、学者撰写署名文章，记者要事先同所在媒体编辑部和专家学者做好沟通。

1993－07－05　第 2 版　化学计量学科学前沿　作者：湖南大学俞汝勤院士

1993－07－16　第 2 版　地电场理论科学前沿　作者：中南大学何继善教授

1993－08－02　第 2 版　杂交水稻研究的新趋势　作者：湖南杂交水稻研究中心袁隆平研究员

1994－06－27　第 2 版　加强应用基础研究的思考　作者：中南大学何继善院士

1995－08－02　第 4 版　学者的精神—追忆李约瑟博士　作者：湖南大学姚守拙教授

1996－05－10　第 2 版　加速我国变流技术产业化的进程 作者：国家变流中心主任黄济荣

1996－09－16　第 2 版　人文素质教育应当走向社会　作者：湖南医科大学校长胡东煦

1997－05－09　第 2 版　跨世纪前沿学科—纳米电子学　作者：长沙铁道学院李义兵教授

1997－07－09　第 2 版　相图计算与材料设计的前沿　作者：中南大学金展鹏教授

1997－08－22　第 1 版　我们需要什么样的科学普及　作者：岳阳市副市长李凌烟

1997－11－14　科普周刊第 1 版　盛哉，岳麓书院　作者：中共湖南大学党委副书记李红

2008－09－03　第 1 版特稿　华国锋与袁隆平　作者：湖南大学李浩鸣教授 向鹏博士

2009－10－14　第 1 版头条　厚道长者　毕生追求——忆诺贝尔物理学奖获得者高锟院士　作者：湖南大学李浩鸣教授

注：限于篇幅，第七章的文章未全文收录，只收录文章题名、发表日期、版面信息、作者等内容，文章作者的职务、职称系其文章发表时的实职

后 记

1991年10月，本来在中国科学院长沙大地构造所的科研、管理岗位干得好好的，凭着一时兴趣，在老所长陈国达院士的支持下，我加入到科技记者队伍，先是在中国科学报社湖南记者站，继而兼职深圳记者站，后调北京报社本部工作。2004年又应邀进了湖南大学当老师，在从事科技新闻教学与科研的同时，还兼做科技新闻报道，折腾下来，30年一晃就过去了。

还是在北京工作的时候，多位新闻同行出版了各自的新闻作品集，有同事建议我也编一本。当时实在忙不过来，同时还觉得都是一些过去了的东西，再翻出来印这些“旧闻”，有点浪费纸张。直到在大学准备给本科生、研究生上课时，才发现可用于讲授“科技新闻”课程的教材和辅助案例教本根本就找不到，因为当时全国高校也只有湖南大学新闻与传播学院新开设了本科生、研究生的“科技新闻”课程，由我主讲。湖南大学的领导和新闻传播学院吴高福、彭祝斌两位院长确实“敢为人先”!

作为一名教师，我觉得无论何时何地，“传道、授业、解惑”是应尽之责。上课没有现成的教案、教材，就依赖自己多年从事科技新闻报道的文稿积累和工作体会，在实践上总结，从理论上探讨，无保留地把有限的知识、经验“交待”给闯入科技新闻学门的年轻人，总算没让学生们感到失望。

好在一路下来，湖南大学十多届新闻专业的本科学生和来自国内40多所高校20多个不同专业的百余名硕士研究生在“科技新闻”课堂上，没有人玩手机、打瞌睡，下课后还有学生主动找我讨论科技新闻理论与实践方面的问题，研究生的毕业论文从开题到答辩都能一次性通过。全国高校第一位科技新闻学硕士研究生、第一批上过科技新闻课程的本科生开始从“千年学府”走向了全国。不少学生毕业走上工作岗位后，还不时来电话、微信，还有的跑到学校、找到家里，同我聊专业工作或者谈学术论文问题。一位至今仍在国家主要科技媒体工作的本科生毕业后不久就打电话告诉我：“正是由于上了您的科技新闻课，懂得了怎么采访科学家、怎么写科技报道，也知道什么是国家科技发展规划、‘863计划’‘973计划’，工作起来感觉很顺手。”科技新闻专业的研究生走入社会后，无论是在媒体、企业、学校或是在管理部门工作，都成了所在单位的骨干，有的获得“中国新闻奖”，有的获“五一劳动奖章”、成为出席全国党代会的代表，还有在军校工作的研究生荣获二等、三等军功奖章，一批研究生毕业后深造获得博士学位或继续从事博士后研究，成为行业内专家。

湖南大学新闻学专业始建于1995年，2002年新闻与传播学院正式成立，如今已拥有学科硕士、博士点，还是全国红枫大学生记者节主办单位、湖南高校唯一的中国新闻奖参评作品报送单位。

今年是学院创办20周年，元旦前，有几位新闻界朋友和同事建议我把发表的新闻作品搞一本集子，给学生或从事科技新闻工作的年轻同行提供一些参考。在我思考、犹豫之际，学院领导得知此事后便极力支持，院办和资料室的同事也鼎力相助。于是我才定下心来，翻箱倒柜找资料、电脑搜索找过刊，总想把这件事做得好一点。

在从事科技新闻工作的30年中，得到了中国科学报社多位领导的支持、指导和同事们的帮助，使我从半路出家的新闻“门外汉”成为一名高级记者；湖南、深圳两地的宣传、科技管理部门给予的宝贵支持，使我能顺利地开展新闻报道工作；众多专家、学者、科技企业家，抽出宝贵时间接受采访并不厌其烦为我“科普”，保证了新闻稿件不会出现专业知识“错漏”；一大批在政府机关、科研院所、高等院校、科技企业的办公室、宣传部、科技处、党群部工作的同行朋友为我提供新闻线索和素材、收集整理资料、协调并陪同采访，等等，他们是真正的“无名英雄”；在湖南大学教学、科研期间，新闻与传播学院领导和同事积极支持我在记者站的工作，并创造有利条件，保证了师生有良好的实践平台，也使我的科技新闻报道得以持续，其间情谊，弥足珍贵。

在《科技新闻作品选》即将出版之际，由衷感谢在多年采访报道中给予诸多帮助的姜郁文、蒯益韩、刘笑春、刘铁兵、胡国龙、龙汉春、龙淑贞、栾永玉、陈孔国、罗仲尤、唐珍名、李莉、彭世文、戚家坦、余跃龙、周科际、王昌华、胡光华、张国强、李民、刘建华、周蒲荣、周和平、文纪可、赵挺文、吴斌、辛业芸、彭质文、刘演林、吴希林、王握文、刘铁兵、荣诚、傅爱军、李伦娥、李淑萍、张良荣、刘亚鹏、伍西明、胡为平、曹新民、张惊涛、方小斌、陈川、孙伟、许光辉、张朝辉、李松、王玉林、徐爱兰、刘金环、姜杨敏等不同单位的多位同行朋友，这些新闻作品饱含他们的无私付出。

曾在中国科学报社工作的王友恭、李占军、杨芝、王亚芬、王静、王雨宁、王学健、李芸、张怀中、贺春禄、成舸和在湖南大学工作的向鹏、蒋晶丽、曾欢欢等多位同事，均与我合作采写过稿件，互相取长补短，获益匪浅。与曾兼任中国科学报社湖南记者站站长的姜郁文、罗仲尤有过良好的合作，均难以忘怀。

从2004年开始，多届科技新闻专业研究生跟随我或《中国科学报》湖南记者站记者分别参与了在长沙、株洲、衡阳、三亚、宁波、北京等地的新闻采访实践，以及参加《湖南日报》评报活动，先后有贺春禄、向鹏、黄思维、蒋晶丽、周洪涛、董世梅、闻婕、房瑞标、陈丹、李娟娟、唐璐、吴媛、邓晓丽、麻晓蓉、于美娜、沈玉华、吕群、朱箐兰、肖慧、向晶、孙凯、孙晓莉、罗元、潘丽、周巧、吴晓江、李媛、刘友琼、许冠宁、隋明晓、董豆豆、余鑫、朱登科、邱锐、陈龙、王亚楠、李思敏、唐琪、李璐洁、李小玉、梅娜、贺巍、陈雅忱、周红、王振亚、喻超、徐淑芳、屈慧莹、童声扬、张曼芝、艾焱龙、陈文、周倜、胡永爱、陈丽、邓旺强、刘思雨、王冰卿、吴敏、李勤、李静、曾蓓、尹文秀、周婕、严佳、张一弛、王子立、侯乐鑫、张婷婷、李艳林、史公军、蒋运高、郭媛、唐玄璇、王春晓、曹雨骋、林书亭、赵林欢、向英婷、李哲、桂经天、范曼瑜、李游、范雪妮、汪雨芹、梁蓓、杨燕飞及李璀、赵化锋、王越等，他（她）们在学习研究生课程、撰写研究论文期间，间或参加科技新闻实践活动，加深了对科学技术的认识和对科技新闻专业的理解，同时为毕业后的工作打下一定的实践基础。

湖南科普作家协会副理事长熊穆葛、湖南科学技术出版社农业图书编辑室主任欧阳建文对《科技新闻作品选》的出版给予了大力支持和热心帮助。在收集、整理报刊资料时，还得到中国科学报社党委副书记林珺、总编室副主任李芸和已毕业参加工作的研究生贺春禄、向鹏的支持和帮助，使得资料整理加快，对他（她）们的支持心存感激。

湖南大学新闻与传播学院原院长、教育部新闻传播类专业教学指导委员会委员、博士生导师彭祝斌教授积极支持本书的出版并欣然应请作序，不胜感谢！

由于受篇幅之限，《科技新闻作品选》中少量文稿略有删减，并予勘误。共同参与采访活动的同行朋友姓名在各篇标题下注明，读研期间分别参加新闻实践的研究生姓名已在前面一并提及，除组合报道外，不再注明，以免赘述，特此说明。

重读这些大多已忘记的文稿，30 年间的许多采访现场犹在眼前。虽然已时过境迁，人事均非，但这些文稿从不同的侧面展现了中国改革开放、科教兴国的历史片段，见证了我国上下齐心、奋力拼搏的动人场景，见证了中华民族现代科技人才不断涌现、科技水平与创新能力迅速提升的可喜局面，也见证了科技长入经济、成果造福人民与百业兴旺、国力增强的复兴历程。

作为国家科技事业发展进程的一名记录者，在这些才高八斗且淡泊名利、为国家竭忠尽智、为社会创造财富的学者、专家面前，毫无“无冕之王”的感觉，而是像小学生面对学校老师那样充满崇敬，像老朋友那样分享他们收获科技成果的喜悦，心中满是向社会广为宣扬的冲动。为国家科技事业的快速、持续发展“鼓”与“呼”，是科技新闻工作者的职责与担当。

在从事科技新闻报道 30 年之际，把曾经在《中国科学报》（1999—2011 年更名为《科学时报》，2012 年恢复原名）上发表的部分科技新闻稿件挑选、分类，分别加上采写要点提示，汇集成册，实为抛砖引玉。若能对年轻的初入门者有所裨益，乃是记录者与出版人之幸事！

李浩鸣

2022 年 6 月 20 日

中国科学报

热烈庆祝中南工业大学成立四十周年

前进中的中南工业大学

继往开来，再上新台阶！
——庆祝中南工业大学建校四十年
刘业翔
一九九二年十月五日

面向世界　面向未来

出成果　创效益　上台阶

教学、科研、试制三结合基地——
粉末冶金研究所

发展中的成人教育

将目光瞄准世界

走向成功的“青年之家”——中南工大青年科协

中南工业大学成立40周年专题报道

1992年10月23日

科学时报

热烈祝贺中南大学成立

抓住机遇　锐意改革　铸造辉煌

迈向21世纪的中南大学

中南大学成立专题报道

2000年06月30日

中国科学报 1995年9月25日 广告

把张家界建设成为国内外知名的旅游胜地

让美丽的张家界明天更辉煌

张家界生态旅游专题宣传

1995 年 9 月 25 日

中国科学报 1997年5月26日 专版

把握机遇 迎接挑战

努力办好毛泽东家乡的重点大学

深化教育改革　推动学科建设

凝聚的事业　事业的凝聚

——生机勃勃的凝聚态物理学科学术梯队

理论与实践结合　教学与科研并重

——计算数学学科的育人环境

湘潭大学校门

独具特色的流变学学科

立足理论前沿　把握时代脉搏

——政治经济学学科概况

高分子化学与物理学科——

面向经济建设主战场　促进学科发展

以理论特色丰富特色理论

——马克思主义哲学学科简况

湘潭大学学科建设专题报道

1997 年 05 月 26 日

湖南大学科技创新专题报道

2003 年 3 月 17 日

SCIENCETIMES

4　专　题　科学时报

叫响"中国制造"

——记 2002 年度国家科技进步一等奖获得者湖南大学钟志华教授的研究项目

计算机仿真工艺分析及其应用过程

湖南大学定名 80 周年专题报道

2006 年 9 月 21 日

A4　专题　科学时报

传统与现代的和谐

——庆贺岳麓书院创建 1030 周年暨湖南大学定名 80 周年

湖南大学

HUNAN UNIVERSITY

千年学府弦歌不绝　新型大学崛起湖湘

——访湖南大学党委书记刘克利教授

素质教育打造品牌　科学创新提升水平

校庆公告

A4 专题 科学时报

以科技为支撑 实现湖南崛起

——祝贺湖南省科技大会隆重召开

“十五”：科技工作成效显著

“十一五”：发展新思路

抢抓机遇 实现湖南经济跨越发展

——访湖南省科技厅厅长王柯敏

湖南省科技大会专题报道

2006 年 4 月 14 日

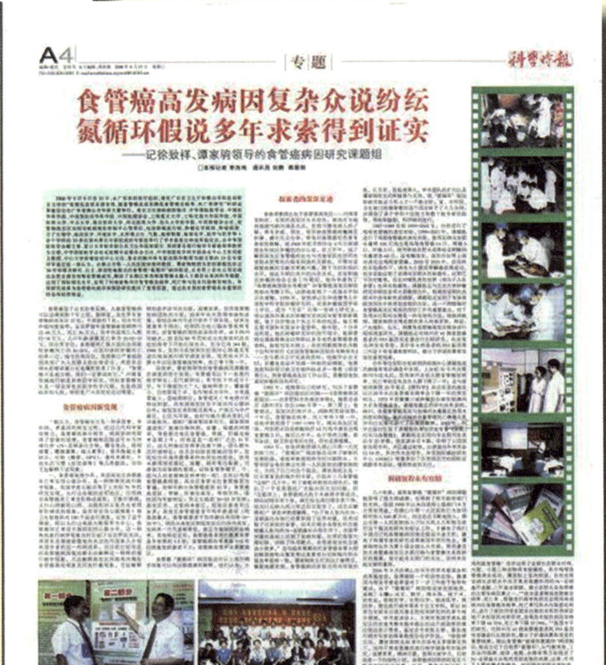

A4 专题 科学时报

食管癌高发病因复杂众说纷纭 氮循环假说多年求索得到证实

——记徐致祥、谭家驹领导的食管癌病因研究课题组

食管癌研究成果专题报道

2006 年 9 月 27 日

图片新闻——“袁隆平三亚一日”

2007 年 4 月 10 日

A4

影像

袁隆平三亚一日

A4

专题

科学时报

练内功谋发展　激扬求索三十年

——中国科学院亚热带农业生态研究所科技创新纪实

遵循农业生态规律　促进科学和谐发展

中科院亚热带所知识创新专题报道

2008 年 11 月 6 日

A4 专题

励精图治 厚积薄发 打造高水平大学

——湖南师范大学建校70周年科技工作巡礼

湖南师范大学创办70周年专题报道

2008年11月21日

科学时报 专题 A3

百亿元收入与五项科技奖

——中国南车株洲电力机车研究所自主创新启示录

株洲电力机车所自主创新专题报道

2011年3月11日

三一集团技术创新专题报道

2011 年 3 月 10 日

A2 专题 科学时报

中国民企凭什么挑战德国制造?

三一集团技术创新历程

8 专题 中国科学报

中南大学首批"湘雅名医"评选揭晓

倡议书

中南大学首批湘雅名医评选专题报道

2012 年 11 月 7 日

图片新闻——中国工程院“橘洲抒怀”院士书画诗词联谊活动

2010 年 11 月 12 日

A4

影像

科学时报

主持中国科学报湖南记者成立会（1991年10月）

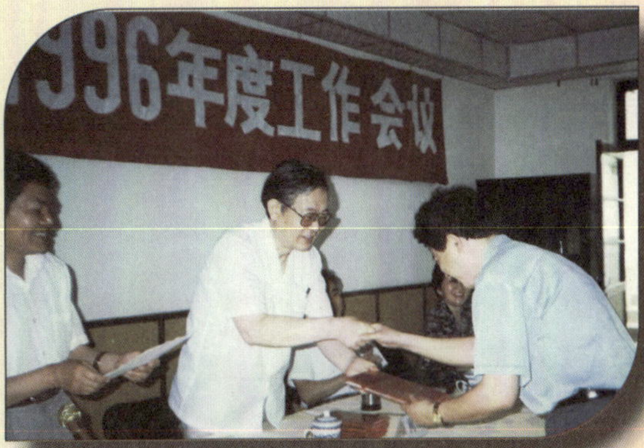

中国科学院院长周光召向中国科学报社湖南记者站站长颁奖（1996年5月）

采访中科院长沙大地构造所所长陈国达院士（1992年5月）

采访湖南大学校长俞汝勤院士（1993年）

采访中南大学黄伯云教授（1992年10月）

在长沙高新区采访湖南省副省长郑培民（1994年7月）

在香港采访留影（1998 年 12 月）

采访香港工程科学院院长、中科院外籍院士高锟（1998 年 12 月 8 日）

在香港科技大学采访首任校长、中科院外籍院士吴家伟（ 1998 年 12 月 7 日）

采访香港科技大学副校长、中科院外籍院士张立纲（1998 年 12 月 10 日）

在香港大学采访中科院院士、化学系教授支志明（1998 年 12 月 11 日）

在香港大学采访中国工程院院士、电机系主任陈清泉（中）（1999 年 4 月）

在杂交水稻研究中心采访袁隆平院士合影（2005 年 1 月）

在杂交水稻研究中心采访袁隆平院士（2006 年 7 月）

带研究生向鹏、黄思维采访袁隆平院士（2006 年 11 月 6 日）

在海南三亚南繁基地采访袁隆平院士（2007 年 3 月 23 日）

带研究生贺春禄、向鹏在海南三亚南繁基地试验田与袁隆平院士合影（2007 年 3 月 21 日）

研究生张曼芝、李勤、王冰卿在杂交水稻研究中心与袁隆平院士合影（2011 年 11 月）

在株洲电力机车厂采访铁道部副部长傅志寰（1995年9月）

在北京中关村采访数学家侯振挺教授（2002年5月8日）

在人民大会堂北京新世纪科学家论坛与中科院院长路甬祥（中）、北京大学原校长陈佳洱（左）交谈（2001年5月11日）

在北京人民大会堂采访出席科学家论坛、获诺贝尔奖的化学家亨利·克罗托（2001年5月11日）

在国家博物馆举行的《中国院士治学格言手迹》首发与捐赠仪式上，与国家博物馆馆长潘振宙（右2）、中国科学院副院长白春礼（右1）、世界知识出版社总编辑时延春（左1）合影（2004年3月）

在国家博物馆举行的《中国院士治学格言手迹》首发与捐赠新闻发布上讲话（2004年3月）

采访第二届深圳高交会（2000 年 9 月）

在西藏灵芝地区采访中科院赴藏挂职团队（右 2 为作者）（2001 年 8 月 22 日）

在天津塘沽港参加考察采访活动（2004 年 6 月）

在北京采访中国工程院副院长王淀佐（中）和钟志华院士（2005 年 11 月）

在国防科技大学激光实验室采访（2011 年 5 月 31 日）

带领记者成舸和研究生周婕、严佳在衡阳科技企业采访（2012 年 5 月）

新闻与传播学院院办主任肖桂清(左）陪同湖南省教育厅党组副书记李红（中）来中国科学报社记者站调研（2006年11月22日）

湖南大学校长钟志华院士（右2）、新闻与传播学院院长吴高福（左2）、副院长彭祝斌（左1）了解记者站工作合影（2006年10月27日）

带研究生周洪涛采访湖南师范大学生物学教授张健（中）（2007年1月7日）

参加中欧医学与生命伦理报道研修班活动（2008年3月31日）

在湖南大学采访美国总统科学顾问、系统生物学家 Leroy Hood 教授（左2）、谭蔚泓教授（左1）（2010年6月5日）

在湖南大学集贤宾馆的集体采访活动（2010年6月5日）

在北京采访铁道部原部长傅志寰（2008 年 7 月 25 日）

在株洲采访电力机车专家刘友梅院士（2008 年 8 月 26 日）

采访来长沙参加中美工程院合作会议的美国工程院院长查尔斯·威斯特（2009 年 10 月 19 日）

带领研究生罗元、朱登科采访中南大学周宏灏院士（左 2）（2010 年 2 月 26 日）

采访出席长沙科技成果转化交易会的中科院自动化所所长谭铁牛（中）（2011 年 11 月 6 日）

采访在长沙科技成果转化交易会上获奖的卢光琇教授（2011 年 11 月 6 日）

应邀参加袁隆平院士（中）迎70岁生日活动（左2为省科协主席何继善院士，右2为省科协党组书记王凤飞）（1999年9月7日）

邀请原三亚南红农场农技员冯克珊（右2）考察杂交水稻“野败”原生地址（2007年3月22日）

与湖南省科技厅总工程师姜郁文（左）在科技宣传座谈会上交流（2011年11月13日）

在中南大学探望患病的金展鹏院士（中），右为湖南大学副校长曹一佳教授（2013年9月17日）

带年轻记者在株洲电力机车研究所采访丁荣军院士（左）后合影（2022年5月18日）

在湖南大学新闻与传播学院举行的《两院院士忆高考》新闻发布会上（2019年5月29日）